Once Upon a Pillow

by Christina Dodd &
Connie Brockway

愛をつないで

クリスティーナ・ドット　コニー・ブロックウェイ
数佐尚美［訳］

ライムブックス

ONCE UPON A PILLOW
by Connie Brockway and Christina Dodd

愛をつないで

コーンウォールとデヴォンの州境を流れるキャボット川は荒野に源流を発している。さして見栄えのしない幅の狭い川だが、下流に向かうにつれて重要な使命を帯びた外交特使のごとく勢いを増し、トレコームという小さな村を一気に通り抜けたあと、切り立った崖を流れ落ちて海へと注いでいる。この地味な川の土手でとれるきめの細かい粘土は近年、家内工業を生むきっかけとなり、ときに自然の厳しさを見せながらも雄大で変わらぬ美しさを保つトレコームに思いがけない恵みをもたらした。

とはいえ、住民にとってはご褒美が手に入るまでの時間がいささか長すぎたかもしれない。多くの人がこの土地をこよなく愛し、代々住みつづけてきた。実際、村の創始者が〝聖杯〟を捜し求める旅に出た円卓の騎士だったという話が語りつがれており、その子孫と称する一族も健在だ。くだんの騎士は、キャボット川のほとりで眠っていたところをすらりと背の高い緑の瞳の乙女に起こされ、この地にいてくれと頼まれたという（ほかに、本書のストーリーに関係ないとはいえ興味深いできごともあったようだ）。

言うまでもなく騎士は乙女の求めに応じてとどまり、村の祖となった。伝説が本当かどうかはともかく、トレコームでは今なお、緑の目を持つ住民の割合が英国でもっとも高いという事実がある。これはドイツ軍の空襲や経済大不況でも破壊されずに残った数少ない遺産のひとつだ。といっても、こぎれいで趣のある家々の中で築一〇〇年を超える建物はわずかしかなく、風光明媚な地でありながら、村には考古学や社会史の専門家の関心を引くものはほとんどないように見える。

それでも、人々が行きかう村の中心部からやや離れたところには、由緒ある二棟の建物がその姿を見せている。崖の上にそびえる聖アルビオン礼拝堂は、隣接の大修道院が国王ヘンリー八世に解散を命じられたときに同じ憂き目にあうのを免れ、今に至っている。もう一棟は礼拝堂からさらに少し内陸に入った場所にある〈マスターソン・マナーハウス〉。その昔、村で最初の、かつ唯一といわれる十字軍兵士、サー・ニコラスが住んでいた荘園の領主邸だ。

堅牢な壁に囲まれ、天井の高い部屋が並ぶこのマナーハウスで、サー・ニコラスは領民に指示を与え、盗賊の襲来にそなえて村の守りを固めさせた。ここでもうけた八人の息子を全員無事に成人させた彼は、縦に仕切りのある優雅な窓から外を見わたし、自らの権力の象徴である城が断崖の上に築かれていくさまを眺めたことだろう。城はすでに廃墟となったが、マナーハウスはいまだにその気高くりりしいいにしえの姿をとどめて立っている。

現在、私設博物館として公開されているこのマスターソン・マナーハウスは、残念ながら成功する要素を持ち合わせていなかった。もとは私邸だけに規模が小さく、部屋数は二〇室しかない。庭園は子ども連れの日帰り行楽客が好むような手入れの行きとどいたディズニーランド風でなく、美しい自然をそのまま活かした野趣あふれる景観だ。今の学芸員が、苦労しながらも愛情をこめて収集したマスターソン一族伝来の家財の数々はそれなりに立派なものだが、博物館学の専門家がトレコームまでの曲がりくねった横道をはるばるやってくる価値がある、ほかで見られない展示品といえば、たったひとつしかない。それが〝マスターソン・ベッド〟だった。

しかしこの逸品にも、博物館の運営を継続し、税金を納め、現在の所有者を手放しで喜ばせるに足る収益を上げる力はなかった。というわけで、マスターソン・マナーハウスは閉館する運びとなった。建物はすでに売却済みで、今日が一般公開の最終日。最後の見学ツアーを迎えていた。

案内役をつとめるのはこの博物館住み込みの学芸員で、社会史研究家でもあるローレル・ホイットニーだ。見学客は小声で会話を交わしながら食堂内の展示物を鑑賞している。そのあいまにローレルは一瞬だけ目を閉じた。このマナーハウスがかもし出す雰囲気に浸れるチャンスはあと少ししかない。彼女自身、邸内の再現に貢献してきたという自負があった。チッペンデール様式のダイニングテーブルは、初期のマスターソン夫人が書き残した、一族所有のテーブルの特徴にぴたりと一致する品を見つけてきた。テーブルに並べられた銀食器も、労を惜しまず探しつづけた結果ひととおり揃えることができた。壁を彩る壁紙は、一九世紀当時の食堂を撮影した銀板写真《ダゲレオタイプ》に写っているのとまったく同じ模様で、ウィリアム・モリスのデザインであることをつきとめて買いつけた。また床に敷かれたタブリーズ産のペルシャ絨毯はその昔ここで使用されていた現物で、地元の家族を辛抱強く説き伏せてやっと手放させたものだ。

それだけにローレルはこの邸に強い憧憬と愛着を感じていた。

社会史学の博士号取得を目指す身にとっては夢の宝物だった。これだけ古い歴史を持つマナーハウスは同時代の城よりも稀少価値が高いからだ。ローレルはここの学芸員になって以来、人生最高の幸福感に包まれていた……いや、実は過去にもっと幸せな瞬間があったと言えるかもしれない。だがあれは本物ではなく、単にセックスによるものだった。今感じているのは力を得る喜びであり、知識の獲得によってのみ味わえる幸せなのだ。

ローレルは図書室で一六世紀に書かれた日記を見つけていた。ほかに黒っぽい燭台が二台。これはきれいに磨いてみると銀製の枝付き燭台で、一四世紀の品であることがわかった。寝室で発見した秘密の引き出しには一本の扇がおさめられており、その表面には摂政時代の紳士たちの名前が小さく繊細な文字で走り書きしてあった。ローズウッド材のたんすの中からは九世紀の十字架や金製の聖皿《パテナ》など、取り壊されて久しい大修道院の遺物が出てきた。

屋根裏部屋にあった防虫剤入りのトランクにしまわれた衣服については、少なくとも一八の時代を特定することができたし、地下で何冊もの台帳を見つけて調べはじめたところだった。現在の所有者に、このマナーハウスを個人に売却したと告げられたのはそのときだ。買い手は夏のあいだの別荘として使いたいとの意向で、邸内にあるものはすべてオークションで売りさばくつもりだという。

ローレルは愕然とした。いや、いまだに愕然としていた。売却の知らせから一カ月、新たな所有者が乗りこんでくる前に台帳のおおまかな写しをとっておこうと、必死になってやってきた。ああ、もっと時間があったら。だがそううまくいくはずもなく、最後のときが刻一刻と迫っていた。

窓の外、西の方角に一瞬目を向けると、崩れた城壁の向こうに沈みかけた夕日が空を赤紫色に染めて、壮大な景色が広がっている。見学ツアーの終了まで長くてもせいぜい一時間。そのあとはどんな未来が自分を待っているだろう？　アメリカへ帰るのか、ロンドン、あるいはグラストンベリーに引っ越すのか？

考えただけで胃がきゅっと縮んだ。ここはまさにわたしのいるべき場所だ。金箔をほどこした薔薇模様のウェッジウッド製カップで紅茶を飲み、これがかつてレディ・メレディス・マスターソンの使っていたものだと思うにつけ、連綿と続く歴史の重みを感じずにはいられない。城の廃墟へ歩いていって海を見わたし、砕ける波間から舞い上がる風に黒髪をなびかせていると、ほかのどんな場所でも味わったことがないほどの高揚感をおぼえた。閉館時間になり、所有者たちが帰ったあとの夜更け、ときおりカシミヤのショールにくるまって暖炉の前で足先を温める。そんなとき、音を立てないよう気をつけながら階上を動きまわる、今は亡きマスターソン家の人々の足音が聞こえる気がするのだった。あの控えめな幽霊たちともお別れだと思うと寂しかった。

ローレルは無意識のうちに姿勢を正していた。先のことなど考えられなかった。よそう。

将来を考えるのはつらすぎる。博士論文『中世のベッド――結婚と社会における義務』を書くための調査という口実で初めてこの地にやってきたとき、過去を振り返るのがつらかったのと同じように。今現在の状況も、苦しいことには変わりない。あの修理工、マックス・アシュトンの存在があるかぎり……。

もし自分の判断でできることなら、わたしはマックスを一〇分たりとも邸内にとどまらせはしなかっただろう。だがそんな権限は与えられていない。新しい所有者たちは、入居前にこの家を〝どうにか住めるように〟するためにマックスを雇っていた。**住めるように**、ですって。きっと厨房の古い敷石を剥がして、ワックスがけの要らないリノリウムの床にするのだろう。身震いしたくなるのを抑え、顔に微笑みを張りつかせて、ローレルは見学客のほうを振り返った。

「食堂についてほかにご質問がなければ、二階をご案内しましょう」と呼びかける。

見学客は少人数だった。アメリカ人女性が三人。そのうち、ブロンドの女性は一〇代の男の子を連れている。それと新婚旅行の若いカップル。皆、質問はないというように首を左右に振った。ローレルは先に立って廊下に出ると階段の下で立ち止まり、グループを見まわした。

「先ほど説明しましたように、マスターソン・マナーハウスは家族の居住部分と公共の場をはっきり分けた、中廊下式と呼ばれる伝統的な様式で建てられていますが、何世紀ものあいだに改装や改修を重ねたために、それなりの変化がありました。ただし、頭上のアーチ天井を支える三本の梁《はり》は新築当時のままに残っています。梁は無垢材の丸太を使っており、おのおの半トン以上の重さがあります」

夫のジョンはかなり感心したようだったが、新妻のメガンが不安そうな表情になったのに気づいてそっと抱き寄せた。「九〇〇年間もった天井だよ。今になって急に崩れ落ちてくるわけがないだろう、ね」

メガンは、わたしったらばかね、とでも言うかのように頭を振って笑った。ローレルは若い二人がうらやましくて胸が痛んだ。わたしも以前、メガンみたいな気持ちになったことがあった……だめだめ、もう考えるのはよそう。「では皆さん、こちらへどうぞ」きびきびとした口調で言い、階段を上っていく。

最上段に着き、壁のくぼみに置かれた中国製の花瓶を指さして説明する。赤とコバルトブルーに彩られた花瓶は、どれも新品と見まがう輝きを放っていた。館内の展示品に誇りを抱いているのはローレル本人だけではない。こうした小品を家政婦のグレースがほったらかしにしかねないのに対し、執事のケネスはけっしてなおざりにしなかった。本来ならとっくに引退しているはずの年齢のケネスは、趣味の競馬場通いが災いして、いまだに仕事をやめられないでいた。

ローレルが歩きだすと、廊下の突き当たりのドアの向こうからガンガンという音が響いてきた。いまいましい。あの人、まだ作業してるんだわ。

「さっきから話に出てるベッドだけど、いつになったら見られるんですか？」ブライアンという名の一〇代の男の子がだしぬけに訊いた。

「しっ」母親のプランテ夫人がたしなめた。

ローレルは微笑みながら振り返った。「かまいませんよ。マスターソン・ベッドは皆さん、早く見たいとおっしゃいます。展示してある部屋へ着くまでに修理工事の人が作業を終えてくれたらと思っていたんですが、まだのようですね。あっというまにここまで来てしまいました。これ以上もったいぶって、このツアー一番のみどころを見学する時間が短くなってしまってもいけませんし」

それにあなた、彼とまた顔を合わせてもかまわないって思ってるんでしょ、ローレル？心の中の声があざけるように言う。

そんなベッドならぜひ見たい、と皆口々に言ったので答えは決まった。ローレルは見学客を引き連れて主寝室へ向かい、ドアの前で足を止めた。「それでは彼女をご紹介しましょう。皆さんの目を楽しませ、知識の世界へといざなうためにこの世にもたらされた、比類なき……」劇的な効果をねらって間をおく。その目はきらきら輝いていた。このベッドを最初に……目にしたときの見学客の表情を見るのがいつも楽しみなのだ。「マスターソン・ベッドです」

ローレルはドアを押し開き、後ろに下がった。部屋の奥ではマックス・アシュトンが汚れた手をジーンズで拭きながら立ち上がったところだったが、彼には目もくれず、見学客をうながして中へ入らせた。かつてサンルームとして使われていたこの部屋は広々として、壁にはマスターソン家の人々の肖像画がかけてある。ほかには絵屏風、背の高い桜材のたんす、弧を描くデザインが特徴のチェスト、象嵌《ぞうがん》細工入りの漆塗りの机、クリーム色と緑色のプリント生地を張った長椅子一対、緑のダマスク織を使った重厚なカーテンなど、どれも正真正銘、摂政時代の家具調度品ばかりだ。だが、それらの逸品も色あせて見えるほど、部屋の真ん中に置かれたマスターソン・ベッドには存在感があった。

縦、横、高さともに二メートル四三センチある中世の美しいベッドはクルミ材製で、現存する英国最古のベッドとしての王座をねらう競争相手の挑戦に幾度となく耐えてきた家具らしく、どっしりと構えながらもややくたびれた雰囲気を漂わせて鎮座していた。大きな弧を描く四隅の柱はベッドの胴体部分と同じぐらい太い——ある伝説によれば、妖精ドリュアスが木の姿でいるうちに切り出されて柱に変えられたという。手すりと天蓋《てんがい》フレームは八〇〇年以上のあいだに何千人もの手で磨かれて黒光りしている。木の表面にほどこされた彫刻は贅を凝らした細かい細工でどことなく異国情緒があり、このベッドの由来をめぐる何世紀にも及ぶ議論を引き起こしていた。

起源がどこであれ、これだけ長きにわたって存在する助けとなったのは、ベッドの重さそのものによるところが大きいだろう。要するに、誰がどうやっても寝室から外に出すことができないほど重いのだ。何世紀という時が木の繊維を固め、限りなく石に近いものに変質させたと言うべきか、石と同じぐらいの重さがあるのは間違いなく、それは証言してもいい。一度などベッドの下の床板に手を入れたくて、ケネスとグレースと三人で押して後ろの壁のところまで動かそうと試みたが、無駄な努力に終わったからだ。

ローレルは、堂々たる大きさのベッドを愛情深いまなざしで見た。長いあいだに多くの所有者の手を経てきたため、あちこちに傷がついているが、それも当然だろう。マスターソン家の当主となった男性は皆、所有物に自らの痕跡を残したいという誘惑に勝てなかったとみえる。それでもローレルは、風格漂うこの古びたベッドを眺めているだけで畏敬の念に打たれるのだった。だが例の修理工マックス・アシュトンはそんな感情とは無縁らしく、見学客を見つめている。まるで昼間上映のアニメ映画を観る子どもたちが気ままにふるまうのを許している大人のような態度だ。

ローレルは一瞥しただけだったが、マックスの視線が自分に注がれているのに早くも気づいていた。

注目されるのも無理はない。一六七センチ、五八キロのローレルは、その引きしまった体を仕立てのいいネイビーのパンツと、ぴったりしたクリーム色のカシミヤセーターに包んでいる。それにカラスの濡れ羽色のつややかな髪。自分の外見で唯一自信が持てないのは、ときに男性から〝きつい〟と言われる顔立ちだけだった。

「どうぞ、もっと近くでよくごらんください」ローレルは見学客にすすめた。

アメリカ人の中年女性たちはまっすぐベッドへ向かった。一番小柄なストラドリング夫人は気さくそうな赤毛の女性で、頭部板《ヘッドボード》をじっくり観察しはじめた。骨董品より電動工具のほうに興味があるらしいブライアンは、マックスが壁の内部の配線をむき出しにして作業している場所へふらふらと歩いていく。

「彼女、古めかしくて立派ねえ」胸が豊かで活発そうな印象のミス・ファーガソンが言った。

「このベッドが〝彼女〟だって、どうしてわかるんです？」新婚の夫が不思議そうに訊いた。

ミス・ファーガソンは、人生の先輩らしい優越感をちらつかせながら青年を見た。「きれいにととのえられ、くしゃくしゃにされ、朝になれば捨てられる運命にあるんですもの、当然〝彼女〟でしょう」

新妻のメガンは顔を赤らめ、ほかの女性たちはくすくす笑った。マックスまでにやにやしている。そのジョークもブライアンにだけはうけなかった。後ずさりしてマックスにぶつかった拍子に聞きのがしたらしい。

「あっ！　すみません、おじさん」ブライアンはばつが悪そうに謝った。壁にあいた穴から向こうをのぞこうとしていたのだ。

「気にしなくていいよ、きみ」マックスは応えた。

三人のアメリカ人女性はいっせいに声の主のほうを振り向いた。

「まあ、ローレンス・オリヴィエみたいな声」プランテ夫人がささやくように言った。

「オリヴィエより背が高いし、肌が白いけれどね」ストラドリング夫人は思い入れたっぷりにマックスを見た。

「声は洗練されているけれど、顔つきはいかついわ」ミス・ファーガソンは思慮深げにうなずき、きっぱりと言った。「公爵といったところかしらね、何やらたくらみのありそうな」

「あるいは、復讐心のありそうな」ストラドリング夫人がつけ加えた。

幸せいっぱいのメガンでさえ、他人事といった感じではありながら親しみをこめたまなざしでマックスを見つめている。ツアーの流れが変わって、おかしな方向にそれようとしていた。ローレルは、マックス・アシュトンをめぐる夢想でこれ以上時間を無駄にしたくなかった。それについては自分自身、すでに十分すぎる時間を費やしていたからだ。

「皆さん」ローレルはかろうじていらだちを抑えて呼びかけた。マックスに見とれていた女性たちは振り返った。

「まさか俳優のヒース・レジャーが現れたわけでもないでしょうに」とローレルはちゃかしたが、声は尖っていた。「アシュトンさん、わたしたちがここにいるあいだ、別の作業をしていていただけません？　見学は長くはかかりませんから」

マックスは肩をすくめた。すべてお見通しだとでもいうようなけだるげな笑み。「かまいませんよ。でも、この仕事をすませたら今日は終わりにするつもりだったし、そんなに時間がかからないのなら、少し残って説明を聞いていようかな。何か面白いことが学べるかもしれないですからね」

「あなたの興味を引く話はないと思いますけれど」

「へえ、そうかな？」マックスの笑みは穏やかさを増し、暗い色の瞳はさらに陰りを帯びた。その目の表情にローレルは少し息苦しく、追いつめられた気分になった……ばかばかしい！

「ええ。それに退屈なさるでしょうし」

マックスの微笑みは消え、さらに強い視線がローレルに注がれた。「退屈なんかしませんんよ、絶対に」

どぎまぎして急に赤くなった顔を隠そうと、ローレルはマックスに背を向けた。「ではご自由に。さて皆さん、今日の見学のハイライトを今一度ごらんください。ご説明しましょうか」

「うん、お願いします」ブライアンが言った。

「承知しました」ローレルは少年に向かって微笑んだ。「まず、ご質問のある方?」

いつもならこういう問いかけはしない。五分ほどベッドの来歴を説明してから見学客を解放するのが常だが、ツアーが終われば閉館となる今日は、皆の帰りを急がせる必要がない。ローレルは、このマナーハウスが自分のものだという感覚を味わえる貴重な時間を引き延ばしたかった。それ以上に、胸の奥から湧き起こる不思議な思いがあった。自分の中には語るべき多くの物語があり、それらを語っておかなければ永久に埋もれてしまうという危機感だ。

「どうぞ、ご遠慮なく」と見学客をうながす。「どんなことでもかまいませんよ。伝説のベッドに触れながら伝説に迫る質問ができるチャンスって、そうそうめぐってこないと思いませんか?」

ミス・ファーガソンが手を上げた。

「どうぞ」ローレルはうながした。

「ベッドが作られたのはいつごろ? 作ったのは誰ですか?」

「答えがいのある質問ですね」ローレルは専門家らしい落ち着きを見せてうなずいた。「実を言いますと、誰が作ったかは特定できていないのです。マスターソン・ベッドに関する最初の記述が見受けられるのは一三世紀末の年代記で、ある貴族がトレコームでの滞在について記している部分があります。それによると、邸の主人が〝わたしが快適に眠れるよう、見事な彫刻がほどこされた、堂々たる異国風のベッドを明け渡してくれた〟となっています。〝堂々たる異国風の〟というのは原文の中世英語からの直訳で、ベッドの起源をつきとめる有力な手がかりとされています」

うまく説明できる自信があった。それは頭が切れるからでも勤勉だからでもなく、歴史をたどるのが本当に好きだからだ。話しているうちに何十年、何百年という時を超えて、想像の世界が広がっていく。目を閉じるだけで、実際に見て、触れて、匂いを嗅いで、音を聞いているような気になれるのだった。

「この記述と彫刻のモチーフから判断して、ベッドは一三世紀初頭のイスラエルの影響を受けたものと思われます」ローレルは続けた。「十字軍遠征に出た騎士によって英国へ持ち帰られた技術が使われていることは、まず間違いないでしょう」

ローレルの顔に満足そうな笑みがこぼれる。「そうです。歴史書に最初に記述されたマスターソン家の人物は、正真正銘の騎士だったのです」

輝くよろいをまとい、騎士道精神にのっとって生きた「男ざかり」の騎士。ローレルは物思いにふけっていた。一三世紀の騎士は男性優越主義であるだけでなく、自己中心的で暴力的だったろう。それは頭でわかってはいるが、彼らと同じぐらいの敬意と思いやりをもって女性に接する男性が、現代にもいればいいのに——ローレルはちらりとマックスを見た——と願わずにはいられない。

「その当時、騎士の人生はどんなだったか、想像してみてください」夢見るように続ける。「騎士は今日でいえばロックスターのような存在でしょう。馬上の槍試合の場にあたるのがコンサートホールであり、貴族の男性と女性はスターのまわりに群がるグルーピーといったところです。そして槍試合の勝ち抜き戦！　これこそ究極の晴れ舞台だったはずです。さぞかし壮大な見ものだったでしょうね。マスターソン家の騎士が乗っていた軍馬を想像してみてください」ローレルは深いため息をつき、自分の心の目に映るまぼろしをじっと見つめた。「威勢のいい軍馬に乗った騎士は、よろいを日光にきらめかせながら競技場に入っていきます。その周囲に飾られた三角旗が、薄赤く染まった空の下ではためいています。絹やサテンの衣服に身を包んで声援をおくる観客。子どもたちは騎士に花を投げ、貴婦人たちは絹のスカーフを捧げる」

ローレルは目を閉じた。「そんな光景をこの目で見られたらいいのに……」

花嫁の危険な計画

主要登場人物

ジョスリン・キャボット……………キャボット荘園の経営者
ニコラス…………………………もと十字軍の騎士
ティモシー………………………聖アルビオン大修道院の神父。副院長
エイダート………………………聖アルビオン大修道院の神父
ガイ・ムーア……………………トレコームに住む貴族
ケヴラン…………………………トレコームに住む少年

1

コーンウォール州トレコーム、一二〇〇年前後

「豚たちを試合場に寄せつけるな！」トレコームの行政官サイモン・ガンドリーは、子どもたちに向かって怒鳴った。

二人の少年は、このあとのお楽しみを先延ばしにされてはたまらないとばかりに素直に指示に従い、父親の飼う雌豚たちが逃げまどうのを急いで追いかけた。すべって転んで叫び声をあげながら、氷におおわれたでこぼこの地面の上を走りまわっている。

サイモンは、子どもたちが皮なめし工の小屋の脇に豚を縛りつけてもとの作業に戻るまでを見とどけた。

「では、よろしいか」せいいっぱいの権威を保って大声を張り上げる。「馬から先に落とされたほうが、川に隣接する土地の所有権の申し立てを取り下げるものとする」

低い柵で仕切られた縦に長い槍試合場の両端で、二人の騎士がそれぞれ自分の馬に乗った。

サイモンは手にふっと息を吐きかけ、冷たく吹きすさぶ三月の風に身震いした。まだ朝も早

く、足元は凍っている。もう少し経つと太陽の熱で霜柱が溶けて地面もぬかるむだろうが、観客は寒さにもめげずぞくぞくと集まってきていた。

ティーグ荘園から来た青年たちは、縄で囲われた試合場の向こうの端あたりを歩きまわっている。貴婦人たちはウサギの毛皮で裏打ちをした外套に身を包み、うす赤く染まった頰を引き寄せたフードで半ばおおって、召使たちが運んできた硬いベンチにちょこんと座っている。残りの部分を埋めるように立っているのは、トレコームの自由民だ。聖アルビオン大修道院の修道士たちまでが列をなしている。

無理もない、とサイモンは思う。辺鄙《へんぴ》な小村のトレコームでは、大聖堂や市場のある町と違って、多くの馬上槍試合を誘致できない。毎年恒例の試合といえば聖ネオトの聖名祝日に行われるものだけで、これがトレコームの平民にとっては大切な休日の行事であり、マナーハウス生まれの男女にとっては、長い冬の退屈を忘れさせてくれる催しとなっていた。

州の民事司法関係の職務を一手に引き受けるサイモンはマナーハウス生まれでもなく、退屈してもいない。それゆえ不満だった。この状況がどうにも気にくわなかった。

騎士どうしの所有地争いの解決は、本来なら国王の裁定に委ねなくてはならない。だが困ったことに、騎士は当事者間で戦う権利を主張できた。国王の判断を待って大事な種まきや植えつけの時期を逃してしまうより、武力で決着をつけるという考え方だった。

一騎打ちの背後にあるそういった理屈はわかる。理解はできても、賛成する気持ちにはなれなかった。サイモンは足踏みし、今日この役割をつとめたことで後になって悩まされませんように、と短く祈った。そして両手を口のまわりにあてて叫んだ。「用意はいいですかな、サー・ムーア？」

乙女と見まがうほどに美しい、金髪に赤らんだ頰のサー・ガイ・ムーアは、身にまとった華やかな衣服がよく似合う。九カ月前、騎士の位を授かった祝いに親から贈られたものだ。それ以来すでに三度の槍試合で勝ちをおさめている彼は、黄金の拍車を馬の乳白色のわき腹にあてた。馬は首を振り立てて目をぐるりと回し、霜におおわれた地面をひづめで落ち着きなく踏み鳴らした。

それに応えて人々のあいだから歓声があがった。だが、サイモンはそう簡単にだまされなかった。騎士ならではのきざな態度なら何度も見て慣れているし、甘やかされて育ったガイ・ムーアのことは、鼻たれ小僧のころから知っているからだ。

「いつでも結構です！」ムーアが叫んだ。自信に満ちた声だ。

サイモンは、対戦相手の騎士のいるほうを振り向いた。よそ者の騎士は、借りた軍馬を静止させるのに四苦八苦している。まだ準備ができていないのは情けないほどに明らかだったが、観客は醒めた目で見ていた。忍び笑いも聞こえた。

ムーアが大天使ガブリエルのごとく優美な姿を見せているのに対し、よそ者の騎士はあたふたとぎこちなく体勢をととのえている。色白でなめらかな肌をしたムーアの軽快な姿とは対照的に、よそ者は浅黒い顔にあごひげをたくわえ、大柄だった。ムーアをしなやかで曲げやすい緑の若木にたとえるなら、よそ者は木の幹から切り出した硬くて頑丈な塊といったところだろう。

よそ者は十字軍兵士で、噂によれば流血の戦場でイングランド王リチャード一世から騎士の位を授けられ、その後王につきしたがって聖地パレスチナへ遠征したという。確かに興味深い話ではある、とサイモンは思う。しかしトレコーム村は今までに何人もの十字軍兵士と関わっており、人々は騎士のよろいが悪徳を隠して美徳に見せる場合がよくあることを承知していた。騎士だったサー・ジェレント・キャボットがトレコームを統治していたころの恐怖政治がそのいい例だ。

とはいえ、このよそ者には人々の好奇心をかきたてるところがあった。それは外見ではなく、彼が何者かに尽きる。名はサー・ニコラスという。まともな苗字もないような出自の怪しい人物だが、このたびキャボット荘園の相続人であると申し出た。かつてはサー・ジェレントの所有であり、今では近隣でもっとも豊かな実りを生む土地だ。

村のいたずらっ子たちに〝名なしのサー・ニコラス〟なるあだ名をつけられたこの騎士に関してさらに面白いのは、自らが相続権を有する地所を（二日前トレコームに到着するまでは）見たことがなかったという事実だ。領地を相続する前に十字軍に従軍して消息を絶ち、すでに死んだものとみなされていた。実際、聖アルビオン大修道院の祭壇には、今でも彼の魂の昇天を祈るろうそくがともされている。

騎士はあつかましくも安息日に教会に現れて、サー・ニコラスであると名乗った。ティモシー神父とエイダート神父は驚きのあまり奇妙な声をあげながらも、騎士が名乗ったとおりの人物であると認めた。サー・ニコラスがグラストンベリーにいたころからの知り合いだったうえ、彼がキャボット荘園を相続するきっかけになるできごとに関わったというのがその根拠だった。

しかし、サー・ニコラスが新たに手にした領地のマナーハウスで一夜を過ごすより先に、ガイ・ムーアがやってきて、川沿いの果樹園の所有権を主張した。戦いを挑まれたサー・ニコラスが馬を持っていないことがわかると、二人の神父がふたたび助けの手をさしのべ、教会が管理するこぎれいな馬小屋から、この冬に神のもとに召された騎士のものだった軍馬を一頭探し出してきた。しばらく乗り手がいなかった馬は気が立っており、サー・ニコラスは今、暴れる馬をなんとかなだめようと奮闘しているのだった。

トレコームの人々が身分の高低にかかわらず、こぞって仕事を放り出してこの槍試合を観戦しようとするのも無理はない。葬られたはずの男が生きて帰ってくるのはまれだった――シリアの墓場からの帰還であればなおさらだ。ただ、サー・ニコラスに神の思し召しでよみがえった英雄の雰囲気が少しでもあればよかったのだが、とてもそうは見えなかった。

ガイ・ムーアが身分にふさわしい堂々とした姿なのに対し、サー・ニコラスは、愛の歌が巧みな吟遊詩人《トルバドゥール》でさえ美化して描くのに苦労するだろうと思われるいでたちだった。問題は馬だけではない。光沢の失せた鎖かたびら（これも亡くなった騎士のものだ）は大きさがまったく合っていない。槍も借り物で、その来歴は彼自身と同じく謎だった。堅牢か、まっすぐかどうかも定かでなく、これを振るう本人と同様、実力のほどは疑わしかった。

サイモンはあきらめ顔で首を振った。どうやら短時間でかたがつきそうだ。

「そちらも用意はよろしいか?」サイモンはキャボット荘園の新領主に向かって叫んだ。

答える代わりにサー・ニコラスは手を上げた。表情が読めない。ただでさえ色黒の顔は、伸び放題の濃いあごひげと、無造作に肩にかかる黒い髪に半ば隠れて、見えにくくなっている。

だが緑の目は澄んでおり、まなざしにも揺らぎは感じられない。扱いにくい馬と借り物の槍のせいで不利だと感じているとしても表には出さず、落ち着きを見せていた。

「何をぐずぐずしているんだ、サイモン、さっさと合図しろ!」ムーアが怒鳴った。

「始め!」

二人はさっと槍を上げて短い礼を交わした。ムーアを乗せた馬は後ろ脚で立ち上がり、その姿は晴れわたった青空にくっきりと浮かび上がった。次の瞬間、ムーアは鎖かたびらをきらめかせ、若さみなぎる体を前傾させながら馬を駆って疾走していた。馬のたてがみに編みこまれた赤い絹のリボンが波打っている。

一方、サー・ニコラスはといえば……ひとつ確かなのは今日、この人の武勇をたたえる頌《しょう》歌《か》を書く者はいないだろうということだ。馬がいきなり前のめりに突き進み、その勢いでニコラスは平衡感覚を失った。たずさえた槍の先端がぐっと下がる。一瞬、槍が地面に突き刺さるのではないかとサイモンは危ぶんだ。近づいてきたムーアに突き落とされる前にニコラスは落馬してしまうのではないか。

哀れなものだ。サイモンの心は沈んだ。しかし驚いたことに、よれよれの騎士は四メートル近くある長槍をゆっくりとではあるが持ち上げ、先端が地面につく危険をしのいだ。といっても、あいにく槍の矛先をしかるべき方向に導くには遅すぎたが。

それでも、墓場からよみがえった騎士ニコラスには、聖母マリアが味方についていたのかもしれない。槍の落下を防ごうと力を入れて持ち上げた拍子にかまえた盾が横に傾き、そのおかげでムーアの槍が盾を突いたときに上すべりして力が弱まった。

ムーアはさんざん悪態をついた。二人の戦士は地響きを立ててすれ違い、それぞれ試合場の反対側の端に達した。ムーアは馬をすばやく巧みに方向転換させたが、ニコラスは馬の向きを変えるのにおおわらわだ。

「いくぞ!」ムーアは叫び、対戦相手の同意を待たずに馬に拍車をかけると、柵にそって今一度突進した。

ニコラスの馬もふたたび臀部を高く上げて走り出した。しかし今回は、乗り手も不意をつかれることはなかった。馬の首にそうように姿勢を低く保ち、槍をしっかりと構えている。

観客は息をつめて見守っている。沈黙の中、地を蹴るひづめの音と、囲いにつながれた豚たちの鳴き声だけが響く。人々の吐く息が混じり合って白い塊になった。駆け抜ける馬のひづめの下から泥が飛びちる。どこかで赤ん坊の泣く声が聞こえた。

敵から六メートルほどの距離で、ニコラスはあぶみに足をかけて急に伸び上がった。大胆な作戦だった。こうして体を起こせば、ムーアの攻撃をまともに受けたが最後、ひとたまりもなく転倒してしまうだろう。しかし、その代わり一〇センチ近く高さが増すという利点がある。ニコラスは柵から身を乗り出すようにして馬を走らせた。高い姿勢をとることで、相手にやられる前に自分の槍が相手に届くかもしれない。その可能性にすべてを賭けていた。

二人の距離がみるみるうちに縮まっていく。

くり出された槍はお互いの盾に同時に当たったかに見えた。ニコラスは尻もちをつく形でふたたび鞍に戻った。体が横に傾き、姿勢を立て直そうとしたために槍の先端が持ち上がる。これを好機と見てとったムーアはすばやく行動した。激しく横揺れしている相手を背後から攻撃してけりをつけようと、手綱をぐいと引き、馬を後ろ脚で立たせて方向転換を始める。掲げていた盾の位置が下がった。

そのときニコラスが突然、鞍頭《くらがしら》を支点に鞍の上で両脚を広げ、馬の進行方向を変えずに自分だけ旋回した。槍は制御不能に見えながらも空気を切り裂いて上向きの弧を描き、ムーアの無防備なわき腹を容赦なく直撃した。

それで終わりだった。

厄介者のハエのように馬上から体ごとなぎ払われたガイ・ムーアは、がしゃんという金属音を立ててぬかるむ地面に落下した。

こめかみがずきずき痛む。口の中に腐った羊毛のような味が広がる。ニコラスを目覚めさせたのはそのどちらかだ。いずれにしても爽快とは言いがたいが、自ら招いた結果だとはわかっていた。ただ、だからといって楽になるというものでもない。ニコラスは、酒を飲むときはつねに節度を失わなかったし、わざと酒で感覚を麻痺させてから楽しみにふけるような人間でもなかった。快楽は（自分の限られた経験では）めったにない機会であり、心身ともに完全な状態で味わうべきものだった。

しかし今回は違った。槍試合で勝利をおさめた喜び、またもや死を免れたという解放感に圧倒されていた。それで酒場を見つけるやいなや、中に入って飲みはじめたのだ。今やニコラスはそのつけを払っていた。気ままな楽しみにふけるなど、自分には許されない贅沢だということがあらためて身にしみた。

キャボット荘園の邸で見つけた唯一まともなベッドに横たわったまま、暗がりに目をこらす。周囲には暗い色の質素なカーテンが張りめぐらされている。マツ材でできた柱の表面は手でかんなをかけただけの荒削りで、なんの飾りもない。これほどしっかりとした造りで、手入れの行きとどいた（今朝やっとのことでここにたどり着いたとき、よく手入れされている印象を受けた）マナーハウスに置く家具にしては粗末すぎた。それでも自分のベッドだからな、と所有の甘い喜びに浸る。

ニコラスはこれまでの人生で、名誉と、人の体に損傷を与えられる力、そして恐れを知らずにそれを実行できる勇気以外の何ものも持ったことがなかった。いや、かつては恐れを知らずに実行できたというべきだろう。今はもう、そうではないからだ。

ふたたび恐怖に胃を締めつけられていた。槍で戦う技術を忘れてしまったのではないか、るのではないか。聖地の灼熱の太陽に焼かれて、技術が塵と化してしまったのではないか。あの呪われた地を脱出したあと、奴隷のようにあくせく働き、物乞いをしながら苦労に苦労を重ねて四八〇〇キロを旅してきたというのに、田舎の試合場で銀製の鎖かたびらを着た美青年に殺されて、何もかも終わりになるのではないか。

だが現実には、試合に勝つことができた。

ニコラスは頭をそり返らせ、闇に向かって微笑んだ。自分はようやくひとかどの人間になれたのだ。キャボット荘園の所有期間がどんなに短くとも、わたしの名は歴史に刻まれ、ここに生きたというあかしは永遠に残るにちがいない。なぜならわたしは三〇〇〇エーカーにおよぶこの荘園の領主であり、三〇人の農奴を管理し、水車小屋、穀物倉、食料貯蔵室、馬小屋、そして……一台のベッドを所有する身だからだ。

胃のつかえが取れ、ひどかった頭痛もやわらいだ。ため息をついて腕を伸ばすと、何か柔らかでしなやかなものに触れた。女性の乳房だ。ニコラスはびくりとして横を見た。

ああ、そうだった。思い出した。〝放蕩者〟として新たに洗礼を受けて、シリアの地下牢で過ごした不毛な数年の埋め合わせをすることにしたのだった。ニコラスは、毛布の下で隣に横たわる熟れた女体を観察した。彼女はいびきをかいていた。ピンク色の汚れた肌からはエールとモルトウイスキーの香りが、長年のあいだに染みついたと思われる体臭と混じり合って立ちのぼる。

ソウェンナ？　そう、ソウェンナという名前だ。肌が温かく、豊かな胸を持ち、強欲で、金髪のソウェンナ。英国を離れて六年経つニコラスは、金髪の女性を見ただけでそそられるようになっていた。ソウェンナには、一緒に過ごしてくれればささやかなお礼をあげると約束していた。キリスト教世界で〃一緒に過ごすことに対するささやかな礼〃とは、売春の金銭的報酬にほかならないと知ってはいたが、ともかくニコラスは欲しいものを手に入れ、ソウェンナは必要なものを受け取ったのだった。

必要なものと欲しいもの。かつてはこのふたつを別個のものととらえていたニコラスだが、最近ではどれほどの違いがあるのだろうと思うようになっていた。

それでも、ソウェンナの行為に対して金を支払ったことを思い出すと、それまでの喜びは薄れた。彼女にノミをうつされていないといいがと願いながら、ニコラスは胸のあたりを掻いた。そこでよみがえったのは、湯気の立つ浴槽と澄んだ水を汲める水桶がふんだんに置かれた異国の部屋の思い出だ。十字軍遠征から持ち帰った記憶のすべてが荒涼としたものや危険に満ちたものばかりというわけではなかった。

目を閉じていると、ソウェンナが体の上に乗ってきた。「起きてたんだね！」喜びの叫びをあげると、彼女は二人の体のあいだをまさぐった。「よかった。さて、ここのご機嫌はどうかしらね。あたし、一日の始まりで一番好きなのは、なんてったって、うまいぐあいに――」

ソウェンナが一日の始まりに何を好むにせよ、それが実現する機会は永遠に失われた。というのは次の瞬間、ベッドをおおうカーテンがさっと開けられ、日光が射しこんできたからだ。ニコラスの目はまぶしさにくらんだ。ベッドのそばにすらりとした女性の人影。頭のまわりで後光のごとく輝く太陽を背にしているため顔は暗くて見えないが、細い腰に両手をあてて立っている。そのとき、平手打ちでもされたかのようにぐいとあごを上げたので、隠れていた顔に光が当たった。きれいな女性だ。悩み疲れていながら美しく、誇り高い。きゃしゃなつくりではあるが力強さを秘めた容貌は、住む場所を追われた妖精の国の少女を思わせる。若さに似合わない賢明さも持ち合わせているにちがいない。

ソウェンナは不機嫌そうにまばたきをした。今まで陽気にたわむれていたのに、その表情はまるで霜にやられたイトシャジンの花のように張りを失い、たじろいだようすだ。「ちょっと、何すんのよ?」あらわな肌を隠しもせずに体を起こし、尖った声で言う。「何、このやせっぽちな女? いったい誰なのよあんた?」

ニコラスは目を閉じた。ソウェンナのかん高い鬨《とき》の声のせいで、また頭がずきずき痛みはじめたのだ。

「誰なのよ、ですって?」ほっそりした美女はニコラスを指さして答えた。「わたし、その人の妻ですわ」

2

主寝室に足を踏み入れたジョスリン・キャボットは憤慨していた。まるで七年前に見た光景の再現ではないか。あちこちに脱ぎ捨てられた服の山も、エールの発酵臭に混じって広がる情事の名残のむっとする匂いも、あのときと同じだ。床にこぼれた大型ジョッキのエールから、男のたくましい胸にもたれてこちらを見るふしだらな女の勝ちほこった表情にいたるまで、すべてに既視感があった。

ベッドに横たわっている男がおじのジェレントであるかのように思える。かたわらに寄りそう女はおじの最後の愛人にそっくりだ。人の話に耳を傾ける社交術も知らない酔っぱらいの愚か者だったおじは、ギルドの親方たちとの話し合いに彼女を代理で差し向け、脅しの言葉を伝える役をつとめさせていた。こんな場面を見せられるなんて、もうたくさん。二度とごめんだわ。

「出ていきなさい！」

女はそそくさとベッドから出て服を拾い上げると戸口へ向かい、あっというまに部屋を飛び出していった。

ジョスリンの夫、〝名なしのサー・ニコラス〟は、毛深くたくましい脚を投げ出すようにしてベッドの側面に座り、妻をにらみつけた。これにもいやな記憶を呼びさまされて、ぎくりとしたジョスリンは反射的に後ずさりした。今にも殴られて、部屋の反対側まで吹っ飛ばされるのではないかと思ったのだ。

しかしニコラスは手を上げたりはしなかった。裸の姿を気にもせずに立ち上がって近づいてくると、ジョスリンの目の前にそびえるように立ちはだかった。大男だ。といっても、ジェレントおじの白髪交じりの汚い熊を思わせる姿とは違い、最盛期の雄馬《おうま》をほうふつとさせる体だ。下腹は平らで、胸から続く黒々とした毛の下で筋肉がくっきりと分かれている。胸毛は、そのさらに下、脚のあいだに重たげにぶら下がる大きな男性のあかしまでおおっている。

ジョスリンは顔を赤らめ、目をそらした。ニコラスはしかめっ面であたりを見まわし、ベッドのシーツをつかんで引き寄せると、腰のまわりに巻きつけた。

ジョスリンの中で恨みと失望感がせめぎ合っていた。亡き夫の魂の救済のためにろうそくを絶やさず、ミサの祈りで夫の名を呼んでもらうために金を払ってきた。自分は義務を果たしてきたのに、という恨み。そして、ジェレントおじがこの小さな村で積み重ねてきた悪行を、六年かけて正してきた。それなのに今また、女を買って大酒を飲む騎士を領主に迎えなければならないという失望感。

「あなたは死んだはずだったでしょう！」思わずほとばしり出た言葉だった。ジョスリンはまた身を縮めた。今度こそ頬に平手打ちをくらったあげく、さらに厳しい罰を受けることになるだろう。数年間ジェレントおじの保護の下で暮らしてきたのだから、少しは口をつつしむすべを覚えてもよさそうなものだが、そうはならなかった。それにトレコームの人々は、不公正を見逃さないわたしの言動について、神に感謝したことが一度ならずあったはずだ。

ジョスリンは目を閉じ、涙をこらえて待った。涙には怒りと恐怖がにじみ出そうになっていたが、そのことは考えまいと必死だった。

「生きて帰ってきて、すまなかった」ニコラスはようやく口を開いた。

ジョスリンが目を開けて見上げると、彼は険しい表情で不穏な雰囲気を漂わせている。だが両腕は脇に垂らしたままだ。なんて大きな体なの。代理人を立てた結婚のおり、花婿がこれほど威圧感のある人だなんて、ティモシー神父は教えてくれなかった。

ニコラスが戦場で騎士の位を授けられたのも道理だ。今と同じように敵の前に立ちはだかれば事足りる。敵は風に吹かれた木の葉のごとく震えはじめるだろう――今のわたしと同じように。今自分のおかれている状況に思いいたって、ジョスリンははっと息をのんだ。**この人はわたしの夫だ。**何をされてもおかしくない。夫にとって妻は所有物なのだから。

わたしをどうするつもり？　明るい緑の目の奥に何が隠されているかは知るよしもない。浅黒い肌にあごひげ、もつれた長い髪に半ばおおわれた顔の表情からは何も読みとれない。

ジョスリンはごくりとつばを飲んで心を決めた。今のうちに逃げよう。

「では、服をお召しになって」せいいっぱいの威厳を保って言うと、戸口に向かって後ずさりしはじめる。

ニコラスはすかさずついてきた。目を大きく見開いてすばやく後ろに下がるジョスリンに、かまわず足を速めて近づいてくる。追いつめられて肩が壁に当たった。

目の前で手を上げられたので、ジョスリンはさっと顔をそむけた。ニコラスはわずかに目を細めると、妻の肩にかかった三つ編みの髪を持ち上げ、一瞬それに目を落としてから冷静で揺るぎのない視線を向けてきた。

「死んだほうがよかったわけか。なぜだ?」

「なぜですって?」なぜって、あなたはここでは邪魔者だから。領民にとって忌むべき存在でしかないからだわ。彼らはこれまでも十分ひどい目にあってきたのよ。喉のあたりで震えている言葉が今にも口をついて出てきそうだったが、なんとかこらえた。

「戦死したと聞いていましたから。あなたのいない生活に慣れてしまったんですもの」ジョスリンはなじるような口調ながらも息をひそめて言った。ニコラスの指がまだ三つ編みにかかったまま、まるで絹かどうか疑わしい生地の品定めをする商人のごとくもてあそんでいたからだ。「リチャード王ご自身が使いを寄こして、あなたが捕虜になったと知らせてくださいました。そのあと、家族からの身代金の支払いがかなわなかった騎士は殺されたと聞きました。ですから亡くなったものと信じて疑わなかったんです」

「身代金の要求があっただろうとは思っていた」ニコラスは慎重に言った。「どうして払わなかったんだ?」

「お金がなかったからですわ。ジェレントおじの遺産は土地だけでしたから。私有部分以外の領地は土地がやせていて、収穫がひどく少なかったので」

「領地の一部を売ってもよかっただろうに」

荘園の経営についてこのわたしに講釈を垂れるなんて。ジョスリンはこの六年、ジェレントおじが三〇年間でなしとげたより多くのことをトレコームのためにしてきたというのに。

「売るって、誰にですか？」

「たとえば、あの男ざかりのサー・ガイ・ムーアなどは？」

ジョスリンは口をきっと結んだ。「ガイ・ムーアは、今までお金を払ってものを手に入れたことなんて一度もありませんわ。欲しいものは力ずくで奪い取る人ですから」

「じゃあ、なぜ川沿いのあの土地を奪わなかったんだろう？」

「リチャード王が戦死した騎士に追悼を捧げておられることは、誰でも知っていますもの。十字軍に従軍して神に、そして国王である自分に奉仕して死んだ兵士の遺族から土地を奪おうとする者がいれば、どんなにお嘆きになるか。だからわたしは、この小さな領地で領民の暮らしを支え、それなりの繁栄を得ることができたんですわ。あなたが亡くなったからこそ、この領地はハイエナのような連中から守られたというわけです」

「領地ならわたしが維持できるさ」ニコラスは言った。またジェレントおじのことがありありと思い起こされる。だが違うところもあった。生前のおじが口にしたら偉ぶった嘲笑的な口調になっただろうが、ニコラスの声にはいささかも驕《おご》りが感じられない。事実を述べているだけに過ぎないらしい。

　その言葉を疑うわけではない。ニコラスはどこから見ても本物の戦士だった。シーツで体をおおう前に、左のわき腹に長く走る白い傷あとが見えた。肩と左腕にも傷がいくつも残っている。強靭で体力のある男のしるしだ。

「そういう意味で言ったんじゃありません」ジョスリンはぶっきらぼうに言った。すぐ目の前にあるニコラスの裸の胸を意識せずにはいられない。「領地をそのままの形で維持する必要はなかったんです。それよりも最大限に活用することに目を向けて、わたしたちは新たに農地を開墾しました」

　女子修道院で育ったジョスリンは、一二歳で修道女たちのもとを離れなくてはならなくなった。大酒飲みの悪徳領主で子どもに恵まれないジェレントおじに、キャボット荘園の跡継ぎとして引き取られたからだ。神の教えを学んで育ったジョスリンは、荒れ果てた荘園とそこで働く農奴たちのおびえた表情をひと目見たとたん、人生における自らの役割を悟った。

　自分は農奴たちを解放する役目を果たそう。九年後、ジョスリンはよき解放者、よき女主人となり、賢明で分別のある領主として荘園を経営していた。だが今、なぜか神は哀れな領民と領主に新たな試練を与えていた。なんといまいましいことだろう。

「ですから建物はきちんと修繕され、畑は豊作、家畜は丸々と太り、領民も満足しています。それもこれも、あなたが亡くなったと皆が信じていたおかげで、領地を手に入れる野心を持った騎士が出てこなかったからですわ」

「だが今になって、そんな輩《やから》が現れた」

「そうよ。あなたが戻ってきたとたん、早くもこのありさま！　二日も経たないうちにもう血が流れたじゃありませんか。その血の匂いを嗅ぎつけて、馬で一日以内の距離に住むハイエナたちは皆、すぐにでも駆けつけられるよう虎視眈々と機会をうかがっていますわ」

ジョスリンの胸に新たな痛みが広がった。わが身の不幸を嘆いたのではない。騎士らしいうぬぼれが衝突を引き起こすたびに踏みつけにされる領民が哀れだったのだ。そして、騎士のうぬぼれというのはいつの時代にもつきものだった。

「つまりこういうことかな？　おじ上が残してくれた領地を二人で協力して経営するなどまっぴらだ、わたしが死んで二度と帰ってこないほうがよかったと？」

「率直にお話ししてもよろしいのかしら？」

この問いかけにニコラスは短くからからと笑った。「おやおや、マダム。今までのは甘く優しいお言葉だったというんだね。それなら〝率直なお話〟を聞かされた日には、わたしなど打ちのめされて粉々になってしまうだろうな」

あら、皮肉な物言い。気のきいた受け答えもできるのね。ジョスリンは思わず夫を見つめた。わずかながらほっとしていた。ジェレントおじだったら、これは皮肉ですよ、と紙に書いて説明されたとしてもわからないだろう。ジョスリンは姿勢を正した。とにかくわたしがこの部屋を出ていくまでに、お互いの立場をはっきりさせておかなくては。

ニコラスはため息をついた。「話しなさい。言いたくてうずうずしているんだろう」

「ここの人々が望んでいるのは平和であって、富ではないんです。わたしたちは政治的な駆け引きには縁のない、取るに足りない存在ですし、大望を抱く王子たちの邪魔をしようとも思いません」ジョスリンの口から次々と、痛烈でとげのある言葉が転がり出た。

「この小さな領地で質のいい羊毛がとれる羊を育て、そこそこのチーズを作りながら神に仕えるわたしたちは、国王陛下のお目こぼしのおかげで、人並みの生活ができています。でも今になってあなたが帰ってきた。言っておきますが、生きているあなたの腕よりも、亡くなったあなたの腕のほうがここを守り、平和を保証する強い力を持っていたんですよ。戦士としての腕が役立つかといえば、災いを招くだけ。だとしたらあなたの存在は、領民にとって、わたしにとって、どんな価値があるというんです？」

ニコラスは平然とかまえている。「騎士の価値は腕力と剣の腕にしかないというのか？ そんなに簡単に決めつけるものじゃない」

ジョスリンは軽蔑をあらわにして夫を見つめた。「お言葉ですが、わたしのこの偏見に満ちた判断は、実際に騎士を見てきた経験にもとづいているんです。見てきたといってもわずか一〇〇人ほどですけれどね。でもこれからは、簡単に決めつけないよう努力しますわ」

ニコラスはふたたび声をあげて笑った。今度の笑いには嫌味があまり感じられず、おかしみがこもっている。「どうだろう、きみの舌鋒は確かに鋭いが、それだけで騎士の決意をくじくことができるかどうか。きみは……」ニコラスの声が急にとぎれた。舌鋒の鋭さを本心で認めてもらえたことに対してジョスリンが微笑んだ、ちょうどそのときだった。

ニコラスは驚いているように見えた。だがそれより、ジョスリン自身の驚きのほうがもっと大きかった。いてほしくない厄介者の夫に微笑みかけるなんて、まさか。

ニコラスはジョスリンをじっと見つめていたのにあらためて気づいて、まばたきをした。

「妻よ、おいで。わたしも何かの役に立てることがわかると思うよ」

ジョスリンは夫にすばやく目を走らせ、その一瞥でいかに大きく均整のとれた体をしているか、いかにすらりとした手足をしているかを見てとった。胸毛の濃さ、肩の広さとたくましさ、彼の男らしさも。

そして、二人の距離の近さも感じていた。体温が伝わってくるかと思うほどだ。

ジョスリンは唇を湿らせた。にわかに息苦しさを感じはじめていた。

「わたし、太刀打ちできるかしら?」

それを聞いたニコラスは噴き出した。あごひげを生やした顔をのけぞらせ、長い黒髪を背中につくまで揺らしながら大笑いしている。その姿は急に若々しく……何かから解き放たれたように見える。奇妙なことに、ジョスリンはその印象から逃れられなかった。

ニコラスはまだ微笑んだままこちらを見下ろしている。浅黒くひげだらけの顔の中で、歯が白く輝く。目と目が合って、ジョスリンは魅了された。

たちまち、夏の木陰を思わせるさわやかな緑の目にとらえられて釘づけになり、無防備になると同時に守られた。すべては一瞬のうちに起きた。今までにない経験だ。ジョスリンは自分がなぜここにいるのかも、自分が何者であるかも思い出せないでいた。

「名前はジョスリンだったね？」ニコラスが訊いた。

ジョスリンは目をしばたたいた。今の質問で魔法がとけて、いきなり現実に引き戻されたのだ。

妻の名前を憶えていないなんて、わたしはこの人にとってそれほどつまらない存在なの？　でも、驚くほどのことではないのかもしれない。十字軍遠征から生きて帰ってきたあかつきには領土を相続するという約束で、代理人を介しての結婚だった。それで、わたしのことをすっかり忘れていたというわけね。

夫が生きていたことに対する怒りと、もとからくすぶっていた不公平感が一挙によみがえってきた。ニコラスがいかに流血を好み、凶暴で始末に負えない性格か、そのため戦いで真っ先に命を落とす可能性がいかに高いか、ティモシー神父はいやというほどくり返し言っていたではないか。

だが目の前にいる夫は乱暴者でも短気でもなさそうだ。強い意志の力で自己を律することのできる人間に見える。あごひげさえ、伸びる前に彼におうかがいを立てているのではないかと疑いたくなるほどだ。

「そのとおりですわ」ジョスリンがすねた口調で言うと、ニコラスはしかめっ面を見せた。「ジョスリンです。思い出せなかったのは名前だけかしら、それとも妻がいたこと自体、お忘れだったとか？」

ニコラスは、浅黒い頬を赤銅色に染めて怒りを見せながらも自信ありげに答えた。「妻がいたことを憶えていたら、ソウェンナと寝たりはしなかった」

ソウェンナですって？　怒りで体が震えた。あの女の名前だったらたやすく思い出せるわけね。「物忘れがひどくてつい女を買ってしまったと言い訳すれば、少しはわたしの慰めになるとでも思ったんですか？　だったら、もくろみがはずれましたね」

「言い訳をするつもりはなかった。事実を述べているだけだ。わたしは不貞を働くような男じゃない」

ジョスリンは目を細めた。「それ、ソウェンナに言ってくださる？」

ひげで半ば隠れたニコラスの顔の皮膚がさらに赤黒くなった。「きみに言っているんだ」

二人はしばらく見つめ合っていた。ニコラスの冷たい視線と、ジョスリンの熱い視線がぶつかる。「妻よ、教えてくれ」ようやく沈黙を破ったのはニコラスで、この話題はもう終わりにしよう、あるいは終わりにしたいという態度が明らかに感じられた。「荘園の修理や領地と農作物の管理、地代と上納金の徴収はきみが責任を持ってやっているのか？」

自尊心がジョスリンの怒りを忘れさせた。「自分でできることは人にお金を払ってやってもらったりはしませんわ。領地の経営にかけては、どんな男性よりも成功をおさめてきたという自信があります」

「なるほど」ニコラスはつぶやいた。「領地の管理は万全なのか。未亡人としての務めは誠実に果たしてきたんだろうな？」

「もちろんですわ」ジョスリンは憤然として答えた。義務を怠っているというそしりは誰にも受けたことがない。

「あなたが捕らえられたとの知らせを受けたその日から、魂の救済祈願のろうそくをともしつづけましたもの」ニコラスに鋭い視線を向ける。「そういった捧げ物の費用は年に七シリングでした。つまり地代の残高から八クラウン、地獄に落ちるかもしれないあなたの魂の救済のために支出してきたことになります。魂といっても」険悪な口調でつけ加える。「あなたの体にいまだに宿っている魂でしたけれどね！」

「そうやってきみが義務を果たしてきたのは、わたしの死を悼む気持ちからではなく、おそらく」ニコラスは間をおいた。「感謝の気持ちからなんだろう？」

ジョスリンは顔を赤らめた。夫の言葉がほぼ的を射ているのを、不本意ながら内心認めないわけにはいかなかった。

「ろうそくの代金のことで心を悩ませるのはやめなさい、ジョスリン」ついにニコラスは言った。「神はきっと、罪の赦《ゆる》しを得るための献金と思ってくださっただろうよ。といっても、わたしはすでに十分赦しを受けているがね」その声には苦々しさがあった。「罪の赦しを得るのに十字軍遠征ほどいいものはないよ。それでも、何年ものあいだともされたろうそくがすべて無駄になってしまうのはつまらないな。きみの払った金のもとがとれるよう、新たな悪徳でも追求しようか？」目には楽しげな中にも、反応をうかがっているらしい狡猾な表情が揺らめいている。「そうだ、きみも一緒にどうだい？」

ニコラスの視線が熱を帯び、誘いかけているかに見える。ジョスリンは一瞬、彼のような男性がふける悪徳行為とはどんなものだろうと思ったが、すぐに思い出した。どんな行為だったか、ソウェンナはもう知っているはずよね。

「神を冒瀆《ぼうとく》するあなたの発言について、わたし、九日間の祈禱を捧げますわ」

「まったく、きみは妻の鑑《かがみ》だなあ。わたしなどにはもったいない」

ふたたび〝妻〟という言葉がくり返される。それも不安をおぼえるほどに親密な、五感を優しく撫で、心に刺激を与える声音で。それに、いつのまにか近づいてきたニコラスの体が外界を遮断して、文字通り壁のように立ちはだかっている。その生きた壁が深く息を吸いこむたびに動くさまは、〝妻〟という言葉とほとんど同じぐらい魅惑的だった。

「そうだ、妻よ」ニコラスはつぶやいた。

わたし、声に出して何か言ったかしら？　思い出せなかった。目の前の黒々とした胸毛の手触りはどんなだろう。柔らかいのか、それともごわごわしているのか？

「ジョスリン、わが妻よ」穏やかで低く、聖なる声。神秘の力を持つ聖人の声……それとも悪魔の声？「そう、いまだわたしの花嫁になっていない妻よ」

ジョスリンは顔をそむけた。こんなことを言うなんて、不作法で恥ずべきことだわ。

「なんだ？　顔を赤くして。でも、きみは処女のはずだ、そうだね？」ニコラスはつぶやき、黒い眉をひそめる。「そして、そのままでいたいと思っているんだろう」

ジョスリンはどう答えていいかわからなかった。言うべき答えがあるかどうかも定かではない。ニコラスが敵の捕虜になったと聞いたとき、男と女の営みについてめぐらせていたあらゆる想像に別れを告げた。それでよかったと安堵していたのだが、今振り返ると当時は気づかなかった小さな後悔もあったかもしれないと思っている。

ニコラスは妻の顔に表れた感情の動きを見守り、表情の読めない淡々とした目で、自分なりに解釈している。

「避けがたい運命から逃れられますように、などと祈って天をわずらわせてはいけないよ、ジョスリン。逃れることはできないのだから」

そして彼はジョスリンにキスをした。


ジョスリンはニコラスを振り切って逃げた。後ろ姿を目で追うニコラスは、困惑しながらも気をゆるめず、じっと考えこんだ。

ほんのひとときではあったが、ジョスリンをこの胸に抱きしめた。青々とした柳のごとく香り高く、しなやかなその体。唇は口づけに屈し、手はわたしの胸におかれたままじっとしていた。だがジョスリンはすぐに悟ったのだろう——鉄壁の守りに一瞬ほころびが生じたと。

なんと残念な。


その女《ひと》は、着古したさえないシュミーズの上にくすんだ茶色の外衣をはおり、その表面からは薪を燃やした煙の香りと馬の汗の匂いが立ちのぼっていた。金髪ではない。熟れきった体をしているわけでもない。背が高くすらりとして、漆黒の髪はつやつやと輝き、唇は甘いイチジクを思わせる。ニコラスが横たわったベッドのそばに立ちつくし、怒りのあまり黒い瞳に涙を光らせ、熱くたぎるものを秘めた低い声を発した。夜鳴き鳥の声のように孤独な響き。ニコラスは圧倒された。

何者であるかはわかっていた。彼女が口を開く前から、神と人間のあいだの約束によってあらかじめ自分に贈られた女性であると悟る前から。ただし実のところ、ジョスリンの言葉は正しかった。ニコラスは、自分に妻がいることを一瞬忘れていたのだ。

本人とは面識がなかったのだから、それもありえないことではない。ニコラスとジョスリンの婚姻は代理結婚で、ティモシー修道士（今はティモシー副院長になっているが）が言うところの何やら危険な状況から彼女を救うため、そして領土を相続するためだった。そう、自分自身が手に入れられる目に見える何か、実体のある、永続性のあるものが欲しかった。〝名なしのニコラス〟で終わりたくなかったのだ。

というわけでニコラスは、十字軍遠征に出る前の晩、半分酔った頭で結婚の手続きをすませた。卑しむべきことではあるが、妻となる人自身よりも彼女に贈与される財産に興味があったと認めなくてはなるまい。

しかし今、妻の持参金より、キャボット荘園より、領地そのものよりもっと欲しいものが見つかった。ニコラスはジョスリン・キャボットを求めていた――厳重に守られたその心も含めて。

ニコラスは何年も地下牢に閉じこめられていたあいだに、口を閉ざし、目をそらし、時間をつぶす必要にかられて数を数えたり物の重さや長さを計ったりした。ジョスリンの態度は違う。たとえ弱き者、無防備な者たちを守るという領主一族の特権の報いを受けて苦しんでいても、その勇敢な心は北極星のごとく輝いている。情熱と勇気にあふれたこの女性は、一〇の荘園を所有するのと同じぐらいの価値がある。

だが、彼女にどう求愛すればいい？　ニコラスには夫として、妻の体を自分のものにする権利がある。ジョスリンは忠実な妻としての役目を果たすため、いやなのを我慢して彼を受け入れるにちがいない。だがお義理ではだめだ。ニコラスの持ち物は、すべて納得ずくで手に入れたものばかりだ。その大部分は、自尊心を満たしてくれる品だった。

難しい求愛になるだろう。騎士の腕にどの程度の価値を認めているか、ジョスリンははっきり言っていたではないか。迷惑きわまりない夫の生還は、よくて悩みの種、悪ければ災いというところか。そのうえニコラスは、見知らぬ女とベッドにいるところを見つかってしまっている。

状況を改善するには、だいぶ時間がかかりそうだった。

3

二人の結婚の仲立ちをした神父に会いたくて、ニコラスはご機嫌斜めな馬を自ら返しに聖アルビオン大修道院へ向かった。小規模な大修道院ではどこもそうだが、馬小屋は、裕福な荘園領主の厩舎のようにこぎれいに作られていた。実際、剃髪《ていはつ》した少年が油を塗って手入れをしている鞍、おもがい、くつわ、手綱には、キャボット荘園の馬小屋で見たものよりはるかに凝った装飾がほどこされていた。

聖アルビオンは繁栄しているな、とニコラスは思った。大修道院の建物に近づいていくと、開いた窓から若い女性のかすれ気味の声が聞こえてきた。明らかにうろたえているその声の主はジョスリンだった。ニコラスは歩く速度を落とした。

「わたし、どうしたらいいでしょう、神父さま?」ジョスリンが訊いた。

「どうしようもないですなあ」副院長のティモシー神父が困ったような口調で答える。「あの人はあなたの夫ですから。死地より舞い戻り、この領地の主として、あなたの隣の座を占めようとしている。神のご意志でそうなったということでしょうな」聖職者たる者が〝神のご意志〟についてこれほど自信なさそうに言うのを聞いたことがない。

ジョスリンはいらだたしげな声を出した。「これが神のご意志だなんて、どうしても受け入れられませんわ。神はなぜ、おじのジェレント・キャボットがトレコームで行った悪政を正すことをわたしにお許しになっておいて、おじと似たような気質と習慣を持つ人物を後にすえるようなことをなさるんでしょうか？」

「まあ、お聞きなさい」今度は丸々と太った、子どものような姿のエイダート神父の声だ。

「あの人はけだものですわ」確信を持って言いきるジョスリンの言葉に、ニコラスはびくりとした。

「男が皆けだものというわけではありませんよ」

「家に入って二四時間もしないうちに、一台しかないわたしのベッドに女を連れこんだんですよ。しかもお金で買った――」

「およしなさい！」ティモシー神父がたしなめた。

「どうしてそんなことがわかったんです？」エイダート神父が好奇心をあらわにして訊いた。ニコラス自身も興味をそそられていた。

「ゆうべあの人は酒場で、領内の粉屋にお金を借りたんですわ……自分の遊びのために」ジョスリンは食いしばった歯のあいだから言った。「その粉屋が今朝わたしのところへやってきて、金を返してくださいと言ったんです」

ああ、そうだった。ニコラスは思い出した。ソウェンナに安物の装身具を買ってやるために、いくばくかの金を借りたのだった。あの粉屋がまさかジョスリンのところへ行って返済を迫るとは思いもよらなかった。新たに自分の領民となった農奴たちには、思慮深さという概念を教えこんでやらなくてはなるまい。

「だとすると、実際、手に負えない粗野な人間であることが証明されたわけですな」ティモシー神父が言う。「だがそのことは、結婚の仲立ちをしたときから我々にはわかっていました」

「だからこそ仲立ちをしたのですがねえ」エイダート神父が悔やむようにつけ加えた。

「わかっていますわ、神父さま！」ジョスリンが叫んだ。「そうですわ。〝あれだけ大胆で野蛮、気が荒い男なら、おのずから死を引き寄せるにちがいない〟と」

「殉死です」エイダート神父がおごそかに言った。「そういう結末になるだろうと、我々は予想していました」

「わたしには名誉の死を遂げた聖なる夫、トレコームの人々には暴君の支配からの解放、そして結婚をとりもった教会には毎年の献金が手に入りますからね」ジョスリンはきっぱりと言った。

ニコラスはしばらく唖然としていた。ジョスリンは、戦死する可能性が高そうな夫を見つけてもらうために神父たちに金を払ったというのか？　聖アルビオンの羽振りがいいのもうなずける。この立派な設備はわたしの死によってあがなわれたというわけだ。ニコラスは温かい石壁に肩をもたせかけた。まったく、なんという面白い妻をもらってしまったことか。

「ニコラスが神のご意志によって死を迎えるものと我々は信じていました。だが信じていただけで、保証はしていませんぞ」ティモシー神父が穏やかに言い、一瞬の沈黙が訪れた。ニコラスは、すり切れたドレスを着て不機嫌そうに立っているジョスリンの姿を思い描くことができた。神のご意志と自分自身の意志が一致しないのが、不満でたまらないのだろう。

「これは試練ですよね？」だしぬけにジョスリンが訊いた。

「試練ですと？」

「ええ。神は、わたしがこの領地を治めるのにふさわしい人間かどうか見定めるために試しておられるんですわ」

「どうしてそれがわかります？」ティモシー神父が尋ねた。

「そうですね」ジョスリンはおもむろに言った。「ニコラスは、わたしが永続的な平和と繁栄をトレコームにもたらすにあたっての、最後の障害ですから」

「いや、障害とはかぎりませんよ」エイダート神父が口をはさむ。「ニコラス自身も平和と繁栄を望んでいるかもしれません」

その発言を聞いてあからさまな軽蔑の表情を浮かべるジョスリンの顔が、ニコラスには容易に想像できた。

「あの人は帰ってきて一日も経たないうちに、わたしが六年間無事に守ってきた領地の所有権をめぐって戦ったんですよ。それから数時間後には、酒場へ出かけてトレコームでも特に評判の悪い連中と大酒を飲み、その手の女性に声をかけた。そうしてわたしが巡礼から帰ってきたら、酔っぱらって女を連れこんで、邸に一台しかないわたしのベッドで寝ていたんです！　聖ネオトのつま先にかけて誓ってもいいですわ。わたし、今後何が起ころうとも、あのベッドでは二度と眠らないと――」

　ティモシー神父もニコラスと同じく、最後の言葉が気になったらしい。「今後何が起ころうともですと？　どういう意味ですかな？　これからいったいどんなことが起こると予想しているのです？」

「それは」ジョスリンは怒った声で言った。「わたしが、いえ、神が苦労して築きあげてきたものを、ぶちこわしにされてはたまらないという意味です。そんなこと、神はお望みにはなりませんよね？」

　二人の神父はすぐには答えられなかった。

「教区の信徒の中に一匹のオオカミが放されたそれは明らかです。つまり、誰かがオオカミを退治しなくてはならないということですわ」

　ニコラスは口をぽかんと開けた。驚愕と同時に賛嘆の気持ちを禁じえなかった。彼女は優れた戦士になれるだろう。ニコラスという敵を発見するやいなや、相手を駆逐するのにもっとも好都合な方法は殺すことだ、とすでに決めている。もし自分自身が手を下す気になればだが。いや、あるいは二人の神父を説得してニコラスを始末させるつもりかもしれない。

　なぜなら、口調から決意のほどがうかがえるものの、声が震えていたからだ。将軍にでもなれるほど肝がすわったジョスリンだが、人殺しとなると？　おそらく無理だろう。

　今度の沈黙はさらに長かった。

「まさか、我々の手で人の命を奪おうというのではないでしょうな？」ティモシー神父がようやく口を開いてささやいた。「我々は聖職者であって、戦士ではありません。我々に頼もうなどと考えること自体、不道徳ですぞ。女子修道院で育ったあなたなら、よくおわかりでしょう」

ジョスリンが不満げにその場で足を踏み鳴らしているらしい音がした。

「お赦しください、神父さま。お叱りはごもっともです。でもわたしは、自分に授けられた名誉と義務にふさわしい人間になるためなら、この領地を、領民を、そして神に仕える皆さまがたを守るために必要なことを行う覚悟を持たなくてはならないのです」

「あなたは、自分の不滅の魂を犠牲にすべきではない！」エイダート神父があえぎながら言った。

「憶えてらっしゃいますよね、ジェレントおじの専横ぶりを？　聖アルビオンを貧窮に陥れたあの暴政を、皆さまがたに与えた蔑視と屈辱を？　教会の権威をそこない、愚弄した多くのやり口を？」

エイダート神父は恐ろしげに「神よ、助けたまえ！」とつぶやいた。

ニコラスは腕組みをして顔をしかめた。亡くなった義理のおじ、ジェレント・キャボットが生きていたらとますます強く願うようになっていた。そうすればやつと知り合いになれて、必然的に亡き者にしてやる楽しみができただろうに。

「理屈からいえば」ティモシー神父が小声で言った。「ある人間が罪を犯したとして、それがもし、より大きな罪を未然に防ぐためにやったことだとすれば、その人間は罪の赦しを得ることができるかもしれませんな……」

「罪の赦し？」ジョスリンは妙な口調でおうむ返しに言った。

これにはニコラスも顔を上げ、目を細めた。たった今まで、ひどく不当な扱いを受けた人物のたわごとを聞いているつもりでいた。たわごとが実際に行動に移されることはまれだとわかっていたからだ。

だが今、神父が小声でほのめかしたひと言によって、状況が一変した。

ジョスリンは黙っている。しばらくのあいだ、聞こえるのは不安のあまり速くなった息づかいだけだった。

「わたし、帰らなければ」ついにせっぱつまった声で言う。

「いや、お待ちなさい」またしてもティモシー神父だ。「わたしが言いたかったのは……そういうことではなく……情状酌量の余地があれば赦される、という意味だったのです。神は、聖なる戦士が正当な大義のもとに戦うかぎり、いかなる戦いに挑むときでも祝福してくださいます。十字軍に従軍した騎士として、ニコラスはすでに天国における地位を約束されている。そんな資格を持つ者が、我々の中にどれほどいますかな？」

「ええ」ジョスリンはうつろな声で言った。どうやら神父たちの態度に困惑しているらしい。

「神に奉仕したあの人の行いを称えるべきですわね」

「そのとおり。ニコラスは何年も神に奉仕してきました。ですから、今までの善き行いを台無しにする機会を与えないようにするのが思いやりというものです。彼の魂のためです、わかりますね」ティモシー神父は熱弁をふるった。

その言い草に、ニコラスは息が止まりそうになった。思いやり、だと？　わたしがふたたび罪を犯さないうちに死なせるのが〝思いやり〟だというのか？

「わかります」

「それでも、ニコラスに接するにあたっては敬意をもって、礼を尽くすべきでしょうな……残された人生のあいだずっと。望みはかなえてやり、心地よい雰囲気の中でゆったりと、気のおけない人との会話に満ちた楽しい時間を過ごさせてあげるべきです」

ニコラスはあきれる思いで聞いていた。まるで、とっておきの雄豚を市場に売りに出す前の心構えみたいじゃないか。エサの与え方についての助言がないのは驚きだが。

「そして、好みのおいしい食事を心ゆくまで味わってもらうことも忘れてはいけませんな」

「わたし……」ジョスリンは苦悩を感じさせる声で切り出した。ニコラスは待った。神父がほのめかした計画に、妻が拒絶を示すのを期待していた。また、自分に危害を加えようとする者と自分のあいだに立って、防波堤となる〝思いやり〟を示してくれればと思っていた。そう、こちらを擁護してくれればありがたい。

しかしジョスリンはそれ以上何も言わない。ニコラスは失望を感じたものの、驚きはしなかった。会話の断片から想像するかぎり、おじの庇護のもとでのジョスリンの暮らしはみじめで情けないものだったにちがいない。代理結婚によって初めて、その状態から解放されたのだろう。ところが今、死んだはずの夫が帰ってきた。どう見てもジェレントおじと似たりよったりの自分勝手な男だ。確かに、そんな夫がいて嬉しいはずがない。

事情はわかった。かといって気が晴れたわけではない。ジョスリンがそそくさと挨拶をし、神父たちに別れを告げて立ち去ったときには、さらに浮かない気持ちになった。それでもニコラスはその場にとどまっていた。

「まさか彼女が、実行に移すことは……？」エイダート神父が声をのんだ。

「さあ、わからない」

「罪を犯すことになりますよ」

「そうかね？　ジョスリンは、オオカミを信徒の群れに近づけてはならないという意味のことを言っていたが、確かにそのとおりかもしれん。兄弟よ、おじ上が死の床にあったとき、ジョスリンが必死で頼みこんできたのを憶えているだろう？　おじ上がめとった三人の妻が経験したのと同じ束縛から逃れる方法を見つけてくれと言って。あれ以来、彼女が我々にどんなに感謝しているか。彼女の寄付によって、我々は神にふさわしい場所にこの小さくつましい教会を建てた。今後も寄付が続けば、聖ネオトのために聖遺物箱を作る資金が確保できる。そして神の思し召しがあれば、司教たちをうまく説得して、聖ネオトのつま先の骨を譲っていただけるだろう」

ニコラスはぎょっとした。すべては干からびた遺骨のためなのか？　わたしの命が足の指と引き換えになるって？　あまりのばからしさにもう少しで笑い出すところだった。

「聖ネオトの遺骨があれば、どれだけの数の巡礼者がここへやってくるか！」ティモシー神父は続けた。「我々が巡礼者たちの手助けをすれば、どれほど多くの善をなすことができるか、考えてみなさい」

巡礼者たちがトレコームと聖アルビオンにどれほど多くの富をもたらすか、考えてみなさい。ニコラスは心の中でつけ加えた。

「サー・ニコラスがこのまま生きていたとして、ああいう神聖な遺物を入れる箱を寄贈してくれるだろうか？　ジョスリンがあつらえると約束してくれた聖遺物箱を」ティモシー神父は鼻を鳴らした。「そんなこと、あるわけがない」

エイダート神父はため息をついた。「おっしゃるとおりです、ありえませんね」

「それに、サー・ニコラスは自分の死後、領地を教会に寄贈するつもりなど、まずないだろうね。ジョスリンは自分が子を残さずに死んだ場合の遺贈を明言しているが」

「ないでしょうね」エイダート神父が同意した。「ああいう輩は、自分の所有物となると墓場まで持っていきたがりますから。それでもわたしは、こういう役をつとめるのは気が進まないんですがね」

「わたしだって心穏やかではいられないよ。神のご計画というのは理解しにくいときもある。いずれにせよ、ジョスリンの行動を決めるのは神のお導きなのだから、それを信じなくてはいけない」

気がとがめているらしいエイダート神父の不満そうな声を最後に、二人は遠ざかっていった。ニコラスは一人考えこんでいた。自分を殺しかねない妻と、自分の死に不信心きわまりない関心を寄せる二人の聖職者。いったいどうすればいいのか。

歩いて帰る途中、院内の菜園で若者が雑草取りをしているそばを通りながらも、そのことが頭から離れなかった。結婚した相手がどんな人間か、何をしかねないか、実際にどんなことをしそうかを見きわめなくてはならない。

小さな菜園を囲む塀の前で立ち止まったニコラスは中をのぞき、血色のいい若者に声をかけた。「おいきみ、名前はなんというんだね？」

若者は顔を上げた。つかのまの休憩をとる言い訳になると思ったのか、笑顔でいそいそと塀のところまでやってくると、鍬《くわ》に寄りかかるようにして立った。「ケヴランっていいます」

「ケヴラン、きみはミサ仕えをしているのかい？」ニコラスは訊いた。

「まだです。毎週木曜日に神父さまからお仕事をいいつかって、お祈りの言葉に母の名前を入れてもらっているんです」

「なるほど。ところでわたしが誰か知っているかな？」

若者はにっこり笑った。「はい、知ってます。聖地パレスチナの異教徒の牢から生還されたサー・ニコラスでしょう」その目には英雄への崇拝の色があった。頭のいい子であることは明らかだ。

「それなら、わたしの妻を知っているね」

「ええ。父が機織《はたお》り職人の祖父の跡をついでトレコームで働いているので、ぼくは生まれてこのかたずっとレディ・ジョスリンを知ってますよ」

「どんな女《ひと》だと思う？」若者の顔を注意深く観察しながら、ニコラスは訊いた。いつのまにか人の表情を読むのがうまくなっていた。そのおかげで命拾いしたこともたびたびあった。

「立派な方です」ケヴランは間髪を入れずに答えた。「信心深く、純粋で、正義感が強くて」

「聖女と結婚したというわけだな、わたしは！」そう言ってニコラスは微笑んだ。

ケヴランは声をあげて笑ったあと、顔を赤らめた。「申し訳ありません、旦那さま。笑うつもりはなかったんです。奥さまは鳥が歌うのと同じように自然に優しくしてくださいますし、領主としてあれほど公平な方はいらっしゃいません……」

「だが……？」

「ですが、いったん腹を立てると、まるで巣をひっくり返されたスズメバチみたいに激しい怒りようで。ただし、かんしゃくを起こしたときはすぐに後悔されますけど」

「素直なところもあるわけか」ニコラスはそれとなく言った。「意のままに従わせるのは簡単だ」

ケヴランはふん、と鼻先で笑った。「あそこの大きな岩みたいにね」

それは想像に難くない、とニコラスは川の土手の上に広がるキャボット荘園を見上げて思った。農奴が牛を使って畑を耕している。あの領地を経営するには強固な意志が必要だろう。

「妻は荘園をきちんと管理しているようだが」相手の意見を引き出すために、半ば問いかけるように言う。

「どんな男もかなわないでしょうね」若者はあっさりと認めた。

「ああ。だが今ひとつ威厳に欠けるな」

ケヴランは驚いた表情をした。「レディ・ジョスリンがですか？　とんでもない、典礼用の冠をつけた司教みたいに威厳に満ちているじゃありませんか。どうしてそんなことを？」

ニコラスは荘園のほうを手で指し示した。「土地は肥え、家畜は丸々と太り、果樹園の管理も万全だ。だが領主の家を見ると、世捨て人の洞窟かと思うほど家具が少ないし、ジョスリンはきみとあまり変わらない格好をしている。自分の地位にふさわしい服装をすることも知らないんだな」

「いえ、着飾りたいと思えばできなくはないはずですよ」ケヴランは抜け目のないわけ知り顔の笑みを浮かべて言った。「でもレディ・ジョスリンは、少しでも余裕があればいつも旦那さまのために使ってこられましたから」

「わたしのために？」ニコラスは驚いて訊き返した。

「はい。まだ教会へ行かれてないんですか？　神の栄光をたたえる芸術作品のような建物ですよ。あれも奥さまのおかげです。教会に多額の献金をして、旦那さまのために祭壇にろうそくをともしてもらったり、ミサで名前を呼んで祈りを捧げていただいたりしているんです。奥さまは旦那さまを失って、深い悲しみにさいなまれておられました。見ていて本当に心が痛みましたよ」

わたしが死んだと思いこんで、罪の意識にさいなまれていたんだろうな。だがニコラスはそこにある種の慰めを見出した。早々と死んでくれそうな夫を金を払って手に入れたことでジョスリンが罪悪感を抱いているとしたら、その夫を自らの手で殺すなど、良心が許さないのではないか。

もしジョスリンが手を下してしまったら、自分に課す罪の償いはどんなに大きくなることだろう。ニコラスはにやりとせずにはいられなかった。わたしを殺して二、三年も経てば、聖アルビオン大修道院はシュルーズベリー大聖堂にも匹敵する豪華な建物になるにちがいない。

「そんな貞女の鑑のような女性が未亡人になったというのに、言い寄ろうとする者が誰もいなかったとは驚きだな」ニコラスはさりげなく言った。

「いいえ、求愛しようとした男性はたくさんいましたよ。ガイ・ムーアが一番ご執心でした。自分の土地がレディ・ジョスリンの、いいえ、旦那さまの土地に隣接していることもあって。でもレディ・ジョスリンはずっと、旦那さまの思い出を大事にしてこられました」

となると、わたしが用心しなくてはならないのは、神父たちと妻だけではないということだな。ニコラスの全身を嫉妬心が貫いた。

「旦那さまがお帰りになられて、レディ・ジョスリンはきっと大喜びでしょうね」ケヴランは心の底から言った。

「ああ、確かに」ニコラスは言った。「とても喜んでいるよ」

4

「きみの格好は使用人みたいだ」ニコラスが言った。

ジョスリンは、機織り職人たちがニコラスに見てもらうために置いていった目録を見ながら、自分の服装に対する夫の評価に腹も立てず、関心も示さず、ただぼんやりとうなずいた。ほかにいろいろと考えなくてはならないことがあったからだ。ニコラスがトレコームへ来てまだ一週間も経っていなかったが、領民とのつき合い方についてジョスリンはしばしば助言を求められ、その責任を真面目に果たそうとしていた。

だいたい、服装にかけてはいたらないところの多いニコラスに、わたしの格好をどうこう批判する資格があるのだろうか。自分だって使用人とさほど変わらない身なりをしているくせに。ただ、召使よりかなり清潔であることは認めざるをえない。ジョスリンは浅黒い肌の大男の夫にちらりと目を走らせた。それにかなり毛深いわ。

妻がそれ以上なんの反応も示さないので、ニコラスは続けた。「だから裁縫師を呼んで、きみの新しいドレスを何着か作らせることにした」

今度はジョスリンも聞き流すことができず、責める口調になった。「なぜそんなことを?

そのお金でわたしの虚栄心をあおるより、もっと有意義な使い方があるでしょうに」

「誰の虚栄心だって？」ニコラスは穏やかに訊き、口角を上げて驚くほど少年っぽい表情を見せた。エメラルド色の目がみすぼらしいドレスの線をたどる。ジョスリンはますますみじめな気分になり、知らないふりをしてしまいたい多くの感覚を呼びさまされた。

「わたしの虚栄心のためだよ、奥さま。きみの印象は、夫であるわたしの評判にもかかわるからね。地位にふさわしい尊敬を得られるだけの格好をしてもらわないと」

ジョスリンはためらった。情けなかった。服なんか新調しなくて結構よ、とだけ言うべきなのはわかっていた。しかし恥ずべきことに真実は、新しいドレスが欲しかった。はっきり言って切望していた。

もう何年も、可愛らしくて浮ついていて、しゃれた服とは縁がなかった。だからこそうつむき、敬虔に手を組んだのだ。なぜって人は、自分を飾り立てたくなる見栄に打ち勝つために、あらゆる努力をすべきだからよ。そうじゃない？「男も女も、尊敬されるかどうかを決めるのは自らの行いであって、服装ではありませんわ」

ニコラスに微笑みかけられて、ジョスリンはふたたび妙な思いにとらわれた。この人、わたしの本音を知っていて、楽しんでいるんだわ。ここのところしばしば経験している心の葛藤がまた始まった。単なる想像よ。まさか、わたしの心が読めるはずはない。顔が濃いひげにおおわれているせいで緑の瞳がより明るく輝いて、いかにもわけ知り顔に見えるからそう思うだけだわ。

「裁縫師に新しいドレスを三着仕立てさせなさい」ニコラスは言った。

ジョスリンはつましさを見せて、最後の弱々しい抵抗を試みた。「なぜですの?」

「なぜって、主人であるわたしが言うことだからね」ニコラスは平然と答えた。

「おっしゃるとおりにしますわ」ジョスリンはしぶしぶ従った。やはりティモシー神父に教示されたとおり夫の望みをかなえてやって、優しく接したほうがいいだろう。実際、ばかばかしいほどに簡単なことだったし、逆らって事を荒立てる必要もなかった。

「さて、ワインのお代わりをついでくれないか。棚から肉を持ってきてあげるから、最後にひと口食べよう。そのあと、わたしは村へ出かける」

「出かけるんですか?」ジョスリンはおうむ返しに訊いた。夫の言葉に失望感をおぼえたことに、我ながら驚いたのだ。確かにニコラスは、毎日ジョスリンをおいてどこかへ行っていた。ときには村まで足を伸ばしたりもした。トレコームの領主として、またキャボット荘園の主として、把握しておくべきことが山ほどあるからだろう。

　ニコラスはしばしば、邸の二階のほとんど使われていない場所で、新たな弟子ケヴランとともにひとときを過ごした。どすんどすんという地響きやときおり物が激しくぶつかる音から判断するに、ケヴランに剣さばきを教えているらしい。だがこれはいつも昼過ぎになってからで、午前中の時間はジョスリンのものだった。

「皮なめし工が川の水を汚していると村人から苦情があったんだが、村人の主張が正しいのか、それとも皮なめし工の言うとおり工房の下流でも上流と変わらないきれいな水が流れているのか、確かめに行きたいんだよ」

ニコラスはワイングラスをジョスリンに渡して片目をつぶった。目配せするなんて！

ジョスリンの頬がかっと熱くなった。こんなふうにからかわれた経験がなかったからだ。今までは年齢や身分が障害となって、異性と親しくなる機会に恵まれなかった。

だがニコラスとは対等だ。出自は違うかもしれないが、今は夫として間違いなく同等の地位にあり、ほかの人ならとても口にできないことまで妻に言える権利がある。そんな親密な関係は人を酔わせ、解放し……そして、わたしが一生経験せずに過ごさなくてはならない営みにつながるのだろうか。ジョスリンはチュニックドレスの下に隠し持った毒薬の瓶を指でいじりながら、いやでもそのことを思い出さずにはいられなかった。

ニコラスはのんきなようすで立ち上がり、肉切り台のほうへ向かった。この人ときたらすきだらけで、危害を加えようと思えばいつでもできそうじゃないの！　まるで殺せるものなら殺してみろとけしかけるかのような態度。わが身が可愛くないのかしら？　敵がそこらじゅうをうろついているのに気づかないのだろうか？　わたしが手首をひと振りするだけで、この忌まわしい秘薬を一滴残らずグラスに垂らし、真の意味で彼にふさわしいご褒美としてあの世に送ってやれるというのに、それも知らずに？

ただジョスリンは、ニコラスをどこにもやりたくはなかった。昼食をとるまではやめておこう。

トレコームも聖アルビオン大修道院も、そしてわたし自身も、夫がいないほうが幸せになれる。その理由を無理やり探そうとしたが、考えついた正当な理由はたったひとつ。早急になんらかの手を打たなければ、サー・ニコラスの浪費癖のせいで皆が貧窮してしまうということだけだった。何年も地下牢で過ごした彼は、金のありがたみを感じる心を失ってしまったらしい。

ニコラスは、本来なら冬にそなえて加工し貯えておくべきリンゴを生のまま食べてしまう。グラストンベリーに召使をやってショウガ、肉桂《シナモン》といった外国の香辛料を買ってこさせ、料理の風味づけに使わせている。その召使が買いつけてきた何枚ものつづれ織り《タペストリー》は今、壁掛けとして部屋に飾られて寒さを吸収し、目を楽しませている。

痛む首の凝りをほぐそうと、ジョスリンは両肩をぐるりと回した。新しい壁掛けのおかげで寒さはだいぶやわらいだが、羽毛を使ったふかふかのベッドは……ああ！　今やそれは本物の贅沢になってしまった。

ジョスリンは邸の中で唯一のベッドを、ふしだらな金髪女に汚されたからと夫に譲った。それ自体は後悔していないものの、代わりのベッドがないのはいまいましいというほかない。今使っているわら布団は、冷たく硬い床に直接敷いているため寝づらかった。かといってベッドは、特に高級な羽毛入りのマットレスを敷いたものは、あまりに高価で手が届かない。ニコラスでさえそんな贅沢品には無駄な金は出さないだろう。

そんな中この人は、わたしの服を新調させようというのだ。

ジョスリンは情けない気持ちで夫の広い背中を眺めた。つましい暮らしをしてはいるが、心のどこかでは真新しいドレスや、ティーグ荘園のご婦人たちが着ているような毛皮で裏打ちをした外衣が欲しかった。脚を温かく保つことのできるストッキングも、明るい光で広間を彩ってくれるろうそくも。

ニコラスがそれらを与えてくれたことになる。

いいえ、違うわ。ジョスリンは思い出した。あの人が与えたのではない。聖ネオトの足指の骨を入れる聖遺物箱を作らせるためにわたしがせっせと貯めたお金を取りくずして、それを使っただけなのだ……わたしのために。

素直に認めるしかないが、ニコラスは自分のために浪費したのではない。この邸へ来てから、馬小屋の馬にカラスムギをやって肥え太らせているわけでも、虚栄心の塊のような紋章旗を広間に飾っているわけでもない。ぴかぴかの鎖かたびらをあつらえたり、剣に新たな装飾をほどこしたりもしていなかった。

ニコラスは、所有しているもの、購入したもの、交換したものをすべて分かち合うことで満足しているようだ。**いえ、そう見えるだけかもしれない。**領主になってまだ日も浅いということを忘れてはならない。ジェレントおじだって昔、たまに優しかったときもあったではないか。ジョスリンは眉をひそめた。ニコラスとジェレントおじを比べたことが我ながら不愉快で、まるで裏切りでもしたかのように感じられた。とはいえ、そう感じる理由はどこにもない。わたしは誰も裏切っていないのだから——今のところは、まだ。

ニコラスが薄切りの牛肉を盛った皿を手に戻ってきたので、ジョスリンは顔を上げた。

丁子《クローヴ》の香り漂う、汁気たっぷりの肉片を前にして、夫を毒殺する好機が失われた。

ジョスリンは嬉しそうに目を細めて皿を見つめ、息を吸いこんで香りを嗅いだ。ニコラスにそのよさを教えられて、ジョスリンも香辛料が好きになっていた。シナモンやクローヴ、ナツメグは、どれも甘美な発見であり、さまざまな感覚に訴えるごちそうであり、舌を楽しませる豊かな風味を添えてくれた。香辛料の香りがよいほど、料理が心地よい味わいになるとは夢にも思わなかったが、実際そうなのだった。

もの問いたげに片方の眉をつり上げたニコラスは肉片を切り取り、ナイフで突き刺すと、妻の口の前で誘うように見せびらかした。ジョスリンはもう食事を済ませていた。それ以上食べれば大食の罪を犯すことになる。

「奥さまは興味をそそられているようだね」ニコラスは言い、肉片をさらに近づけてぶらぶらと振った。「これを食べずに捨てるなんて罪だよ」

「捨てる必要はありませんわ」ジョスリンは舌なめずりしたいのをこらえ、弱々しい声で応えた。「残りは明日の朝、食べればいいでしょう」

ニコラスは肩をすくめ、肉片を自分の口に放りこむと、よく噛んで存分に味わった。なんでもじっくり味わうニコラスは、食べ物や飲み物を賞味するときはもちろん、人の話を聞くときも集中してじっと耳を傾けるので、話し手は自分が高く評価されていると感じるのだった。

そして、歩き方もそうだ。両肩をぐっと後ろに引いて胸を張り、あごを上げた浅黒い顔を太陽に、風に、暗がりにさえ向けて、まるで特別の恩恵を受けている者であるかのように足を運ぶ。その動きが見ていて実に楽しかった。

一方、ニコラスは謎めいた人物でもあった。用心しなければとジョスリンは思っていた。いったい何を考えているのだろう。この謎の答えは最初、彼女にとって好ましいものではなかった。ニコラスの優しく甘やかすような態度は、おそらく夫としての権利を妻に対して行使する下心があってのことだろうと思われた。

実のところ、簡単に手に入るものだけに心を砕いていてくれたほうがジョスリンにとっては安心なのだ。そういえば、ジェレントおじもわざわざ妻を口説こうとしたりはしなかった。ひょっとして、ニコラスも同じやり口なのかしら。

疑問が芽生えはじめていた。ニコラスが邸に住みついて八日目の夜を迎えても、謎は解けない。毎夜眠れないまま、ジョスリンはこれから起こることに身を硬くしてわら布団に横たわり、ただ祈っていた。ニコラスが部屋に入ってきてなすべきことをさっさと終え、この件に、この行為に完全にけりをつけて、妙なご機嫌とりをやめてくれますように。そうすれば、なぜ妻をこんなに甘やかすのかという謎も解けるだろう。

もう、まったく！　なぜこの人は本性を現さないの？　酔っぱらって悪臭を放ち、妻のベッドでほかの女と寝るような男のはずなのに、気配りができて落ち着きがあり、驚くほどの忍耐力の持ち主に思えるなんて。ごくたまに見せる微笑みでジョスリンは胸の鼓動が速まり、肌がほてるのだった。

そのうえ、いつまでたっても夫が寝床へやってこないため、世俗的な想像に悩まされはじめていた。あんなに男らしく、筋骨たくましい大男に抱かれるって、どんなだろう？あちらから求めてこないにしても、もしかしたらわたしがこの身を差し出すべきなのだろうか。確かに妻としての義務はある。ティモシー神父だって、そんなことをほのめかしていなかったかしら？

ニコラスが礼儀正しく別れを告げて村へ出かけたあとも、ジョスリンはあれこれ想像をめぐらせていた。テーブルを離れてふらふらと歩き出す。いつになく、どこへ行って何をしようというあてもない。時間が経つにつれ、あの胸がざわつくような妄想が頭にしっかりと根を下ろし、振り払うことができなくなった。

妄想はついに、ジョスリンが自室を出て階下へ下りるまで追いかけてきた。厨房では召使たちがすでに夕食の支度を始めていたところだった。少女が二人、野菜を洗い、皮をむいている。少年が一人、串に刺したもも肉を回しながら暖炉の火であぶっている。大きな調理台でパン生地の黒っぽい塊をこねていた年配の女性料理人、グエンが手をとめて顔を上げ、「何かご用ですか？」と訊いた。

ジョスリンとしてはここに来る用事は特にない。使用人の腕は確かだし、主人に忠実でもある。食料貯蔵庫の確認も今週はすでに終わっていた。「あの……今日の夕食、十分に用意してあるか確かめておこうと思って。サー・ニコラスが昨夜、食べ足りないようだったから」

「ああ、そうですね」グエンは満足げに言い、もとの作業に戻った。パン生地から目を離さずこねつづけながらも唇には笑みを浮かべている。「確かに旦那さまは食欲旺盛でいらっしゃるわ。飢えているみたいなお顔をされて。でも欲しいのが食べ物なのか、それともほかのものなのか、わかりませんよ。わたしの料理で満たされない部分は、奥さまが満たしてさしあげたらいいんじゃないですかね」

少女たちはくすりと忍び笑いをした。今の言葉で頰に血が上ったのを気づかれたくなくて、ジョスリンは咳払いをして短くうなずくと、身をひるがえして、そそくさと暖かい厨房を後にした。

それからしばらくしてジョスリンは、海辺につながる道へ向かって歩いていた。ジェレントおじが生きていたころは、よくここの海を望む断崖に逃げ場を求めてやってきて、はるか下で砕けちる波のしぶきのあいまをカモメが飛びまわるのを眺めたものだ。

道に入る手前で、ひときわ目立つ大きな岩の上に一人立つ人影が目に入った。高くなったところに片足をのせ、腰に片手をあてたその男性がニコラスであることはすぐにわかった。吹きつける風でシャツが広い胸に張りつき、マントがはためいている。いかにも男っぽく、力強さと不屈の精神を感じさせる姿だった。そばまで行きたい気持ちにかられたが、まさかそんなはずはないと打ち消してきびすを返そうとした。

そのとき、ニコラスが気づいて「ジョスリン」と呼びかけた。「こっちへおいで」

ためらいながら彼女が大岩の下に近づくと、ニコラスは岩の端まで歩いてきてかがみこみ、手を差しだした。濃いひげに縁取られた輝くような微笑み。「ほら、両手でこの腕にしっかりつかまって」

言われたとおりにすると、ニコラスはジョスリンを軽々と脇に引き上げ、手を離した。とたんに傾斜した岩肌の上でよろめいた妻を抱き寄せる。がっしりとした大きな体に、ジョスリンの胴ほどもある太い腕。

「気をつけて」こめかみのそばでささやくニコラスの息は温かく心地よい。「夫になる前に男やもめになってしまってはたまらないからね」

ジョスリンの息づかいが、足取りと同じくおぼつかなくなった。この人に抱かれたらどんな心地がするかしら――今の今まで自分が考えていたことを読まれたような気がしたのだ。戸惑って身を引いたジョスリンに、ニコラスは無理強いしなかった。

「ここで何をしてらっしゃるの？」

妻の言動に失望させられたかのようにため息をついたかと思うと、ニコラスはその失望を押し隠して微笑んだ。「ここに城を建てるつもりなんだ」

ジョスリンは動きを止めて夫をまじまじと見た。「城ですって？」信じられないといった声で訊く。「どうして？　ここはほかの領主の攻撃に悩まされたことは一度もないのに。そもそも、わたしたちの領地の存在を知っている者はごくわずかですもの」

ニコラスは困惑した顔をジョスリンに向けた。「十字軍遠征でわたしが学んだことがひとつあるとすれば、いかに狭く取るに足りないように見える所有地でも、人は欲しがるものだということだ。実際、領主たちより有力な存在がいるんだよ。あらゆる階層のあらゆる種類の者、たとえば貴族、商人、自由民などから着実に支持を得、忠誠を尽くされる君主だ。そのうち我々も、君主を選ばされるときが来るだろう。いやでも選ばざるをえなくなる。そうなると……」ニコラスは言葉を切り、ふたたびふうっと息をついた。今度はうんざりしているようすが伝わるため息だった。

「そうなると？」ジョスリンは静かにうながした。

「そうなると我々としては、いつか〝敵〟と呼ぶことになる人々がいざ攻めてきたときに対抗する必要が出てくる。備えをしておかなくてはならない」

決意が表れているものの、あまりに悲しげで不安に満ちたニコラスの表情に、ジョスリンは思わず指先で彼の頬に軽く触れ、「では、ご自分の城をお建てなさいな、ニコラス」と穏やかに言った。

夫の名を〝サー〟という称号抜きで呼んだのは初めてだった。ニコラスはじっと見つめてきた。その目は何かを語りかけていた。今まで可能とは思ってもみなかった意思の伝え方だ。ニコラスは顔の向きを変え、唇をジョスリンの指先に押しつけるとまぶたを閉じた。浅黒い頬に濃いまつ毛が影を落とす。

ジョスリンの肌があわ立ち、胸の鼓動が速くなった。唇が湿り気を帯び、驚きで口がかすかに開かれる。近づいてきたニコラスは目を開いた。問いかけるようなまなざしに応えることができないジョスリンは手を下ろした……今は、まだだめ。

「わたし……もう帰らなくては。仕事が残っていますから」

「それでもきみのことを臆病だなんて思いはしないよ、ジョスリン」ニコラスは言った。

でも、わたしは臆病者だわ。二人は荘園全体を見わたせるところに立っていた。ジョスリンは自分の考えを認める用意がまだできておらず、黙っていた。そしてニコラスが反応するまもなくあわてて大岩からはい下り、急ぎ足で歩きはじめた。ニコラスはきっと追いかけてくるだろう。邸まで。階段まで。わたしの部屋まで。そしてそのあとは……？　ジョスリンはふたたび肌がうずくのを感じた。

数十歩も歩かないうちに、追いかける足音が聞こえないのに気づいた。肩越しにこっそり振り返ると、ニコラスはまださっきの場所に立ったままで、渋くて魅力的な顔に皮肉な笑みを浮かべてこちらを見守っている。

まあ、なんてこと！

邸へ戻ってからもジョスリンは、ニコラスとのやりとりで受けた刺激によって想像のとめどがなくなり、あれこれとひどく不道徳なことばかり思い描いていた。雑念を追いはらおうと懸命に努力したが、夫の立派な体格や微笑み、緑の瞳の記憶が何度もよみがえってきてうまくいかず、ついにあきらめた。

夫がベッドでどうふるまうだろうかと想像をめぐらせるのは、わたしにしてみれば別に不自然なことじゃないわ。結婚して六年になるのに、妻として知っているはずのことを何も知らないんですもの――ジョスリンは自分に言いきかせた。くすくす笑ったり、顔を赤らめたりしていた少女が大人になるのを数多く見守ってきたが、成長ののち、愛する人がそばに来るたびに目を輝かせる女性もいれば、あごひげ一本見るのもいや、という女性もいる。なぜそれだけの違いが出るのか知りたかった。

ジョスリンは、自分が人からどう見られるかについてはなんの幻想も抱いていない。トレコームの人々には聖女と思われているようだが、そんな扱いは望んだことがなかった。女子修道院で育ち、おじの悪行に耐え、領地をまかされたときに領民が悲惨な状態にあったというせいで、聖女にまつりあげられただけだ。もし本当に聖女としてあがめられたかったとしたら、彼女の性格からして剣、対決、戦闘による武力の道を選んだだろう。高潔さをもって聖女の列に加わるなど、本意ではなかった。

しかし今、二一歳になったジョスリンはいまだに生娘《きむすめ》のままだ。そしてトレコームの領民がどう思おうと、けっして聖女ではない。

聖女というのは、夫の手の大きさや、歩くときの腰の動きのなめらかさ、股間のものを見た記憶などにとらわれたりしないはずよ。でも、わたしは違う。

日が暮れるにつれて、ジョスリンの想像はますます熱を帯び、いらだちは自暴自棄に変わった。人間というのは、やけになると妙な理屈で自分を納得させたくなるものだ。

じっくり考えた結果、ティモシー神父ができるかぎりニコラスによくしてあげなさいと強くすすめた意図がなんなのかが明らかになった。神父はジョスリンの〝不自然な〟状態をなんとかしてやりたいと思ったにちがいない。大修道院としては後援者の領主夫人の不自然な婚姻を望まないだろうし、トレコーム村の人々だって世間の常識からはずれた領主夫人は好まないにきまっている。それに、妻になったというのに処女のままだなんて、おかしいじゃないの？

わたしには、まもなく死を迎えるであろうニコラスに純潔を捧げるという義務がある。それは教会とトレコームの領地に対する義務でもあるんだわ。

自らすすんでこじつけた確固たる理屈に導かれ、ジョスリンはその夜、早めに自室へ引きあげようとしていた。食後のテーブルではまだニコラスが、外出の帰りに連れてきた行政官のサイモンと話し合っている。なんの話をしているやら、ジョスリンはほとんど注意を払っていなかった。考えがまとまらなくなって頬が赤らみ、めまいが起こっていた。ようすがおかしいのをニコラスに気づかれ、気分でも悪いのかと訊かれたほどだ。ジョスリンはほどなくことわりを言って部屋を出た。

しかし、物事を企て計画を立てるのと、それを実行に移すのは別問題だということがすぐにわかった。自室に戻って着古したドレスを脱ぎ、すてきな部屋着があったらよかったのにと思いながらしかたなく、首のところでリボンを結ぶようになっていて足首まである、ゆったりとしたシュミーズを着た。

一瞬ためらいはしたものの、編んであった髪を小間使いにほどかせ、櫛けずらせる。深い闇色の髪がさらりと肩にかかって広がった。唇を噛み、磨いた金属の鏡に映った自分の姿をじっと見つめてから、小間使いを下がらせた。

深呼吸をしたあと暖炉から薪に火を移してたいまつを作り、戦場にのぞむ兵士のような構えで、ニコラスに乗っ取られた寝室へと向かった。勇気をふるってすばやく戸口を入るとあたりを見まわし、驚きに包まれた。

小さな部屋は、修道女を養成する修練院の個室と同じぐらい質素だった。家具調度といえばベッドのほかにたんすがひとつ、テーブルが一台、椅子が一脚だけ。壁にはタペストリー一枚かかっておらず、芳醇な香りのワインを満たした容器もない。暖炉の火が燃えている気配はなく、わずかな石炭がときおりすねたように赤く光るだけだ。たんすの脇には、傷がついているものの十分に油を塗った剣が、使い古した鞘におさめられて立てかけてある。

わが身を捧げるつもりだった相手が戦士であったことにあらためて気づかされて、ジョスリンは思わず自室に逃げ帰りそうになった。しかし臆病者ではない彼女は、剣で攻撃されることよりも、未知の体験の機会を失うことのほうが恐ろしく、逃げずにとどまった。

夫のベッドにちらりと目をやったが、ほかの女が一緒に寝ていた場所だと思うと、そこに身を横たえる気にはなれない。そこで手早く毛布数枚と厚い羊皮を持ってきた。暖炉の前に寝床を作ろう。とはいえ、あかあかと燃える火に照らされて自分の姿をさらけ出すのは恥ずかしいので、暖炉のぬくもりの範囲内で暗がりになっている大きな収納箱の前を選んで羊皮を敷いた。

あお向けになり、お腹の上で手を組んで目を閉じる。自分の息づかいに一心に耳を傾け、ゆっくり呼吸するようつとめつつ、ひたすら待った。

行政官との話はそう長くはかからなかったらしく、しばらくすると廊下からニコラスの重い足音が響いてきた。扉が開く音がし、明かりが差しこんだ。戸口に立った夫の影はとてつもなく大きくたくましく見える。背中をこちらに向けて、廊下にいる誰かと話をしているようだ。ジョスリンの胸は高鳴った。優しくしてくれるかしら？　すぐに終わってしまうものなの？　少しは気づかってくれるだろうか？

「いや、従者を雇ったことは一度もないし、雇うつもりはないよ。もういいからおやすみ、ケヴラン」気さくな話しぶりながら、ニコラスの声にはかすかに疲れが混じっていた。「明日になればきみも、荷車作りの親方に仕えるほうがよかったと思うだろう。わたしは自分の欲しいものが手に入るまで待つことには不慣れだし、手に入れるのに必要以上に待つのもいやだからね。まずは一日かけてやってみて、あとはおいおい仕上げていくさ」

いったいなんの話かわからず眉をひそめていると扉が閉まる音がして、ジョスリンは目を固く閉じた。寝ているふりをしなければ。そうこうしているうちに、殺風景な部屋を動きまわるどこか物寂しげな物音が聞こえてきた。

そしてニコラスはジョスリンの姿を見つけた。

長い沈黙があった。やがて、革底の靴の柔らかい足音が近づいてきた。体のぬくもりが伝わり、息がジョスリンの頬にかかる。ニコラスはなぜ何もしようとしないの？　どうして――？

指先が軽く頬をかすめた。ふわりと柔らかい、繊細な感触。まるで蝶が肌の上で羽をはためかせているようだ。息を殺していると、ふたたび指が触れてきた。今度は長くとどまっている。下唇をなぞる快い刺激。

ジョスリンは誰にも愛撫されたことがなかった。ごくたまに修道女のぎこちないが温かい抱擁を受けた憶えはあるし、酒に酔っておどけたジェレントおじに、あばら骨が折れそうになるほど抱きしめられたことも何回かある。だがこれほど優しく、いつくしむような愛撫を受けた経験は一度もない。ジョスリンは頭をそらし、唇を開いてため息をついた。

ニコラスの指はあごの線をなぞっている。親指があごを持ち上げて……キスかしら？　だったら嬉しい。ジョスリンはキスされるのを待ち望んでいた。

しかしニコラスの指は首すじに移り、激しく脈打っている部分をとらえた。巧みでさりげない手つきでリボンの結び目をぐいっと引っぱり、襟元をゆるめる。シュミーズのひんやりとした生地の中に手がすべりこんできて、襟をそっと押し下げながらさらに下へ……下へと侵入しようとしている。

ジョスリンははっと息をのんだ。指先で胸のふくらみの上部をそっと、じらすように撫でられていた。あと少しで乳房がむき出しにされそうだ。乳首は触れられたくて膨らみ、硬くなっている。

ジョスリンは目を開けようとしなかった。堂々たる体格で男っぽさの塊のような現実の夫に目をつぶり、空想に身を浸していた。幻の恋人を想像するほうが楽だった。優しく愛撫してくれているのは、すんなりと優雅な手をした、平和を愛する幻の恋人。過去にその手を血に染め、そしてこれからも流血と縁の切れない色黒の大男ではない、と。

ニコラスの手はふたたびジョスリンの肩に戻り、あごの下から後ろに回って後頭部を支えた。そして唇が重ね合わされた。四月の雪のごとく軽くはかない口づけだった。

なんてすばらしいの。香辛料のように刺激的なキス。甘美で心地よくて、何度も味わってみたくなる。唇をこすり合わされ、ハッカの香りのする甘い息を吹きこまれて、ジョスリンはため息をもらした。その開いた唇にニコラスは自分の唇をそっと押しつけ、かすかに打ち震えている。これからどうなるの……？　すると彼はジョスリンの体をもとどおり、そっと寝床に横たえ、手を離した。

次の動きを期待してジョスリンは待った。先に進んでほしかった。二人きりの部屋で行われる夫婦の営みがどんなものであれ、もっと知りたかった。胸の鼓動が激しくなり、肌があわ立ち、熱く張りつめた。頭の中は期待と不安が渦巻くぬかるみと化していた。

だが、何も起こらない。

目を開け、自分が身を捧げるつもりの男の姿をとがめる目つきで探した。夫は暖炉のそばに背中を見せて立っていた。まぐさ石に片手をつき、頭を垂れている。いらだちながら体を回したジョスリンは、ベッドの脇の椅子で光る金属の輝きに目をとめた。それは鞘におさめられていない短剣だった。

ジョスリンはもう少しでうめき声をあげそうになった。またたわ。夫をあの世に送る絶好の機会だ。なんて無防備なの、この人は。懲りずに背中をこちらに向けて。

音を立てないように寝床から抜け出ると、ジョスリンは背後から忍びよった。ニコラスはじっとしたまま動かない。観念して警戒を解いたかのような不思議な雰囲気を漂わせ、広い肩と大きな背中に緊張を残して立ちつくしている。その後ろ姿には、いつもと同じように孤独感がにじみ出ていた。

自分の行動に驚きながら、ジョスリンは夫の背中にそっと手をおいた。指に触れた筋肉がぴくりと動いた。彼女は唇を湿して言った。

「あなた、お疲れでしょう。もうお休みになったら」

しばらく反応がなかった。

「あなた？」

ようやく答えが返ってきた。「このごろ、なかなか寝つけなくてね。飲んだら心穏やかに眠れる薬はないかな？」

まあ、あきれた！ これじゃ、どうぞ殺してくださいと言わんばかりじゃないの。夫のうかつさに対してか、自分の臆病さに対してかはわからなかったが怒りを感じて、ジョスリンはぶっきらぼうに答えた。「いいえ！ わたし、薬草には詳しくないので」

「そうか、残念だな」そう言ってニコラスは笑顔で振り向いた。その微笑みには、見たことのない温かみが宿っていた。それまでときおり見せていた、間合いを推しはかるような目つきはどこへ行ってしまったのか。「しかし、夜というのは、眠っている者には楽しめないすばらしいことが起こる可能性を秘めた時間だからね」

ジョスリンは息をのんだ。ニコラスの視線が急に鋭くなり、何かをねらう表情をかすかに帯びはじめたからだ。それは間違いなく、かつてジェレントおじが向けてきた、獲物を追いつめるような目つきにどこか似ていて、ジョスリンは思わず後ずさりした。ニコラスが目を細めた。

ジョスリンは勇気をふるい起こし、あごを高く上げてきっぱりと言った。「わたし、妻としてのつとめを果たしに来たんです」

ニコラスは驚いてはいないようだった。細めた深緑色の目に、暖炉からの照り返しの光をたたえてじっと見つめるだけだ。「そうか。なんと律儀な。でもきみはそういう人だな、ジョスリン？　律儀で、貞淑で」

ニコラスは軽く笑ったが、その笑い声にはおかしみは感じられなかった。「純潔のままでいなさい、ジョスリン。わたしはジェレントとは違う。きわめて過酷な環境の中で自制心を身につけた人間だから」

ジョスリンは目を丸くして夫を見つめた。「どういう意味か、わかりませんわ」

ニコラスは暖炉の脇の壁にもたれかかった。その姿はたちまち影におおわれて、声だけが体とは別物のように聞こえる。なんと響きのよい声であることか。

「わたしは世界のあちこちを旅して、何かの犠牲になった者を数えきれないほど見てきた。妻よ、ここはいけにえを捧げる祭壇ではないし、わたしは司祭ではないよ」

「でも……わかりませんわ」ジョスリンはくり返した。戸惑っていた。いささか怒りをかきたてられ、それ以上に誇りを傷つけられたと感じていた。しかし彼女は、自尊心の命ずるままに行動する人間ではなかった。もしそんなふるまいをしていたら、トレコームの領地はジェレントおじの暴政を乗り越えて生き残ることはできなかっただろう。

ニコラスは首をかしげた。暗がりの中でもその真剣な表情は伝わってきた。「きみが欲しくないという意味ではないよ、ジョスリン。体は高ぶる欲求で震えている。下半身はきみの体に包まれて精を放ちたいという思いに燃えて熱を帯びている。だがわたしはサラセン帝国の地下牢で、夢も、希望も、誇りも、何もかも奪われた男たちを見た。自分自身、欲しいものを奪い、必要なものを奪われる生活をいやというほど経験してきた。だから自分にとって大切なものはもう二度と、誰にも奪わせないつもりだ。それが自尊心であれ、希望であれ、この領地であれ、きみであれ」

突然激しさを増したニコラスのまなざしに、ジョスリンはおののいた。それに気づいたのか、彼は激情をうまくおおい隠し、ふたたび冷静で穏やかな表情になった。「しかしわたしは、自ら誰かのものを奪うこともしない。きみが与えてくれるものをただ受け入れるだけだ。だからジョスリン、自分の部屋に戻って寝なさい。そうするつもりがないのなら服を脱いで、妻が夫に触れるようにわたしに触れなさい」

できない。無理だわ、そんなこと。生娘のままでずっと過ごしてきたこのわたしが。

ジョスリンはくるりと向きを変えて寝室を飛び出した。廊下をひたすら走って自室に向かう。部屋に入ったところでようやく息をついた。ひどく混乱していた。ニコラスが見せた人としての尊厳に心を打たれていた。彼の目の中に燃える欲望をかいま見て、恐れを感じてもいた。

そのとき以来ジョスリンは、どんなことがあってもニコラスをジェレント・キャボットと取り違えることはなくなった。

5

「これ、派手すぎないかしら?」新しいドレスを着てくるりと一回転したジョスリンは訊いた。ひどく心配そうな声とはうらはらに、瞳は喜びに輝いている。

体の動きに合わせて揺れる三つ編みの黒髪が、サンルームの窓から差し込む陽光に照り映えていた。ドレスの淡い青によって杏《あんず》色がかった頬の赤みと、ふっくらと柔らかい唇の色がひきたって見える。嬉しさが全身に表れていた。

ニコラスはなんとか微笑もうとしたが、けっきょくうなずくだけで、ギルドの親方たちが領主さまへの贈り物にと今朝持ってきた、装飾入りの重い職杖《しょくじょう》に無理やり注意を向けた。感謝のしるしだと親方たちは言っていた。あなたが領主として認められたあかしよ、とジョスリンは小声でささやいた。

「似合うね」とだけ感想を述べたあと、ぶっきらぼうすぎたかとニコラスは思った。気分を害さないといいが。妻はあまりに魅力的で、手を伸ばせば届くところにいる。何も知らずにこちらの心をもてあそぶものだから、うまく言葉が出てこない。「完璧だよ」

「まあ、そんなことおっしゃって」からかいの口調も可愛らしい。「完璧ですって? この世に完璧なものなんてないのに」

ニコラスは顔を上げ、視線を合わせた。「そうかな？　ここにあるさ」ジョスリンは顔をそむけた。だがその前にニコラスの目がとらえたのは、赤らんでいく首すじと、嬉しそうな微笑みだった。

かつては、こんな浮ついたお世辞を言うなどばかばかしいと感じたときもあった。だがジョスリンになら簡単に言葉が出てくる。おそらく、本気でそう思っているからだろう。日を追うごとにくつろいで華やぎ、若々しくなる妻は、謹厳で非難がましい女主人から、いつのまにかきれいで快活な娘に変わっていた。

しかしそんな恩恵には代償がつきものだ。ニコラスはジョスリンを肩にかついで自分の、いや二人の寝室に連れていき、自らの苦しみを終わらせたくてたまらず、その衝動を抑えるのにありったけの自制心を働かせなければならなかった。

ぼんやりと、手に持った職杖を見る。自ら招いた苦境だった。妻の不安を解消してやり、二人がベッドをともにするのは彼女が望んだときでいいと安心させたかっただけなのだ。

確かに安心させることには成功した。ところがあまりにうまくいきすぎて、二週間近く経ってもニコラスは妻の魅力を味わうことができないでいる。懸命に抑えようとつとめてきた欲望に、ひどく悩まされていた。

はっきり言って、妻の親しげな態度に翻弄されて頭がどうかなりそうだった。ふと見上げるとジョスリンはまたくるりと回り、腰のあたりの柔らかな毛織り地を用心深く丁寧に撫でつけて格好をととのえている。ものを大切にする彼女らしかった。酒場の女主人の切り盛りの腕から、新芽が出はじめたナナカマドの木に光が当たるさまにいたるまで、価値を見出す人なのだ。

ジョスリンはこの土地と領民に人生を捧げ、見返りを求めたことがない。そんな彼女を称賛しないでいられようか？　称賛と欲望のあいだに横たわっているのが、愛の営みの行われない不毛なベッドだった。そう、ニコラスは妻を愛するようになっていた。愛は大きく育ち、欲望はますます高まっていくのだった。

厄介なことになった。

これで、妻にわたしを殺す気がないと確認できればいいのだが――。

「旦那さま！」いきなり部屋に飛びこんできたのはケヴランだった。恐怖で声がうわずっている。ニコラスは立ち上がって職杖を置くと、いつも手元から離さない使い古した剣に手を伸ばした。

ジョスリンはすぐにケヴランのところへ行った。今まで見せていた娘らしさとはうって変わって、厳格さと意志の強さを感じさせる表情だ。「どうかしたの、ケヴラン？」

「サー・ガイ・ムーアが来るんです！」ケヴランは叫んだ。

「そうか」ニコラスが落ち着いた声で言う。「それがどうした？　隣人として迎えればいいじゃないか――」

「隣人なんかじゃありません。また旦那さまとの槍試合を申し込んできたんです。今回は死を賭けて戦うと言っています！」

すぐにジョスリンは顔を夫のほうに向けた。どうするんですか、と問いかけながらも明らかにとがめるような表情を浮かべている。

「やつに会うのは試合で落馬させて以来だな」ニコラスは短く答えた。波乱のない平和な人生を送ることだけが望みだと、妻に信じてもらうにはどうすればいいだろう？

「本当なんです、奥さま。あれからサー・ガイ・ムーアはグラストンベリーで傷を癒していたそうです。でも父が言うには、傷を癒すどころか復讐心を燃やしていたんだって」

「ばかばかしい」ジョスリンは言った。背筋を伸ばし、腹立たしげにあたりを見まわす。

「あなたを死に追いやって何を得ようというの？」

「この領地と、荘園を手に入れようというのさ。畑や水車小屋を」ニコラスは妻を見た。

「そして、きみを」

「わたしが言いなりになると思うほど、あの人もばかじゃないでしょうに」

「いや、そういうばか者なんだ」ニコラスはすごみのある声で言い、剣を取った。「わたしに挑んでくるのはばか者だけだからな。ケヴラン、やつが来たらここへ案内しなさい。そしたらわたしが――」

「いけませんわ」ジョスリンがさえぎった。

ニコラスは振り向いた。妻はケヴランから離れ、日の光を浴びて堂々と立っている。「やめてください」

ジョスリンが暴力を嫌っているのを知るニコラスは、かろうじて怒りを抑えた。視線をケヴランに移す。「行きなさい、ケヴラン。わたしの言うとおりにするんだ」

若者が立ち去ったあとニコラスが振り向くと、妻は同じ場所に立っていた。顔は青ざめて目は暗く沈んでいる。

「何をやめてくれというんだね？」

「槍試合です。戦いはだめ。また新たな戦いを招くだけですわ」

「わたしが戦うのを拒んだら、すぐに皆の知るところとなる。男どうしのあいだでそういった拒否は、他人に所有物を奪う機会を与える。やつらは奪った中で必要なものだけを利用し、不要なものは踏みにじるんだ」ニコラスは言葉を切り、沈黙のうちに多くを語るまなざしで妻を見た。

意味を理解したジョスリンは身震いしたが、視線は揺るぎない。ニコラスは相反する欲求の板ばさみになっていた。ひとつは男として挑まねばならぬ試合を拒否して妻を安心させたいという欲求、もうひとつは妻に自分が正しいと認めさせたい、夫として財産を守る能力があることをわからせたいという欲求だ。

「ガイ・ムーアと会うのはやめてちょうだい、ニコラス」ジョスリンは唇を引きしめて言った。「もし面会すれば、いずれたくさんの人たちがあなたに挑戦しようと列をなして押し寄せるわ。あなたは戦いに慣れ、人の血を流すことに慣れ、自分の血を流すことに慣れていくでしょう」唇は震え、涙あふれる目には燃えるような光が宿っている。「でも、わたしは絶対に慣れたりしないわ。今までもそうだった！」

「それは間違いだ――」

「わたし自身、自分の先入観が間違いだったのではと疑っていたのよ！」ジョスリンはさえぎった。震えながら体をこわばらせて立っている。「もしかしたらあなたは剣を振り回すだけの戦士より優れた人間で、自らそれを証明してくれると思っていたわ。でもやはり、男というのは剣を持たせたが最後、いつか振るわないではいられないのよ」ジョスリンは黒い瞳に軽蔑の色を見せてあざけるように言った。

「けっきょくあなたもほかの聖なる騎士と同じじゃないの。物を壊し、人をむごたらしく殺し、打ち負かし、脅し、叩きのめすだけでは足りなくて、戦ったあとに色欲にふける戦士と」

「本当にそう思っているのか？」ニコラスは沈んだ声で訊いた。ここ二週間のあいだに二人の中に鬱積した緊張で、空気はぴりぴりしていた。突然、すべての欲望、希望、切望が、なんの役にも立たない無駄なものに帰してしまったように思われた。

「ほかにどう考えられるっていうの？」ジョスリンは激しく言い返した。「ガイ・ムーアからの最初の挑戦を受けて、あなたは竜のように立ち上がった。怒りに燃えて、目にもこぶしにも戦いの気配を漂わせて。そんな人より、わたしは――」

　あとの言葉は廊下から聞こえてくる騒がしい足音と、脅すような怒鳴り声にかき消された。部屋の扉が大きな音を立てて開くと、戸口にガイ・ムーアが立っていた。

その姿を、ニコラスは冷ややかに見つめた。肩にかかる金髪。きらりと光る銀製の金具は、暗赤色の贅沢なマントを肩先でとめて後ろに流している。その下から、山吹色の外衣を飾る金糸の縫い取りがのぞく。淡い色の鹿革の手袋と、革のブーツの折り返しにも装飾がほどこされている。

傲慢な青年のいでたちは、さしずめ竜を退治しにやってきた聖ゲオルギウスといったところだった。

期待を裏切ることなく、迎えうつニコラスの構えには、財宝を守る野獣の趣があった。洞窟の中から入口を見張り、財宝を奪おうとする者には容赦なく牙をむく。妻に〝野獣〟というあだ名をつけられないのが不思議なぐらいだ。

ニコラスはムーアを前にして笑い声をあげた。かつて向こうみずで鳴らした自分がよみがえり、苦々しい確信が胸を突いた――わたしを危険な人間だと信じるジョスリンは、けっして自らの意思で身をまかせようとはしないだろうし、わたしも無理強いはしない。妻を自分のものにしたいと願う夫と、夫に対して守りを固める妻。二人が結ばれることはない。

もしかするとジョスリンの考えが正しいのかもしれない。けっきょくわたしは、人間の姿をした軍馬か巨大な竜のように、こぶしと剣で蛮行を働くだけの男なのか。だが本当にそれだけの存在なら、それが自分に与えられた才能ということだ。

「何が望みだ、ムーア？」ニコラスは問いかけ、妻を守るように前に進み出た。

ムーアは厚かましくもジョスリンをちらりと見やると、最低限の礼儀を守ってお辞儀をし、

「これはご挨拶だな」と言ってあざ笑った。「いやしくも騎士と呼ばれるからには、ばか力や動物のような狡猾さを超えた美徳がなくてはならない。トレコームの者は皆、おまえが腕力と策略でわたしを落馬させたことを知っているぞ」

明らかな挑発だった。怒りを誘おうとして発した言葉なら、ムーアはいたく失望するだろう。この軽薄な若者になんと言われようとニコラスは動じなかった。夫に不信感を抱くジョスリンの言葉ですでに胸を貫かれ、その心を射止めることはできないと悟っていたからだ。どうせ妻の愛情を得られないのだったら……もう何もかも、どうでもいいじゃないか？

ニコラスは鼻先で笑った。「おまえは戦争や戦闘がどんなものか、何ひとつ知らないだろう、ぼうや。一生知らずにすむよう、せいぜい祈ることだな」

ムーアの顔が真っ赤になった。「戦場の経験こそまだないが、わたしは誰かのように異教徒の牢獄で名誉を失ったりはしていないぞ」

ニコラスは事もなげにムーアを見た。「帰るんだ、家で待つ母親のもとへ。わたしに挑戦するなら、ひげが生えてからにしなさい」

「そんなあごひげを生やせって？　ふん！　ここへ帰ってきたとき、おまえの姿は異教徒をもしのぐほどだったぞ。囚われていたあいだ、ほかにどんなあくどいやり方を敵から学んだんだろうな――いや、敵というよりご主人さまだったのか？」ムーアはつるりとしたあごを挑戦するように突き出しながら、一歩前に出た。ニコラスは黙って立っている。背後でジョスリンがはっと鋭く息を吸い込む音が聞こえた。

「もし騎士と呼ばれるにふさわしい人間なら、けっして敵に降伏しなかったはずだ」ムーアは続けた。「したがっておまえは騎士ではないとわたしは思う。戦いの渦中で目が曇っていたリチャード王が勇士と勘違いした、成り上がり者の農奴にすぎないんだろう」

ニコラスはムーアに背を向けた。「出ていきなさい、ムーア。でないと無理やり追い出すことになる」

「おまえとジョスリンが話を最後まで聞いたら出ていってやる」

妻の名を呼び捨てにされたニコラスはさっと振り返った。「妻をそんなふうに呼ぶとは聞き捨てならないぞ、ぼうや。今後はレディ・ジョスリンと言ってもらおう」

「なぜだ？　奥さまについてはわたしのほうがずっとよく知っているよ、名なしのサー・ニコラス」

何かをほのめかすような物言いに、抑えに抑えていた怒りの炎が燃えあがった。ニコラスは大またで一歩踏み出し、ムーアのすぐ横へやってきた。若き騎士の顔にあと数センチというところまで顔を近づける。「出ていきなさい、ぼうや」柔らかなかすれ声でささやく。「今すぐにだ」

男二人の視線が合った。ムーアは誇りと欲を傷つけられて目をぎらぎらさせている。「槍試合を申し込むぞ、サー・ニコラス。勝者がキャボット荘園とその所有財産を手に入れることになる」ジョスリンに目を向けると、礼儀を守って口出しせずにいるものの、体を震わせている。瞳には激しい怒りと軽蔑があった。「それから、ジョスリンも」

ムーアはニコラスに向かってうすら笑いを浮かべてみせた。槍試合の腕なら自信がある。この毛深い野蛮人がどんな策略を使うかがわかったからには、もう打ち負かすのは簡単だ、と思った。なにしろわたしは、こいつが見たことも手にしたこともない最新の武器と立派な駿馬を持っているのだから。「三日後だぞ」

その言葉をニコラスは誤解した。妻に流し目をくれたムーアを見て心の傷口がふたたび開き、鋭い痛みが走った。

「〝三日後〟だと！」ニコラスが荒々しい雄叫《おたけ》びとともに逆手で殴ると、若者は部屋の端まで吹っ飛ばされた。

「わたしの妻が欲しいというのか？」ニコラスは床を踏み鳴らし、一瞬のうちにムーアの倒れているところに歩み寄った。「邸の主人の前で、よくも妻に色目を使ったな！」

ニコラスは刺繍入りの外衣をつかみ、ムーアの体を引き上げて立たせると力をこめて突き飛ばし、ふたたび近づいた。あわてたムーアはよろめきながら後ずさりし、倒れそうなのをかろうじてこらえつつ、腰に帯びているはずの剣を手さぐりで探している。ニコラスが飛びかかろうとしたそのとき、ムーアはシャッという鋼《はがね》の音をさせて鞘から剣を抜くと、切っ先を相手の広い胸の真ん中に突きつけた。

上着のくぼみを見下ろしたニコラスはにやりと笑った。

「殺してやる！」ムーアはわめいた。ニコラスはますます冷ややかに笑う。「おまえを殺せば、ジョスリンを助けることになる。彼女がおまえなんか求めるはずがないんだ！」

ニコラスの顔に陰がよぎり、険しい表情がゆるんだ。心の痛みよりもっと深いところにある暗く不吉な何かが、すさまじいほどの決意に形を変えた。

「たぶん、求めていないだろうな」妻のほうを見ずに言う。「だがわたしがおまえに殺されないかぎり、妻はわたしのものだ。最期を迎えるそのときまで、ずっと」

この言葉を妻がどう受けとめるか、ニコラスは知るのが怖かった。夫の死によって自由の身になれると、あらためて意識しただろうか。ジョスリンは自ら手を下す必要さえない。夫が殺されるのをただ見守っていればいい。そしてムーアを人殺しとして告発すれば、二人の男から解放されるのだ。

苦悩の声をあげながら、ニコラスは突きつけられた剣の刃を素手でつかんで押しのけ、ムーアの頬に平手打ちをくらわせた。思い上がった若造にふさわしい一撃だった。

「これが最後の通告だ、ぼうや。出ていけ」そしてもう一発。無造作に見えた平手打ちだったが、ムーアはふらついて後退した。切れた唇から出た真っ赤な血が、あごをつたって流れている。顔をしかめ、胸を大きく上下させてあえぐ。剣を構え直して襲いかかろうとしたが、ニコラスはあざ笑ってその手から剣をもぎとり、脇に投げ捨てた。

「警告しておくぞ」荒い息の下からムーアが言った。「これ以上近づくな。さもないと――」

ニコラスはふたたびムーアの頬を殴った。「さもないと、なんだ？」

「ニコラス、お願いだからやめて！」ジョスリンが叫んだ。

ようやくニコラスは声のするほうを振り向いた。ムーアはそのすきに丈の短いマントの下から短剣を取り出し、勝ちほこったように叫びながらニコラスに切りつけた。刃先が上着を切り裂き、体まで届いた。

ニコラスははっと息をのんで後ずさりした。だがその前にムーアの淡い色の目に残忍な光が宿り、口の端に唾がたまっているのが見えた。

若造め、ジョスリンに代わってわたしを殺そうったって、そうはいかないぞ！　ニコラスは声をあげて笑い、腕を大きく広げたまま後ろに下がると、あえいでいるムーアのまわりを歩きはじめた。剣は部屋の反対側におかれたテーブルの下まで吹っ飛んでいた。あれを手に入れれば、この茶番劇を終わらせることができる。

「笑うな！」ムーアは叫び、短剣を激しく振りまわした。

「なぜだ？　わたしを殺すのに厳粛な態度でのぞみたいからか？　そんなことはさせない」ニコラスは嘲笑した。

憧れの女性の前で、ムーアは徹底的に辱められていた。今や、侮辱を受けた仕返しをしなければと必死になっている。そんな相手の狂気をはらんだ憎しみだけが、ニコラスに味方してくれるすべてだった。ムーアは自分より若く、俊敏で、訓練を積んでいるうえ短剣を手にしている。一方ニコラスは傷を負い、大切な血を失いつつあった。

「皮肉なおかしみを感じないか、ぼうや？」剣のあるほうへと後ずさりしながらニコラスは訊いた。「わたしは十字軍戦争から生きて帰ってきた。わき腹に槍を受け、悪臭を放つシリアの地下牢での暮らしを生きのび、四五〇〇キロ以上に及ぶ地獄のような道を歩いて戻ってきた。なのに今、おまえはヒキガエルを殺すのに使う小さな短剣でわたしを殺そうとしている。やるならさっさとやるがいい、ムーア。でないと先にこっちが笑い死にしてしまいそうだ」

ムーアは短剣を握ってふたたび突進し、ニコラスが飛びすさる前に腕に切りつけた。浅手ではあったが、そのうち手のひらまで血が流れて剣をつかみにくくなる――テーブルの下のあの剣に手が届けばの話だが。ニコラスは視線をムーアに注いだまま、じりじりと横に動きはじめた。

急にムーアがすばやい動きを見せ、ニコラスが立っている場所と剣が落ちている場所のあいだを切り裂くように短剣を振り下ろした。

「わたしをそこまで間抜けと思っていたのか、名なしのサー・ニコラス?」ムーアはばかにしたように言った。「で、今度罠にはまったのはどっちだ? ふん、もちろんおまえさ!」

ムーアは前に進み出て短剣の上下をひっくり返し、先端を持った。手を振り上げようとしている。わたしの胸に投げつけるつもりだな、とニコラスは思った。

「あなたには礼を言うよ」ムーアは後ろにいるジョスリンに話しかけた。「今すぐ出ていったほうがいい、ジョスリン。ここから先は見たくないだろうし――」

ガツン! ニコラスの視界の端に、突如としてギルドの親方がくれた職杖が現れ、ムーアの側頭部にまともにぶつかった。若き騎士は、畜殺用の長柄斧で殴られた牛さながらにその場にくずおれた。

ニコラスが振り向くと、かたわらにジョスリンが立っていた。口をすぼめ、目に黒々とした光をたたえ、倒れて意識を失ったムーアを見すえている。「いいえ、もちろん見たいわよ」彼女は卒倒した相手に言い返した。

ニコラスは目を見張った。ジョスリンに命を救われた。顔を上げた彼女の目に涙があふれ、頬をつたって落ちていく。

「なぜだ？」今動いたらどんな行動に出るか自分でもわからないままに、ニコラスはつぶやいた。

涙が止まらないといってもジョスリンはさすがに、やわで感傷的な娘とは違う。怒りのあまり唇をきっと結んでいる。

「なぜかわからない？」うんざりしたように杖を投げ捨てる。「なぜって、あなたを愛しているからよ、この毛深い雄牛を！」

そしてジョスリンはニコラスの反応を待たずに、開いていた扉から部屋を飛び出した。

6

無分別な大男。頭の鈍いごろつき。うすのろ！　間抜け！──ジョスリンが夫を悪しざまにののしりながら廊下を突き進むと、召使たちが次々と道を空けた。始めは恐ろしさのあまり、今は安堵で涙があふれて、とめどなく頬を濡らす。自室に駆けこみ、扉をばたんと閉めた。

もしまたニコラスが、自分からあんな不利な状況を招いたら──わたしが自ら出ていって刺してやる！　でも大丈夫だろうか、あのけがは？　手当てが必要だってこと、わかっているかしら？　誰かが包帯を巻いてくれていますように。それともわたしがしてあげたほうが……？　いいえ、そんなこと、するものですか！

頬を流れる新たな涙をぬぐうとジョスリンは窓際の椅子に座り、ガイ・ムーアの従者が意識がほとんどない主人を馬の背に乗せるのをにらむように見守った。今後、もしムーアがこちらの領地に足を踏み入れたら、人に命じて弓で射させてやるわ。

丸腰のニコラスの前であの卑劣な若者が短剣を抜いたとき、心臓が止まったかと思った。息ができなくなった。あんな事態になるのを避けたくて、ムーアに会わないでと夫を説得しようとしたのに。でも、こちらの言うことに耳を傾けてくれる人じゃない。だから非難の言葉を浴びせたのだ。

ニコラスの反応は予想外だった。衝撃を受け、嫌気を起こしたようだった。そこへムーアがやってきて、どんなによくできた人物でも赦せないような言葉で挑発した。それでもニコラスはムーアに剣を向けることはなかった。胸元に剣を突きつけられても。

ジョスリンは落ち着かなげに立ち上がり、刺繍を手にとっては、また脇に置いて部屋の中を歩きまわった。わたしが間違っていた――夫のことを血に飢えているなどと言って責めたのも、ジェレントおじの亡霊に惑わされてなじったのも、守ってくれようとして上げた手を押しとどめたのも。ニコラスは掠奪を好む獣などではなく、妻のために死ぬことも辞さない人だった。これからも一緒に生きていきたいと思わせてくれる人。なぜって、名なしのサー・ニコラス、あなたを愛しているから。

あの人を殺す？　そんなことをするくらいなら自殺したほうがましだ。毎朝目覚めるたびに、あの声が聞きたくて、言葉を交わしたくてたまらなかった。毎晩おやすみを言ってしまうと気が抜けたようになって、重い足どりで寝床に向かった。彼と議論したり、話に耳を傾けたり、いろいろ教えてあげたりするのが楽しかった。ふと顔を上げると、あの緑の瞳がこちらを見ている。真摯に、まっすぐに見つめられて本当に嬉しかった。もう、あの人がいなくては生きていけない。愛しいニコラス、あなたがすべて。

わたし、なんてばかだったの。でもこれからは違う。ジョスリンは心に決めた。もう恐れたり、意地を張ったりするのはやめよう。もし今ここにニコラスが入ってきたら、夫として、愛する人として迎えよう――。

そのとき大きな音とともに扉が開いた。戸口に立っているのは夫だった。腰に手をあて、裸の広い胸に間に合わせの包帯を巻いただけの姿だ。

「わたしはこの領地の主だ」ニコラスはけんかを吹っかけるような攻撃的な口調で言った。

「ええ」ジョスリンは手をもんで、下を向いたまま同意した。

「そして、この荘園の主でもある」ニコラスは少し驚いたらしく、疑わしげな表情で続けた。

「ええ、そのとおりですわ」ジョスリンは落ち着いて応えた。

さらに部屋の中を見まわしたニコラスは妻の衣装箱に目をとめた。「あの衣装箱もわたしのものだ」

ジョスリンはうなずいた。

ニコラスは不機嫌というより当惑で眉をひそめながら部屋に足を踏み入れ、所有者にふさわしい態度であたりを眺めた。「よし。この件については二人とも納得しているわけだな。ここの主人はわたしであり、きみはわたしの妻だ」

「はい」これからとろうとしている大胆な行動を思って、ジョスリンは手のひらが汗ばむのを感じていた。でも自分は臆病者だったことはない――いえ、違う、と心の中で打ち消す。ニコラスのせいで、今では臆病者だ。彼を失うことは死ぬことより恐ろしかった。

ジョスリンは深呼吸すると、ニコラスに近づいていって目の前に立った。意を決して胸をおおう包帯に触れる。「けがはひどいの？」

触れられた瞬間にニコラスはぴたりと動きを止めた。目を落として胸におかれた妻の手を貪欲に見る。そしてゆっくりと顔を上げた。「きみの求めに応じられないほどではないよ」

夫のあからさまな言いまわしに、ジョスリンはあいまいな笑みを浮かべた。空気を通じて欲望が伝わってくる。まなざしは焼けつくように熱い。だが怖くなかった。大きな体の勇敢な夫。もう二度と恐れはしない。これからはともに生きるのだから。ただし夫を受け入れるのも拒否するのも自分しだい。からかうことだってできる。そう思うと楽しくなった。

「どの程度体調が悪化したら、わたしがお願いする……任務に耐えられないという判断になるかしら？」

ニコラスはめったに見せないあの魅力的な笑みを浮かべた。「死後一、二分ぐらいまでならなんとかいけそうですよ、奥さま」

冗談めかした言葉のやりとりが意外に面白く、ジョスリンは声をあげて笑った。「やっぱり、思ったとおりだわ」

ジョスリンは慎重な手つきで包帯の上端をめくってけがの具合を見た。「深い傷じゃないの」

「もっと深い傷を負ったこともあるさ」

「痛くしないよう、気をつけるわ」

「今さらもう遅いよ」

「どういう意味？」ジョスリンは驚いて訊いた。

「異国の地から帰って、きみが欲しくてたまらなかったのに、お預けをくわされて責め苦を味わったからね」

「わたしが苦しませたっていうこと？」

「そのとおり」大真面目な答えが返ってきた。

「ではその償いをしなくてはいけないわね、借りをお返しして」言外にこめられた意味への期待に、夫の目からふざけた表情が消えた。ジョスリンの胸の鼓動が速くなった。

「それは光栄だな」ニコラスは穏やかに言った。

ジョスリンはぎこちなく笑って体を離した。二人にとって、どちらか選ばなくてはならないときが来たのだ。いったん選んだら、もう引き返すことはできない。ジョスリンは振り返り、ドレスの刺繡をあしらった飾り帯をそっと引っぱった。「何でお返しすればいいかしら。お望みはワイン、それとも蜂蜜入りのケーキ？」

いきなり両腕ですくい上げられるように抱きかかえられ、たくましい胸のところまで持ち上げられた。美しく輝く緑の瞳がじっと見つめている。「望みは、きみだ。きみの抱擁と甘いキスに酔いしれたい」

「わかったわ」ジョスリンはかすかな声でつぶやき、ニコラスの首に腕をからめて後ろで手を組んだ。

「愛していると言ってくれたね」妻に微笑みかける。

「ええ」

「わたしの心はわかっていたでしょう」

もちろんわかっていた。帰ってきて以来、夫がしてくれたことすべてに敬意や思いやり、愛情がこもっていた。夫の存在があって初めて、この邸を我が家だと感じられるようになった。ニコラスは最初、妻の理想像を求めてわたしに恋しただけかもしれない。だがけっきょく愛するようになった。わたしの長所も欠点も、短気なところも、目端《めはし》がきく運営能力も、倹約精神も、衝動的なところも。「ええ、わかっているわ」

ニコラスはジョスリンのようすを注意深く見守っていた。呼吸とともに上下するニコラスの胸の動き。妻を軽々と抱きかかえているさま。温かい肌が発する匂い――それらすべてにジョスリンはなじんでいた。「悲しいかな、わが愛のすみかは肉体にある」

「悲しいかな、ですって？」ジョスリンは組んでいた手をほどいた。その指先はニコラスの鎖骨に向かい、首のつけ根で一瞬止まった。脈拍が速く不規則になっている。

「肉体は弱いものだから、悲しいかな、と言ったのさ」

「あなたのこの体には弱さを感じないわ」

「いや、弱い」ニコラスは言い張った。「弱いんだ――ああ！」とつぶやいて目を閉じる。

ジョスリンの指はあらわになっている胸の部分を優しく愛撫し、赤銅色の乳首に達していた。胸の一部をおおう毛は黒く光沢があり、軽く撫でた感触では硬めで、張りがあるようだが、唇を触れてみたら実はなめらかで柔らかく――。

「もうやめてくれ！」ニコラスは叫んだ。その広い胸にジョスリンは顔をうずめた。筋肉が縮まり、また伸びる。

「ジョスリン、きみはわたしの限界を試そうとしているのか？」

強く快い欲望がジョスリンの中でみなぎっていた。好奇心に駆りたてられ、愛に導かれていた。「あなたがおっしゃったとおりにしているだけよ」二人が切に求めているものをもっともよく表せる言葉を探す。「妻が夫に触れるように触れているの、愛の営みの前に」

応える代わりにニコラスはさっとあたりを見まわし、妻の小さな寝床に目をとめた。

「そうよ」夫の視線に気づいてジョスリンはささやいた。石畳の床に敷かれたわら布団の寝床がいかに小さくみすぼらしく見えても、そこでニコラスに抱かれるなら、イスラム王朝の豪華な寝台に思えるにちがいない。

だがニコラスは喜びに頬をゆるめて妻を見下ろしている。「ここではだめだ。もっときみにふさわしい場所でなければ」

「あのベッドで……？」ジョスリンの声に嫌悪感が混じった。でも、誰に使われたにせよベッドはベッドだし、結婚生活の象徴というわけでもないのだから――。

「あのベッドは燃やしてしまったよ」ニコラスは答えた。その険しい表情は言葉より明確に、不貞を働いた記憶でうずく心の痛みを物語っていた。

ニコラスはジョスリンを腕に抱いたまま向きを変えた。扉を開け、廊下に出て階段へ向かい、一段抜かしで上っていく。心臓の鼓動がジョスリンの胸に伝わってきた。無理をしないで。傷口が開いて出血してしまうかもしれない。そんな心配をよそに、ニコラスの息はほとんど乱れなかった。

階段の一番上からサンルームへ。ケヴランと一緒によく剣の稽古に励んでいた部屋だ。ニコラスは扉の前で立ち止まり、妻を見下ろした。「妻よ。剣の腕以外にわたしが持っているものをお見せしよう」

ジョスリンは手を伸ばして夫の黒いあごひげの上の頬を撫で、目をじっと見つめた。「わかっているわ、ニコラス。悪気はなかったにしても、あんなふうに怒らせるような言葉を口走ってはいけなかったわ。赦してちょうだい。自分の夫が腕力だけの人間でないのはよく知っているつもり。でも実はわたし、その強さを喜び、力を楽しんでいるの。だからといってつまらない女だと思わないで。あなたの息づかいに刺激を感じ、力強さに胸がどきどきするの、本当よ」ジョスリンは唇を嚙みしめた。「わたしは妻として、女として、その力を味わうことになるのね」

ニコラスは頭を下げ、妻の唇に口づけた。そのキスのあまりの優しさと熱さに、ジョスリンの目に涙があふれた。その腕で夫の首を抱きしめ、勢いよくお返しのキスをする。扉が開くかすかな音が聞こえた。ニコラスが顔を上げたのがわかった。彼の頰に手をあてたまま、ジョスリンはゆっくりと目を開けた。

「これが、きみのために作った贈り物だ」

夫とともに向き直ったジョスリンの目に飛びこんできたものは——ベッドだった。見たこともないほどの高さと幅広さ、長さを持つベッドが圧倒的な姿でそびえていた。木彫は装飾的でありながら威厳に満ち、異国情緒あふれる一方でどこかなつかしさも感じさせて見事だった。重厚なクルミ材の表面は日の光を浴びて輝いている。優雅な彫刻をほどこした四隅の柱はがっしりとして、とてつもなく太かった――そう、ニコラスの腕と同じぐらいに。

風格のあるすばらしいベッドだった。分厚い羽毛のマットレスから、さらした麻の上等なシーツにいたるまで、これまで見た中でもっとも贅沢なものだ。

「あなたが、これを作ったの？」ジョスリンは信じられない思いで訊いた。

「わたしは貴族ではないが自由民だ。同じく自由民だった父が、自分がつちかった巧みな技を息子に伝えたのさ。もっともわたしは、そんな職人芸にはあまり関心がなかった。若いころは頭に血が上りやすく、無鉄砲で軽はずみで、栄光と名声を得る夢ばかり追いかけていた。そういうものを手に入れる一番の近道だと思って、兵士になったのさ」

「お父さまは大工だったのね」感嘆のつぶやき。「そして、あなたも」

「どうやらそうらしい。父が残した大工としての遺産を忘れることはなかったからね。ベッドは気に入ってもらえたかな？」ニコラスの声には熱意がこもっていた。

「ええ」ジョスリンはうっとりとして言った。「気に入ったわ、とっても」

「では奥さま、初めて使うことにしよう、二人で」承諾の言葉は要らなかった。夫の首に巻きつけた腕で豊かな黒髪の頭を引き寄せたジョスリンのキスに、その熱い思いがこめられていたからだ。

ニコラスはベッドの脇にすばやく歩み寄り、羽毛の厚いマットレスの上に妻の体をそっと横たえた。チュニックドレスとその下の薄いシュミーズを無言で剝ぎ取る。

ジョスリンは我ながら驚いていた。不思議と恥ずかしがる気持ちが湧いてこない。ニコラスの称賛のまなざしを浴び、優しいいたわりと自制心を信じて身をゆだねる。熱い視線と敬意をこめた愛撫に体を火照らせて、生まれたままの姿で麻のシーツの上に横たわっていた。ニコラスは立ち上がり、残っていたズボンを脱ぎ捨てた。ジョスリンは畏敬の念に打たれて息をのんだ。自ら作ったベッドと同様、彼の姿は堂々として気品があった。

輝くばかりに日焼けした肌は腰のところで分かれるように終わり、そこから下の脚の部分は白かった。胸をおおう黒い毛は、筋肉が割れた腹部へ向かうにつれて細い帯になり、長くたくましい太ももの上部でふたたび広がっている。腿のあいだの茂みから猛々しくそそり立ったものが突き出ている。ジョスリンは一瞬、魔法がとけたように夢見心地から醒めた。夫の体の大きさにあらためて気づいたのだ。

妻が怖じ気づいたのを感じとったニコラスは、困ったような笑みを浮かべた。「わたしはきわめて忍耐強い男だよ、ジョスリン。痛い思いはさせない」

不安をやわらげるのにそれ以上の言葉は必要なかった。痛い思いはさせないと夫が言うのだから、大丈夫のはず――ジョスリンは両腕を広げて迎え入れるしぐさをした。感謝と愛のつぶやきとともに、ニコラスは妻のほっそりした体に近づき、肌が発するぬくもりで、男らしさで、大きさで包みこんだ。

ジョスリンは喜びに輝き、腕で体を支えておおいかぶさる夫の、ひんやりと柔らかい髪に手を差し入れて頭を引き寄せた。唇と唇が重なった。ニコラスは体を震わせながら、ぎこちなく応える妻の唇を、熱く燃える舌でむさぼるように探る。

ジョスリンはニコラスにしがみつき、上体を起こして彼の硬い胸に乳房を押しつけた。初めてではあるが、自分の根幹に訴えかける興奮を味わっていた。もっと近くで、もっと触れ合いたかった。吸いこまれそうになるぐらい体を密着させて、ひとつになりたかった。

下半身がのしかかってくる。硬くなったものが太ももに当たり、その重みと肌の温かみが感じられる。ジョスリンは脚を広げ、本能的に腰を突き出した。ニコラスは顔を上げた。

「上に乗って」ジョスリンはささやいた。

「重いだろう」

「いいえ」ジョスリンは笑いながら反論した。夫の体の重さと大きさになじみ、力強さや、たくましさに喜びを見出していたからだ。「大丈夫よ」と夫の肩に手をかける。

一瞬ためらったあと、ニコラスは体をあずけた。そして突然くるりと回転してあお向けになると、ジョスリンの太ももをつかんで開かせ、上にまたがらせた。女体の秘めやかな入口に硬いものが当たる。

ニコラスは手を伸ばして、ジョスリンの体を優しく探った。確信に満ちた愛撫にジョスリンは思わず息をのみ、目を閉じた。何度もくり返される甘美な刺激に、背中と首を弓なりにする。指を体の奥深くまで入れられ、さらなる高みへの期待に腰を浮かせた。

もう、耐えきれなくなりそうだった。血管を熱いものが駆けめぐり、全身に快感が走る……でもまだ満たされない。もっと欲しかった。ジョスリンは切なさにすすり泣いた。古代から続く奥深い律動。最高潮にあと少しで達しそうなのに、どうしていいかわからない。ニコラスの助けがなければ。

「お願い」ジョスリンはあえいだ。

ニコラスは応えてくれた。指に取って代わったのは、太くたくましい男の象徴だった。ずっと恐れていたけれど、今はなくてはならないと思えるもの。ジョスリンは腰を落としてそれを受け入れた。中がいっぱいに押し広げられていく。二人の結びつきが感じられて、ジョスリンは身震いし、その動きがニコラスに伝わった。

それまで保ってきた自制心が崩れたのか、ニコラスは低い声でうめき、少しずつ、より深く突き入れてきた。新たな、鋭い、心地よい刺激に、ジョスリンの呼吸が一瞬止まった。根元まで入れられたあと、ゆっくりと引き抜かれる。彼の大きなものが敏感な花芯をじらすようにすると、鮮烈な快感が全身を襲った。そして、また突き上げる動き。ふたたび中が満たされた。

欲求で頭がくらくらした。いつのまにか律動の波をとらえ、それに合わせて体を動かしていた。

「ジョスリン！」ニコラスは下から彼女の腰をつかんで引き寄せ、飢えた唇を顔に、首に、乳房にはわせた。

ジョスリンはもっと欲しかった。この先どうなるか知りたかった。その答えの鍵は、ニコラスが握っているにちがいない。体の中心をじっくりとえぐられ、引かれてもどかしくなるような抽送のくり返しで、耐えがたいほどの悦びが湧きあがってきた。でも、もう少しで手が届きそうで、届かない……。

そのときジョスリンは悟った。ニコラスはわたしへの思いやりから慎重に扱ってくれているのだ。でも、慎重さなんか要らない。欲しいのはあなたの情熱。

ジョスリンはニコラスの胸の上に両手をつき、上体を起こした。彼のものが容赦なく、さらに奥まで埋めこまれる。いきなり予想外の動きをされたからか、ニコラスの腹部の筋肉がきゅっと締まるのが手のひらに感じられた。彼はふたたびジョスリンの腰を抱えて体をくるりと入れかえ、今度は自分が上になった。まず彼女の片脚を、次にもう片方の脚をつかんで持ち上げ、自分の腰のまわりに巻きつかせた。

愛の営みが始まった。ニコラスはうって変わって性急に、荒々しく、奥深くまで突き立てるように腰を打ちつけた。ジョスリンは目を閉じてその律動に身をゆだねた。愛しい人に抱かれ、貫かれている自分を感じれば感じるほど興奮が高まり、快感が渦を巻いて体の中心に向かっていく。ニコラスは神経を一点に集中させていた。あごを上げ、歯を食いしばって顔をゆがめながら激しく動きつづけている。最後に腰をぐっと突き出し、頭をのけぞらせた。

それと同時に……。

「ああ、お願い！」ジョスリンは叫んだ。

彼の硬く引きしまった臀部にかかとをのせ、悦びに圧倒されて口を開け、声もなくただあえぐ。次々に押し寄せる熱い波の中に幾度となく投げ出され、打ち震えていた。悦楽の海にのまれ、身体が一瞬ごとに歓喜の声をあげる。

すべてが終わって、ようやくもとの感覚が戻ってきた。ジョスリンは日の光の差しこむ部屋で、羽毛をふんだんに使った柔らかいベッドに横たわっていた。夫はその温かい体で妻を守るように包みこみ、匠《たくみ》の技を持つ繊細な手で、妻のこめかみにかかる湿った巻き毛を撫でている。

ジョスリンをさらに喜ばせるものがあるとしたら、あとひとつしかない。これまでも妻に尽くしてきたニコラスだが、今こそそれを捧げるときだ。

「愛しているよ、ジョスリン。どんなに愛しているかは神しか知らない。だがわたしはそれをきみにわかってもらえるよう、努力するつもりだよ」

7

一カ月後

エイダート神父は小さなキャベツが列状に植えられた畑で腰をかがめ、ひょろりと伸びた雑草を抜いて上体を起こし、腰に両手をあてた。「ケヴランがいないと困りますね」不機嫌そうに言う。

「ああ、まったくそのとおり」ティモシー神父が菜園の向こうの端で同意の声をあげる。「もっとも、先週サー・ニコラスがあの子を従者にしたいと言い出したときには、またここへ戻ってきてくれるかもしれないと期待したがね。レディ・ジョスリンは大反対でかんかんだったし」

「そうですね」エイダート神父は言い、手についた土を払った。「レディ・ジョスリンは騎士の技能になんの価値もないと思っているし、ケヴランはお気に入りですからね。サー・ニコラスの思惑どおり将来あの子が騎士になって、危険な目にあうよりは――」急に言葉を切り、そそくさと腰を曲げて雑草取りに戻る。

しかしティモシー神父は、エイダート神父が何を言おうとしたか察していた。聖人とは言えないにしても悪人にはほど遠い人間として、長いあいだ気にかかっていた問題について本音を打ち明けるときが来たと覚悟した。

「わたしは、ジョスリンがニコラスを殺すのをやめてくれてよかった、とほっとしているよ」ティモシー神父はきっぱりと言い、エイダート神父を驚かせた。「わたしたちがあんな計画をほのめかしたのも間違っていた。今度ジョスリンに会ったら、さっそく正直に話して赦しを乞おう。それから次の巡礼のおりには、司教に告白しようじゃないか」

ほうっと安堵のため息をつくと、小柄で丸々としたエイダート神父はふたたび上体を起こした。その顔には精神的な重圧から解放された喜びが表れていた。

「ああ、よかった！」神父は叫んだ。「ここのところ数週間、我々がジョスリンに与えた毒薬の効果がいつ現れるかもしれないと恐ろしくて、気が気でなかったのですよ。幸い、彼女は我々より立派な人格の持ち主だった。神に感謝しなければいけませんね。実のところ、わたしが思うには……いや。なんでもありません」

「どう思っているんだね？」ティモシー神父は訊いた。

エイダート神父は断定的なことは言いたくないかのように目を細めた。「まあ、ジョスリンはニコラスに遠慮なくものを言いますからね。一度など、あれこれ文句を言い立てる彼女をニコラスが抱き上げて肩にかつぎ上げ、どこかへ連れていってしまいました。それでも、わたしが思うには……どうやら……二人はなかなかお似合いのようですよ」

女性のこととなるとまったくうといティモシー神父は、驚いてエイダート神父を見た。

「本当かね？　それはそれで結構なことだが、しかし本当に……？　ジョスリン・キャボットが愛情あふれる優しい妻になるとは。正直言ってわたしがニコラスだったら、今ごろここへ駆けつけて我々に九日間の祈禱を頼んでいるだろうよ。妻のかんしゃくから自分をお守りくださいと、神さまにお願いするためにね」

二人は吹き出した。一分経ってもまだ笑いが止まらない。そのとき、当のジョスリンが教会の前を通りかかるのが見えた。村からの帰りらしく、鋭いかみそりを手に、怒り心頭に発した表情だ。

「ごきげんよう、レディ・ジョスリン」エイダート神父が声をかけた。

ジョスリンはこの呼びかけを無視した。自分の目的に向かって一路邁進《いちろまいしん》といった感じで、神父の声が聞こえたかどうかさえわからない。手に握ったかみそりが不吉な光を放っている。歩きながらぶつぶつつぶやく言葉は、驚愕している神父たちにも聞こえた。

「もうたくさん。なぜわたしが我慢しなければならないの？　ばかでかくて毛深い野蛮人め、わたしを痛い目にあわせておいて、気にかけてもくれない。なんでも自分の思いどおりになるとか、わたしが素直に命令に従うとでも思ってるのかしら？　ふん！　とんでもない。もう、これでおしまいよ！」

そして、行ってしまった。

エイダート神父とティモシー神父はあっけにとられたまま、しばらく顔を見合わせていた。

「おお、神よ！」エイダート神父が小声で言った。

「彼女の魂の危機だ！」とティモシー神父。

「わ、わたしたちの魂の危機です！」とエイダート神父。

「大変だ！」二人の神父はうめき声をあげてあとを追い、小さな石門を駆け抜けた。あわてふためいてお互いの体をぶつけ合いながら、大惨事を防ごうとひたすら走りつづける。

キャボット荘園への石ころだらけの道をはうようにして登り、息も絶え絶えといったようすで玄関の前に到着したときには、ジョスリンはもう中へ入ったあとだった。取っ手を回してみたものの、鍵がかけられている。二人の神父は気も狂わんばかりに扉をどんどん叩いたが、それでも召使が出てくるまでにたっぷり五分は待たされた。

二人は押し入るようにして中に入った。「ご主人！　ご主人はどこにおられる？」ティモシー神父はがなった。

半分むきかけのタマネギを手に持ったままの年若い召使は、あたりを見まわした。半狂乱の神父二人が突然現れたのに戸惑っている。「上の階におられます。ベッドのある部屋に」

「ベッドのある部屋？」混乱したエイダート神父はおうむ返しに訊いた。

召使の少年はうなずいた。「階段を上がって右のサンルームで、そこにベッドがあるんです」

ティモシー神父は少年のおかしな受け答えを無視して奥へ急いだ。広間を通り、階段を駆け上がる。エイダート神父もすぐあとに続いた。ついさっき罪の意識から救われたばかりの二人は、ここで天に見放されてしまってはたまらないと必死だった。

一瞬のためらいもなく扉を開けて、ティモシー神父は部屋の中へ飛びこんだ。

「おやめなさい、レディ・ジョスリン！　神の愛はあなたの魂を――」ティモシー神父の声がしだいに小さくなる。そこへエイダート神父が遅れてやってきた。

ジョスリンはかみそりを手に夫の後ろに立っていた。いったい何ごとですか、というように憤然として眉をつり上げ、神父たちを見ている。サー・ニコラスは首をそらして妻の前に座っている。顔面のひげが半分だけそり落とされていた。

「あらニコラス、ごらんなさいな。神父さまたちがやっとお見えになったわよ」ジョスリンは皮肉な口調で言った。「でもわざわざおいでいただいたのに、ずいぶん妙な登場のしかたをされたものねえ」

エイダート神父は後ろめたそうに体を縮こまらせている。二人の神父は、レディ・ジョスリンをそそのかすような発言をして以来、新しい領主ニコラスを訪問していなかったのだ。そのことは邸の中でも話題になっていたにちがいない。

ニコラスは自分も黒々とした眉をつり上げて皮肉な表情をすると、そばのテーブルにおかれた麻のタオルを取り上げ、顔に押しあててから立ち上がった。巨大と言っていいほどの大男で、存在自体が威圧的だった。たとえひげが半分しかなくても。

「ああ、神父さま、ようこそいらっしゃいました。だらしない格好で失礼します。妻がどうしてもと言い張ってきかなくて、今、こうして罰を受けているところですよ」

「まあ！」ジョスリンは憤慨のあまり息をのんだ。「だって、わたしの肌こそ、そのひげの罰を受けているようなものだったじゃないですか、もう、連続で四――」そこではたと言葉を切り、顔を赤らめる。あやうく夫婦の秘めごとを打ち明けるところだったと気づいたらしい。

ニコラスは両神父に向かって穏やかに微笑んだ。「今日はどういったご用件ですか、神父さま？」

特に不穏な気配はないとふんだエイダート神父は、夫婦の邪魔にならないよう退散するつもりだったが、ティモシー神父は罪滅ぼしをしなければどうにも気がおさまらないらしく、果敢にも前に進み出て言った。「実は、あなたとこの善良なレディ・ジョスリンがうまくいっているかどうか確かめたくて来ました」エイダート神父はうなった。

ニコラスはネズミを眺める満腹の猫のごとく、物憂げな、ともすれば人のよさそうな目つきで神父を見た。「ええ、うまくいっていますよ」と言って妻のほうを振り向く。「なあ、きみもそう思わないか？」

ジョスリンはうなずいた。だが皮肉めいた表情は変わらない。

「ほら、ジョスリン」ニコラスは甘やかすような口調で言った。「神に仕える方々に恨みなど抱いてはいけないよ」

「ふん」

「そのとおり」エイダート神父は情けなさそうに同意した。「いけませんね」

「ふん」

「そのうち機嫌も直りますよ」ニコラスは愛想よくうけあった。「ジョスリンはとても保護本能が強いたちでね。それで」身を乗り出し、秘密めかしてささやいた。「お二人がわたしの死を願っていたことで、気分を害しているんですよ」

「いえ、そんな！」エイダート神父が叫んだ。「もうそんなことは考えていません！」

この反応に、サー・ニコラスはそれなりに満足したようだった。一方、レディ・ジョスリンは疑わしげなようすだ。

「本当です！」ティモシー神父も加わった。「わたしたちはその件について再考して、自らが間違っていたと確信しました。実を言うと、自分たちがそそのかしたことがどんな事態を招くかと思うとそら恐ろしくて、悲劇を未然に防ごうとここへ来たのです」

「なるほど！」ニコラスは大げさな身ぶりで言った。「それで、あわてて飛びこんでこられたわけですね？」

二人の神父は勢いよくうなずいた。

ニコラスは腕組みをしているジョスリンのほうを向いた。さっきまでの疑り深い顔から、冷ややかな非難の表情に変わっている。

「わかったね？　恨む理由は何もないだろう」ニコラスは神父たちにかぎりなく寛大な笑みを見せた。「お二人とももう二度と、わたしを殺すよう妻を説得したりしませんね？」

二人はふたたび力をこめてうなずいた。

「よかった。それではつま先の骨と、それを入れる箱について話し合いましょうか――」

「つま先？　箱？」ティモシー神父はつぶやいてから、はたと思いあたった。「聖ネオトのつま先と、聖遺物箱のことをおっしゃっているのですね？　はい、ぜひお願いします。話し合って――」

「まだよ」ジョスリンの声が神父の熱意に満ちた同意の声を抑えこんだ。腕を下ろし、部屋の反対側へとおもむろに歩きだす。ニコラスは妻のしたいようにさせて満足らしく、テーブルにもたれていかにも愉快そうに三人を眺めている。「まず、わたしたちのあいだではっきりさせておかなくてはならないことがあります」

「も、もちろんですよ、レディ・ジョスリン」ティモシー神父はわずかに口ごもり、後ずさりしながら言った。ジョスリンは足を止め、目を細めて二人の神父を見た。

「今後教会には、すべての教区民に、どんな案件であれサー・ニコラスに指示をあおぐよう申し伝えていただきます」

「はい、もちろんです」神父たちは聞き入れた。想像の中で、宝石をちりばめた聖遺物箱と干からびた聖ネオトのつま先が生き生きとした姿となって描かれていた。

「なぜなら、サー・ニコラスがトレコームの現領主だからです」

「はい」

ジョスリンは腕を伸ばし、窓の外を指し示した。「ここは領主の所有地です」

二人はうなずいた。

「ここは領主の荘園です」

ふたたび首を縦に振る。

ジョスリンは後ろを振り返った。「あれは、領主のベッドです」神父たちは夫婦の背後に鎮座している、シーツが乱れたままの巨大なベッドを見て、すぐ顔をそむけた。

するとジョスリンは初めて微笑んだ。その微笑みは夫に向けられたものだった。夫は、ひげもじゃの――いや、半分ひげもじゃの――顔に心からの称賛と愛情と渇望をにじませて彼女を見守っている。「そして、サー・ニコラスに心を奪われたわたしは、領主の妻です」

ニコラスは立ち上がり、ジョスリンに近づいていった。目には見えないけれど、神父たちにもその存在がはっきりとわかる絆に引き寄せられるかのように。あと数歩というところで、ジョスリンは腕を差しのべてニコラスの手を軽く握ると、ゆっくりと自分のお腹の上にもってきた。優しさに満ちた笑みが浮かぶ。

「そしてあなた、この子が領主《マスター》の息子《ソン》よ」

「これが、マスターソンという家名の由来なのです」ローレルは誇らしかった。自分が語った物語は、見学客の心を完全にとらえていた。ブライアンでさえ、歴史の重みを味わうかのようにマスターソン家のベッドのそばに立って木の表面を撫でている。

皆、感銘を受けていた――ただ一人、修理工を除いて。彼は床に膝をつき、黙々と道具を工具箱にしまっていた。

マックス・アシュトンにはあの場所がお似合いだわ。そうやって床にひざまずいていなさい。できればもっとわたしから離れたところで。

「マスターソン家一代目、サー・ニコラスは愛する人を得て幸せになり、その後多くの子孫が生まれたため」ローレルは大げさな身ぶりで紹介した。「城も建てました！　ここではどちらの窓からでも、その跡を見ることができます」

見学客はばらばらになり、我先に窓のほうへ向かった。

「城址《じょうし》は海辺を見下ろす崖の上にあります」ローレルはあとを追い、窓辺に集まった客の肩越しに外を見た。「領主一家が住んでいた塔の部分は、壁が当時のままに残っています。でも城の外壁は崩れ、ほとんど見る影もありません。村人が建材として使うために石を持ち去ったものと思われます。ところどころに石柱が空を指さすように突き出しているのが見えるでしょう」

「考古学者による発掘調査はされていないんですか？」プランテ夫人が訊いた。

ローレルは首を振った。「英国には同じような城址がほかにいくらでもありますから。この城址に関心を示すとしたら地元の歴史家ぐらいのものでしょう。マスターソン家はこの地方の有力な一族として八〇〇年近くも君臨しつづけたわけですからね」ローレルは壁にかかった一連の絵画を指し示した。ローソン・マスターソン卿のかしこまった肖像画、気楽な雰囲気のスターリン・マスターソン卿の肖像画、そして一族の祖であるサー・ニコラスを描いた、型にはまった暗い色調の素描もあった。

口を手でおおってあくびをしていたブライアンは母親にこづかれてびくりとし、「一族はそれからどうなったんですか？」と訊いた。

「残念ながら二〇世紀初頭に、英国における一族の血は絶えてしまいました」ローレルは答えた。

スパナががちゃがちゃと触れ合う音がした。マックス・アシュトンだった。「負け犬の集団だな」とつぶやく。

ローレルはマックスのそばに膝をつき、小声ながら激しい口調で言った。「なんですって？　今なんておっしゃったの？　他人を負け犬呼ばわりですか？　貴族の一族で、この地を治めた人たちを？　修理工さん、よくもそんなことが言えますね」

マックスは動きを止め、ローレルに目を向けた。

マックスはどこか……妙な顔をしていた。笑い出しそうな、何か叫びたがっているような、でなければ……ローレルにキスしたがっているような表情。

金髪のアメリカ人、ミス・ファーガソンが「まあ」という小さな驚きの声をもらした。

つまり、マックスが〝妙な〟顔をしていると感じたのはわたしだけではないということね。ローレルは急いで立ち上がり、ベッドカバーを直すふりをしてごまかした。なす紺色のベルベット製でかなり大ぶりのものだ。「これは特注で作らせました」誰に言うともなく言う。「マスターソン・ベッドは並外れて大きいので、寝具も市販の製品では合わないんです」

ミス・ファーガソンはこちらの胸中には気づいていないようだ。「それで、マスターソン家はもうこのへんの土地を所有していないんですね？」

「マナーハウスも、です。現在の所有者であるバリー夫妻がわたしの雇用主なんですが、最近ある方にこの家を売却しました。そういうわけで今回が――」困ったわ、まともに言えそうにない。「最後の見学ツアーになります」どうにかこらえて言い終えた。

ミス・ファーガソンは女性陣のほうを向いた。「よかったわね、そんなときに来合わせて」

「本当にそうね」ストラドリング夫人があいづちをうった。

プランテ夫人もうなずく。

「そのとおりだよ」まじめくさった声でブライアンが言った。「英国じゅうの博物館を制覇したいと思ってるのに、その機会を逃すとこだった」

　プランテ夫人は手で息子の髪をくしゃくしゃにした。「ホテルに戻ったらすぐ食事に行きますからね。そのあとテレビゲームソフトを買ってあげてもいいわよ」

　ブライアンは頭を引いて母親の手から逃れると、にっこり笑って足を横にすべらせた。「ねえ、ちょっと」と言って、桜材の高足つきチェストの上に置かれた四〇センチ近くある十字架を指さす。「あれって、本物の金なの？」

「聖アルビオンの十字架といいます。確かに本物の金ですが、金の薄板を叩いてさらに薄く伸ばし、石膏の型の上にかぶせています。この十字架の価値は材料の金ではなく、その古さにあります」ローレルは手を伸ばし、輝く装飾十字架の丸みを帯びた端の部分を軽く撫でた。「ベッドよりもさらに年代が古く、一〇〇〇年以上前のものです」

「そんなものなら博物館に展示すればいいのに」ミス・ファーガソンが言った。

　ローレルは彼女に食ってかかりたい衝動を抑えた。そのためいつもよりぶっきらぼうな口調になった。「ですからこうして博物館に展示されています。それより重要なのは、この部屋に飾るのがもっとも自然で落ち着くということです。マスターソン卿とレディ・マスターソンの結婚のお祝いにある修道士がこれを贈ったときから、一族の所有物となったのです」

　メガンがつま先立ちになって十字架を見ている。「とってもきれい。装飾がすばらしいわ。でも、盗まれる心配はないんですか？」

　ジョンがウエストに手を回してメガンの体をすっと引き寄せた。「当然、防犯システムが入っているさ、ハニー」

ローレルは肯定も否定もしなかった。鍵や防犯装置の話については用心するようになっていた。「実を言うと聖アルビオンの十字架は大変重いのです。この背の高いチェストから持ち上げることができるとしたら、そうとう長身の人でしょうね」

メガンはジョンの腕の中で振り返り、彼の顔をいとおしそうに見つめた。「あなただったらできるかもしれないわね、ダーリン」

ジョンは頭をかがめてメガンに唇を近づけた。「できるって……何をだい？」

ローレルは目をおおいたくなったが、そうする代わりに視線をそらした……結果、わけ知り顔のマックスの視線にぶつかってしまった。

いやだわ。ローレルは咳払いをした。気づかれてしまったかしら——わたしがこの新婚のカップルを、臆面もなく愛を表現し合う二人をうらやましがっていることを。

「おえっ。またやってらあ」ブライアンが言った。

「見ていて面白いわ」ミス・ファーガソンが新婚夫婦を観察しながらつぶやいた。

今、なんの話をしていたのだったかしら？　そうだわ。「さて、城の話です。あの城は海を望む岩石が露出した土地に建てられましたが、その理由は天然の要塞として最良の防御になるからです。特に薔薇戦争のころには、固い防御がどうしても必要でした」ローレルはやたら早口で説明しはじめた。だが見学客は皆、ガイドといえば風変わりな言動をする人種だとでも思っているのか、急にローレルの口調が変化したのにもさして驚いたようすはない。

「ああ、薔薇戦争。大変な時代だったのよね」ストラドリング夫人が痛ましげな表情でうなずいた。「軍隊の襲撃から身を守るために、貴族が要塞を築かなければならなかったんでしょ」

ブライアンがまたあくびをした。今度は遠慮も何もない大あくびだ。

まあ、しかたがないわね。この子は歴史が好きじゃないみたいだし。立ち上がって話を聞いているふりをしているマックスも同様らしい。同類どうし、仲良くやってちょうだい。ローレルは見学客の中の〝大人〟のためだけに説明を再開した。「ご婦人方は英国の歴史にもお詳しいですね。中世史を研究してらっしゃるんですか?」

アメリカ人の中年女性は皆、にやにや笑って首を横に振った。

「じゃあ、司書をなさっているとか?」ローレルはさらにつっこんだ。

プランテ夫人がにっこり微笑んだ。「わたしたち、ロマンス小説家なんですよ」

「ロマンス……小説家ですか?」ローレルは頰がかっと熱くなるのを感じた。悪いことが重なる日は重なるものだ。

「本当ですか?」マックスは興味をかきたてられたらしい。「母がロマンス小説好きで、読みなさいって無理やりすすめられるんですよ」形のいい唇がゆがんだ。自虐的なユーモアで受けをねらおうというのか。「女性を幸せにするためのヒントが得られるからって」

「読んでも損ということはないわね」ローレルはつぶやいた。

「お母さまのおっしゃるとおりよ」プランテ夫人が言う。「確かに、うちの夫がわたしの小説を読むと――」

「ママ！　その話、やめて。聞きたくない」ブライアンが耳をふさぎ、大きな音でハミングしはじめた。

全員が笑い、ローレルはおかげで気が楽になった。

そのとき、コツコツという音がした。ベッドの巨大な柱を叩いて注意をうながしたのはストラドリング夫人で、そのあと指を痛めたかのように手を振った。「この沿岸地方は犯罪が多かったそうですが、本当でしょうか？」

ローレルはびっくりして訊き返した。「犯罪ですか？」

「ええ」反撃を予測しているかのように、ストラドリング夫人は茶色い目を落ち着きなくきょときょとさせた。「このあたりでは、何世紀にもわたって密輸人が拠点を構えて活動していたと聞きましたけれど」

「ああ」なるほど、そのことだったのね。「密輸業者ですね。地元住民はその昔、密輸を深刻な犯罪とはみなしていませんでした。トレコームはロンドンから遠く離れていますし、人々が困窮していたころにはあらゆる方法で生計を立てる必要があったのでしょうね」

「密輸人って、すてき」脇でプランテ夫人がミス・ファーガソンに言っている。「ロマンを感じるわ」

「密輸業者にロマンを感じてもらっては困ります」ローレルは強い語調で言った。「イングランドの遺産を少しずつ持ち去る泥棒ですよ。当時なら、内臓をえぐって四つ裂きの刑に処すべき人たちです！」

マックスはローレルの熱烈な訴えに魅入られたかのようにこちらを眺めている。

ローレルは鋭い一瞥をくれたが、彼の興味をそぐ効果はほとんどなかった。

ストラドリング夫人が身を乗り出した。「つまり、まだ密輸人はいるということね！」

ローレルの熱い憤りはとたんにしぼんだ。「ええ、残念ながら。摘発するのがきわめて難しいようです」

「マスターソン家の人々は密輸業者だったんですか？」メガンが訊いた。

「いいえ、違います」ストレートの黒髪をとめていたクリップがゆるんでおくれ毛が落ちてきたので、ローレルはきつくねじり直してふたたびクリップでとめた。「マスターソン家は英国王室への忠誠心が強く、法をきちんと守る領主として知られていました」

まだ聞いていることを示すようにマックスが言った。「高潔な領主さまだったから、密輸に直接手を染めたりせずに、そこから上がる利益を荒稼ぎしたんだろうな」

「マスターソン家の人々は法を遵守していました」ローレルは怒りのあまり大げさな動作でベッドに座った。「おまけに、騎士道精神あふれる勇敢な人たちだったんですよ！　昨日たまたま自分の研究のために調べものをしていたとき、マスターソン家の騎士にまつわる話を見つけたのでご紹介しましょう。この騎士は女王エリザベス一世のために従軍し、傭兵《ようへい》として活躍したあと帰郷して、あるたくらみにより陥れられそうになっていた乙女を恥辱から救いました……」

間違いの求愛

主要登場人物

ヘルウィン・スミスウィック……………貴族の娘
リオン・マスターソン……………………マスターソン荘園の領主。もと傭兵隊長
キャロル・スミスウィック卿……………ヘルウィンのおじ
バティルダ…………………………………ヘルウィンのいとこ
ランスロップ……………………………リオンの率いる傭兵隊の副官
バース………………………………………リオンの部下
ウィネッタ…………………………………ヘルウィンのもと乳母

1

コーンウォール州トレコーム、一五八三年

トレコームの治安がここまで悪化していたなんて――レディ・ヘルウィンは自分が誘拐されて初めてそのことに気づいた。

浜辺を速歩《はやあし》で駆けてくる馬のひづめの音を聞いたとき、ヘルウィンは振り返って微笑んだ。男性美のすばらしさがわかる女性なら誰でも微笑んだだろう。どこまでも延びる銀色に光る砂浜。切り立った断崖。海風の中、黒いマントと漆黒の髪をなびかせ、馬にまたがってやってくるリオン・マスターソンの姿はケンタウロスを思わせた。遅い午後の日差しを浴びて目が輝いている。引きしまった体全体から、馬に乗る爽快さを楽しんでいる雰囲気が感じられる。りりしい顔立ちの青年だった。だが冒険心にかられてひと財産築こうと外国へ旅立ったものの、みじめな失敗に終わっていた。

帰国したリオンは、故郷近くの町で成功をおさめようと考えているらしい。ヘルウィンはこの青年貴族の幸運を祈った――もちろん皮肉をこめて。おじの館を訪ねてきたリオンを幾度となく見かけて観察し、彼の優雅さや才覚に感嘆していた。緑の目の魅力でいとこのバティルダを——ヘルウィンではなく——引きつけ、誘惑しようとするやり方の巧みさにも舌を巻いていた。危険な匂いのするマスターソン城の主、リオン。バティルダもあなたとのたわむれを喜ぶでしょうね、と言ってやったほうがよかったかもしれない。しかし実のところバティルダは、求愛者リオンの財政状態を冷静すぎるほど冷静な目で徹底的に調べていた。

いずれにしてもヘルウィンは、リオンとは話せなかった。訪問客の前に顔を出すことは許されていないからだ。姪の扱いについてのキャロルおじの方針は〝人の目に触れないようにし、存在を無視する〟だったし、ずっとそれでうまくいっていたのだ。たまに父親の昔の友人が〝姪御さんはどうしていますか〟と口をすべらせる以外に、ヘルウィンの将来を気づかってくれる者はいない。潔くあきらめて、おじの館で孤独な独身女として暮らしていく人生を受け入れるほうがよさそうだった。

それでも、浜辺を一人で歩く楽しみぐらいは味わえた。りりしくて大胆不敵なリオン・マスターソンが馬に乗ってやってくるのを……しかも自分のほうに近づいてくるのを見たとき、ヘルウィンの胸はときめいた。まっすぐこちらをめざしているわ。わたしがここにいることに気づいているはずなのに。

ヘルウィンは脇によけて道を空けようとした。

しかしその動きを追いかけるかのように、リオンが突如として向きを変えた。

彼女は腕を振って自分の存在を知らせた。

リオンは口を開けて楽しそうに笑った。その笑い声の大きさにヘルウィンは驚いた。

この人、なぜなんのためらいもなくこっちに向かって進んでくるの？　無力な女性を追いつめるのを楽しむような人なのかしら？

でなければ誰かが――たとえばキャロルおじか、バティルダが――わたしの所在をリオンに教えて、昔の不愉快な記憶を呼び起こすわたしをこの世から消したらご褒美を与えようとでも申し出たのだろうか？

あっ。ヘルウィンはどきっとして息をのんだ。胸の鼓動がどんどん速まっていく。バティルダだわ。あの娘《こ》ったら、午後の遅い時間に散歩に出かけなさいな、と強くすすめていた。それにこの紫のベルベットの肩マントも、貸してあげるから着ていきなさいよ、と無理やり押しつけられたようなものだ。

バティルダにはめられたんだわ！

ヘルウィンは逃げた。急に方向を変え、断崖の下に岩がごろごろ転がっているあたりをめざす。あそこまで行けばリオンもあきらめるだろう。大切な軍馬を足場の悪い場所に乗り入れさせてけがさせる危険はおかさないはずだ。

きっとたどりつけるわ。絶対に行ける。

ひづめの音がすぐ近くに迫ってきた。馬の熱い息が首にかかるのが感じられるかと思うほどだ。でもあと少し。あそこまで行けば大丈夫……次の瞬間、馬が猛烈な勢いで脇を駆けた。リオンはそのまま通りすぎていくようだ。一瞬、かすかな安堵の思いがヘルウィンの頭をかすめた。ところが後ろから腹に腕を回され、体が宙に浮いた。

ヘルウィンは叫ぼうとしたが、あっというまに抱え上げられ、うつ伏せの状態で馬の背に乗せられた。鞍の前の部分だ。肺の中から空気がしぼり出され、空気を求めてあえいだ。

「つかまえたぞ、愛しい人」リオンは叫んだ。「貞淑なふるまいには痛み入るが、誰にも見られてはいない。大丈夫、今夜は一緒に過ごせるさ」

なんですって？　どういう意味なの？

バティルダはいったい何をしてくれたの？

馬の背中は温かく、足並みはよどみなかった。だが頭を下にして体を折り曲げた格好で乗せられているので、下腹が苦しい。眼下の砂が飛ぶように去っていくのをなすすべもなく見ているとめまいがして、ただただ恐ろしかった。ヘルウィンはもがき、ひじをついて起き上がろうとした。まず呼吸をととのえてから、とんでもないふるまいをしていることをリオンに伝えるつもりだった。

しかし背中の真ん中におかれた手で強く押さえつけられた。「あと数分で着くよ」外国暮らしで身についたかすかななまりが魅力的な、ひどく楽しげな声。「このまままっすぐ行ったら、もうマスターソン城だから」

そのとおりだった。ヘルウィンは遠くから何度もこのマスターソン城を見ていた。海に突き出た花崗岩質の広い崖の上に、先端が鋸《のこ》歯状になった灰色の狭間胸壁《はざまきょうへき》を持つ旧式の城がそびえている。マスターソン一族は、十字軍の騎士がやってきて妻となる貴婦人を邪悪な陰謀から救ったとき以来、この地に住んでいた。以前のヘルウィンなら、城を眺めて伝説の恋にあこがれ、ため息をついただろう。

しかし今考えるのは、嵐が来るたびに崩れる崖の狭い道のことばかり。とうもろこしの袋か何かのように馬の背に乗せられ、頭を下にしたまま城まで連れていかれるなど、耐えられなかった。「どうするつもりか知らないけど、きっと後悔するわよ！」ヘルウィンはかん高い声をあげた。

「しっ、静かに。サムソンは気難しい馬でね。大きな音を聞くと後ろ脚で立ち上がる癖があるんだ」リオンはヘルウィンのマントを折り返して頭をおおい、彼女の悲痛な叫びを封じこめると先を急いだ。馬は道の一番低くなったところで速度を落とし、ふたたび急な坂を上りはじめた。

頭の上で風にはためくマントと格闘しながら、ヘルウィンはみじめな思いにとらわれた。さっきの脅しは効いただろうか？　でも後悔させるといっても、誰がリオンを懲らしめてくれるというの？　キャロルおじでないことは確かだ。端整な顔立ちに冷たい目をしたおじは今留守にしていて、たった一人の姪が家に帰らなくても気づかない。つまり、おじが戻ってくるまで誰も助けに来てはくれないということだ。

帰宅したら、おじはもちろんわたしを探すだろう。ただしお義理でしかたなく、だ。マントのすその下からのぞくと、坂道を上るにつれて砂浜が遠ざかっていくのがわかる。ヘルウィンは言いしれない恐怖にかられ、また叫びだしたくなった。だが砂浜が視界から消えると、崖が海から直接切り立っているかのように見えた。沈む夕日があたりを赤紫色に染めている。荒削りな岩に寄せて砕け散る波が眼下に迫って、ヘルウィンはひと言も発せずにいた。一歩間違えれば崖から落ちて一巻の終わりだ。わたしがどうなろうと気にかけてくれる人はいないだろう。でも、本人にとってはかけがえのない大切な命なのだ。

地面に降りたらすぐにリオンの横っ面を引っぱたいて叱りつけ、思い知らせてやろう。うまくいけば、バティルダが自分の巧妙な策略について得意げに語りはじめる前に館へ帰れるかもしれない。バティルダにだってこちらを恐れる理由がある。ヘルウィンの家であるスミスウィック館に父親とともに越してきて以来、バティルダがヘルウィンを激怒させたのは二回。そのたびにヘルウィンの仕返しも激しさを増していた。

あと少しで頂上だ。それまではおとなしくしていよう。ヘルウィンはしかたなく、馬の背にうつ伏せになったまま揺られていた。だが、ぐらつく石に前脚をすべらせた馬がよろめいたときには一瞬、息が止まった。足下から飛び散った小石が崖をつたって落ちていく。

「どうどう、止まれ、サムソン」リオンは手綱をたぐり寄せて馬の体勢を立て直した。巧みな手綱さばきだけでなく辛抱強さもそなえている。傭兵として実力を認められてきただけのことはあった。

サムソンはふたたび坂を上りはじめた。ヘルウィンは、自分をこれほど屈辱的で危険な目にあわせたバティルダにどうやって償いをさせようかと考えをめぐらせていた。

頂上に着くころには頭がくらくらしていた。半ば逆さ吊りの状態だったうえ、マントをかぶせられ、まともに息ができなかったためだ。ふたつ折りの体を支えていた下腹も痛む。ヘルウィンは城の裏門が開いた音も、リオンが馬を乗り入れたときに聞こえてきた浮かれ騒ぐ男たちの笑い声もほとんど耳に入らなかった。

「じゃあ、つかまえたんですな?」粗野な声が呼びかけた。

「ああ、つかまえた。何もかもすんなりうまくいったよ」リオンは馬が歩みを止めないうちにさっと飛び下りた。「言っただろう、我々の運を上向かせてやるって」

ヘルウィンはマントを押しやり、脚をばたばたさせて馬から下りようとした。

ところがリオンに引っぱられ、肩にかつがれた。「おとなしくしなさい、可愛い人」高くかかげたヘルウィンのお尻をぽんと軽く叩くと、大声で笑い出した――が、その笑いが急に止まった。背中に爪を立てられたのだ。リオンは「爪を立てるなら、あとでゆっくりやればいいさ」と冗談を言った。

男たちが声高に笑った。

だが、リオンの声にかすかないらだちが混じっているのにヘルウィンは気づいた。ようし。いらだたせてやるわ。このマントを脱いで自分の足で立てたら、すぐにでも。

扉が開いた。二人は城の中へ入り、階段を上っていく。

ヘルウィンは留め金を必死ではずしてマントを床に落とした。見下ろすと、玄関ホールには男性の召使と騎士が一〇数人、口をぽかんと開けてヘルウィンを見つめている。何人かがグラスを持ち上げた。中には足元をふらつかせながら鼻先でせせら笑っている者もいる。

「ほら、見ただろう」とリオン。「わたしの気を引きたくてたまらないらしい」

「マスターソン卿！」ヘルウィンは鋭い口調で言った。

しかしリオンは跳ね上がるような足どりで階段を上がりつづける。ヘルウィンは息苦しくなった。リオンは大広間のある階まで行くと角を曲がり、さらにもうひと続きの階段を上っていく。

「マスターソン卿、間違いよ！」

彼は扉を蹴って部屋の中に入り、また蹴って閉めた。

たそがれどきでやや薄暗くなっていたが、リオンが反対側を向いたとき、室内の調度がヘルウィンの目に入った。細長い衣装だんす、ワインの入ったデカンタとグラス二脚が置かれた小さなテーブル、火が赤々と燃える暖炉。そしてクルミ材のベッドがあった。彫刻入りの重厚なヘッドボードと大きな天蓋、異国の雰囲気漂う柱で支えられた巨大なものだ。

マスターソン家に代々伝わる、歴史の重みを感じさせるベッド。

ふたたび向きを変えられたかと思うと、ヘルウィンはベッドの上に投げ出されていた。ふわふわのマットレスに体が沈むより先に、リオンが隣に転がりこんできた。

「話を聞きなさい、この間抜け！」

「話しているひまはない。きみの計画を成功させるには妥協が必要なんだ」リオンはヘルウィンの髪に手を差し入れ、唇を重ねようとした。

ヘルウィンは誘惑にかられていた。二二歳の今にいたるまでキスされたことがなく、実を言うと一生そんな経験は望めないものと完全にあきらめていた。ところが自分は今、男性のベッドにあおむけに横たわっている。

しかも、リオン・マスターソンのベッドに。いとこのバティルダに求愛していたリオン。ヘルウィンがひそかに夢に見、あこがれ、自分に求愛してくれればと願っていた、リオンその人のベッドなのだ。

ここで抵抗すべきか、それとも一瞬だけ罪の甘い果実を味わうべきか。ヘルウィンは迷った。成り行きにまかせたところで、なんの損があるだろう？　わたしは分別をわきまえているつもり。リオンが節度を超える前に止めればいいんだもの……受け入れてみるとリオンの唇の感触はすばらしく、動きが巧みだった。粗野な性格とはうらはらに、キスの魔力に魅せられたといった感じの優しさ。ヘルウィンの唇の曲線を楽しんでいるかのようにゆっくりとなぞっている。上唇から下唇へ。口角へ。それから舌が中にすべりこんできて――。

「汚らわしい、放してちょうだい！」

こぶしが耳に命中し、のけぞったリオンは悪態をついた。

もう一発お見舞いしようとヘルウィンは手を振り上げた。だがこぶしをぐいとつかまれ、頭の横のマットレスに強く押さえつけられた。

一瞬、リオンの怒りの表情が暖炉の火に照らされて浮かび上がり、ヘルウィンは覚悟した――殴られる。おじに殴られたみたいに。

しかしリオンはそうせず、深く息をついた。ヘルウィンの脚の上に片脚を投げかけ、胸と胸を軽く合わせて、扱いにくい雌馬《めうま》をなだめるような低く落ち着いた声で語りかけた。「きみが初めてだってことはわかってる。怖がらなくていいよ。どの乙女にも、運さえよければかならず訪れる瞬間だから。だけど、わたしとベッドをともにする乙女は本当に幸運なんだ。約束するよ」ヘルウィンの首に鼻をすり寄せる。「きみの恋の夢はすべてかなえてあげる」

どうしよう。この薄暗さで顔がよく見えないにちがいない。それにバティルダとわたしはいとこどうしで背格好が似ている。だから目をつけられてさらわれてしまったのだ。ヘルウィンはもがき、リオンの温かい息から逃れようとした。耳の輪郭をなぞる舌の動きに身震いする。「いや！　わたし、夢なんか抱いてないわ」

リオンはかすかに含み笑いをした。「そんなことないだろう。わかってるさ」

衝撃でヘルウィンははっと息を吸いこんだ。わかってるって、何を？

温めた蜂蜜を思わせる甘くまろやかな声でリオンは言った。「お父上の邸の廊下で、小声で教えてくれたじゃないか、憶えてるだろう？　自分が抵抗しても無視してかまわないから、不安を乗り越えられるようにしてくれって。そうすればいつまでも一緒にいられるようになるからって。だからきみの言うとおりにしたんだよ、バティルダ」

バティルダ。あの魔女め、なんとしても仕返ししてやる。「違うわ、わたし――」

抗議の言葉をキスでふさがれた。目を閉じ、黒々としたまつ毛の影を頬に落としたリオンは、石鹸と、馬と、革の匂いがした。男の欲望に満ちた体がずっしりと重く感じられる。もう一度叩こうとすると、今度は両腕で体の左右を押さえられ、両手で頭をはさまれた。

口の中にリオンの舌が入ってきた。まるで彼のためだけに用意された極上の美食を味わうかのように繊細な動き……心地よかった。リオンを襲った欲望の嵐に、彼女も引き寄せられていたのだ。目を閉じると暗闇の中、五感が目覚めた。恐る恐る彼を受け入れ、求めに応え、その舌を優しく吸った。

リオンは満足げな低いうめき声をもらし、手を離した。

ヘルウィンは、彼の肩を猫のように引っかいた。

リオンは上体を起こし、乳房に手をおいた——驚きでヘルウィンの目が大きく見開かれる。なんてこと。よくもそんな……彼の肌に爪を立てる。

痛みにもかまわず、リオンは親指でゆっくりと円を描くようにして乳房を愛撫した。

彼女はマットレスの上でかかとを支えにして体をずらし、逃げようとしたが押さえこまれた。胴着の留めひもが引っぱられる。

ヘルウィンはリオンを叩き、頭の上に腕を伸ばした。ヘッドボードにつかまってベッドから下りようとして……枕の下に隠された、なめらかで重く、短い木の棒を探りあてた。こん棒だった。おやおや、寝室に武器を隠し持っていなければ、おちおち眠れないというわけね。

もがくのをやめ、頭をねらってゆっくりとこん棒を振り上げる。

緊張が伝わったのか、リオンはこん棒が振り下ろされるその瞬間に目を上げた。ごつんといういやな音がして後頭部に一撃。リオンは意識を失い、ぐったりとおおいかぶさってきた。

ヘルウィンはぶるぶる震えながらそのまま横たわっていた。まさか、死んではいないわよね？　ひと息ついてからリオンの首すじをさぐって脈拍を確かめる。脈はしっかりしていて、ヘルウィンは安堵のため息をついた。やっぱり大丈夫だった。傭兵だった人だから、こん棒で一発殴った程度では、大した痛手にはならないだろう。

ヘルウィンはうなり声とともにリオンを押しのけ、脇に転がした。

低いうめき声があがった。

彼女ははっと息をのみ、リオンの体をベッドから押し出して落とした。

どさっという音がして、床板が揺れた。

階下から騒々しい笑い声や、はやし立てるような叫び声が聞こえてくる。勝ちほこる間もなく、ヘルウィンは不安に襲われた。ここから逃げ出さなければ。でも、どうやって？　下の騒ぎからすると、リオンの部下たちは主人が、きたるべき結婚とともに遺産相続権を持つ妻を獲得したことを祝っているらしい。

人違いだということも知らずに……。

ヘルウィンはこん棒を握りしめてベッドから下り、リオンのようすを今一度確かめた。気を失い、後頭部の下のほうに大きなこぶをこしらえている以外は特に問題はなさそうだ。ヘルウィンは室内を用心深く歩きまわったあと、扉を開けて外をのぞいた。この主寝室は広い廊下の突き当たりにある。手すりから見下ろすとそこは大広間で、リオンの部下たちでごったがえしていた。音を立てないようにして寝室に戻ると扉を閉め、かんぬきをかけた。皆が寝静まるまで待とう。それから逃げ出すのだ。

窓から差しこむ朝日と鳥の鳴き声でリオンは目覚めた。頭がひどく痛む。寒気がして体じゅうがこわばっている。目を開けてみると、上掛けも枕もなく床の上に寝ていた。ゆうべ飲みすぎたらしい……といっても、何が起こったのかよく憶えていない。

突然がばっと起き上がり、筋肉の痛みにうめく。そうだ。昨夜のことをはっきり思い出した。愚かではあるが女相続人としては価値のあるレディ・バティルダを誘拐し、ここマスターソン城へ連れ帰った。寝室へ運びこみ、ベッドに寝かせて、甘い唇に心地よいキスをした――そして、よりによって自分が愛用しているこん棒で殴られて気絶したのだ。

いつも枕の下に隠してある武器を見つける才覚がレディ・バティルダにあるなど、誰が想像できるだろう？　しかもあんな一撃を加える腕力があったとは。だとすると二人の結婚には望みがありそうだな。

リオンはふらつきながら立ち上がると、ベッドに忍び寄った。

娘は上半身を起こしたまま眠っていた。丸めた肩に上掛けを引き寄せ、またしても純潔を守ろうとするかのように、両手でこん棒を握っている。

その姿をじっと見て、リオンはまばたきをした。目をこすってもう一度見つめ直し、彼女を揺さぶって起こした。

娘が目を覚ました。青い瞳にたちまち激しい光が宿り、こん棒を振り上げる。

すばやく身をかわしたリオンは詰問した。「いったい全体、きみは誰だ？」

2

おびえているにしても表には出さずに娘は答えた。「あなたが人違いしてわたしを誘拐したんじゃありませんか」

「レディ・バティルダのマントを着て、いったい何をやっていたんだ？」彼女の地味な茶色のドレスのすそがほつれているのを見て、リオンは推しはかった。「きみは召使かい？　マントは盗んだのか？」

「いいえ、バティルダのいとこです。わたし、だまされてこれを着せられたの」

リオンは一瞬たじろいだが、すぐに気をとり直した。「嘘だ。レディ・バティルダにはいとこなんかいない」

「ところがいるのよ、実は」流行遅れの帽子から娘の柔らかな金髪がのぞいている。「先代のスミスウィック伯爵を父に持ち、両親が病に倒れて亡くなったあと、一人不運にも残された娘がわたし。ほら、見てくださいな」彼女は微笑みを浮かべ、意志の強そうなあごに刻まれたえくぼを軽く叩いた。その笑顔には冷たい怒りがこめられていて、青い瞳が灰色に見えた。「これはスミスウィック一族特有のえくぼなの」

しだいに事情が飲みこめてきて、リオンは後ろによろめいた。「まさか。ありえない」痛む頭を抱える。「レディ・バティルダがそんなばかげた間違いを犯すなんて、どうして？」

娘はころころと笑った。純粋に楽しそうな、澄んだ声だ。「あなたったら、どうしようもない間抜けね！　バティルダは間違えたんじゃないの。このマントを着ていくように強くすすめたのは、あなたがわたしを彼女と勘違いして連れ去るのを期待していたからよ。そうすれば貧しくてしつこい求婚者と、邪魔なところを同時に厄介払いできるでしょう。マスターソン卿、あなたは利用されたのよ」

辛辣な物言いだった。「言っておくが、ただの貧しい求婚者ではないぞ。あの浅はかな娘がわたしに夢中になるよう、一所懸命尽くしたんだからな」しまった。愚かなバティルダへの軽蔑の気持ちをあらわにするつもりはなかったんだが。それに、バティルダのほうが一枚上手だったとは考えたくない。

「確かに浅はかな娘かもしれないけれど、お金のこととなると話は別。バティルダはあの飛び出た目で、男性の財産がどのぐらいあるか、一瞬のうちに判断できるのよ」

なんてことだ。わたしがこんなへまをやらかすなんて。ただこの娘を見ていると、色白の柔肌やすんなりした貴族的な鼻にいたるまで、バティルダとの血のつながりが感じられた。

「バティルダは出目じゃないよ」いや、少し飛び出ているかもしれないな。「それに、きみは彼女ほどきれいじゃない」

「そんな物言いをするようじゃ、人を引きつける魅力のある人だっていうあなたの評判、怪しいものだわ」彼女は頬に指をあてた。「なるほど、哀れないとこの気を引く必要はないというわけね」

バティルダは卵形の顔に小さな口、女らしい体に恵まれている。それにひきかえこの娘のあごはやや角ばっていて、口は大きめで唇は厚く、体は……まあ、こんなふうに上掛けにくるまっているのではわからないか。だがおそらくやせこけて肌は荒れ放題なのだろう。皆が社交界に出ていく中で、一人取り残された醜い親戚の娘はたいていそうだ。おまけにこの皮肉っぽくて無遠慮な物の言いよう。男をおだてていい気分にさせるつもりはまったくないらしい。「きみはおじ上に似ているな」

娘は膝立ちになり、こん棒を振り上げた。「あなたは汚らしい豚に似ているわ」

「ははあ」リオンはひげが伸びかけたあごを撫でた。「おじ上が嫌いなんだな」

「好きな人なんているかしら？」ふたたび座りこむ。「三日前にはらわたを抜いた魚みたいな魅力がある人よ。特に目のあたり」

リオンは思わず笑い出した。「ああ、確かにあの目は……生気がないね」実のところ、スミスウィック卿に視線を向けられると、リオンはかつて戦ったことのある年上の男たちの目を思い出した――心の底まで冷たく、情け容赦のない目。スミスウィック卿はおそらく、自分の望みをかなえるためならどんなことでもする男なのだろう。

リオンはベッドに腰かけた。

こん棒が振り上げられる。

彼はまた立ち上がった。「きみは嫡出子か？」

娘は眉をつり上げた。「この事態をうまいこと乗り切ろうとしているの？　残念だったわね。わたしは嫡出子です」

「それならなぜ、城で見かけなかったんだ？」

「嫡出子ではあるけれど、キャロルおじとバティルダが城に引っ越してきて以来、邪魔者扱いされているの。忘れたい過去を思い出させられるからでしょうね」

どうやらわたしは、本当にはめられたらしい。「ということは、お父上は……」

「先代の伯爵よ。父はあなたのお父さまと知り合いだったわ。実はわたし、何年も前にあなたに会っているの。お父さまが読み書きや戦闘について学ばせるためにあなたを外国に行かせる前にね」

リオンは目が痛くなるまで彼女を見つめた。「憶えてない」

「当時、わたしはまだほんの子どもだったから」

リオンは窓辺まで行って丘の向こうに目をやり、城から数キロしか離れていないエリザベス朝風の優雅なマナーハウスを見つめた。いったいどうしてこんなことになってしまったのか？　苦心して綿密な作戦を練ったというのに。わたしはすぐれた戦略家だ。そうでなければ部下ともども、今までに一〇〇回ぐらい死んでいただろう。それでも女性のこととなるとなぜか、いつもの備えでは十分でなかったと気づかされるのだ。

リオンは振り向き、娘をまじまじと見た。この娘の側面攻撃にふいをつかれた。捕虜にしたはいいが、役立たずどころか、これでは足手まといだ。

誰かを責めたくてたまらなくなっていた。「きみがバティルダをだましたんだろう。彼女のマントを勝手に持ち出して――」

娘はさえぎるように手を上げてリオンの口を封じた。「勘弁してよ。あなたなんか、白目《しろめ》の盆に乗せて差し出されてもお断りするわ。最近帰国した傭兵で、財政再建のために女相続人を妻に迎えようとしているのを誰でも知っている。そんな人にわたしが興味を示すと思う？」リオンを値踏みするように見る娘の唇がゆがんだ。いい評価は得られなかったらしい。「きっと、ものぐさな傭兵だったんでしょうし」

リオンはむっとして言い返した。「とんでもない、第一級の傭兵だったんだぞ。戦いでは、多くの男が金を積んでわたしの率いる部隊を雇ってくれた。リオン・マスターソンの名は敵陣にも知れわたり、恐れられていたほどだ」

少しも感心したようすは見えない。「でも、一文無しで帰国したんでしょ」

「かなりの金を稼いで戻ってきたさ。だがそれだけではこの城を維持していくことはできない。わたしのご立派な父親は」リオンはあざけるように言った。「マスターソン家が落ちぶれるにまかせていたからね。今となっては、思いがけない大金でも転がりこんでこないかぎり立て直せないほどに……」どうしてわたしは弁解しているんだ？　よりによって、この娘に？「まあ、きみの知ったことじゃない」

「でも、怒りにかられて飛び出すべきじゃなかったわ。もしあなたがあのまま城にいたら、お父さまは残った財産を賭け事で失ったりしなかったんじゃないかしら」

「父は生涯、思慮分別というものを持たない人だった。わたしの言葉にも耳を傾けようとしなかった！」リオンは急に口をつぐんだ。この娘は鋭すぎる。「なぜ知っているんだ？」

「ここの住人だからよ。父と一緒に何回かロンドンへ出かけただけで、生まれてこのかたずっとこの村に住んでいるんですもの。この近辺で起きたことは何もかも知っているわ」娘はスカートについた毛玉をむしり取った。「あなたがお金に困っていることは当然、誰もが知っているの。財産さえあれば簡単に花嫁が見つかるってことも。なんといっても、由緒ある貴族の称号も領地もありますもの」

「まあ、そのとおりだな」情けない人生の現実を娘の口からあらためて聞かされて、リオンの気分はますます沈んでいく。「帰国したとき、我が家が天国だとは期待していなかったが、マスターソン家が三〇〇年かけて築いた財産を、まさか父がすべて使い果たしてしまったとは思わなかったよ」ふたたびベッドに腰かけたが、今度はこん棒が振り上げられることはなかった。

「キャロルおじは、あなたが食いつめるか、でなければあきらめたときに、どうやって領地を乗っ取ろうかと何度も話していたわ」

自分の苦境によって隣人がどんな思惑を抱くか、疑ってみなかったわけではない。しかしその疑惑に根拠があるとなると話は別だ。「ではきみは、おじ上を喜ばせるためにわたしの人生を台無しにする計画に乗ったのか？」

「人生を台無しにされるのはわたしのほうよ。昨夜この城から抜け出せれば、自分の評判を守ることもできたかもしれない。でも、あなたの部下のどんちゃん騒ぎがなかなか終わらなくて……いつまで騒いでいたかは知らないわ。わたし、けっきょく眠りこんでしまったから」娘は軽蔑の色をかすかに浮かべてリオンを見た。「いつもあんなに規律が甘いの？」

「多くの戦闘でともに戦ってきた男たちだ。少しは娯楽があってもいいだろう」

「帰国してから……そう、四カ月ぐらい？」娘はベッドのヘッドボードの上に指をすべらせ、先についた埃を見せた。「もう娯楽は十分なんじゃないかしら」

リオンも同じ考えだったが、どうすれば事態を改善できるかわからなかった。城を維持管理していくすべを知らないのだ。同じ年ごろの男たちが所有財産の管理方法を学んでいるあいだに、リオンはスペインとプロシアへ行き、最初は英国女王のために戦い、それから自分自身のために戦った。それにしても、こんなみすぼらしい服を着たじゃじゃ馬娘にここまで言われるとは……実に腹立たしい。「きみ、部下の監督のしかたまで指図するなんて、自分を何様だと思っているんだ？」

「スミスウィック館を管理しているのはわたしなの。おじとバティルダは親娘《おやこ》二人して、家柄のよい婿探しのために上品ぶってエリザベス女王の宮殿通い。ちなみにお婿さんはまだ見つかっていないけれど」娘は軽くお辞儀をした。「わたし、レディ・ヘルウィン・スミスウィックといいます」

「やんちゃ娘《ヘリオン》というわけか——きみにふさわしい名前だな」

ヘルウィンは唇をゆがめ、あからさまな作り笑いをした。「言葉遊びのつもりね。なかなかうまいわ」リオンから徐々に離れ、上掛けをはねのけて――ただし、こん棒は手に持ったまま――ベッドを下りて床に立った。「困ったことになったわね。でもわたしのせいじゃないわ。昨夜何度も説明しようとしたのに、あなたは聞く耳も持たずにわたしをものにしようと――」

リオンは目を大きく見開いた。

「というより、バティルダをものにしようとしていたから」ヘルウィンはスカートを揺らして乱れを直すとリオンに目を向け、あらためてまじまじと見つめた。「マスターソン卿、どうかなさったの？」

確かにじゃじゃ馬かもしれない。貧しいかもしれない。ねらっていた娘とは違うかもしれない。だが、これは驚いた。ヘルウィンはすらりと背が高く、優美な手の持ち主だった。きゃしゃな腰と豊かな胸を、着古したぴちぴちのドレスに包んでいる。しかめていないときの顔にはいっぷう変わった魅力がある。櫛で髪をととのえようとテーブルに歩み寄る動きにはそこはかとない色気があり、男の五感に――いや、わたしの五感に訴え、言うことをきかない体の部分を刺激する。

そう考えたとたん、リオンは最後の望みを捨てた。やっぱり自分は、お美しいバティルダにだまされたのだ。ヘルウィンは気づいていないかもしれないが、彼女の存在は美貌自慢のバティルダにとって脅威にちがいない。この魅力的ないとこを館から追い出すためならなんでもやるだろう。ついでに男と一夜を過ごさせてヘルウィンの評判を傷つけ、幸せへの希望を踏みにじることができればなお結構、というわけだ。

ここで男としての責任を取ってヘルウィンと結婚すれば、金のあてがないわたしは城を手放さざるをえなくなる。彼女は一介の貧しい傭兵の妻として、運命に翻弄されることになるだろう。だとしたら、湧きあがってくるこの欲望は抑えなければいけない。「もしきみが本当のことを言っているとして――」

ヘルウィンは腰に手をあててにらむような目つきをした。

「わたしがきみと結婚したくないとしたら――」

「結婚したい相手は相続する財産のある女性でしょう、しかも愚かな」

「きみもわたしと結婚したくないとしたら――」

「あなたみたいに空いばりする乱暴者とはごめんだわ。あなたが一文無しの貴族の娘と結婚したくないのと同じようにね」

「だとしたら、今直面している問題の解決策を一緒に考えなくてはならないな」

ヘルウィンは縁なし帽を取った。三つ編みにした金髪がこぼれ落ち、腰の下まで垂れ下がる。「わかりました。文句を言わずに話を聞くわ」

「ゆうべきみは浜辺を散歩していた。ところが上げ潮で洞窟の中に閉じこめられた」

「わたし、そこまで間抜けじゃないけど、まあいいでしょう」手際よく三つ編みをほぐし、からまった毛を櫛ですきはじめた。

ああ、男なら誰でもそんな髪が枕の上に広がるさまを見て、月明かりに包まれたような気分になるだろう。リオンはごくりとつばを飲んだ。「しかたなく洞窟でひと晩過ごすしかなかったきみは、夜が明けてから歩いて館に帰った」

ヘルウィンはうなずいた。だが納得していないのは明らかだった。「問題は、わたしがこの城にいたと言い出す人が出てくることね。部下の誰かが、でなければ小間使いの誰かがもらすかもしれない」

「小間使いは雇っていない」まわりに女性がいれば、ヘルウィンの女らしい美しさにこれほど心を動かされたりはしないだろう。この娘はバティルダほど見目うるわしくはない。そう、そんなはずはない。

「だからこういう状態なのね」暖炉の前まで続く木くずと、部屋の隅に積み重ねられた洗い物に意味ありげな一瞥をくれて、ヘルウィンは言った。「実際、噂というのは遠くまで伝わるものよ。もし伝わらなかったら、バティルダ自身がそこらじゅうに触れまわるわ。話を聞いた人は彼女の巧妙さを褒めたたえ、だまされたあなたを陰で笑うでしょうね」

「なんと、いまいましい！　だがきみの言うとおりだ」そう言いながら、リオンはしゃくにさわってたまらなかった。

「物事をあいまいにしておく必要があるわね。わたしがこの城に来たと認めるにしても、評判に傷がつかないようにしなくては」ヘルウィンはつやのある髪の最後のひと束に櫛を入れた。「わたしはひと晩じゅう洞窟に閉じこめられていた。早朝になってこの城へたどり着いた。あなたはこころよく受け入れ、暖炉で体を温め、食べ物を与えてくれた」

「わたしも親切なやつだな」

「隣人としての親切心ね」ヘルウィンは髪を編み直しはじめ、できあがると小さなリボンで結んだ。ふたたび帽子をかぶって言う。「今朝、あなたはわたしをスミスウィック館まで送っていく。バティルダと二人だけで話をして、昨日の夕方どこにいたか訊くの。あなたが砂浜でわたしをさらっていったときのようすを、彼女がこっそり見ていなかったことを願うわ」

ヘルウィンは自分の案にご満悦だ。リオンはその気持ちに水をさしたくなかったが、指摘せざるをえなかった。「その計画にはひとつだけ問題がある」

ヘルウィンは眉をひそめた。「どんな問題？」

「わたしは嘘がつけないんだ」

「なんですって？」

まずいことに、信じられないといった表情だ。「嘘をつくのが下手だと言ったほうがいいかな。たぶん、おじ上に対してなら目を見て、きみがマスターソン城に来たのは今朝のことだと言い切れるかもしれない――」

「おじは今――」

リオンはみなまで聞かずに続けた。「だが、バティルダに微笑みかけるのはもう無理だ。あのちゃらちゃらした娘が陰でわたしをあざ笑っていたとわかった今は。それと、その、きみの人生を台無しにするようにわたしを仕向けたからには」

　昨夜の行動を認めるリオンの言葉を、ヘルウィンは鋭い目つきで受けとめた。「あなた、バティルダに求婚したとき、嘘をついたじゃないの」

「どういう意味だ？」

「きみを崇拝している、国じゅうで一番優しく、親切で、美しい女性だと思っているとバティルダに言ったでしょう」ヘルウィンはにやりと笑った。「本人から聞いたの」

やれやれ、男としてせいいっぱいの努力をしたのに、それをからかわれるとは。「たぶん、そのときはそう信じてたんだろうな」

「気づかなかったかもしれないけど、わたし、あなたのことをずっと観察していたのよ」

「本当か？」リオンはベッドの背にふたたび身をもたせかけ、ヘルウィンの体に視線を走らせた。「わたしを観察していたって？　じゃあ、さぞかしいい眺めだったろうな」

「ええ、確かに。あなたは立派な種馬みたいにすてきで、男らしいわ」ヘルウィンはうるさいハエを追いはらうかのように手でリオンを叩いた。「バティルダのことは見くびっていたにしても、ばかな人ではないとわかったわ」

　リオンは上体を起こした。ヘルウィンの褒め言葉はどんな策略よりもひどくこたえた。しかたない、自業自得だ。「求婚していたときに嘘がつけたのは、バティルダに無関心だったからだ。でも今はそうじゃない。怒りを感じている」

「あら」ヘルウィンはつま先で床をとんと踏み鳴らした。「わたしなら、バティルダの髪の毛をむしってやりたいと内心思っていても愛想よくできるのに。でも、あなたの言い分はわかるわ。じゃあ、スミスウィック館の……誰かに手紙を書いて、馬車を寄こしてもらえるよう頼んでくださる？」ヘルウィンは妙な目つきでこちらを見ている。まるで何か言うべきことがあるのに、あえて言わないでいるかのようだ。「手紙には、わたしが足首をねんざしてしまったので馬に乗れない、そのうえ自分は女性に適した乗り物を持っていない、と書いてくれればいいわ」

賢い娘だ。「そうしよう」

「よかった」ヘルウィンはこん棒を枕の上にそっと置いた。「じゃあ、朝食をとりに下へ行きましょうか？」

3

リオンの部下二〇数人が大広間の長テーブルのまわりに集まり、カラスムギのかゆを口に運んでいた。ヘルウィンが見たこともないほど不潔で無愛想な男たちで、頭を低く垂れ、体を掻いたりあくびをしたりしている。全員が恐ろしげな短剣を腰の革帯につけ、長剣はテーブルの上、自分の右側に置いている。

リオンとヘルウィンが入っていくと、上座の近くにいた一人の騎士が顔を上げた。茶色くなった歯を見せてにやりと笑うと皆に声をかけた。「さあ、妻をめとって金庫を一杯にしてくださったマスターソン卿に、拍手をおくろうじゃないか!」

数人が太くしゃがれた声で喝采をあげた。

頭を上げ、どこか痛むかのように目を細める者もいた。

リオンは手をひらひらさせて制した。「サー・ランスロップ、もういいから黙っててくれ。予定とは違う娘を連れてきてしまった」

はやしたてる声が急にやみ、全員の目が〝違う娘〟に向けられた。ヘルウィンは膝を曲げてお辞儀をした。「おはようございます、皆さん」

「違う娘だって？」サー・ランスロップは敵意をこめてヘルウィンをにらみつけた。「そんなら追い出して、もともとねらっていた娘を連れてくりゃいいでしょう」

「そう簡単にはいかない。レディ・ヘルウィンはレディ・バティルダのいとこなんだ」リオンは騎士を手ぶりで示した。「レディ・ヘルウィン、わたしの率いる傭兵隊の副官をつとめる騎士、サー・ランスロップをご紹介しましょう」

よれて糸状になった茶色い髪を首のあたりまで垂らし、同じくよれて糸状の茶色いあごひげを生やしたサー・ランスロップは、へり飾り付き絨毯のように見えた。服には食べかすや飲み物のしみがついている。

大広間もむさ苦しかった。広さと天井の高さから城内の主な生活空間とわかるが、汚れ放題で家具がほとんどない。長テーブルは生木の脚に板を渡した程度のしろもので、長椅子も粗削りだ。壁にはぼろぼろになったタペストリーが数枚かかっているだけ。それと使いこんだ戦闘用の斧、盾、大弓、矢を入れた矢筒以外にはなんの装飾もない。

「違う娘と寝ちまったんですか？」サー・ランスロップのあきれたような声。

「いや、寝てない」

「スカートをめくってもいないんなら、さっさと追い返せばいいでしょうが！」サー・ランスロップは大きな音でげっぷをした。

「すてきね」ヘルウィンは言った。

「実はレディ・ヘルウィンは、上げ潮でひと晩じゅう洞窟に閉じこめられて、今朝になってから城に着いたんだ」とリオン。

部下の金髪の男が大口を開けてげらげら笑い出した。

リオンは男をにらんだ。「ジョン、わかってくれよ。レディ・ヘルウィンのおじ上であるスミスウィック卿は、このあたりで一番有力な貴族だ。姪がこの城で一夜を明かしたという噂が広がったら、責任をとって結婚しろとわたしに迫るだろう。そもそもわたしがレディ・バティルダをさらってこようとしたのはなぜだ?」

「なぜって……ええと……彼女が財産を相続する予定で、俺たちは金が要るからです」

「そうだ」リオンは床に転がっていたひしゃくを取り上げ、火のそばの大釜の中でふつふつと煮えているかゆをすくって椀に入れた。「で、もしわたしが財産のない娘と結婚させられるはめになったら、どうなる?」

ジョンは頭の中で考えをめぐらせているらしかった。「俺たちみんな、城から追い出されるってことですか?」

「そのとおりだ」リオンは男たちを見まわした。「では訊くぞ。レディ・ヘルウィンは昨夜どこで過ごした?」

「上げ潮で洞窟に閉じこめられていました」全員が声をそろえて答えた。

「よろしい」リオンはかゆの入った椀をヘルウィンに渡した。

あわ立つ灰色のかゆの匂いをかいだヘルウィンは後ろに飛びすさり、顔をそむけた。「マスターソン卿、料理人を変えたほうがいいわ」

男たちは騒々しい笑い声をあげ、ひじでこづき合った。

熊を思わせる大男の兵士がさじをテーブルに叩きつけ、長椅子を後ろに押しのけた。その勢いで三人の同僚がひっくり返った。「あんた、俺の料理に文句つけようってのか?」

ヘルウィンは大男を横目で見た。体重はゆうに一二〇キロ、身長は二メートル近くありそうだ。すり切れたシャツの下には波打つ筋肉が盛り上がり、今にも襲いかかってきそうな気配を漂わせている。賢い女性なら引き下がるだろう。

引き下がるのはもううんざりだ。これまでの人生、そんな経験ばかりくり返してきたのだから。「まずは味見をしてからよ」ヘルウィンは椀の中のかゆをひと口すすって顔をしかめ、前へ進み出た。大男のまん前に立つと顔を見上げて言った。「ひどい味だわ」

リオンが悪態をついた。

近くにいた男たちと大男は後ずさりした。

にらみ合いが始まった。ヘルウィンは熱々のかゆ入りの椀を手に持ち、大男の攻撃にそなえた。いよいよ相手の向こうずねにひと蹴り入れてから逃げようと考えたとき、大男が突然、大声で笑い出した。ヘルウィンをつかまえてくるりと回転させると、皆のほうを向かせて肩を抱いた。「こりゃ、大した娘だぜ。ご主人さまをちっとは痛い目にあわせてくれそうじゃねえか!」

ヘルウィンは安堵のため息をついた。どうやら合格らしい。手に持った椀の中身もなんとかこぼさずにすんだ。

「バース、ありがとう」リオンは大男の手からヘルウィンを解放し、テーブルの上座のほうに押しやった。「だが、人違いなんだ」

「この娘ならご主人さまにぴったりだ。小生意気な嫁さんが必要なのさ」バースはふたたび腰かけ、さじを取り上げた。「俺の作る料理を好きになってくれりゃ、それで決まりだ」

ヘルウィンは主人席に目をやり、誰かが椅子を引いてくれるのを待った。

誰も動かない。

「バース、あなたの作る料理を好きになるより、もっといい方法があるわ。わたし、料理の腕にはかなり自信があるの」

三人の男がはじかれたように立ち上がった。突如として女性に対する思いやりを見せたくなったのか、ヘルウィンの椅子を引く特権を奪い合っている。リオンは男たちを脇に押しのけてヘルウィンの腕を取ると、硬い椅子を引いた。彼女を座らせ、自分も隣に座る。

長テーブルにずらりと並んで座った男たちが眉をつり上げるのが見えた。

エールをあふれんばかりについだカップと、真っ黒に焦げた平たいパンが配られた。

ヘルウィンと同じ年ごろの若者が訊いた。「どんな料理が作れる?」

「好きなものは何?」ヘルウィンは訊き返した。

「部下によけいな期待を抱かせないでくれ」隣に座ったリオンの脚が落ち着かなげに動くのがわかる。「食べ終わったらすぐ、おじ上に迎えの馬車をお願いする手紙を届けさせるから。きみは、こいつらのために食事を作る前に帰ることになるだろう」

大きな失望のうめき声が男たちのあいだから上がり、どすんという音が二回立て続けに起こった。バースが先ほどよりはいくぶん控えめなものの、また勢いよく立ち上がったために、同じ長椅子に座っていた同僚が二人、床に転げ落ちたのだ。

ヘルウィンが横を向くと、リオンの顔がすぐ近くにあった。あまりに近いので昨夜のうっとりするようなキスを思い出してしまい、欲望を——罪の意識を目の表情から読みとられないよう、あわててうつむく。「大丈夫よ。おじは急いで迎えを寄こしたりしないわ」だって、**館を留守にしているんですもの。**「わたし、少なくとも夕食が終わるまではここにいることになるでしょうから、十分時間はあるわ。そのあいだに皆さんに掃除をしてもらって、心づくしのおいしい料理を作ります。食材はどんなものがあるかしら？」

「どういう意味だね、皆さんに掃除してもらうとは？」サー・ランスロップが強い口調で問いただした。「ここにいる男たちは兵士だし、わたしは騎士だ。我々は掃除などしないぞ」

やっぱり。サー・ランスロップが障害になるだろうとは最初からわかっていた。「ええ、そうね、見ればわかるわ。みんな食べたいだけ食べて、吐くまでお酒を飲んでいるんでしょ。そんな生活を続けたらご主人の結婚の邪魔になるし、ご主人ともども城から追い出されるはめになるわよ。そろそろ仕事にかかって、自分たちの食いぶちぐらい稼がなくてはね」ヘルウィンはパンをこすって焦げをかき落とし、角を少しかじった。パンは冷めていた。

「まったく、女ってやつは」サー・ランスロップはあざ笑った。「女なんてものはひとつのことにしか役に立たない」

ヘルウィンは意味がわからないふりなどせず、はきはきした口調で言い返した。「大広間を掃除しないかぎり、そのひとつのことをしてくれる女の人だって来やしないわよ」

二人の兵士が立ち上がった。一人はテーブルの上を片づけはじめ、もう一人はぼろぼろのほうきを取ってきた。どうやら、励みになるご褒美さえあれば教育できるということらしい。

テリスという若い従者はまだ座ったままぐずぐずしている。「掃除は女の仕事なのにな」

リオンは若者をまっすぐに見て言った。「わたしには小間使いを雇う余裕はない。豊かな家に生まれたバティルダが嫁に来てくれなければ、おまえを養っていくことさえできないんだぞ、テリス」

テリスは立って手桶を手にとった。「水を汲んできます」

残る男たちもしぶしぶ立ち上がった。椀を重ねてまとめる者、色あせた絨毯を丸める者、埃におおわれた窓に雑巾をかける者。サー・ランスロップだけが一人頑固に長椅子から腰を上げようともせず、敵意をむき出しにしてヘルウィンをにらみつけている。

ヘルウィンは立ち上がったバースに呼びかけた。「バース、すみませんが中庭で火をおこしてくれないかしら？　サー・ランスロップが掃除に協力したくないようなら、一番先に入浴していただこうかと思うの」

大広間にいる全員が凍りついた。

サー・ランスロップが怒りのあまりヒキガエルのように膨れて立ち上がった。「マスターソン卿、わたしは長いあいだ忠実にお仕えしてきました。戦いであなたの命を救ったこともあります。だが、こんな扱いをされるのだけは耐えられない――生意気な女に、しかもこの城の女主人になるわけでもない、あなたと一夜を過ごしただけの、そこらのふしだらな女よりいくらかましという程度の女に」

ヘルウィンの顔に血が上った。自分が男なら、サー・ランスロップの顔にこぶしを一発お見舞いしているだろう。

「なんだと?」リオンが立ち上がった。「昨夜のことについてはわたしがさっき話したじゃないか。それでもおまえはレディ・ヘルウィンに対してそんな失礼な言葉を吐くのか?」

サー・ランスロップは視線をさまよわせた。まだ三〇歳になるかならないかの年齢だろうに、彼の態度はすでに人生をあきらめた男のそれだった。「だって、彼女のために嘘をついたじゃないですか」

「いや、ついてない」リオンは穏やかに言い、手を伸ばすとサー・ランスロップのシャツをつかんで体ごと引き寄せた。「レディ・ヘルウィンに失言のことを謝るんだ」

「そんなばかな! わたしはあなたの副官を何年もつとめてきたが、そこらのふしだらな女が――」

リオンのこぶしが炸裂し、サー・ランスロップは吹っ飛ばされてあおむけに床にのびた。彼が頭を振って起き上がれるようになる前に、リオンは宣言した。「彼女の言うとおりだ。おまえ、臭いぞ。バース、サー・ランスロップを馬のかいば桶のところへ連れていってやってくれ。湯を使わせるから」

あわてて逃げようとするサー・ランスロップ。バースはにやりと笑い、あとを追いかけた。男たちが笑い、やじを飛ばす中、バースはサー・ランスロップを追いつめてつかまえ、暴れる騎士を肩にかつぎ上げて外へ出ていった。

あたりの空気がにわかに一変した。誰もがヘルウィンに敬意を払うようになっていた。それまでとは打って変わって、掃除にも熱が入りはじめた。

男たちの働きぶりにヘルウィンは満足し、指についたパンくずを払って立ち上がった。

「さて、マスターソン卿――食料貯蔵室には何があるかしら？　わたし、皆さんの夕食をお作りするわ」

4

ヘルウィン手作りのシチューが大鍋でぐつぐつと煮えだすころには、外から聞こえてくる叫び声や呪いの言葉もやみ、男たちはてきぱきと作業を進めていた。寄せ集めの傭兵部隊の兵士たちを意のままにあやつれる者がいようとは夢にも思わなかったリオンは、ただただ驚いてヘルウィンを見守っていた。活気にあふれ、疲れを知らない娘だった。清掃の指揮をとり、男たちをからかい、大広間を歌いながらきびきびと動きまわって片づけている。

リオンにはなんの仕事も与えられていなかった。ヘルウィンによると、城主は何もせずにただ座っていればいいという。しかしなぜかその言葉に挑戦的な響きを感じとって、リオンは石鹸を入れた水に柄つきブラシを浸して床を磨きはじめた。そしていつのまにか皆と一緒に、兵士を奮起させる歌を合唱していた。あまりにきわどい歌詞なので、ヘルウィンは笑ってしまって歌えない。

笑顔のヘルウィンは本当にきれいだった。もちろんバティルダほど美人ではないが、たれ気味の青い目が眠そうで色っぽい。まるで長く充実した愛の営みのあとで、ベッドから起きてきたばかりのようだ。体の線は……すばらしい。タペストリーを壁からはずそうとして足台から落ちかけたとき、四人の男たちが駆けつけたのも無理はない。ヘルウィンを抱きとめたジョンがしばらくそのままの体勢でいるのを見て、リオンは叫んだ。「ほら、早く下ろしてやれ。怠け者め、さっさと仕事に戻らないと馬小屋の掃除を言いつけるぞ！」

ジョンはあわててヘルウィンを床に下ろした。男たちがにやにや笑いを交わすのをリオンは無視した。皆、ヘルウィンが気に入ったようで、それはかまわない。だがよけいな想像をするのだけはやめてほしかった。わたしは、持参金付きの娘を一日も早く見つけなくてはならないのだ。

そのとき中庭から続く石段の一番上に、入浴を終えたサー・ランスロップが仏頂面で現れた。笑い声と歌声が止まり、大広間は沈黙に包まれた。皆の視線がヘルウィンからサー・ランスロップへ、そしてリオンへと移った。リオン自身も緊張した。戦いから帰還して以来、サー・ランスロップはつけあがっている。もしまだ反抗的な態度を見せるようなら、追い出さなくてはならない――だがサー・ランスロップは自分にとって欠かせない存在だ。皆を率いる地位にあるリオンには、背後を守ってくれる騎士が必要だった。

ヘルウィンがシチューをかき混ぜるのをやめて言った。「サー・ランスロップ、一番先にこざっぱりした姿になったところでお願いしたいんだけれど、村まで行ってウィネッタという老女を探してきてくださらないかしら。ウィネッタはわたしの乳母だった敬愛すべき人で、わたしからの指示だと言えば、掃除の手伝いをする女性をかり集めてくれるはずよ。その人たちをここへ連れてきてくださいな」

サー・ランスロップはしばらくのあいだ、頭がどうかしているのではないかというふうにヘルウィンをじっと見つめていた。

答えるのをためらっている。沈黙が続いた。ほかの者は皆、これは断るにちがいないと確信したらしく、最初の求愛の機会がめぐってきた少年のようにぴょんぴょん跳び上がり、両手を振って訴えはじめた。「ぼくが行きます!」いっせいに声をあげる。「いや、わたしが!」

サー・ランスロップは大広間に大またで入ってくると、同僚を脇に押しのけて「わたしが行こう」と怒鳴った。「乳母に話をつけて、働き者の手伝い女を連れてくる」

「ありがたいわ。頼りにしていますよ」敬意を表した口調ではあったが、ヘルウィンの口元にはいたずらっぽい笑みがかすかに浮かんでいる。リオンは心配になった。

サー・ランスロップは気づいていないようだ。「ついでに本物の料理人も連れてこよう」

「ベッシーを頼んでみて。腕のいい料理人よ」

リオンはヘルウィンのほうに身を寄せた。「サー・ランスロップはこの役にふさわしくないよ。怒りにまかせて、きみがここで一夜を明かしたことを人にしゃべったりしたら、一巻の終わりだ」

ヘルウィンは首を振った。「この件については、彼のあなたに対する忠誠心を信じていいと思うわ」

「わかった」確かにそうだ。もし腹立ちまぎれにヘルウィンの評判を傷つけようという考えがサー・ランスロップにあるなら、もうとっくに行動に出ているだろう。あとひとつ、言いたくないが言っておかなければならないことがある。「手伝いの女性に払う金がない」

「マスターソン城の城主であるあなたのためなら、喜んで働いてくれるわ」ヘルウィンは明るい笑みを見せた。「皆、少年のころのあなたを憶えていて、なつかしく思っているの。なぜ呼び寄せてくれないのかと不思議がっているはずよ」

この娘は耳が聞こえなくなったのか。「手当を払ってやれないと言ってるだろう」

「秋に彼らが支払う地代から差し引いてあげればいいでしょう」

「バティルダと結婚しないかぎり、金が秋までもたないんだ」

「それなら、別の財産付きの花嫁を探してさしあげるわ」ヘルウィンはリオンの腕に片手をおいた。「大丈夫、すべてうまくいくわ」

元気づけてくれるヘルウィンの言葉以外に根拠はなかったが、リオンはなぜか〝すべてうまくいく〟と信じた――わたしはどうかしている。

スミスウィック卿は何をしているんだ？　リオンは自分の頭がおかしくなる前に、ヘルウィンに出ていってもらいたかった。だが――リオンは無精ひげの生えたあごを撫でた――ことによると、それが向こうの計画なのかもしれない。ヘルウィンが城にいる旨を伝える手紙を送ったにもかかわらず、迎えの馬車を寄こしてくれない。もしかすると、スミスウィック卿はリオンを罠にかけたのかもしれない。姪をこの城に滞在させて、リオンに見込みのない希望を抱かせ、破滅させるのがねらいかもしれない。傭兵だったリオンは、あてのない夢を抱いた男がたどる不幸についてよく知っていた。そう、罠ではないかと疑うに足る理由がある。この抜け目のない娘にはできるだけ近づかないようにして、何をたくらんでいるのか目を光らせておかなくてはならない。

「では、ほかの人たちにも入浴してもらいましょう」ヘルウィンは宣言した。

従者のテリスが不満のうめき声をあげた。

リオンは振り向いた。「おまえ、バースの助けが要るのか?」

テリスは戸口のあたりをうろついている大男をちらりと見た。「いいえ! 大丈夫です、風呂なら一人で入れます」

「サー・ランスロップ、もしよければ村へ出かける前に、髪を切らせていただいてもいいかしら」ヘルウィンは気づかいのある丁寧な口調で呼びかけ、暖炉のそばに背の高い椅子を置いた。

サー・ランスロップは目をきょときょとさせている。ヘルウィンの言うことに従ったら笑いものにされるだろうか、でも拒否したら無理やり従わせられるのではないかと、迷っているのだ。

きびきびした調子でヘルウィンは言った。「もちろんおいやなら、それでも結構よ。村の女性たちはもともと臆病なので、おびえるかもしれませんけれど。かといってあなたが恐ろしげな外見でも、彼女たちはウィネッタの言いつけどおりにするでしょうね」

しかめっ面のサー・ランスロップは椅子に歩み寄って腰かけた。

ヘルウィンが指をぱちんと鳴らすと、テリスが櫛とはさみを取り出した。サー・ランスロップの肩にヘルウィンの手で古い布がかけられた。

リオンは目の前の光景にすっかり魅了されていた。部下の中でももっとも気難しい戦士が少年のようにもじもじして、髪のもつれを櫛でほぐされるにまかせていた。ヘルウィンは手を動かしながら小声でおしゃべりを続けている。一度などサー・ランスロップが頬をゆるめ、もう少しで微笑みそうになったほどだ。頬をゆるめる——その表情さえ、サー・ランスロップは久しく見せなかった。一団が春にイングランドへ帰ってきてリオンの父親の死と荘園の貧窮を知り、将来の望みが絶たれて以来のことだ。長いあいだ誠実に働いてきて報われなかった男にとって、つらい日々だったろう。そうして辛酸をなめた結果、サー・ランスロップは幻滅して、世をすねてしまったのかもしれない。リオン自身も幻滅しはじめていた。

そこへヘルウィンがやってきた。間違えて連れてきたこの娘が、何時間も経たないうちに何もかも変えてしまった。この城は今や笑いと歌の絶えない温かみのある場所となり、男たちはヘルウィンが与えてくれるかすかな希望に向けて喜んで働いている。どうしてこうなったのか。リオンは不思議でたまらなかった。部下たちだってわかっているはずだ——我々は皆、奇跡でも起きないかぎり、騎士として雇ってくれる主人を探して田園地帯をさまようか、でなければ大陸《ヨーロッパ》へ戻って戦い、異国の地に骨を埋めるかしかないだろう。わたしにはなすすべがない。皆を率いる立場にあるというのに。ああ、なんと苦い人生の皮肉だろう。その苦さはリオンの舌に残って消えなかった。

「さあ、できましたよ、サー・ランスロップ！」ヘルウィンは布をはずし、茶色の髪の束を振り落とした。「実はとっても魅力的なお顔を隠していたのね！　こんなすてきな髪の持ち主なら、奪い合う女性がいくらでもいるでしょう」

サー・ランスロップは鼻息荒く言った。「女なんてものは、見栄っぱりで自分勝手な生き物だからな」

ヘルウィンは騎士の肩についた髪の毛を払った。「神はどんなお考えですべての生きとし生けるものを創りたもうたのか、不思議になるわね」

サー・ランスロップは鋭い目つきでじろりとヘルウィンを見て「ふん」と言うと、戸口に向かってずんずん歩いていった。

「帰りは走って戻ってくることになるでしょうね、村の女性たちに追いかけられて！」とヘルウィン。

「ふん！」騎士は足を踏み鳴らして出ていった。

大広間全体に男たちのにやにや笑いが広がったのを見て、リオンは大声で呼びかけた。「さあみんな、仕事に戻れ。でなければ、女たちがおまえらをひと目見たとたん逃げ出すぞ」そして自分も手桶と柄つきブラシを置いてあるところへ戻ろうとしたとき、バースとテリスに行く手をはばまれた。

「ご主人さま、俺はご主人さまと一緒に一〇年戦ってきました。凍えそうに寒い日も、膝まで泥につかっちまった日も、焼けつくお天道様の下、うなだれて歩かなければなんねえ日も」バースは言葉を切り、期待のこもった目でリオンを見つめた。

バースが何を期待しているのかわからなかったが、リオンは安心させるように言った。

「おまえはいつも立派な召使だったし、すぐれた戦士だったよ」

「もう、ここらへんで腰を落ち着けたいんだ」大男は手ぶりで大広間にいる男たちを示した。

「俺たちみんな、落ち着きたいと思ってます」

リオンは胸が締めつけられた。あちこちをわたり歩き、さまよい続けることに部下が倦《う》み疲れているのは知っていた。取るに足りないチュートン騎士団の長に仕えたかと思うと、今度は別の騎士団の長のもとで戦う。そんな暮らしに疲れているのを知っていた。バティルダをめとるのに失敗したとき、リオンは男たちの将来を保障できなくなったのだ。「ああ、わかっている」

「思うに、機会さえあれば、ご主人さまは女を口説いてものにできなかったためしがねえ。で、本当のことを教えてくれねえかね」バースにひじでどやしつけられて、リオンはふらりと横によろめいた。「本当はレディ・ヘルウィンのスカート、めくりなさったんだろう？」

テリスが近くまですり寄ってきた。その顔は期待に輝いている。「レディ・ヘルウィンはここにいてもらったほうがいいですよね？」

リオンはなんと答えていいかわからなかった。こいつらは何を考えているんだ？　わたしがヘルウィンの処女を奪ったら、愛人としてこの城にとどまらせることができるとでも思っているのか？

リオンはちらりとヘルウィンを見た。ああ、なんと心そそられる考えだろう。だがこの渇望は、長いあいだ女性に触れていなかったからにちがいない。なぜこんな娘に惹かれなければならないんだ？　取り柄といえば豊かな胸、ほっそりした腰のくびれ、笑うためにある唇——キスするためにある唇しかないじゃないか。それに一緒にいてほしくても、引きとめることはできない。ヘルウィンは運命にもてあそばれた貴婦人だ。もっとふさわしい人生があっていい。「彼女を引きとめるわけにはいかない」リオンは言った。

バースはどしんと足を踏み鳴らした。テーブルの上の食器ががちゃがちゃと音を立てた。

「あの娘をものにすれば、ここにいてもらえるのに！」

「レディ・ヘルウィンはな、キス以上のことをしようとしたとたん、こん棒で殴ってわたしを失神させたんだぞ」

テリスもバースもにやりとした。

「まさか」テリスが信じていないのは明らかだった。

「いや、本当だよ」リオンは後頭部にできたこぶを見せた。

テリスのにやにや笑いが消えた。

バースはまだ歯を見せて笑っている。「俺の言ったとおりじゃねえか。あの娘はご主人さまにぴったりだよ」

リオンは思わず赤くなった。「そんなことはない。あの娘はじゃじゃ馬で、お節介焼きだ」

バースが突進してきて、リオンを部屋の隅に追いつめた。「いや、ぴったりだ。ご主人さまのベッドを温めてくれるりりしいお嬢さまさ！」

「それに、料理もできますしね！」テリスがつけ加えた。

二人のしつこい男には詰め寄られ、自分自身の感情にも虚をつかれたリオンは、せっぱつまって扉のほうを見やった。ヘルウィンのおじ上は何をしているんだろう？　どうして馬車を寄こして彼女を連れ去ってくれないんだ？

5

　日が暮れていくにつれ、リオンは何度も何度も、それこそ百万回も問いかけた。「おじ上はどこにいるんだ？　どうしてきみを迎えに来ない？」

「わたしが帰ろうが帰るまいが気にしていないんだと思うわ」ヘルウィンは袖をまくり上げ、磨き砂とブラシを使ってテーブルを磨いている。「キャロルおじはいつも〝こちらを見るな〟と言うのよ。わたしに見つめられると不愉快になるみたい」

　リオンにもそれは想像できた。澄んだ青い瞳に浮かぶ軽蔑の色が容易に見てとれるからだろう。「だったらなぜおじ上は、きみをどこかへ嫁にやってしまわないんだ？」

　まさに今、その澄んだ青い瞳に軽蔑の色が浮かんだ。「なぜって、一文無しになった二二歳の行き遅れの娘なんて、誰も欲しがらないからよ。あなただってそうでしょう」

　いや、違う。リオンはヘルウィンが欲しかった。欲しくてたまらなかった。リオンの唇には彼女を味わったときの感触がまだ残っていた。

　しまった、昨夜のキスのことなど思い出すのではなかった。ヘルウィンのかぐわしい息。意外な反応。手のひらにしっくりなじむ乳房の丸み。あのあと自分はすぐに、こん棒で殴られて気を失ってしまったのだった……なんという女性だろう。

　リオンはヘルウィンを追い出そうと必死だった。「スミスウィック卿はきみを、耳の遠くなったあほな好色じじいにでも嫁入りさせるべきだな。口やかましく言い立てても、どうせ聞こえやしないだろうから。またおじ上と話す機会があったら、この解決策を進言しておこう」そう言ってリオンは大笑いし、ヘルウィンを憤慨させた。

　ヘルウィンは目をきらりと光らせた。「お好きになさいませ、マスターソン卿。ご助言はおじが十分に検討するでしょうよ」急に顔を上げて耳をすます。「ちょっと、聞いて！」

　外から聞こえてきたのは女性の一団のさざめく声だ。ときおりサー・ランスロップの低い声が交じる。

「手伝いの女たちが来た！」大広間じゅうで雑巾やほうきを取り落とす音がし、男たちが我先にと幅の狭い窓に群がった。よろい戸を押し開けて身を乗り出し、中庭を見下ろす……そして驚きの声をあげた。「可愛い娘がいるぞ」「ほら、赤毛の女を見ろよ！」「おい、サー・ランスロップだぜ。きれいな女と一緒だ！　魂でも抜かれたみたいにあとをついていってる」

　リオンがヘルウィンを見ると、テーブルの上にまいた磨き砂を掃除しているところだった。口元にはまたあの謎めいた微笑みが浮かんでいる。「あれがウィネッタか？」リオンは訊いた。

「ええ」

「きみの乳母だった人だろう。敬愛すべき老女だと言っていたじゃないか」

「確かにウィネッタはわたしの敬愛する人よ。老女といっても、人によって意味するところが違うでしょう」ヘルウィンはにっこり笑って、からかうようにリオンを見た。「よけいなことを言ってサー・ランスロップを緊張させたくなかったの。何しろウィネッタは最近未亡人になったばかりだし」

リオンは腹の底から愉快になってきた。「この、ずる賢い女狐め！ サー・ランスロップをはめたんだな！」

「これで彼のご機嫌もだいぶ直るでしょう」

リオンは大声をあげて笑った。笑わずにはいられなかった。しかし同時になんとも言えない不安を感じ、警戒心が頭をもたげた。ヘルウィンは、わたしが率いるこの部隊のよくないところを、半日ですべて直そうというのか？

リオンのほうをちらりと見たあとで、ヘルウィンは兵士たちに向かって言った。「皆さん、手伝いの女性たちがまもなく到着しますよ」

驚いたことに、男たちは急いでヘルウィンのところに集まり、将軍を前にしたかのように整列した。

「彼女たちが来たらすぐに食事にしましょう。皆さん、手を洗ってくださいな」

「でも、今さっき風呂に入ったばっかりなのに」テリスが反対した。

ほかの男たちも、そうだそうだ、とうなずいた。一部の者の髪はまだ濡れたままだが、全員きれいに頭を刈りこんでさっぱりしている。

「でも掃除をしたから、手が汚くなっているはずよ」

「レディ・ヘルウィンの言うとおりに手を洗え」リオンは口をはさんだ。「長いあいだ英国を離れていたから大部分の者はもう忘れてしまっただろうが、本当の話、女性はこういうことにはうるさいものなんだ」

男たちは争うようにして洗面台の前に並びはじめた。リオンはヘルウィンと笑みを交わした。この城で持ち上がるいかなる難題でも、二人して力を合わせれば対処していけそうな気がした……二人が結婚すれば。だが結婚はできない。無理な話だった。リオンは向きを変え、外へ通じる扉のほうへ歩き出した。

「どこへ行くの、マスターソン卿？」ヘルウィンが叫んだ。

「まだ風呂に入ってなかった」それにスミスウィック卿の馬車が来ないかどうか、目を配っておかなくては。

「でも、お湯を沸かしてくれる人がいないわ！」

「冷たい水で結構だ」

リオンがタオルで髪を拭きながら戻ってくるころには、村の女たちは大広間全体に散らばっていた。彼女らの軽快な声が男たちの野太い声と交じり合って響いてくる。兵士たちの物腰の違いにリオンは驚嘆した。床につばを吐く者は誰もいない。股ぐらを掻く者もいない。

けんかをする者も怒鳴り合う者もいない。そして帰国して初めて、皆が微笑んでいた。傭兵部隊の兵士は紳士に変身していた。もちろん身なりはまだ汚く、大半の者のひげは剃ったほうがいい状態だ。しかし間違いなく、すぐにこぎれいにするだろう。

女性の数は足りていなかった——男二人に対しておよそ一人の割合だ。だが競争心があるからこそ男たちは襟を正し、礼儀正しくふるまわずにはいられないのだった。

一番先にリオンを見つけたのは、サー・ランスロップの隣に座ったウィネッタだった。頭の位置がサー・ランスロップの肩よりも低い。髪にはいくらか白髪が交じっていたが、男たちが言うように威厳のある美しさを持った未亡人だった。「領主さまがいらしたわ」ウィネッタは言った。

おしゃべりがぴたりとやんだ。女性たちはいっせいにリオンのほうを向き、膝を曲げてお辞儀をした。

ああ、何年ぶりのことだろう、こんなに多くの女性が城にいてくれるのは！　スカートの衣擦れの音、女らしい笑い声がなつかしかった。リオンはおぼろげな記憶の中からウィネッタという女性を探り出していた。室内に目を走らせると、小間使いの多くには見覚えがあった。外見は昔と変わっていたが、リオン自身も変わった。記憶は幾度も上書きされ、経験による変化もあった。だが土地と伝統という共通の基盤で彼らは結びついていた。領民たちはわたしを憶えていてくれた。わたしも思い出さなくてはならない。

リオンは煮立った鍋のそばにたたずむヘルウィンを見た。にこやかな目、ふっくらとした唇。温かく芳醇《ほうじゅん》な肌の香り。

リオンは女性たちに礼をして言った。「マスターソン城へようこそ」

ウィネッタが前に進み出た。「領主さま、わたしどもの奉仕を喜んでいただければ幸いでございます」

リオンは戸惑った。どう応えてよいやらわからないのだ。父親があんな愚か者でなく教育熱心な人だったら、領主への忠誠心から働いてくれようという村の女性たちにどう挨拶すればいいかぐらい、ちゃんと教わっていたはずだ。「ありがたく思っているよ」

ヘルウィンが手を叩いて皆の注意をうながし、テーブルの上座を身ぶりで示して言った。「領主さま、席におつきいただければ、食事を始めたいと思います」

リオンはヘルウィンに微笑みかけた。もちろんだ。今日、きみは朝早くから働きづめだった。なのにその青い瞳は勤労を楽しんでいるかのごとく輝いている。リオンは上座へ行って腰を下ろした。

ウィネッタの指示で女性たちが給仕を始め、ヘルウィンはリオンのもとに追いやられた。ほどなく、湯気の立ったシチューの椀が各人の前に配られた。椀の数が足りないので、ひとつの椀を男女で分け合って食べなくてはならない。さじを持つ男たちの手がかすかに震えているのをリオンは見た。長いこと、まともな食事にありついていないのだ。しかし男たちは女性が全員座るまでじっと待ち、それからようやく席についた。なんとかして女性の隣に座ろうと皆、必死だ。

シチューのうまそうな匂いを嗅いで腹がぐうっと鳴った。リオンはさじを取り上げた。するとヘルウィンの手で腕を押さえられた。「食前のお祈りをしたほうがいいんじゃないかしら？」

おしゃべりがやんだ。男たちは驚愕の表情を浮かべた。それが不安に取って代わった。

神の教えに反発して過ごした年月があまりに長かったリオンは、神への感謝の心など、とうの昔に忘れていた。だが正直に言う勇気がない。そんなことを口にすれば、ヘルウィンは舌鋒鋭く責めてくるだろう。食事中ずっと顔をしかめつづけて、せっかくのごちそうが台無しになるにちがいない。それに、神はたった数時間でもわたしにヘルウィンを恵んでくださったではないか？　当然、そのことには感謝すべきだろう。頭を低く垂れ、リオンは言った。

「きみが祈りを捧げてくれ」

ヘルウィンの祈りはありがたいことに短く、食物と仲間を与えてくださったことに対する主への感謝を述べたものだった。最後に「アーメン」と唱えると、女性はもちろん兵士たちのほとんどが熱意をこめて唱和した。そう、男たちが神に感謝したのは食べ物のことだけではなかった。ぽっちゃりとして女らしい体がすぐ隣に座っているという現実に対して、そして遠からず、その体を抱けるかもしれない可能性に対して、心から嬉しく、ありがたく思っていたのだ。皆、ヨーロッパじゅうを放浪する生活には飽き飽きしていた。どこかひとつところに腰を落ち着けて、子どもをもうけたい。恐ろしい侵略者ではなく、善良な市民として生きていきたい。それが男たちの願いだった。彼らは妻を、愛を求めていた。

わたしが求めているのは……リオンは顔をしかめた。なんとしても女相続人と結婚しなくてはならない。背中にこぶがあろうと、目つきが悪かろうと、まともな財産を相続できる権利を持った女性と一緒にならなくてはいけないのだ。部下たちは戦闘にあっても、飢饉にあってもついてきてくれた。わたしには彼らの夢をかなえてやる責任がある。彼らのように夢見る権利は自分にはない――夢見るのはよそう。隣に座っているこの娘、ヘルウィンを自分のものにすることは絶対にできないのだから。

「マスターソン卿、シチューはお気に召さなかったかしら？」ヘルウィンが訊いた。

「えっ？」

「ちっとも食べてらっしゃらないから」

「いや、食べるよ」リオンはさじを口に運んだ。熱々のシチューはこってりとして味わい深かった――昨日彼がしとめた鹿のもも肉と、食料貯蔵庫にあったしなびた野菜を煮込んだものだ。「本当に、料理がうまいんだな」

ヘルウィンのあごにえくぼが刻まれた。「そんなに驚いた声を出さなくてもいいでしょう」

リオンはぶっきらぼうに言った。「貴婦人はほとんど料理ができないからね」

「誰も料理してくれる人がいなければできるようになるわよ」ヘルウィンは片方の肩をすくめた。「キャロルおじはロンドンへ出かけるとき、いつもフランス人の料理人を連れていってしまうの」

ウィネッタがテーブルの下から布袋を出してきた。「領主さま、村のパン屋からの贈り物を持ってまいりました」袋の中から丸パンの塊を一ダースほど取り出す。「焼きたてのパンがなかったので、昨日焼いたもので申し訳ないのですが、と言っておりました」

兵士たちがはっと息をのむ音が聞こえた。いつもは小麦粉と水と塩だけをこねたパンを暖炉で熱した石の上で焼いていて、本物の酵母を使ったパンは皆、長いあいだ口にしていなかった。「これはありがたい。パン屋に礼を言わなければ」

「わたしから伝えておきます」ウィネッタは微笑んだ。「わたしの父がパン屋なんです」

これまでの人生のほとんどにおいて、リオンは自分自身と部下に対して責任を負ってきた。剣による襲撃以外に、誰も、何も与えてくれなかった。ところが今、何年も会っていなかったこの女性たちは、彼に仕えることが名誉であるかのようにふるまっている。ウィネッタがパンを切り分け、食卓での会話が再開されると、リオンはヘルウィンのほうに顔を寄せて尋ねた。「彼女たちはどうしてあんなに親切にしてくれるんだ?」

「皆、キャロルおじがあなたの領地と地位を欲しがっていることを知っているの。おじが領地を手に入れたら、村人たちにとって不利な状況になるわ。おじは情け容赦ないうえに、けちん坊なことで有名だから」

「わたしがそれ以下のひどい領主にならないと、どうしてわかる?」

「あなたは村人の先祖の時代からの領主の跡継ぎだからよ」

「父もそうだったさ。だが父は大酒飲みで、賭け事好きのうすのろだった」

「あなたと部下たちのことは村人たち皆が見守って、噂をしていたの」ヘルウィンはシチューの肉をひと口かじり、考え深げにゆっくり嚙んでいる。「とにかく、素性を知らない悪魔より知っている悪魔のほうがいいということよ」

かちんときたリオンは言い返した。「その理屈が通るなら、わたしはきみと結婚すべきなんだろうな」しまった！　言うべきではなかった。これだけわたしに尽くしてくれたのに、この言い草は恩知らずというものだ。それにヘルウィンが窮地に陥ったのは彼女のせいではない。

ヘルウィンは目をきらりと光らせ、体を離した。「わたしはお嫁には行けないわ。なぜって、ずる賢さにかけては、わたしといえどもバティルダにはかなわないもの。一緒に暮らしているおじときたら、姪が自分の娘より劣っていると思いこむほどもうろくしているし」ヘルウィンは競売にかけられた雄牛か何かを見るような目でリオンを眺めた。「ただし、万が一わたしたちの考えた計画が不首尾に終わってあなたと一緒になるはめになったら、夫は少なくとも不快感をもよおすような人ではないと自分を慰めることにするわ。歯並びはきれいだし、あばたもないしね」

「ありがとう、じゃじゃ馬のお嬢さん。そんなお褒めの言葉をちょうだいしたからには、かなりうぬぼれてもいいということだな」

ヘルウィンは頭を上げると、顔のまわりにまとわりついた金髪の束を縁なし帽子の下に押しこんだ。「すでに、ずいぶんうぬぼれ病が進んでいるようね」

リオンはこれ以上耐えられそうになかった。ヘルウィンの隣に座り、彼女の作った料理を食べ、自分を打ちのめす言葉を聞かされ、それでも彼女を二階の寝室へ引っぱっていってベッドの上で抱き合い、次の試合でどちらが勝つかやってみたかった。だめだ。この娘を追い出さなくてはいけない。リオンは席を立ち、ヘルウィンの手をつかんで立ち上がらせた。

「もういい！　おじ上が迎えを寄こさないなら、わたしがきみを送っていく。今すぐにだ！」

6

ヘルウィンは威厳を保とうとつとめていた。だが手をつかまれ、引きずられるようにして大広間を出ていくこの状況では、威厳も何もあったものではない。どうもリオンの堪忍袋の緒が切れたらしい。なぜかはわからない。

まあいいわ。傷つきやすい男の自尊心に対する配慮もなしに、ずけずけと物を言ったからでしょう。でもリオンは、今まで会った男性の中で一番うぬぼれていない人だと思ったのに。どうやらその判断は間違っていたようだ。

そこでヘルウィンは謝罪することにした。「マスターソン卿、あなたのことを〝少なくとも不快感をもよおすような人ではない〟なんて言ってごめんなさい」

リオンは肩越しに辛辣な視線を投げかけ、階段を下りはじめた。

ヘルウィンは唇を嚙んだ。今のはいい謝り方じゃなかったわ。わたしはこの数年で、人と対立したときに歩み寄るすべを忘れてしまった。いえ、それどころか自分の運命に抵抗するために、皮肉をたっぷりきかせた物言いを身につけた――今やヘルウィンは必死で、礼儀正しさという名の単純な戦術を思い出そうとしていた。「マスターソン卿、女性なら誰でもあなたの顔には見とれるでしょうね」

「きみを除いては、か？」リオンは扉をばたんと閉めて中庭に出ると、馬小屋に向かって大またで歩き出した。

ヘルウィンはその横をぴょんぴょん跳びはねながら進んだ。「いいえ、あなたの顔立ちならわたしも大いに許せるわ」

リオンは足をとめた。「許せる？」

「いいえ、〝楽しめる〟という意味」リオンは身動きひとつせずにこちらを見下ろしている。勇気づけられてヘルウィンは続けた。「〝よさを味わえる〟と言ってもいいぐらいよ。あなたって、愚かなうぬぼれ屋には見えないわ。戦いに次ぐ戦いで経験を積んだ、自分の持っているものを守る男という感じ」そういう男がどんなに魅力的か、特に、愛情と安心から長いあいだ遠ざかっている女にとってどんなに魅力的か、リオンが気づいていませんように。「背は高いし、姿形はいいし、歯は全部そろっているうえにまっすぐで、真っ白で」

リオンはまだヘルウィンの手首をつかんだままだ。握る手に軽く力が入った。「続けて」

「わたし、あなたの髪が好きよ。とても豊かで真っ黒で、それから目は……」ヘルウィンは口ごもった。リオンは本当に美しい目をしていた。森の中の泉のような緑で、長く曲線を描くまつ毛に縁どられていて、うらやましくなるほどだ。一心に見つめられて、顔に血が上る。もう目を合わせていられない。ヘルウィンはうつむき、上目づかいにリオンのようすを確かめた。

彼は無表情で、まだこちらを見つめていた。「わたしの目がどうしたって？」

「目はふたつあるわ」ヘルウィンはつぶやいた。「とてもすてき」

「ありがとう。ほかに言いたいことはあるか？」

ヘルウィンはつま先で地面をかいた。「いいえ」

「では行こう。でないと、暗くなる前におじ上のもとへ送りとどけられなくなってしまう」

リオンはふたたび馬小屋に向かって歩き出した。

信じられなかった。ヘルウィンはよろめきながらついていく。「でも……あなたが喜ぶようなことを言ったのに！　お世辞が聞きたかったんじゃないの？」

リオンは短く乾いた笑い声をたてた。「嬉しかったよ。でも、いずれにしてもきみを送っていくつもりだから」

怒りと屈辱感に包まれたヘルウィンは、握りしめたこぶしでリオンの腕に一撃を加えると、さっと脇によけた。

彼は一瞬ひるんだだけで、馬小屋の扉を開けた。

なんだ、殴り返してこないのね。ヘルウィンは城の塔を振り返った。村の女と兵士たちが窓のまわりに群がり、自分の勘違いで抱えこんだ客を、領主自ら引きずって出ていくのを厳粛な面持ちで見守っている。城は不潔で古臭く、いかにも落ちぶれた雰囲気だ。でも、あと少しでもいいからあそこにいたかった！「あなたが言ってほしいと思うことならなんでも言うわ。何を言えば満足してもらえるの、教えてちょうだい」

リオンは愛馬を囲いから引き出した。「何を言おうと関係ない。きみは館に帰るんだ」

ヘルウィンは城に残るための理由を必死で探した。「でも、小間使いを監督する人が要るでしょう」

「それはウィネッタがやると、きみ自身が言っていたじゃないか」リオンは馬に鞍を取りつけた。

「食事係はどう？　あなたと部下たちに食事を作ってあげられるわ」

「ベッシーという料理人を頼んだはずだろう」リオンは馬にまたがり、踏み台のところまで歩ませてからかがみこみ、ヘルウィンに手を差しのべた。「さあ、帰るんだ」

その手にヘルウィンは絶望のまなざしを注ぎ、次に顔を見上げた。リオンは決意を固めて見守っている。自分の才覚で生きのび、自分の意志を押し通すすべを体得した手ごわい戦士。この人の考えがはっきりした――わたしはうまくやりすぎたのだ。おかげでもう必要ないと思われてしまった。

逃げ場がなかった。隠れるところもない。両親が他界して以来、人の言いつけに従って生きるほかなかった。

なんの力もなく、幸せにも恵まれなかった。ほんのいっときだけのはかない自由が今、終わりを告げようとしている。失望とあきらめの入り混じった気持ちでヘルウィンはリオンの手に自分の手をゆだね、踏み台にすばやく足を乗せると、よじ登って彼の前に腰を下ろした。

馬は二人の重みを感じてそわそわし出した。リオンはヘルウィンを抱き寄せ、背中が自分の体にそうように調整した。馬の体温とリオンのぬくもりで心地よいはずなのに、ヘルウィンは泣きたかった。つかのまの自由を失うのが悲しかった。

もう二度とリオンに会うことはない。全身を血が熱くかけめぐるまで丁々発止のやりとりをすることもないと思うと、泣き出したかった。不安のない生活というのがどんなものだったか、ヘルウィンはこの城へ来て思い出した。いや、それだけではない。希望と期待に包まれ、笑って過ごす暮らしがどんなものかも思い出すことができた。

でも、レディ・ヘルウィンは泣かない。背すじを伸ばした。あごを高く上げ、馬の足どりに合わせて体を揺らしながら門を出、おじの館へ向かう。

しばらく行くと道は上り坂になった。ついにこの地域でもっとも標高の高い丘に達すると、リオンは馬を止めた。左手にはスミスウィック館。ヘルウィンが生まれてからずっと暮らしてきた家だ。愛着を持って眺めてもよさそうなものだが、おじのものになってから、もう何年も経つ。整然とした長方形の石造りで、明かりのともった窓が一定の間隔で並んでいる。控えめで洗練された切妻屋根とそのてっぺんの装飾彫刻。美しい緑の芝生が、見事に造園された庭に向かって広がっている。

右手にはマスターソン城が、断崖の上に荒々しく原始的で堂々としたその姿を見せている。崩れかけた塔が空を突き上げるようにそびえ立ち、黒っぽい石造りの塔の狭い窓には明かりがほとんど見えない。海に面した外壁の一部は崩壊していた。スミスウィック館に比べるとマスターソン城は暗く陰鬱で、古めかしくむさ苦しい建物だった。それでも自分が住みたい場所はどちらか、ヘルウィンにははっきりとわかっていた。

寂しさのあまり自尊心をかなぐり捨てて鞍の上で振り返り、リオンのシャツをつかむ。

「マスターソン卿、どうか、わたしを館に帰さないでください。お願いです」

リオンはヘルウィンを見下ろした。唇がわずかに開かれている。顔が近づいてきた。一瞬、キスされるかと思ったがそうはせずに彼は言った。「マスターソン城に泊まらせることはできない。泊まらせたら最後、明日にもこの地域の皆に知れわたってしまう。わたしは本当にきみと結婚させられるはめになる——そんな間違いは許されない」

その言葉が心に突き刺さった。でもきっぱりと拒絶されたわけではない。そう思うと元気が出た。わずかな望みをかけてヘルウィンは言った。「村から来た女性たちが一緒にいるから大丈夫よ。ウィネッタはわたしの乳母だったのだから、お目付け役になってもらえばいいわ。お願い、マスターソン卿、城にいさせてください」

「おじ上はどこにいるんだ？」

ロンドンよ。「キャロルおじはわたしのことなんかどうでもいいの。わからない？　おじは、あなたを無理やり結婚させたりなんかしない。わたしがいなくなったって気にもしない人だから」どんなときも懇願したことのなかったヘルウィンが、今はひたすら懇願していた。ここが正念場だった。楽天家のふりを保つことより、城に残ることのほうが重要だった。

「館ではわたしは厄介者でしかないの。先代のスミスウィック卿の娘ですもの。召使からは見下され、客人には無視されて、人間扱いされていないの。廊下をさまよい歩く幽霊みたいに、いつか消えていなくなる存在。でもマスターソン卿、あなたといると、本物の人間に戻れるわ」

リオンは唇を固く引き結んでいた。鼻の穴が広がり、眉は強いさげすみを表すようにつり上がっている。きっとはねつけられる。ヘルウィンは決定的な拒絶を覚悟した。

「このやんちゃ娘《ヘリオン》め」リオンはヘルウィンのあごを手ではさみ、顔を持ち上げてキスをした。欲望と絶望の炎に駆りたてられたがごとく。

ヘルウィンも同じだけの情熱をこめてキスを返した。口を開け、舌をからませて、熱い思いをかきたてる。手の届くかぎり彼の体をまさぐり、長いあいだ求めていた安全な隠れ家を探しあてたかのように固く抱きしめた。

リオンは片腕でヘルウィンを抱きかかえた。体がぴたりと重なる。狂おしく抱擁し合う二人を乗せて、軍馬は落ち着かなげにゆらゆらと動いた。

西に傾きかけた太陽の光がヘルウィンのまぶたを刺し、ねじった背中が痛んだ。でも、このままでいたかった。リオンの腕に抱かれて、いつまでもこうしていたいと心から願っていた。

リオンは顔を上げ、ヘルウィンの目をじっと見つめた。「わたしのやんちゃな貴婦人《レディ・ヘリオン》！」

そして……奇跡が起こった。嬉しい驚きと輝かしい喜びをもたらす奇跡が。リオンは馬の向きを変え、マスターソン城に向かって駆けはじめた。馬はぐんぐん速度を増し、ヘルウィンの髪をなびかせながら丘を下り、断崖の道を進んでいく。リオンは上体を深く前に傾け、ヘルウィンの背中に胸を押しつけた。すがすがしい潮の香り。海風に吹かれるヘルウィンの目に涙がにじむ……これは風のせいだろうか？　でも、少なくともあとひと晩は幸せを感じていられる。それだけは確かだ。与えられたこのひとときを大切に味わい、かけがえのない思い出として心にとどめておこう、とヘルウィンは思った。

7

「一週間ですよ！　もう一週間にもなるのに、何もないなんて」テリスは大広間の片隅に集まった数人に向かって話していた。

ウィネッタは眉をひそめた。「リオンさまとベッドで一時間でも一緒に過ごしたら、ヘルウィンさまだって言いなりになるでしょうに」

「一時間だって？」サー・ランスロップは鼻先で笑った。「マスターソン卿が女性と過ごすとなれば一時間じゃすまんさ。床入りしたらレディ・ヘルウィンは二日間休ませてもらえないよ——ただ顔からは微笑みが絶えないだろうがな」

「本当に？」ウィネッタは甘い声を出し、サー・ランスロップの腕をゆっくりと撫で上げた。「リオンさまって、そんなに男らしくてらっしゃるの？」

サー・ランスロップはウィネッタの手を持ち上げてキスし、熱い思いをこめて彼女を見つめた。「わたしと同じく、マスターソン卿も女性を喜ばせるすべを心得ているのさ」

バースが膝を打ち、ばかにしたように笑った。

サー・ランスロップはバースをにらみつけ、あたりをうかがうように見まわした。「マスターソン卿があれほどひたむきに一人の女性を求めるのは見たことがない。まるで牝馬を初めて目にした種馬みたいに落ち着かないようすでレディ・ヘルウィンを見ているものなあ」

「なのにレディ・ヘルウィンは、毎晩一人寂しく〝マスターソン・ベッド〟に寝てるってわけか」バースは重々しいため息をついた。

「ご主人さまもそのうち我慢できなくなりますって」テリスが言う。

「いや、ご主人さまの性格ならよく知ってる」バースは嘆かわしげな顔を猟犬のように伏せた。「レディ・ヘルウィンを自分のものにはできねえって、固く心に決めてるからね。何があったって気持ちは変わらねえな」

「何があっても？」ウィネッタはにっこり笑った。「わたしにいい考えがあるの」

「たき火だ！　浜辺でたき火だ！」バースが足を踏み鳴らしてジグを踊ると床板が揺れ、食器ががちゃがちゃと音を立てた。

休日を前に嬉しそうなヘルウィンはそんなバースのようすを見て笑った。「ほら、はしゃぐのはあとにとっておいて、食器を荷物に入れてちょうだい」

バースは大きな頭をひと振りしてうなずき、鍋を持ち上げたがすぐに取り落とした。

若く美しく愛情深いマーシアが急いで駆けつけて手伝った。並んで立って笑い合う二人。恋が芽生えているのは明らかで、それを見るヘルウィンの目に涙があふれた。

あわてて目をしばたたいて涙を振り払う。他人の幸福をうらやましく思うなんてばかみたい。わたしにだって感謝すべきことがたくさんあるのに。

これまでの人生でこんなに充実した一週間は初めてだ。やがていやおうなしにやってくる、スミスウィック館に帰る日については考えたくなかった。そのうちキャロルおじもロンドンから帰ってきて、姪を手元に引きとるためにしぶしぶ迎えを寄こすだろう。だが今のところ、ヘルウィンは料理や掃除をし、小間使いたちと楽しく笑ったり、男たちと冗談を言い合ったりしている。そしてつねに、遠くで見守るリオンの視線を感じていた。

リオンはほとんど話しかけてこなかった。夕食のときでさえもだ。ヘルウィンと接するのをなるべく避けていた。だがふと顔を上げると、かならず彼がいた。じっと見つめていることも、考えこんでいることもあった。

欲望をあらわにして。

リオンもやはり男だ。本当にヘルウィンを求めているのなら、欲望に屈してあの巨大なマスターソン・ベッドにもぐりこんでくるはず。しかしこの七日間、ヘルウィンは一人あの主寝室で寝ている。リオンがどこで寝ているかは知らない。

もしあの人がベッドに入ってきたらどうしよう？　拒否する、それとも喜んで受け入れる？　どうするかわからない。わかるのは、自分もまた欲望を抱いているということだけだ。リオンの見事な体、引き結ばれた唇、半ば閉じられた目が欲しかった。

もちろんリオンその人も恋しい。世話をしてくれる小間使いに感謝の言葉を述べるときの彼が好きだった。城の財政破綻が迫る中で、威厳を保っているのも立派だった。ときおり口にする皮肉な意見やわくわくする話に魅せられていた。これから一生、ずっとリオンの話に耳を傾けていたいぐらいだ。だがヘルウィンの体が反応するのは温かみと深みのある彼の声で、聞くだけで胸のつぼみが硬くなり、脚のあいだが濡れる。乗り慣らされていない馬の背に押しつけられた彼の引きしまった臀部を見るだけで、うずくような渇望を感じるのだった。そう、事実を認めないわけにはいかない。自らの品性と知性に誇りを持つレディ・ヘルウィン・スミスウィックは――外見的なものを賛美する、浅はかな女になっていた。

両手いっぱいに敷物を抱えたサー・ランスロップが、外へ出ていく途中で顔を見せた。

「よく晴れて涼しくて、すがすがしい朝だなあ。何をするにも最高の日だ」

「だからわたし、浜辺へ行きたかったの」ウィネッタが城へやってきてから、気難しいサー・ランスロップでさえ物腰が柔らかくなっていた。

そんなわけでヘルウィンは毎朝、まだマスターソン城にいられることに対して神に感謝し、一瞬一瞬を、あらゆる行動を、言葉を、笑いを、ため息を大切にしていた。

今日はすばらしい一日になりそうだ。ウィネッタの提案で、兵士と小間使いをねぎらうために皆で浜へ遊びに行くことになった。城はぴかぴかに磨きあげられ、庭の手入れも十分、馬小屋の掃除も行きとどいている。善意と勤労でマスターソン城を救うことができるなら、何もかもうまくいくと思えるほどだ。

もちろん現実はそう甘くない。農作物の収穫はあと二カ月経たないと始まらないし、そのときまで村人が食べ物に困らないよう、リオンは穀物を買ってやらなくてはならない。だが、そんな余裕はなかった。金庫の中を探しても硬貨一枚すら出てこない。それでもヘルウィンはもう長いことこれほど楽しく過ごしたおぼえがなかった。今日のところはくよくよ悩むのはやめようと思っていた。

リオンは先に出かけたのだろうか？　今朝から姿を見ていない。もちろん浜辺へ行って、皆と一緒に楽しく過ごすつもりだろう。

リオンにはぜひ行ってもらいたかった。できるだけ長く彼の顔を見ていたい。もし近いうちにキャロルおじが迎えを寄こさなかったら……そう、わたしは自分の意思で帰らなくてはならないだろう。さりげなくスミスウィック館の日常生活に戻ったら、誰かがこう訊くにちがいない。〝どこへ行っていたの、ヘルウィン？〟それとも、わたしがいなくなっても誰も寂しいとは思わなかったかしら？　バティルダは冷淡な瞳を悪意に満ちた楽しみに輝かせ、うすら笑いを浮かべるだろう。でも、機会を見つけてバティルダの一番いいかつらにかゆみ粉を振りかけてやる。それからコルセットにはピンをしこんでやるわ。

城からは次々と人がいなくなっていった。ヘルウィンは食料の梱包と、酒樽とかごの運び出しを確認した。

「お嬢さま」階上の廊下からウィネッタが手招きした。「お見せしたいものがあるんですが」

ヘルウィンはいらだちを抑えて言った。「あとにできないかしら？　そろそろ皆が浜辺でたき火を始めるころだから、それまでに着いていたいのよ」

「すみません、お嬢さま、お願いします。こちらへいらして、見てください」

ヘルウィンはため息をつき、階段を上っていった。ウィネッタは主寝室の戸口に立っていた。その顔は期待で輝いている。ヘルウィンが部屋に足を踏み入れると、目の前にはすばらしい光景が広がっていた。湯気の立ち上る大きな木製の浴槽が、あかあかと燃えさかる暖炉のそばに置かれている。暖炉の前のついたてには麻のタオルが広げられ、火にかかった深鍋から温ワイン《マルド》の香りが漂っていた。パン、チーズ、干し果物をのせた盆がナイトテーブルに置かれている。ベッドにかかった羽毛の上掛けはきれいに折り返され、まっさらのシーツの上には真紅の薔薇の花びらがまき散らしてある。こんな優雅な贅沢は何年ぶりかしら。でも……でも……。「これはわたしのため？　いつのまに？　何かお祝いでも始めたの？」

「こちらへどうぞ、お嬢さま。ドレスを脱ぐお手伝いをしましょう」ウィネッタはヘルウィンを浴槽のほうへいざなった。「忙しい一週間を過ごされたあとですから、一人きりになれる時間が欲しいですよね。皆がいないあいだにゆっくりお風呂につかるのって最高じゃありません？」ウィネッタが熱心な口調でしゃべりながら、ヘルウィンの縁なし帽を、そして胴着、スカート、ペチコートを脱がせた。髪を上げてピンでしっかりとめてから言う。「おすみになったらお出かけください。わたしたちは浜辺でひと晩明かすつもりですから。城の中には誰も邪魔する者はいませんわ。ゆっくり入浴なさってくださいね」

「わかったわ」裸にされたヘルウィンは戸惑いながら、浴槽のそばに立っていた。まあいいわ。ウィネッタがせっかく用意してくれたのだから、お風呂に入ることにしよう。それでも一時間も経たないうちに浜辺へ着けるだろう。「気遣ってくれてどうもありがとう」

「ずっと前から、お嬢さまのために何かしたかったんです」ウィネッタは扉と浴槽のあいだに背の高い、折りたたみ式のついたてを立てた。「いつまでも心に残る、すてきな経験をさせてさしあげたくて」膝を曲げてお辞儀をすると、彼女は静かに部屋を出て鍵をかけた。

ヘルウィンは扉をぼんやり見つめてつぶやいた。「いつまでも心に残るって、どうかしら。ただのお風呂なのに」つま先を湯の中につけてみる。完璧な温度になっていた。浴槽に体を沈めて石鹸をつかんだ。できるだけ早く体を洗って……だが湯の温かみが骨にしみわたる気持ちよさに、ヘルウィンは思わずうなった。

全身の筋肉と神経をほぐし、くつろがせてくれる入浴のすばらしさを、長いこと忘れていた。湯の表面には香草が浮かべてある。生のハッカとローズマリーだ。たき火のことを一瞬忘れて頭を浴槽の縁にもたせかけ、立ちこめる湯気の中のさわやかな香りを吸いこんだ。脚を折り曲げ、あごの下まで湯につかって、贅沢に身をゆだねる。水面を手でかいて波を立てた。窓から射しこんでくる日光を見ていると、まぶたが重くなる。片脚を上げてつま先を伸ばし、もしリオンがここにいたらどうだろう、こんなふうに太ももを撫でられたら……と思いながら、自分の手を太ももの下から上に向かってすべらせた。リオンの目が欲望できらりと輝くさまを想像する。きっと浴槽のそばにひざまずいて求婚してくれるだろう。その間ずっと、口には出さずとも、彼を体の中に受け入れるようわたしに要求しているのだ。そしてわたしは……そのときかちりという鍵の音が聞こえ、ヘルウィンは扉のほうを振り向いた。

サー・ランスロップのいかにも満足そうな声。「こちらです、ご主人さま。用意をととのえておきましたので、喜んでいただければ幸いです」

ヘルウィンはついたてのほうを見つめたまま凍りついた。ふくらはぎから水滴がしたたり落ちている。

なんなの。**用意をととのえておきました**、っていったいどういう意味？

それより、サー・ランスロップが〃ご主人さま〃と話しかけた人は？

ヘルウィンは息を殺して必死で羽織るものを探した。つまり、向こうにいる人は――。

ぶっきらぼうな声が聞こえる。「ランスロップ、何を用意してくれたのか知らないが、よほど価値のあるものなんだろうな。服を着るひまも与えてくれなかったじゃないか。浜辺のたき火はもう始まっているぞ」

リオンだわ！　はだしで床を歩く音がした。タオル！　タオルはどこだったかしら？

「わたしとしては、レディ・ヘルウィン手作りのパンプディングをひとり占めするつもりで楽しみにしていたんだからな。承知しないぞ、もしつまらない用事でわざわざこんな――」

ついたての陰からリオンが現れた。ぴったりしたズボンと、ゆるめの白い麻のシャツだけの格好だ。浴槽の中にヘルウィンの姿を認めて、急に足をとめた。みるみるうちに顔から血の気が引いていく。

二人は真っ青になって見つめ合った。いったいどういうことだろうと、それぞれ頭の中で想像をめぐらせていた。

「これはきみの考えか？」リオンが訊いた。

ヘルウィンは首を左右に振った。

扉の閉まる音が室内に大きく響いた。錠前がきしみながら回り、鍵がかかった。

リオンはさっと振り向いた。その勢いで肩がぶつかり、ついたてがぐらりと揺らいで倒れた。急いで扉のほうへ走り、取っ手を回したが無駄だった。こぶしで扉を叩いて叫ぶ。「出してくれ、ランスロップ、この裏切り者！　命が惜しいんならここを開けろ！」

答えがない。サー・ランスロップは立ち去ったあとだった。ウィネッタもいない。

リオンとヘルウィンは二人きりになった。

8

リオンは必死で扉に頭を打ちつけた。

ヘルウィンはナイトテーブルの上に置かれたタオルを見つけ、すばやく立ち上がって浴槽から出ると、手を伸ばして取ろうとした。

リオンと目が合った。それまでの自制心が消えた彼は、解き放たれた自由な欲求をあらわにしていた。瞳には情熱が燃え、顔は思いつめた表情になっている。まるで焼きたてのパンを目の前に差し出された、飢えた男のようだ。一時はリオンが自分を求めていないのではと疑ったヘルウィンも、認めないわけにいかなかった――この人は本気だ。接触を避けようとしたのは、あまりに強く求めていたからだったのだ。

生まれたままの姿を男性の目に初めてさらしたヘルウィンは、手で体を隠したかった。浴槽の後ろに隠れたい……その一方で自分の体を見せつけて、リオンの燃えるような視線がいっそう激しさを増すのを見たくもあった。下腹の奥にひそんでいた欲望がふたたび目覚め、熱い渦に包まれた。「あっちを向いていて」声が震えた。「こんな格好で恥ずかしいわ」

「いや、恥ずかしくない。すてきだ」水がひとすじ、ヘルウィンの胸の谷間から下腹へ、脚の付け根に茂る金色の巻き毛へと流れるのをリオンは目で追った。「すばらしい。あまりに魅力的だから、きみのこと以外何も考えられなくなった。昼も、夜も」そう言って笑った。たくましい胸をいっぱいに広げ、腹の底から声を響かせている。男としての満足感を表す、おおらかな笑いだった。

だが、それだけではすまなかった。リオンは容赦なく大またで歩み寄った。

ヘルウィンははっと息をのみ、急いでタオルを取ろうとした。

リオンがすばやく動き、ひと足先にタオルをつかんだ。「体を拭いてあげよう」

「だめよ、そんなことしちゃいけないわ……あなたも、わたしも」ヘルウィンは窓に向かって一歩ずつ、じりじりと後ずさりしはじめた。罪から逃げるように。だがその〝罪〟は、その力強い手にタオルを持って近づいてくる。抱きしめたくなるような罪。

罪を抱きしめるなんて、わたし、どんな女なのかしら？

「こんなことが起こらなければいいと願っていた」リオンは追いかけながら言った。「毎日、きみを避けようとしていたんだ。だが、もう限界だ。わたしがもうこらえきれなくなっているのに気づいていたか？」

「いいえ」ヘルウィンの濡れた体が震え、鳥肌が立っていた。

「あいつらは気づいていたんだ」リオンはあごをしゃくった。悪賢いウィネッタと共犯者のサー・ランスロップのことだ。「あいつらは知っていた。だからわたしたちを閉じこめたんだ、二人の仲をとりもとうとたくらんで。きみに恋い焦がれて、わたしはろくに眠れなかった。食欲もなかった。まともにしゃべれなかった。きみを抱いて、叫ぶまで悦ばせてやることしか考えられなかった」

「そんな」ヘルウィンの腰がテーブルにぶつかった。

「そうしてほしいか？」

ええ、もちろんよ。「いいえ」

「嘘つきめ」リオンは手を伸ばし、ヘルウィンの体をタオルで包んだ。「見せてあげよう。わたしが……」タオル越しにあごを愛撫され、見返すヘルウィンの呼吸が短いあえぎになった。恐れと興奮がないまぜになったその表情を、リオンは上からじっと見ている。「初めてなんだね」がさついたタオルが唇をそっと撫でた。「無垢な処女《おとめ》だ」

「当たり前よ」ヘルウィンは憤然として言った。「まだ結婚していないんですもの！」

面白い、とばかりにリオンは口角を軽く上げて微笑んだ。タオルがヘルウィンの肩から腕にすべり下りて、すでに寒さで尖っている乳首に生地が触れた。身が震えるほどの渇望。腰に腕を回され、引き寄せられる。肌が触れ合い、ヘルウィンはじかに感じる熱に圧倒され、息をのんだ。リオンは大切な宝石を扱うように優しく、それでいてしっかりとヘルウィンを抱き、指で背中をなぞり、お尻を揉みほぐす。彼からも石鹸とローズマリーの香りがした――わたしと同じくお風呂に入ったのね。ウィネッタとサー・ランスロップはどうやって彼をだましたのだろう、という疑問がヘルウィンの頭をかすめたが、タオルで背中をゆっくり上下に撫でられると、それも忘れた。

「これで温まったか？」リオンが訊いた。

ヘルウィンは必死で彼の腕にすがりついたが、ベッドのほうへ押しやられ、脇のテーブルにもたれかかる格好になった。

もう限界だ、ですって。ヘルウィンもそれは同じだった。リオンの力強さで守ってもらいたかった。バティルダの残酷な悪ふざけから、キャロルおじの見くびるような、ぞんざいな態度から彼を守ってあげたかった。この一週間、寝てもさめても、リオンが欲しいという強い思いにとらわれつづけていた。心のどこかで本能的に信じていた――この人とベッドをともにすれば、お互い我を忘れるほどの悦びを与え合える。燃えつきた二人の心はきっとひとつになるだろう。

お尻から太ももへ……タオルが肌をこする感触がいやでも快感をかきたてる。リオンはヘルウィンの膝を押し開き、両脚のあいだにひざまずいた。

情熱のおもむくまま行動してみたい。ヘルウィンは大胆な気分になっていた。不安で脚を閉じたくなる一方で、もっと開きたいと感じる自分がいた。

誘惑との闘いだった。

つま先までタオルで丁寧に拭いたあと、リオンは視線を上げた。

なんて魅力的なの。窓から差しこむ日の光がリオンの整った顔立ちを照らし出している。肩にかかる髪は黒々として、あまりの黒さに青光りして見えるほどだ。澄んだ緑の目にははっきりとした意図が感じられる。ヘルウィンの体を見つめるそのまなざしは乳房に注がれ、へそのくぼみから腰のくびれへと下りて、太もものつけ根に達した。リオンはゆっくりと手を伸ばし、金色の巻き毛を優しく静かに撫でた。ヘルウィンは身震いし、体を硬くした。指が脚のあいだに入っていく。

ヘルウィンは息をのみ、あえいだ。

指はしだいに大胆になり、激しく動きはじめる。

ヘルウィンはテーブルの端にしがみついた。急激に変わりつつある自分の世界の中で、それだけが唯一確かな現実であるかのように。

ついに、いつもは隠れている部分が開かれ、あらわにされた。

「やめて」見つめられて、ヘルウィンは下腹から額まで肌を真っ赤に染め、そこを手でおおい隠そうとした。

だが、リオンはその手を払いのけた。「きれいだ。思っていたとおり」

柔らかで形のよいリオンの唇が、わずかに開かれた……。

あっ、と気づいたときにはもう遅かった。ヘルウィンは彼の髪を引っぱったが、リオンは膝立ちになり、指で開いた部分に唇をもっていった。舌が敏感な花芯を探りあて、優しく引き出すようにして吸いはじめた。

あまりの快楽に耐えかねてヘルウィンは首をのけぞらせた。抑えていた低いうめき声が吐息のように喉からもれ、膝ががくがく震えた。あふれ出した蜜で彼の舌を濡らしてしまったのではと心配になる。

リオンはヘルウィンのお尻を片手で抱え、舌を動かしている。ゆっくりと着実に刻まれる律動。思わず腰を突き出したくなったヘルウィンは、彼の意図をおぼろげに感じとった。反応のしかたを教えてくれているんだわ――衝動の命ずるままに激しく、頭で考えずに体で応えろと。二人の交歓には思慮も分別もなく、ただ本能だけがあった。

ざらついた舌による甘い拷問が続く。ヘルウィンの口から絶え間なくもれるせつないうめきがますます高くなった。ヘルウィンが腰を突き上げると、舌による愛撫はさらに勢いを増す。自制心が弱まり、崩れてゆく。快感が全身に走り、ヘルウィンは身震いした。体をあやつられ、蜜壺に舌が差し入れられる。ああ、だめ。このままいくと悦びで息絶えてしまうかもしれない。脚を震わせ、背後のテーブルに指を食いこませる。ヘルウィンは逃げようとした――これ以上、耐えられそうにない。だがリオンは放してくれなかった。くたくたになり、体がまともに動かなくなるまで。

いつのまにかリオンが体を密着させるようにして目の前に立っていた。ヘルウィンを見ながら自ら服を脱いでいく。まずゆったりした麻のシャツを取った。胸には想像していたとおり、見事な筋肉が盛り上がっている。黒々とした胸毛は下へいくにしたがって逆三角形になり、そして……。

さっきからひそかに目を奪われていた、ズボンの布地を突き上げるもの。リオンがすべてを脱ぎ捨てたときそれが姿を現して、ヘルウィンは目をつぶった。

「目を閉じるな。見るんだ」リオンはヘルウィンのあごを指にはさみ、かすかに揺らした。

「きみがわたしに何をしたか、見るがいい。一週間ずっと、こんな状態だったんだぞ。これを人に向けたり、誤って家具にぶつかったり――」

おかしさに耐えきれず、ヘルウィンはくすくす笑い出した。

「服を着るのもつらかった。布地が触れただけで、ますますきみが欲しくてたまらなくなった」リオンは思いつめたようにヘルウィンを見た。「笑いたければ笑うがいいさ、やんちゃな貴婦人《レディ・ヘリオン》。復讐してやる」

その言葉で現実に引き戻されたヘルウィンは、リオンの姿をあらためて見た。女性の脚を開かせるのに好都合な引きしまった腰、激しい動きに向いたたくましい太もも。だがそれよりヘルウィンの目を見張らせ、息を奪わせたのは、雄々しく屹立した彼のものだった。柔らかくなめらかそうな皮膚の下に紫色に浮いた静脈。それ以外は白っぽく見える。頭の部分に指を触れて撫でまわすと、驚きに満ちた発見があった。想像していたよりもずっと大きい――今まで何度想像したことか。

自分のどこにそんな大胆さがひそんでいたのか、あとで考えてもわからなかったが、ヘルウィンは両腕を大きく広げた。「どうぞ、復讐なさいな」

それ以上の誘いは要らなかった。リオンはヘルウィンを抱き上げて、その脚を自分の腰に巻きつかせた。ベッドの上に斜めに寝かせて、マットレスの端から脚がだらりと下がるようにし、自分はその脚のあいだに立った。

背中に当たるひんやりとしたシーツの感触。体の重みでベッドがかすかにきしんだ。つぶされた薔薇の花びらが甘い香りを発している。ヘルウィンは、この瞬間が永遠に続きますようにと願った。一生に一度しか訪れないであろう、至福のひとときだった。

リオンはヘルウィンの太ももを押し開いてそれぞれ自分の左右のひじで固定し、柔肌に指を走らせた。「とてもきゃしゃだ」とつぶやく。「線が細いのに力強い。夢見ていたとおりのすばらしい体だ。この一週間、わたしは夢ばかり見させられていた。絶対に償いはしてもらうよ」

リオンは片足を床につけたまま、片膝をヘルウィンの臀部とマットレスのあいだに差し入れた。これで片手が自由になった。大きく開かれた脚の奥に触れながら、ヘルウィンの目をじっと見つめる。ぶっきらぼうな物言いは辛抱しきれなくなったからではなかった。リオンは自分も楽しみながら指を花芯にゆっくりとすべらせ、もっとも官能的なやり方でヘルウィンの感覚を刺激した。

波のように襲ってくる喜悦にヘルウィンは溺れていた。巧みな手の動きにより快感は増し、ふたたびさらなる高みにいざなわれつつあった。目を閉じて背を弓なりにし、うめき声をあげ、全身で感じていた。

指が中まで入りこんできて、奥をまさぐっている。体がたちまち反応し、蜜があふれた。それでも、もっと欲しかった。

そう、それよ。

いいえ、違う。これは指じゃない。

はるかに大きい……違和感があった。ひりつく痛みをもたらすもの。ヘルウィンは目を見開いた。

リオンが上にのしかかっていた。ヘルウィンの頭の脇に片手をつき、飢えたようなまなざしでじっと見つめている。「受け入れてくれ、わたしのすべてを」彼は命じた。

何か皮肉めいた、ばかげた言葉を返してちゃかしたいような気もした。この人はわたしの体を求めているだけでなく、自分のすべてを受け入れてほしいと言っているのだ。ヘルウィンは頭を傾けてリオンの腕に口づけ、体の力を抜こうとした……挿入を少しでも楽にするために。

だが簡単にはいかなかった。彼のものが大きすぎてつかえてしまう。目尻から涙がひとりでに流れ出した。ヘルウィンは呼吸をととのえ、押し広げられていくのに慣れようとつとめた。

リオンはよくわかっていた。ヘルウィンのようすを見守りながらじりじりと前に進み、未開拓の部分を少しずつ着実に自分のものにしていく。ついに根元まで中におさまった。突き入れたい衝動で腰が震えるのを抑えて注意深く体の位置を保ち、リオンはふたたび言った。「受け入れてくれ」

言葉が必要なのね。「ええ。あなたが欲しいの」ヘルウィンはささやき、脚を上げてリオンの腰にからめた。

リオンは微笑んだ。まかせてくれ、とでもいうかのようないたずらっぽい笑みだ。「きみは死ぬまでわたしを欲しがりつづけるさ。誓ってもいい」体を沈め、いとおしげに唇にキスする。優しい愛撫だった。ヘルウィンが口を開くと、舌がすべりこんできて、体だけでなく唇も所有される。

ヘルウィンは腕を彼の首に巻きつけた。

愛情表現を受け入れているうち、すべてが……楽に、心地よくなりはじめた。痛みをこらえたせわしない息づかいが、長く穏やかな呼吸に変わっていた。リオンは、自分のものが蜜壺の中でぴくぴく震え、自ら動きたい欲求が湧いてきても、ヘルウィンの気の向くままにさせていた。二人のあいだに手を差し入れて彼女の姿勢を調整し、動いたときに体を密着させやすくした。

リオンがそろそろと腰を引いていくと、女体が不本意ながら彼のものを放す。目を閉じ、最高に満ち足りたリオンの表情を見て、ヘルウィンは嬉しかった。次の瞬間、ふたたびゆっくり押し入ってくる甘美な感触に、叫び声をあげそうになる。二人の体がぴたりと重なった。

ヘルウィンは痛みを忘れていた。悦びの記憶だけがあった。

次に入れられたとき、ヘルウィンは腰を突き出すように持ち上げた。

リオンはうめいた。

ヘルウィンのつま先が自然に曲がった。突き入れられるたびに体が温かくなり、中がとろけてしまいそうだ。体の奥が膨らみ、しとどに濡れ、あふれるほどの悦びを感じていた。しだいに中が引きしまる感覚が、いくら求めても飽き足りない思いが高まっていった。

リオンはまだ気をつかって慎重に動いていた。ひとつひとつの律動がヘルウィンの快感を生み出す。その動きがいつのまにか速くなる。「きみはすばらしい」リオンはかすれ声でささやいた。「完璧だ」

彼の下でヘルウィンも腰を揺らしていた。火照る下腹から頭に熱が上がってきて何も考えられず、理性も働かない。息ができなくなるほどの陶酔感に襲われていた。「リオン、ああ、リオン！」ヘルウィンは叫んだ。忘我の境をさまよっていた。体のうずきも、場所や時間の感覚も、何もかもどこかへ吹っ飛んでしまい、自分とリオンだけが存在する世界に身を浸していた。

今やリオンは激しく力強い律動をくり返していた。シーツが乱れ、しわくちゃになり、枕がベッドから転げ落ちた。ローズマリーとハッカの湿った香りが部屋を満たし、薔薇の花びらがささやくような音を立てて二人の至福をたたえた。

ヘルウィンは絶頂の波に洗われていた。何も見えない喜悦の暗闇……リオンに連れてこられたのだろうか？　答えはわからない。すでに二人は快楽の絆でひとつに結ばれていた。けいれんがヘルウィンを襲い、子宮が何度も収縮してリオンのものを締めつけた。彼が求めたようにすべてを受け入れ、包みこんで。

体の奥に温かいものが広がり、ヘルウィンは充足感をおぼえた。リオンが中に精を放ったのだ。

放った？　というより女体の奥深くに自分の種を埋めこみ、わが子として育むよう命じたのだ。

わたしはリオンの赤ちゃんを宿す。子どもを産むのね。

二人は完全にひとつになっていた。


「おまえ、いったい何をした？」スミスウィック卿は鼻腔をふくらませて、まず手にした手紙をまじまじと見、次に娘を見つめた。

バティルダ。わたしの愛しい一人娘……この愚かな娘は、求婚者向けに訓練したわざとらしいくすくす笑いをもらした。「わたし、マスターソン卿に言ったのよ。浜辺で落ち合いましょう、ひと晩あなたと一緒に過ごすからって。そうなれば彼は、お父さまのところへやってきてお嬢さんをくださいと申し込むにきまっているでしょ。それで、ヘルウィンにわたしのマントを着るようすすめて浜辺に行かせたの」バティルダはまたくすりと笑った。「わたし、崖の上で見張っていたの。そしたらあの間抜けなマスターソン卿がヘルウィンをさらって、城へ連れていったのよ」

スミスウィック卿の腕が伸び、娘の頬を平手で打った。「自分が何をしたかわかっているのか？」

バティルダは目を大きく見開き、火照る頬に手をあてて後ろによろめいた。

「もちろんわかっていないだろうな、この愚か者めが。なんてことをしてくれたんだ。わたしたちは破滅だぞ」

「どうして？　何が悪いの？　喜んでくれると思ったのよ。お父さま、ヘルウィンを憎んでいるんでしょ」

「憎んでなどいるものか。あの娘にはその値打ちもない」スミスウィック卿は手紙で膝を叩いた。「ヘルウィンがいなくなってからどのぐらい経つ？」

「もう一週間になるわ」

「二人はもう結婚したのか？」

「いいえ、まだそういう話は聞いていないわ」

「結婚しないように祈るしかないな」この窮地から脱しなくてはならない。なんとかして、災い転じて福となすことができればいいのだが。

エリザベス女王がエドウィンの忘れ形見、ヘルウィンのことをいつも気にかけてさえいなければ、この問題は何年も前に解決していただろう。だが、女王陛下のご懸念とあらば手出しはできない……いや、待てよ。スミスウィック卿の薄い唇の端が持ち上がり、不吉な笑みがゆっくりと広がった。

「お父さま？」声がいつになく震え、バティルダはなんとも言えないおぞましさに身震いした。今は亡き愛する母親は、夫が自分のベッドにやってきたときこんなふうに感じたのだろうか。

「おまえ、自分のしでかしたことを誰かにしゃべったか？」

「いいえ。真っ先にお父さまに話そうと思っていたから」

「よし。誰かにしゃべったせいで、そいつを始末しなくてはならないはめになるのはいやだからな」

バティルダは、もう止まらないかのように首を左右に振りつづけた。「この失敗を取り返すには、わたし、どうしたらいいの？」

「何もしなくていい」スミスウィック卿がその冷たく光る青い目を向けると、バティルダは体を縮めた。「おまえは何もするな。わかったか？　自分のしたことを誰にも話すんじゃないぞ。この手紙についてもしゃべってはいけない。すべてわたしが処理する」

9

ヘルウィンは早朝の日差しを浴びて目覚め、自分のお腹にのったサクランボをリオンが食べているのに気づいた。唇で転がすサクランボがヘルウィンの肌を撫でる。ついばむような唇の動きが、快さを与えてくれる。あごに伸びはじめたひげで柔肌を一度だけこすられ、ヘルウィンは思った。毎朝起きるたびにこんなもてなしを受けられたら、どんなにいいだろう。

恐ろしげな戦士であるはずのリオンが少年っぽい魅力を見せていた。額にかかる黒髪。集中して眉根を寄せた表情。

ヘルウィンはくすりと小さな声で笑い、リオンが目を上げたのを見てはっと息をのんだ。その表情はまるでヘルウィンが城を救い、新しい馬を買うための金をくれたかのような感謝の気持ちに満ちている。

「おはよう」言葉がうまく出てこない。昨日の午後から昨夜にかけて幾度となく愛し合い、うめいたり、ときおり叫んだりしたせいで、声がかすれていた。肌は、開いた窓から吹きこむそよ風にもひりひりするほど敏感になっている。「お皿が見つからなかったの?」

「なぜ皿を使わなくちゃならないんだい、サクランボと同じぐらいおいしい入れ物がここにあるのに?」リオンがサクランボをかじり、ヘルウィンの口に運ぼうとすると、途中で深紅の果汁が彼女の体にしたたり落ちた。唇に果実を優しくくわえさせ、自分は手のひらに頭をのせて彼女が食べるのを見守る。彼は種を取り出してボウルに投げこみ、舌打ちをした。「おや、なんだ。見てごらん」リオンはヘルウィンの腹と胸に点々と垂れた赤い果汁を指でなぞった。そしてゆったりと官能的な舌の動きでそれらをぬぐっていった。

きれいになめとったころには、ヘルウィンはマットレスにかかとをうずめ、鼻を鳴らしていた。リオンの巧みな舌使いでヘルウィンの体は熱くほてり、同時にぞくりと震えた。すぐにでも彼の上に飛び乗りたかったが、今朝はもう脚のあいだがひりひりしている。眠くてたまらないうえ、太ももがまともに動くかどうかわからなかった。だが体は頭とはまったく別の生き物で、分別のかけらもない。彼が欲しかった。

リオンはいかにも気が進まないようすで頭を上げた。「そろそろ起きて歩いて……いや、はって階下《した》へ下りなくちゃな」

ヘルウィンは外へ出て現実と向き合うのがいやで、リオンの髪に手を差し入れて引き寄せ、抱きしめた。「外から鍵がかかっているわ」

「もうかかっていないよ。信頼できると思っていたあの策略家のどちらかが、夜のうちに鍵を開けて解放してくれたらしい」リオンはヘルウィンの手を取り、手のひらにキスした。

「あいつらが扉に耳をくっつけて盗み聞きしていなかったことを祈るよ」

ヘルウィンはつま先から髪の生え際まで真っ赤になった。「あなたがもう少し静かにしてくれればよかったのに」

リオンは体をひねって枕を取り、ヘルウィンを見下ろして微笑んだ。「無理だよ。わたしの体で何時間楽しめるか試したがる海の妖精《セイレーン》と、ひと晩じゅう一緒だったんだから。こっちはもう、へとへとだよ」

そう言いながらもリオンはヘルウィンの臀部に腰を押しつけ、そそり立ったものの長さを、熱を、たくましさを肌で感じさせた。まだ力がみなぎっているらしい。こんなに大きなものを受け入れて……しかもそれを楽しんだなんて。ヘルウィンは自分でもいまだに信じられなかった。

「それにこのベッド、きしむんだよな」リオンは淡々と言った。

「壊れなくて幸いだったわね」ヘルウィンは皮肉な口調で返した。

リオンは大声をあげて笑い、マットレスをぽんぽんと叩いた。「これは我が家に代々伝わるベッドだよ。マスターソン家の初代当主が自ら手作りしたものだ。マスターソン家の手になるものは絶対にへたったりしないのさ」

「そのようね」ヘルウィンは彼の体をいたずらっぽい目で見まわした。

ゆったりとしたようすで、リオンは上になってヘルウィンに口づけし、心に響くひと言を言った。生まれてこのかたずっと聞きたかった言葉だ。「愛しているよ」

それなのに次の瞬間、すべてがめちゃくちゃになった。「きみを心から愛している。だけど、一緒になるわけにはいかない」

行ってしまったか。

リオンは大広間のテーブルの前に一人座り、手に持ったエールのグラスを見つめながら考えこんでいた。ヘルウィンはおじのもとへ帰っていった。当然、そうすべきなのだ。傾きかけた城以外に何も持たず、なんの望みもない男に縛られていてはいけない。スミスウィック卿の館で安楽に暮らすのが一番いい。

もし帰らずにいたら、リオンはヘルウィンと結婚し、傾きかけた城さえも失うことになる。傭兵としてふたたびヨーロッパの地を踏み、旅することになるだろう——ヘルウィンとともに。

夫や恋人が所属する傭兵隊と一緒に移動する女性の末路がどんなものか、リオンはよく知っていた。彼女たちは早く老けこみ、不潔なテントで子どもを産んだあげくに産褥熱で死ぬ。たとえ生きのびても、夫が戦死すれば部隊につきしたがう洗濯女や売春婦になるしかない。ヘルウィンにそんなつらい人生を歩ませることは絶対にできない。家に帰したのは正しい判断だったはずだ。

けっきょくヘルウィンは、未練のかけらも見せずに立ち去った。手早くマントをはおり、兵士と村の女性たちに別れを告げ、そそくさと——いや、大急ぎで飛び出していった。

リオンはぎらつく目であたりを見まわした。誰かに八つ当たりしたかった。だが臆病者の兵士たちは馬を運動させるためと称して外へ出ていた。女たちはリオンのまわりで腫れ物に触るようにして働いている。

ヘルウィンのやつめ。一度ぐらい振り返って、切なそうにこちらを見たってよさそうなものじゃないか？

愛している、と言ったのに。それがどれだけの意味を持つか、わからないのか？　女性に愛の告白をした経験のないわたしが、ヘルウィンに愛していると言った理由は……そう、どうしても言いたかったからだ。気が強くて、聡明で、几帳面で、色気があって、奔放で、寛大で……そんな女性を、どうして愛さずにいられる？

ヘルウィンは泣きながら帰っただろうか？

わたしのほうこそ泣きたかった。仲間を、大切な人を、たった一人の愛する女性を失ってしまった。代わりに遺産相続権のある女性を探さなくてはならない。醜かろうが、年増だろうが、意気地なしだろうが、面白味がなかろうが――どうでもいい。とにかく持参金付きの女性と結婚する必要がある。そうしなければ領地と領民を没収されてしまう。ヘルウィンもそれはわかってくれるはずだ。

それにしても、投げキッスぐらいしてくれてもいいだろうに。

でも、かえってよかったのかもしれない。名残を惜しまれたら、わたしは駆け寄っていって彼女をこの胸に抱きしめ、二度と放さなかっただろう。

いや、だめだ。そんなことはできない。自分の気持ちに負けてはならない。財産のある妻をめとらなければ、わたしはマスターソン城を失うはめになる。三〇〇年ものあいだこの地に君臨してきたマスターソン家の主の中で、領地を守れなかったただ一人の領主になってしまう。

リオンはグラスを持ち上げてエールを飲み干した。自分はヨーロッパ屈指の勇猛な戦士と呼ばれてきた。戦場では名を聞いただけで敵兵が震え上がるほど恐れられた男が、平時には……不運な敗残者にすぎないのか。

ふとある考えが頭をよぎり、音を立ててグラスを置く。もしかしたら別の道があるかもしれない。部下と村人たちの力を借りれば、皆に繁栄をもたらすことができるかもしれない。たとえば……。

「マスターソン卿！」マーシアが大広間へ走りこんできた。ずっと走ってきたらしく顔は真っ赤だ。「旦那さま、ご命令どおり、ヘルウィンさまのあとをつけていったんですが」

リオンは若い小間使いに向かって目をむいた。「それで？」

マーシアは荒い息の下、急に痛みでも出たのか、わき腹を押さえた。「ヘルウィンさまが……南へ下る道で……森から馬に乗って出てきた男に……襲われたんです。抵抗したんですが、連れ去られてしまって……地面には靴が片方と……帽子が落ちていました」

リオンが疑いを抱いたのも無理はない。「わたしに彼女のあとを追わせようとして、だますつもりなら――」

「旦那さま、誓ってもいいですわ……本当です」鋭い目つきになったウィネッタが飲み物を差し出すと、マーシアはそれをごくりと飲んだ。「不思議なのは……その男、服装だけを見るとまるで……旦那さまみたいだったんです」

ほかの小間使いたちも集まってきた。そのとき、ウィネッタが言葉をほとばしらせた。

「スミスウィック卿のたくらみよ！　ヘルウィンさまに危害を加えようと、ずっと機会をうかがっていたんだわ」

リオンは内心まだ疑ってはいたものの立ち上がり、腰に剣をつけた。「スミスウィック卿はなぜ、もっと早くヘルウィンを始末しておかなかったんだ？　殺してやりたいと思うようなことが今まで何度もあっただろうに」

ウィネッタは心配そうに手をもみ合わせた。「それは、エリザベス女王陛下のご命令があったからですわ。スミスウィック卿の責任においてヘルウィンさまの健康を気づかい、面倒をみるようにと、はっきりおっしゃったんですから」

リオンは動きを止めてウィネッタをまじまじと見た。「それは確かか？」

「はい。ヘルウィンさまのお父さまが亡くなって、今のスミスウィック卿が跡を継がれたとき、わたしはひまを出されたんですが、館を去る前に王室からの使者がおみえになったのをこの目で見ましたし、女王陛下の宣言が読みあげられるのもこの耳で聞きました。ヘルウィンさまを見るスミスウィック卿の表情ときたら——心の底から憎くてたまらない姪を、いつかどうにかしてやろうとねらっていたはずです。ところがヘルウィンさまは、浜辺にいたところを旦那さまにさらわれて城へ連れてこられた。もし逃げようとして——」

「わたしは、一週間前から出ていってほしいと思っていたさ！」

「旦那さまの目の届くところで亡くなったとしたら――」

筋書きを完全に理解するかしないかのうちに、リオンは戸口から飛び出して叫んだ。「誰か人をやって、兵士たちを呼んできてくれ！」

「森へ入っていくと、途中で道が曲がりくねっているところがあります。そこへ行ってください！」マーシアが声をかけた。

ウィネッタの言葉は恐ろしいほどに的を射ていた。だからスミスウィック卿は迎えを寄こさなかったのだ。彼が送りこんだ手下は、巨大な毒グモか何かのようにマスターソン城の外で待ち伏せしていた。出てきたヘルウィンを捕らえて殺し、スミスウィック卿が自分の人生から彼女という存在を消せるように……そして、それをリオンのせいにしようという魂胆だったわけだ。

ヘルウィン。あの辛辣な物言いと毒のあるユーモアを考えると、普通の男なら自分の人生からいなくなってほしいと願うほど厄介な存在かもしれない――でも、だからといって命を奪っていいはずがない！

リオンは馬に鞍をつけ、南へ向かう道を全速力で駆けさせた。ヘルウィンとの記憶がよみがえり、おおらかな微笑みを浮かべた唇、波打つ髪のあいだからのぞく乳首を思い浮かべ、馬を急がせた。

馬は埃を舞い上げて疾走した。たてがみがリオンの顔にかかり、風が耳元を吹きすぎる。森に近づくにつれて速度を落とし、ヘルウィンの残した痕跡を探した。

マーシアの言ったとおり、道端の草むらに片方の靴とくしゃくしゃになった帽子が落ちていた。さらに進むと、マスターソン家の紋章がついた留め金が見つかった。ヘルウィンを連れ去った男は海辺の断崖へ向かったようだ。切迫感と不安に突き動かされて、リオンは馬を進めた。

崖沿いの道を見下ろせる丘の頂に着いたとき、二人の姿が見えた。恐ろしいほどの静けさだ。リオンのものとそっくりの帽子とマントを身につけた男がヘルウィンともみ合っていた。崖下は海で、波が打ち寄せる岩場になっている。そこへ突き落とすつもりだろう、崖っぷちに向かってじりじりと追いつめていく男に対し、ヘルウィンは叫びもせずに抵抗している。

怒りのうなり声をあげながらリオンは剣を抜き、馬に拍車をかけて突進した。

10

全速力で駆けてくるリオンに気づいたヘルウィンは、沈黙を破ってかん高い声をあげた。それは恐れによる金切り声というより、勝利の叫びだった。

男は顔を上げ、ヘルウィンを放して後ろによろめいた。鞍袋に手を伸ばし、剣を取り出そうとしている。

するとヘルウィンは、あろうことか頑丈そうな木の枝を拾い、それで男の後頭部を殴りつけた。男はたちまち気絶した。

あっ。リオンのほうこそ無念の叫びをあげたかった。自分の大切な女を襲った悪党を自ら手を下して始末するつもりだったのに、武器も持たず意識を失っている男を殺すわけにはいかないではないか。「ヘルウィン、なんてことをするんだ」馬で近づいて怒鳴る。「わたしにまかせてくれればよかったのに！」

「なんですって？」怒りで跳び上がりそうになりながらヘルウィンは言い返した。ほどけた金髪が日光を浴びて輝き、目には青白い火花が散っている。「さらわれたのはわたしよ、二回も！　しかも今回はあやうく殺されるところだったんだから」

剣を手にしたまま馬から下りたリオンは、ヘルウィンの肩を抱き寄せた。「けがはないか？」

「大丈夫よ」ヘルウィンは地面に倒れている男を指さした。「この男、とどめを刺してちょうだい！」

なんと、物騒な要求だな。自分の影にさえおびえるやわなお嬢さまとはわけが違い、この娘は傭兵の妻にこそふさわしい。「こいつはわたしが村長のところへ連れていく」片足で男の体をひっくり返す。「見覚えはあるか？」

「ええ。キャロルおじに仕えている男よ」

その言葉で納得がいった。「やはりそうか。スミスウィック卿はきみを殺そうとしているんだな」

「本当に、なんて卑劣な人なの！」

リオンにとって、苦渋の決断のときだった。「この悪党をここに残してマスターソン城へ戻ろう、できるだけ早く」

そのとき、丘の向こうからひづめの音をとどろかせて男が現れた。「そうはさせんぞ、マスターソン卿」スミスウィック卿だった。

さすがだ。悪事のてんまつを見とどけるために自らお出ましになったというわけか。

スミスウィック卿は雪のように白い去勢馬に乗り、一二人ほどの男たちをしたがえていた。皆、剣をたずさえ、金モールのついた制服姿だ。

リオンはヘルウィンをかばうように前に立って剣を構え、指示を与えた。「ヘルウィン、そこの馬に乗って城へ行きなさい」

「いやよ」

嘲笑を浮かべたスミスウィック卿の顔を見すえながら、リオンは静かながらすごみをきかせた口調で言った。「もしわたしたちが生きて今日の夕日を見られたら、一日に一回、きみにお仕置きをしてやることにするよ、必要かどうかにかかわりなく」

木の枝を手にしたまま、ヘルウィンは彼と肩を並べた。「もし生きて今日の夕日を見られたら、わたし、あなたから離れてできるだけ遠くへ行くことにするわ」

この娘は、意外に鈍いところがあるから困る。「遠くへは行かせない……結婚しよう」

「あなた、お金持ちの娘をお嫁さんにもらうはずだったでしょ」

「愛しているのはきみだ。だから結婚しようと言っただろう、おばかさん。きっと、神が二人を助けてくださるさ」

「でも、あいにく二人とも生きのびられそうにないわね」

「どちらか一人くらいは生き残れるさ。いいから馬に乗って行くんだ」

この人、わたしのために命をなげうつ覚悟なんだわ。でも……戦士って、そういうものなのだろう。

さらに驚いたのは、〝結婚しよう〟という言葉だった。お金や世間体より、そして先祖代々の遺産より、わたしを選ぶというの？　愛のために、それらすべてを投げ出してもかまわないと？　それは、本物の愛のあかしだった。

ヘルウィンはスミスウィック卿に冷たい怒りの視線を向けた。幸せがもうそこまで来ているというのに、キャロルおじのような人にリオンを殺させたりするものですか。一歩前に進み出て呼びかける。「おじさま、わたしを殺してこの人のせいにしようという魂胆ね？」

リオンがヘルウィンの腕をつかんで自分のそばに引き戻した。

スミスウィック卿が近づいてきた。声はよく聞こえるがリオンの剣の届かない範囲に馬を進ませる。いかにも優しげな態度で姪を見下ろし、せいいっぱい愛想よく話しかけた。「何を言っているんだね、ヘルウィン。可愛い姪を誘拐した男に消えてもらおうと思っているだけだよ。さあ、こっちへ来なさい。わたしが守ってやるから」

ヘルウィンは死んだ魚を思わせるおじの目をにらみつけた。「わたしがバティルダと同じぐらい愚かだと思ったら、大間違いよ」

スミスウィック卿の面長の顔に血が上り、頬が朱に染まった。「おまえは父親とそっくりだ」憎悪をにじませてつぶやくと丘の頂上に戻り、氷の塊を貫くような冷たい声で言い放った。「マスターソン卿、きみに寵臣の忘れ形見を殺されたら、女王陛下はお嘆きになるだろうな。だがわたしがその仇《かたき》をとったと知ったら、どんなにかお喜びになるだろう」

リオンは馬にまたがり、手を下に差しのべた。

ヘルウィンはその手をつかんで引っぱり上げてもらい、彼の後ろに座った。片手にはまだ木の枝を握りしめている。いささか心もとないが、使える武器といえばこれしかない。

「わたしの腰にしっかりつかまっていろよ。何があっても放すな」

ヘルウィンは言われたとおりにリオンの腰に腕を回した。背中から伝わってくる心臓の力強い拍動を感じながら、伸び上がって彼の耳元でささやいた。「何があっても放さないわ」

リオンは体を揺らしてくっくっと笑っている。「よし、頼むよ」死の瀬戸際にしては驚くほど冷静な声だ。「その枝を使うつもりなら、突き出すようにしてやつらの攻撃をかわしてくれ。枝を振り上げて殴ろうとするなよ、胴体の防御ががら空きになるから」

ヘルウィンは震えていた。人生最後の瞬間が迫っていると思うと恐ろしかった。

スミスウィック卿が上げた腕を振り下ろした。家臣たちはいっせいに叫び、馬を駆け足で走らせて近づいてきた。

そのとき、リオンとヘルウィンの背後の丘から地響きを立てて二〇数人の傭兵軍団が現れた。ぼろをまとった軍団は、動きを止めたリオンの馬のそばを猛烈な勢いで通りすぎ、怒りの雄叫びをあげながらスミスウィック卿の家臣に向かって突進した。それを見るやいなや、豪華な金モールつきの制服を着た男たちは恐れをなして回れ右をし、一目散に逃げていった。

丘の上のスミスウィック卿は、憤りと悔しさのあまり凍りついたようになって身じろぎもしない。そこへ一本の矢が空を切って飛んできて肩に突き刺さり、あっと叫んで手綱を放した。馬は驚いて跳びはね、あらぬ方向に駆け出した。スミスウィック卿は必死で鞍にしがみつき、肩に刺さった矢を引き抜こうとしている。

傭兵たちは歓声をあげ、リオンとヘルウィンのまわりに集まった。

バースが弓の弦をはじいてみせた。

テリスは剣を頭の上に高く掲げた。

リオンは上体をかがめ、勝ちほこって通りすぎる一人一人の体を叩いた。「みんな、よくやった、さすがだ。いざというときには絶対に駆けつけてくれるんだな」

ヘルウィンは手にした枝を振って戦士たちを迎えた。「ちょうどいいときに来てくれたわ」

サー・ランスロップがにやりと笑った。「おやおや、枝で攻撃されたらたまらないぞ」

「大丈夫、そんなことしないから」ヘルウィンは枝を投げ捨てた。「皆さんにはこの命を助けていただいたこと、それより何より、マスターソン卿の命を助けていただいたことに感謝しているわ。ありがとう」

サー・ランスロップはむさくるしい帽子を傾けて礼を返した。「そうせずにはいられなかったからですよ。ヘルウィンさまは今や、我々の女主人ですからね」

ほかの男たちも同意のつぶやきをもらす。ヘルウィンはこみあげてくる涙をこらえた。

リオンは馬をマスターソン城に向けた。「さて、早く城に戻らないと。矢がちょっと刺さったぐらいでは、せいぜいスミスウィック卿を怒らせるのが関の山だからな」

「急ぎましょう」サー・ランスロップが怒鳴った。

馬は四肢を伸ばし、追っ手を振り切るように全力疾走した。ヘルウィンはリオンの体の感触を味わいながら腕でしっかりとつかまっていた――これから先の人生、彼につかまりつづける権利を持っていることを意識しつつ。誘拐されたために自分が束縛から解き放たれ、大きな喜びを得るとは、想像もしなかったことだった。

リオンも同じ思いなのだろう。「きみはもうわたしのものだぞ、やんちゃな貴婦人《レディ・ヘリオン》。いつまでもずっと一緒だ」と叫んでいる。

それでもきっと複雑な気持ちにちがいない。ヘルウィンは訊いた。「あなた、幸せ？」

「すごく幸せだよ」リオンは全速力で馬を駆けさせた。皆もすぐあとに続いている。「幸せじゃないように聞こえるかい？」

幸せという感じではない。怒っている声だ。彼を愛しているわたしだけがわかる――先祖伝来の遺産を犠牲にしなければならないことを嘆いているのだ。

「実は、考えがあるんだ」リオンが叫ぶ。「密輸人になろうと思う」

ヘルウィンは驚いておうむ返しに訊いた。「密輸人？　どうして密輸人になんかなりたいの？」

「なりたいわけじゃない。だが、きみと一緒に暮らしたいし、領地と領民も守りたい。密輸で儲ければきみとの生活も、領地も維持していける。ノルマン人が英国を征服した時代からある職業だからね。村人に協力してもらえば、すべてはうまくいくさ」リオンは手を後ろに伸ばしてヘルウィンの膝をぽんと叩いた。「きみの面倒はわたしがみる」

嬉しさと不安のあいだで揺れる気持ちを抱えながらヘルウィンは言った。「密輸だなんて、女王陛下はお喜びにならないでしょうね」

「だったら、女王陛下にわからないようにうまくやるのさ」

「もうひとつ、別の解決策があるわ」ヘルウィンは慎重に言葉を選んで言った。「キャロルおじは、自分がこれぞと決めた関心事以外はどうでもいい人なの」

マスターソン城が見えてきて、一行は馬の速度をゆるめた。

馬はひづめの音も高らかに中庭の石畳に乗り入れた。ヘルウィンは続ける。「なのにおじがわたしのことを妙に気にするのはなぜだと思う？」

「女王陛下がおじ上に命令したからだろう、きみの健康を気づかうようにって」リオンは馬から下り、上に向かって手を差しのべた。

ヘルウィンはリオンの胸に飛びこむようにして馬を下りると彼にしがみつき、目をじっと見つめた。

「確かにそうね。女王陛下はときおり父の友人をおつかわしになって、わたしの無事を確かめさせておられたわ。キャロルおじはわたしをひどく憎んでいる。憎んだりしてもしょうがないのにね。というのは、どうでもいい存在のようでありながら、わたしにはひとつだけ重要な存在理由があったの」

リオンはすっかり話に引きこまれていた。「どんな理由だい？」

「二、三年前、キャロルおじがバティルダと一緒に宮廷を訪れているあいだに、わたし、その理由をさぐってみたの。おじの書斎で見つけた文書でその答えがわかったわ。スミスウィック伯爵の爵位と領地は長男が相続するから、父の死後は当然、キャロルおじに譲られるんだけれど、財産は母親側から受けついだもので、相続したのは……わたしなの」

リオンは目を細めてヘルウィンを見た。「きみは遺産相続人なのか？」

「かなりの額になるはずよ」

「スミスウィック家の全財産が……？」

「わたしと……わたしの夫のものよ」

リオンはまじまじとヘルウィンを見つめた。あまりに長く見つめられて困惑したヘルウィンは赤くなり、もじもじと足を動かした。「喜んでくれるだろうと思ったのに」

リオンは頭を振り、信じられないというように鼻を鳴らした。くっくっと笑い、ふたたび頭を左右に振った。その間ずっとヘルウィンから目をそらさない。それからのけぞって笑い出した。浜辺でヘルウィンをさらったときと同じ、いつやむともしれない腹の底からの大笑いだ。自分が強く望んでいたものが、実は手を伸ばせば届くところにあった。それを悟った男の笑いだった。

リオンはヘルウィンを抱き上げて振り回した。何度も何度も、ぐるぐると。ヘルウィンは最後には目が回り、リオンの肩をつかんで悲鳴をあげた。ようやく笑うのをやめてヘルウィンを地面に下ろしてからも、リオンは彼女の体を放さず、急に真顔になっていかめしい口調で言った。「きみという人は、自分が相続人だと知りながらわたしに地獄の苦しみを味わわせておいて、城を飛び出したあげくに殺されかけたのか？」

ヘルウィンはリオンの喉元をじっと見ながら告白した。「いずれ戻ってくるつもりだったのよ。わたし、私欲よりも部下や領民に対する義務を大切にする男性でなければ愛せないと思っていた――でもあなたがそういう人だとわかったし、自分自身もそうだから」

リオンは親指でヘルウィンのあごを持ち上げた。「わたしを愛しているというのか？」

もう、鈍い人。「ええ……もちろん、愛しているわ」

リオンは肩の重荷を下ろしたかのようなため息をついた。「口に出してくれないから、わかりようがないだろう？　それに、こっちが〝愛している〟と告白したとたん、きみはベッドから飛び出して逃げてしまったじゃないか」

「ちょっと、すねていただけ」

「頭が切れるくせに、ばかなやつだな」

ヘルウィンはリオンの上着をつかんで体をぐっと引き寄せた。「あなただって、つねに頭が冴えているわけでもないくせに」

「きみを手に入れて、ずっとそばにおいておくぐらいの知恵はあるさ」リオンは馬上の戦士と扉のところで見守る小間使いの一団に向かって叫んだ。「牧師を呼んでくれ。婚姻の正式な手続きはどうでもいい。緊急事態だ。スミスウィック卿が軍隊を引き連れて戻ってくる前に結婚しなければならないんだ」

男女のあいだで喝采が起こった。ヘルウィンは喜びに包まれ、リオンは満面の笑みを浮かべた。

サー・ランスロップが指をぱちんと鳴らし、男たちに守りを固めさせるとともに使者を送る指示を出した。ウィネッタが指揮をとって小間使いたちも働きはじめた。

ヘルウィンはリオンの腕に手をすべらせて上目づかいに見た。「牧師さまがいらっしゃるのにあと一時間以上かかりそうね。二人で……ゆっくりくつろぐ時間はあるかしら、あなたのすてきなベッドで？」

「ああ、あるよ」リオンはヘルウィンを抱き上げると、マスターソン城へ連れてきた最初の日とまったく同じように肩にかついだ。「これからはずっと一緒だ」

「ねえ、ちょっと！　ここについてる傷、手錠のあとみたいだけど」ブライアンが言った。

その言葉を聞くやいなや、皆ぴたりと会話をやめた。マックス・アシュトンを含めて部屋にいる全員が、この一〇代の男の子に注目した。もちろん、母親であるプランテ夫人も。

マックスはベッドに近寄り、ブライアンが指さした傷あとを調べはじめた。ヘッドボードの左側の柱の表面に、輪のようにえぐられたあとが幾筋も並んでついている。柱の外側から内側にいくにしたがって傷は深くなっており、まるで柱に鎖でもかけて引っぱったかに見える。

「たぶん、ベッドを動かしたときについた傷だな」とマックス。

ストラドリング夫人が、優しげではあるが妙に哀れむような笑みを見せて言った。「違うんじゃないかしら。これだけ大きなものをひとつの隅だけを支点にして引っぱるなんて、おかしいわ。柱の下のほうにこれと対になる傷あとがあるわけでもないし」

「なるほど」

「人がベッドに鎖でつながれてたんだよ」ブライアンは少年らしく、軽薄で下品だが鋭い解釈をしてみせた。

プランテ夫人はわが子に誇らしげな笑みを向け、残る二人のアメリカ人、ミス・ファーガソンとストラドリング夫人もうなずいた。一日を急いで終わりにしたくないローレルはベッドの端に腰を下ろし、皆が勝手な憶測を口にするにまかせた。

「ちょっととっぴすぎるなあ。昔の海賊映画じゃあるまいし」ジョンが口をはさんだ。「現実離れしてる」

「あら、どうかしら」ストラドリング夫人は頭のてっぺんにのせていたレイバンのサングラスを取り、シャツの端でレンズを磨きはじめた。「つまりね、これほどの大きさのベッドなら、人を拘束しておくのにぴったりだと思うのよ」

「そのとおりだ」マックス・アシュトンが言った。いつのまにか自分も見学客のグループに加わるよう頼まれたものと勘違いしたらしい。「ヘッドボードの反対側の柱にも傷あとがあるのかな？」

このマナーハウスでようやく自分の興味を引くものを見つけたブライアンが、急いで反対側に回った。柱をためつすがめつ眺めたあげく、がっかりして言う。「こっちには傷あとがないや。ちぇっ、つまんないの」

マックスは少年に寛大な微笑みを投げかけた。魅力的な微笑みであることはローレルも認めざるをえない。「そうがっかりしなさんな。もしかしたらベッドの持ち主が鎖の緩衝材《クッション》になるようなものをあてていて、こっち側だけすぽっと抜けてしまったのかもしれないだろう」

「そう思う？」

「ありうるね」

「手錠をかけられて二本の柱につながれていたとしたら、すごく不愉快でしょうね」一行の中でもとりわけまじめそうなプランテ夫人が不安げな声で言った。「でもこの柱の傷あとからすると、可能性はありそうね」

「ありえませんね」ローレルは異議を唱え、つけ加えた。「傷あとがついている位置を見ればわかります」

「どうしてわかるんです？」マックスが腕組みして訊いた。

この一行の中でなぜマックス・アシュトンが急に際立った存在感を示すようになったのだろう？　ローレルは不思議だった。もうそろそろ、主導権を取り戻さなくては——。

「どうです、ミス・ホイットニー」マックスの声にはっとして顔を上げると、その目にいたずらっぽい光がきらめいている。「あなたがベッドの真ん中に寝てみてくださいよ。実際にやってみせてあげればみんなも納得するでしょう」

この人、わたしをからかっている。挑発するつもりね。ローレルはもう少しで口に出すところだったが、見学客が——しかも最後のツアーの客が——このガイドなら喜んで実演してくれるにちがいないと、無邪気な確信をもって見守っているのに気づいた。

いいわ。期待に応えてやろうじゃないの。

「ええ、アシュトンさん、ご要望にそうようにしたいですね。でも、女性がこのベッドに鎖でつながれていたと仮定するのはどうでしょう。マスターソン家の末裔の男性がどこかにいらっしゃるとしたら、その方たちに少し失礼じゃないかしら？　ほら、まわりを見てみてください」ローレルは壁にかかっている肖像画を手ぶりで示した。暖炉の煙と時の経過ですすけていて洗浄《クリーニング》が必要ではあるが、皆を見下ろす男性の顔立ちが端整で美しいことは誰の目にも明らかだった。「マスターソン家の男性にとって、このベッドに女性を鎖でつないでおく必要があったと思われます？」ローレルは片方の眉を挑戦的につり上げ、マックスと目を合わせた。

「そうねえ、絶対、そんな必要ないわよね」緊張を破ったのは、納得したらしいストラドリング夫人の発言だった。

「そのとおりです」とローレル。「確認するために、男性のボランティアにお願いしましょう。アシュトンさん、いかがです？　あなた、前世では鎖につながれていたことがあるような感じに見えなくもないですが」

「つながれていたとしたら、間違って、だろうね」マックスは答えた。

「誰の間違いです？　無実のあなたを捕らえた人の、それとも早く逃げ出さなかったあなたの間違いかしら？」

「ぼくは逃げ出すような人間じゃない。現世でも、前世でも。それに、運は自分で切り開くものだろう」マックスは少しぴりぴりした声で言ったが、すぐに険しい雰囲気を振り払ってベッドに上った。両手足をついて中央部まではっていき、向きを変えると、積み重ねられた枕にもたれかかり、筋肉の発達した長い腕を大きく広げた。

「はいどうぞ、ご自由に」軽薄な調子で言い、目をきらりと光らせる。

「あ、ええ」まさかマックスが実際にやるとは思ってもみなかったが、見学客は期待をこめて待っている。わたしだって彼と同じように潔いところを見せてやるわ。

覚悟を決めたローレルはベッドに上り、マックスの待っているところへはっていった。あたりを見まわして呼び鈴用のサテンの引きひもを見つける。手首をひと振りして、召使用の控え室につながる綱のフックから引きひもをはずした。「果敢にも実験台になってくださってありがとうございます、アシュトンさん」

ベッドの柱に引きひもを手際よくしっかりと結びつけてから、もう片方の端をマックスの手首に巻きつける。その作業のためにローレルはマックスにさらに近寄っていく。ひょっとすると何かされるのではないかと……期待していた。といっても具体的に何かはわからなかったが、手首にひもを結びながら、迫りくる危険に立ち向かうかのようにローレルの筋肉は緊張していた。

それとは対照的にマックスはすっかりくつろいでおり、ローレルと目が合うと物憂げに微笑んだ。こんなはずじゃなかった。わたしのほうが神経を尖らせてきまり悪い思いをしているのに、マックス・アシュトンは、ベッドに縛りつけられることなど珍しくもなんともないかのように余裕しゃくしゃくだ。

もしかしたら、実際に経験があるのかもしれない。

二本目の柱につけた引きひもでもう片方の手首を結びおえると、ローレルは体をずらしてマックスから離れ、くぐもった声で言った。「どうぞ、ごらんください。柱の傷がベッドにこんなふうに人を縛りつけたためについたものでないことがおわかりいただけるでしょう。鎖でつないだとしたら、傷は柱のかなり下の部分に刻まれていたはずです。でも実際の傷はもっと高いところにある。ここに傷をつけるには、拘束された人が枕の上に立っていなければなりませんね」

「なるほどね、納得がいったわ。ご説明ありがとう」プランテ夫人が愉快そうに言った。

「あら、ちょっと」柱に顔をくっつけるようにして木の表面を調べていたミス・ファーガソンが言った。「この傷あと、二種類あるみたい。深い傷が柱の高いところにまとまってついていて、それより浅い傷が低いところに集まっている。これ、どういうことかしら？」

マックスは、縛りつけられるのはもうたくさんとばかりにサテンの引きひもをほどいて、ベッドから下りた。「とらわれ人が複数いたのかな？」

「何人ものとらわれ人がいたのかも」ブライアンが小声で言った。一〇代の少年ならではの豊かな想像力が働いて、頭の中で妄想が形作られていくようすが目に見えるようだ。「マスターソン家のできそこないが、地元の可愛い女の子をつかまえて、性の奴隷として鎖につないでおいたのかも」

マスターソン家のできそこないですって？

「それはありえないでしょうね」ローレルは冷ややかな目で少年を見た。

「どうして？」自分の妄想を捨てたくないブライアンは詰め寄った。

「トレコームはとても小さい村で、人々の結びつきが強い地域社会なんです。一一世紀にウィリアム一世が編纂させた土地調査記録《ドゥームズディ・ブック》の時代にまでさかのぼって先祖をたどれる一族も住んでいます。もしマスターソン家の出で——そう、放蕩者がいた可能性を否定しているわけではないですからね——好色な人物が地元の娘をさらったとしたら、事件は逸話の形で語りつがれていると思いませんか？」

ブライアンはむっつりと黙りこんだ。アメリカ人の女性たちは自説への確信を失ったようだ。新婚ほやほやのメガンだけがはりきっている。「でも、その娘が性の奴隷としての境遇を気に入ったとしたら、話は別でしょう。二人の関係に愛が生まれて、教会で幸せな結婚をしたかもしれないわ。そうなれば、地元の人たちもきっと言ったでしょうね、〝終わりよければすべてよし〟って」

アメリカ人たちはどっと笑い、ジョンは新妻を思いやり深いまなざしで見つめている。だがその視線に気づかないメガンは、ローレルに同意を求めた。「ね、そういう可能性もあるでしょう？」

ローレルは微笑んだ。「せっかくの想像を台無しにするのはしのびないんですが、実はこの柱の傷にはちゃんとした説明があるんですよ。どのようにしてあとがついたかも、誰がつけたかもわかっています。皆さんの期待を裏切るようで申し訳ないですが、性の奴隷とも関わりがありません」

ローレルはしょげかえった少年をなだめた。「ほら、ブライアン、そんなにがっかりしないで。実際にあった話もとてもドラマチックなのよ。先ほどお話ししたように、このあたりの沿岸はかつて、密輸組織が禁制品をさかんに持ち込んで隠していたところでした。海岸線には多くの洞窟や入江がありますからね。ベッドの柱の傷は、ネッド・マスターソンによってつけられたもので、この人は村から密輸を一掃する責任を負った指揮官でした。言い伝えによると彼は、密輸の首謀者をここに鎖でつないでおいて、そのあいだに一味の残党狩りに出かけたそうです。このベッドは屋敷内でもっとも重い家具ですからね」

「本当にそうなんですか？」ブライアンは明らかに性の奴隷バージョンのほうが好みらしかった。

「確かです。この地方に伝わる逸話ですが、事実にもとづいた話がほとんどですから」

「女性の密輸人なんていうのはいなかったんですか？」

「雄牛みたいに強い女性でなければ無理だろうな」マックス・アシュトンが言った。

「どうして？」

「それはだね」マックスは、ローレルが驚くほどの温和な表情で説明しはじめた。「この溝の深さを見てごらん。逃げようとして鎖を引っぱったやつは、かなりの力持ちか、でなければ激しい怒りを抱いていたかだね。ぼく自身、怒り狂った女性をそれなりに見てきたけれど」マックスは「もちろんそうでしょうね」と脇でつぶやくローレルの声を無視した。「そこまで力の強い女性には会ったことがないな」

「わたしが興味あるのはね」ストラドリング夫人がいきなり切り出した。「そのネッド・マスターソンという人。このベッドを動かすぐらいに力の強い男さえも打ち負かすほどの人物が、いったいどんな男性だったのか、想像するだけで面白いわ……」

嫉妬と疑惑

主要登場人物

フィリッパ（ピップ）・ジョーンズ……………………トレコームに住む女性
ネッド・マスターソン……………………………………マスターソン家の当主
ジョン・ジョーンズ………………………………………フィリッパの弟

1

マスターソン・マナーハウス、一八一五年

わざわざ足を止めて、してやったりと悦に入ったことがフィリッパ・ジョーンズの運の尽きだった。もしネッド・マスターソン大尉に手錠をかけ、あのいまいましいベッドに縛りつけて部屋を出ていたら、すべては計画どおりにうまくいっただろう。だがフィリッパ・ジョーンズはトレコームの誰もが認めるように、狂犬病にかかった犬が口から泡を吹くのを止められないのと同じく、感情を隠せないたちだった。敵であると同時にかつての恋人であり、見下げはてた嘘つきの、それでいて憎らしいほどに魅力的なネッド・マスターソン大尉の破滅を目のあたりにして、ほくそ笑む機会を逃すことができなかったのだ。

大変な危機をあやうく回避できたのだからなおさらだ。実はネッド・マスターソンの作戦に気づいたのは偶然だった。地方の名家出身で両親のいないフィリッパは、弟のジョンと一緒にマスターソン邸のパーティに招かれた。招待状を送ってきたのはネッドのいとこで未亡人のメリーだ。女主人役をつとめるため、このあいだから屋敷に滞在していた。

間違って招待されたのは明らかだった。ネッドとフィリッパは何カ月も前に破局を迎えていたし、友好的な別れ方ではなかった。だが誰もそのことをメリーに伝えなかったらしく、手書きの招待状が姉弟のもとに届いたのだ。

弟のジョンはこの手違いをひどく面白がり、ぜひ招待を受けようと言い張った。だが主催者であるネッドにあれこれせんさくされたらたまらない、と思ったフィリッパは反対した。というのもネッドは、ジョンが密輸人ではないかと疑っているからだ——その疑いには、恐ろしいことに根拠がなくもない。しかもネッドが国王の命で沿岸地帯の密輸組織を一掃する秘密の任務を帯びた指揮官であることが明らかになった今、パーティに出席するのは危険だった。

かといってフィリッパは、違法行為についてジョンに面と向かって問いただすのに必要な証拠をまだ集めていなかった。そんな心配をよそに、ジョンは姉の自尊心に訴えかけてきた。招待を受ければ、ネッド・マスターソンなどもう眼中にないとトレコームの人々に知らしめることができるじゃないか、というのだ。確かに、恋に破れてやつれていると世間に思われるのは耐えがたかった。

そんなわけでフィリッパはマスターソン邸へやってきた。

だが大失敗だった。パーティのあいだじゅう、ネッドのことばかり意識して、絶えずその姿を追い求めていた。どこにいるか、誰と話しているか、何を着ているか、いつ訊かれても答えられるほどに。さらに悪いことには、ネッドの視線も同じようにこちらの姿を追っていた。近くにいるだけで二人のあいだに緊張が走る。ネッドを責めたくても今はまだ責められない。フィリッパはみじめな気分になっていた。自尊心のためにつらさを押し隠そうとはしたが、芝居を放り出したい気持ちに何度も襲われた。

午後にはひと息入れるためにカード遊びの場を離れた。サンルームへ行く途中、図書室を通りすぎたとき、閉まった扉の向こうから、どこでも聞き分けられるあの声が聞こえてきた。

「ジョン・ジョーンズだ!」

なんですって? フィリッパは立ち止まった。扉は閉まっているし、わたしはこの邸に招かれた客にすぎない。だが弟の名前が敵意をこめた声で呼ばれたとなるとほうっておけない。羽目板張りの扉に耳を押しつけ、息を殺して聞き入った。

「……明け方に、ジョーンズがしるしをつけておいた洞窟を急襲します。今度こそ、逃げまわるのがうまいあのろくでなしをつかまえてやりましょう」ブラッグという名の副官が言った。

「ようやく、な」マスターソン大尉が応えた。「古い教会の敷地内で待っていてくれ。このまま何事もなければ、夜明けの一時間前に集合しよう」

「了解しました、大尉」

「やつがその時間、その洞窟にいるのは確かだな?」マスターソン大尉の低く脅すような声が言った。

「確かです」

「よし。とにかくこの件を終わりにしなくてはいけないのだよ、ブラッグ。わたしが誰かに危害を加える前に」

驚いたことにブラッグは笑い出したが、すぐに咳きこんだような声に変わった。「こいつの苗字、まさか例の彼女と同じ〝ジョーンズ〟じゃないでしょうね」

「上官をからかうんじゃない。さっさと出ていけ、ブラッグ。指示を忘れるなよ」

フィリッパは目を大きく見開いて後ずさりし、急いでその場を離れた。ネッド・マスターソンがあんな激しい憎しみを抱いていたなんて。ふだん感情をほとんど表に出さないたちだから気づかなかった。もちろん悪態をついたり、地団駄を踏んだりしないわけではないが、あれほどの怒りを内に秘めていたとは想像もつかなかった。

当然ながらフィリッパはカード遊びの集まりには戻らず、どこへ行くべきか迷って時間を無駄にしたりもしなかった。とるべき道はつねにわかっていた。自分の心の命じるままに道を突き進む。わが弟ジョンを、法の裁きから守らなければならない――それだけは確かだった。

夕方、フィリッパは馬小屋から手錠と鎖を失敬してきた。数カ月前、まだ胸躍る思いでたびたびこの屋敷を訪れていたころに見かけたものだ。その後偶然にもある書簡を読んで、恋人の正体を知った。ネッド・マスターソン卿は実は、〝密輸人が不法行為を行っている隠家を探し出す〟という明確な任務を帯びてトレコームに送りこまれた指揮官だったのだ。その事実を知って一時間以内に、フィリッパはネッドとの関係を断ち切った。

世話になっている大おばの家にネッドがやってきたときも客間で長いあいだ待たせておき、自分はそっと裏口から逃げ出した。半野生の愛馬にまたがり、胸をかきむしられる思いで崖沿いの道をひた走って、怒りを発散し、心の傷を癒そうとしたのだ。それから何カ月かが過ぎた。ネッドとの恋愛はもう終わったことだった。

今思い返してみれば、ほとんど空に近い馬小屋であの手錠が目についたのは不吉な前兆で、まもなく訪れる皮肉な顚末の予感だったのかもしれない。手錠に加えて、小さいが頑丈そうな南京錠も持っていくことにした。

フィリッパはパーティの夜、口数の少ない主人役のネッドとの会話を避け、隣人のハル・ミントンといちゃついていた。がっしりした体つきのミントンは、フィリッパがネッドを避けようとすると都合よく近くにいることが多かったからだ。そしてほかの客が全員帰ったあとでフィリッパは、手錠と鎖を注意深くショールに包んでネッドの寝室に忍びこんだ。

寝室からかすかな光がもれているのを見て息を殺した。ネッドが夜明け前の奇襲にそなえて、ひと晩寝ないつもりで本を読んでいたりしていませんように、と祈るばかりだ。明日未明の襲撃に向け、一年以上前から準備をして作戦を練ってきたにちがいない。その間、標的とねらうジョンを捕らえるため、姉であるわたしに近づいてあやつろうとしたのだろう。

心臓が激しく打っていた。自分でも大胆すぎる企てだと思ったが、弟のことが気がかりでたまらず、その思いに駆り立てられて動いていた。フィリッパにとってジョンはただ一人の家族だ。ほかに身寄りといえば、ときおり思い出したように後見人の役をつとめてくれる、よぼよぼのグレース大おばしかいない。

率直なところ、わたしも手際がよかったとは言えないわね——フィリッパは恨みという不慣れな感情を抱きながら思う。そうでなければこんなところに立って、見事に盛り上がったネッド・マスターソンの広い胸を見つめているはずはない。しかも見慣れた裸の胸を。

そう、裸だった。

あかあかと燃える暖炉の火がネッドの白い肌を黄色に染め、彫像のように美しい体の表面に波打つ筋肉に影を投げかけている。以前に見て知っている胸だ。触ったこともある。いえ、正直に認めよう。わたしはこの胸を愛撫して楽しんだ。

硬く、筋骨たくましい体。肌はなめらかで色つやがよく、体臭は野性味に富んで男らしい。恋人でなくては知りえないことだ。こんな姿でいるとは予想していなかった。困ったわ、目を奪われてしまう。フィリッパの意志が揺らいだ。

寒い部屋の中、ネッドはなぜ何もかけずに上半身裸でシーツの上に横たわっているのだろう？

どうして？　わけのわからない怒りがわいてきた。ネッド・マスターソンほど実際的な人が、あと二、三時間で起きる予定なのに、なぜわざわざ服を脱いで寝ているのか？　しわにならないようシャツを脱いだのはわかる。でも、太ももとふくらはぎにぴったり合わせているわけでもない淡黄色のズボンは、しわになりにくい。寒さについては……もしネッドが寒さに対して人間らしい弱さを見せたりしたら、月が空から落ちてくるだろう。

ネッドはすべてにおいて骨の髄まで戦術家であり、自らの目的にかなった道筋をまっすぐにたどる人だ。たとえその道筋が一人の女性の心に大混乱を起こそうとも。

古めかしく巨大なマスターソン・ベッド。反対側に向けられたネッドの頭をおおう金髪の優しい色合いが暖炉の火に照らされて明るく輝き、洗練された金色に見える。あおむけに横たわり、ミケランジェロのダビデ像のようにたくましい腕を大きく広げて、傲慢にも心臓のある部分を無防備にさらけ出して眠っていた。

引きしまった腰はゆったりとしたズボンに包まれている。胸から腹までの皮膚はなめらかで、平らな下腹に生えた細く茶色っぽい毛は下にいくにつれてしだいに濃くなり、最後はベルトの中に隠れて見えない。

フィリッパの頬に血が上った……実は二人は、彼女が望まなかったわけではないが、まだ一線を越えたことがなかった。フィリッパはまぶたを閉じ、揺れ動く思いを立て直してから目を開け、ベッドの隅にショールでくるんだ手錠と鎖をそっと置いた。もうこれ以上時間を無駄にできない。ショールの中の手錠を慎重に取り出し、鎖をベッドの柱に巻きつけ、南京錠をかける。そのとき、ネッドの体が動いた。

フィリッパがさっと振り向くと、彼は目を開けていた。

2

ネッドの目の色は緑で、ステンドグラスのように澄んでいる。黒々として濃いまつ毛が肌に影を落とす。飛び抜けて色白で金髪なのに、眉もまつ毛も黒に近い色というのも不思議だった。その官能的な唇は、ひと筋の細い線となって頬に刻まれている決闘の傷あとにも、明るく輝く金髪にも不似合いだった。

「ピップ」ネッドはフィリッパの愛称を、夢の中で感じた疑問の答えであるかのように呼んだ。祝福のささやきのごとく。頭に焼きついて離れない、謎めいた人の名を口にするように。

ほんの一瞬、ネッドの目に喜びがあふれた。

「ピップ？」

ああ、どうしよう。

フィリッパはできるだけさりげなくベッドの端に腰かけ、ネッドの視線をさえぎって柱が目に入らないようにした。後ろ手でさぐってショールを見つけ、手錠の上に折り重ねて、その間何を言おうか必死で考える。

「ネッド」

ネッドが身を硬くした。顔から喜びの色は消え、疑いの心と言いようのないもろさが入りまじった表情になった。まさか、そんなばかな。ネッド・マスターソンはわたしが知る中で一番もろさに縁のない人じゃないの。

ネッドは眉をひそめた。フィリッパの顔のあたりに視線をさまよわせながら、ひじをついて上体を起こし、前腕部で支える。すると腹部の筋肉が隆起した。何か動作をするたびに筋と腱がしなやかな動きで緊張と弛緩をくり返し、活力を生み出す。ネッド・マスターソンの体は本当に魅力的だった。

「フィリッパ、なぜここへ来た？」

今ならまだ逃げ出すこともできた。今この屋敷を出れば、ジョンが禁制品を運びこんでいる洞窟を見つけられるかもしれない。でも、何キロも続く沿岸一帯には多くの洞窟があるから無理だ。残されたただひとつの選択肢としては、ここに残って……なすべきことをするしかない。この、堕天使ルシフェルを思わせる頭脳明晰で魅力的な男に初めて会ったときからずっとしたかったことを。

「いったい何を――」

「何も訊かないで」ネッドの唇にそっと二本の指をあてると離せなくなり、フィリッパはつばを飲みこんだ。息づかいが荒くなっていた。ネッドは身じろぎもせず、疑念をあらわにしてこちらを見つめている。

本心を隠すのが苦手なフィリッパは、嘘をつくのが恐ろしく下手だった。この四カ月間、できるだけ心穏やかに過ごそうとつとめたのだが、ついぴりぴりと神経を尖らせ、非難めいた言葉ばかり口にしていた。

憤慨していた。怒りはまだおさまらなかった。だが今感じている興奮や切ないあこがれについては偽る必要がない。たとえ愚かで不愉快で間違っているにしても、それがネッドに対する自分の素直な気持ちだからだ。

ネッドも間違いなくわたしに惹かれている。心の奥底では、そこにつけこむことに対するためらいもあった。でも、ネッドだってわたしに同じ仕打ちをしたじゃないの？

もうこれ以上考えないようにしよう。手錠はまだベッドの隅にある。ネッドは相変わらず警戒してこちらのようすをうかがっている。

フィリッパは身を乗り出し、ネッドの唇にキスした。

ただし、心の準備ができていなかった――自らしかけたキスが自分をどんなに酔わせるか、どんなに甘美でとろけるような味わいがするか。二人の唇は軽く重なったかと思うと強く押しつけられた。フィリッパは吐息をもらし、ネッドにしなだれかかった。

ネッドが突然体を起こし、唇を合わせたままフィリッパの二の腕をつかんで押しやった。暗黙の抗議ととれなくもない。陶酔状態から急に引き戻されたためにフィリッパはめまいをおぼえてふらつき、目を閉じて頭を垂れた。自分自身の反応に困惑し、裏切られたような気持ちだった。

「ここで何をしているんだ、フィリッパ？」ネッドは険しい声で詰問した。フィリッパの腕を握る手にぐっと力がこもる。

フィリッパは顔を上げた。呼吸が乱れている。「あなたに会いたくて来たの」

嘘をつく必要はなかった。自分が望む以上に本心を語る言葉だった。

ネッドはたちまち自制心を失い、フィリッパを引き寄せ、自分の膝の上にのせてから押し倒した。一方の手で頭を支え、もう片方の手を腰に回して、唇を合わせる。

舌がフィリッパの唇を器用になぞる。熱い誘いはすぐに受け入れられ、ネッドは彼女の頬の裏側のなめらかな粘膜を愛撫し、優しく舌を吸った。

それに応えてフィリッパも、飢えたような必死さでネッドの唇をむさぼった。忘れていたこの味わい。情熱のこもったキスに本能的に反応して、舌をからませ、男女の交わりを思わせる動きをくり返す。

興奮の嵐に翻弄されて、フィリッパは混乱していた。二人の欲望がぶつかり合い、火花が散る。この状態があと数分続いたら、まともにものを考えられなくなり、肝心の目的が果たせない。フィリッパは起き上がろうともがき、満身の力をこめてネッドの胸を押した。だが溶岩流の中の岩を押しているようなものだ。二人の唇が離れた。もう一度強く押されてネッドはようやく抵抗をゆるめ、フィリッパを上にしてあおむけの姿勢になった。ただ腕だけはつかんだまま放さない。

緑の目が光っていた。胸はふいごのごとく大きく上下し、見上げたその顔の表情は険しい。

「いったいどういうつもりだ、ピップ？　何かのゲームか？」

金属の手錠はネッドの頭から五、六〇センチのところで光を放っている。

「トレコームへ来てからずっと、二人のあいだではあなたが主導権を握っていたわよね」フィリッパはかすれ声で言った。ネッドが真の目的を隠して自分に近づき、二人の関係を任務に利用したことを思っていた。「あなたのほうが有利だった」

警戒心を解いていない、やや苦々しげな笑み。「そうかな？　事実はその逆だと思うがね。何度かきみの鋭い舌鋒でやりこめられたことがあったように記憶しているよ」

フィリッパはあからさまな牽制の匂いを嗅ぎつけた。「不愉快だったというんでしょう。かといって、行動の妨げにはならなかったのね。だから計画どおりに――」そこで口をつぐむ。もう少しで手の内を見せてしまうところだった。でも今度は、あなたと同じくらい狡猾に立ち回るわ。「わたしの態度のせいで社交の場で多少、不快な思いをさせたかもしれないわね。あなたみたいな人は、女性に軽んじられるのがいやでたまらないんでしょうから」

手のひらの下で彼の筋肉がぴくりと動き、険しいあごの線に緊張が走った。ネッドは鼻腔を広げ、フィリッパの二の腕をつかんでいる手に力を入れたが、すぐに無理やりゆるめた。

「社交の場で多少不快な思いをさせたって？」ネッドは恐ろしいほど穏やかな声でくり返した。「きみが新しい獲物を自慢するみたいにミントンを見せびらかしていたときに、わたしが感じていたことを言っているのか？　男は山ほどいるのに、よりによってミントンとはね。ああ、確かにそうだな、あれは……不愉快だった」

ミントンですって？　ハル・ミントンとなんの関係があるの？

その疑問についてじっくり考えるまもなく、ネッドの嘲笑が返ってくる。「実に不愉快だったよ。きみは何をするにもちゃんと説明もせず、何も教えてくれなかった。わたしがどんな気持ちでいたと――」ネッドはフィリッパの姿を見るのが耐えられないかのように目をつぶった。

ふたたび目を開いたときの笑みを見てフィリッパはたじろぎ、身を引こうとした。だがネッドは放してくれない。

「〝あなたみたいな人〟と言うが、わたしについて何を知っているというんだね、ピップ？」ネッドは冷たい声で訊いた。明るく燃える目との対比でよけいにすごみを感じさせる。

「何も知らないわ」フィリッパは言い切った。「知りたいとも思わない」

ネッドのまぶたがふたたび閉じられた。りんとした気品で人を寄せつけないその顔に一瞬、苦悩の表情がよぎり、深みのある声が不思議な調子を帯びた。

「それなら教えてくれ。この四カ月間、わたしはどんな罪を犯した報いを受けていたんだね？　知りたくてしょうがない。具体的に聞かせてくれ」

起き上がろうとしたフィリッパの体をネッドは放さず、強く揺さぶった。それでも手でしっかりと支えている。

「ピップ、わたしの罪をひとつひとつあげるんだ。自分の罪をあげつらわれたくないなら」それは命令だった。「そして、わたしがどんな罰を受けるべきか教えてくれ。きみが課する罰なら喜んで受ける覚悟があるから」

人をばかにしたような挑発に、フィリッパの胸に激しい怒りがこみあげてきた。自分の知っている事実を明かしてネッドを非難したくてたまらない気持ちを必死で抑える。もともと率直なたちだから、脅されたり、傷つけられたと感じたりしたときは相手とおおっぴらに対決するのがつねだった。ふだんなら遠慮なく彼を責めたてるのだが、ジョンの身に危険が及ぶと思うと心配でできない。それだけの理由で衝動をこらえ、代わりに違った角度から真実を言った。

「あなたは何をするにしても支配的だったわ。自分の欲しいものをこれと決めたら、かならず手に入れる。利用したでしょ、わたしの……」言葉を探す。「わたしの愛情を、自分自身の目的のために……」

「だが、きみに拒否されたおぼえはないな」ネッドはしゃがれ声で言い返した。「せがまれた記憶はあるがね」

フィリッパははっと息をのんだ。

「きみはまさか、二人の甘い駆け引きのあいだにわたしが自分の目的を果たしたとでも思っているのか。だとしたらミントンは不能か、きみが救いがたいほどぼんやりしているかのどちらかだな」

フィリッパは唇をきっと結んだ。これで次の行動がとりやすくなったわ。

「自分の罪は何か聞かせてくれと言うから、教えてあげたのよ」

「わたしはきみに喜びを与えたはずだが」

「手に入れて、利用しただけだったわ」

「利用したつもりはない。自分の体を使ってきみを喜ばせただけだ」

フィリッパは顔をそむけた。ネッドの言葉に反論できない。彼の裏切りを知っていることを今明かすわけにはいかない。「どうやら、考え方が違うようね。意外なことでもないわよね？」

「ああ」ネッドは目を閉じた。「だからここへ来たのか？　わたしにキスして心を和らげて、興奮させて、途中で放り出すために？　拷問するにしても別のやり方があるだろうに。ピップ、それにしてもお見事だよ。これ以上ないほどにね」

フィリッパは応えずに手を伸ばしてネッドの手首をつかむと強く引っぱり、自分の二の腕からもぎ離した。そのまま解放せずに彼の両手を頭の上に上げ、糊のよくきいた冷たいベッドカバーに押しつけた。そのあいだに自分が上になる。乳房の上部のふくらみが彼の裸の胸に密着し、平たくなった。熱くほてった肌があふれんばかりの欲求を感じさせる。

ネッドが目を細めた。瞳は危険なまでに燃えている。

「今度はわたしが主導権を握らせてもらうわ、大尉。あなたがついてくるのよ」

へまをしでかしたことがネッドの表情でわかった。フィリッパは軍の階級名で呼びかけてしまったのだ――誰にも知られていないはずの〝大尉〟という階級名で。ここは気をそらせてごまかすしかない。フィリッパは頭をかがめ、唇を近づけた。

ネッドはすぐに頭と肩を上げ、唇を求めてきた。押さえこまれた腕を振り離すかのように手首をねじったが、フィリッパにもとの位置に戻され、けっきょくなすがままにさせた。

フィリッパは体重をあずけたまま、上体を前にすべらせた。ネッドの長い脚は左右に大きく広げられている。突然、フィリッパは彼の下腹部のふくらみを意識しはじめた。太くそそり立ったものを下腹にこすりつけられ、それに応えたい衝動に負けそうになる。

だがフィリッパは体の欲求をどうにか抑えこんだ。腕を広げてネッドの両手首を頭の上で交差させる。喉の奥からしぼり出されるうなり声。渇望をあらわにし、本能に訴えかける彼の声に決意が鈍る。次のキスのあとに何をしなければならないか、わかっているのに頭が働かなくなってしまう。下から支えてくれる体のたくましさ、興奮した男の体臭が五感に染みとおり、一時的に得た主導権を奪い返されそうになる。

まだよ、神さま。まだ、あと少し……。

伸ばした手がようやく手錠に届いた。ネッドは顔を傾け、フィリッパの唇を飢えたようにむさぼる。

そしてフィリッパは、消え入りそうになる意志の力をふりしぼって手錠をネッドの手首に回した。手錠がかちりと音を立ててかかった。

3

その音を聞くやいなや、ネッドはフィリッパの唇から自分の唇をもぎ離して飛び起きた。フィリッパはベッドの反対側にすばやく逃げた。ネッドはあとを追おうとしたが、ぴんと張った手錠の鎖にはばまれて前に進めない。

ネッドはうなり声をあげて振り返り、自分を拘束しているものを見た。左手首に鉄輪がきつくはまり、そこからもう片方の手錠がぶらりと垂れ下がっている。ネッドは勢いをつけて一度、鎖を引っぱった。そのすきにフィリッパはじりじりとベッドの一番端へ移動しようとした。だがその意図はたちまち感づかれた。ベッドをすばやく飛び越えた彼に、扉へ向かう退路をふさがれた。

フィリッパはネッドを柱につなぎとめている鎖の長さを目で測りながら、ベッドの足元側の角で止まった。わたしが背中をぴったり壁につけているかぎり、ネッドの手は届かないはずだ。ごくりとつばを飲みこみ、勇気を奮い起こそうとする。

ネッドはひと言も発しない。その驚異的な自制心に、フィリッパは賛嘆を禁じえなかった。ほんの一瞬、二人の視線がぶつかり合う。ネッドの目は裏切られたという思いと憎しみを雄弁に物語って、ぎらぎらと輝いていた。

フィリッパはゆっくりと視線をそらした。相手はベッドの柱からせいぜい一メートル強までの範囲しか動けないというのに。恐怖心のせいだろう、フィリッパはいつのまにか後ろの壁に体をぶつけていた。ネッドが微笑みを浮かべた。愉快な笑みではなかった。

「ピップ、腹黒く美しい、わたしのピップ。この裏切り者め」ネッドは喉の奥からくぐもった声を出しながらベッドの上を移動した。「とんでもない間違いを犯したものだな」

フィリッパはあごをつんと上げた。あざけりの言葉を聞いて、恐れは消えていた。ネッド・マスターソンは今まで会ったうちでもっとも傲慢な人間だ。以前はそれも魅力的に思えたものだった。あふれんばかりの自信。いかにも確信に満ちた態度で体を動かし、話し……そして愛の営みをする。

「自分のベッドに鎖でつながれているにしては、ずいぶん勇ましいお言葉ね」

「くそっ、いまいましい！」フィリッパの言葉で落ち着きを失ったのか、ネッドは巨大なベッドの重みに対抗して鎖を引っぱり、腕を振り上げて殴りかかる姿勢になった。だがその腕は肩の高さまでしか上がらず、急に動きが止まった。二の腕の筋肉が膨れ上がり、手錠の輪が手首に食いこむ。対の鉄輪は激しく揺れている。

「およしなさい」フィリッパは不快そうに言った。「けがするだけよ」

助言に感謝するどころかますます怒りをかきたてられたらしく、ネッドは両手で鎖をつかむと肩にかつぐようにし、力まかせに引っぱった。胸と腕のあらゆる筋肉がくっきりと盛り上がり、ぶるぶる震えている。

「やめて！」フィリッパは叫んだ。「まさか、このベッドを動かせるはずがないでしょ？」

ネッドは唇をゆがめ、さらにいきんだ。首にも腕にも胸にも血管が浮き出し、顔には血が上っている。やがて、クルミの無垢材を使った巨大なベッドがみしみしときしむ音を立てはじめた。縦横それぞれ二・四メートルを超えるベッドは、柱だけで女性の胴回りほどもあり、高さは男性の身長と同じぐらい。盛り上がったマットレスの上には木製の重い天蓋がのっている。

それがじりじりと動き出したのだ。最初は一〇センチ。そしてさらに五センチ。

フィリッパは怒りをこめてネッドをにらみつけた。「わかったわ、この頑固者！ 確かに一〇センチやそこらは、ばか力で動かせるでしょうよ。でもこのまま続けられると思ったら——」言い終わらないうちに口をつぐむ。

ネッドは急に引っぱるのをやめ、軽蔑のそぶりとともに肩から鎖をはずした。

「もう満足したでしょ」フィリッパは高慢な態度で言った。「いくら大汗をかいてがんばっても、手首の皮がすりむけて血が出るばかりじゃないの。それで何が証明できたの？ このベッドが重いっていうこと？ そんなの、初めからわかっていたはずよ」

ネッドは虎を思わせる凶暴な目で見返した。「同じ大汗をかいてがんばるならもっと面白いことができるな、きみさえその気なら」

「わざとそんな下品なことを言って、挑発するつもりね」

「そっちがそうくるから、応じたまでさ」

フィリッパはあごをつんと高く上げた。「そんな挑発には乗らないわよ。あなたって、他人をあやつっておいて反省のかけらもない、本当に傲慢な人。今になって形勢が逆転したから、怒っているわけね」

緑の目がきらりと光った。「男の寝室に閉じこめられた女にしては、ずいぶん勇ましいお言葉だな。しかし」ネッドはかかとをぴたりと合わせ、このうえなく優雅に敬礼すると、扉に向かって自由になるほうの腕を広げた。「いつまで強気でいられるかな」

フィリッパの目は恐怖で見開かれた。そういうつもりだったのか！　ベッドを動かしたのは、この部屋から逃げようとするわたしに手が届くようにするためだったのだ。両肩を壁にぴったり押しつけているものの、ネッドの手から逃れられるという確信が持てなかった。

でも……もしかしたら逃れられるかもしれない。

フィリッパは唇を噛み、ネッドの腕の長さ、鎖の長さ、壁からの距離を推しはかろうとした。その結果、ぞっとするような結論に行きついた。ネッドは意図的に今の場所で止まっている。ぎりぎりで手が届くかどうか、こちらが判断しかねているのを知りながら、逃げられるものなら逃げてみろとけしかけている。罠にかけるつもりなのだ。

ジョンを罠にかけたのと同じように。

「あなたって、卑劣な人」

「今度はきみの番か。自分の計画が阻止されたから、不機嫌になっているわけだ。それに、何を急いでいるんだい、フィリッパ？　どこかで待っている人がいるのか？」

そう思わせておいたほうがよさそうだ。いくらあがいても時間を浪費するだけだとわかれば、解放してくれるかもしれない。現実的な人だから。フィリッパは苦々しく思った。試してみる価値はある。「ええ、まもなくわたしを探しはじめるはずよ」

ネッドの目が怒りに燃えた。「ちくしょう、あいつめ！」

これならうまくいくかもしれない。「だから、そんなところでがんばっていないで、わたしを通してくれたほうが得策だと思わない？」

「なぜそれが得策なんだ？」

「なぜって、あなた、そんな姿を人に見られたくないでしょ。特に……」誰に？　鎖につながれた姿を、誰に見られたら一番傷つく？　女か男か。とてつもなく自尊心の高いネッドのことだ。当然、女ではなく男ね。「特に、彼には」

「やつに見られたからって、どうってことないさ」ネッドは床板を鳴らしながらベッドの側面にそって大きく二歩踏み出し、手が背後に引っぱられたままそれ以上進めなくなるところまで行くと、フィリッパに向かって上体を傾けた。「だが、きみはどうだ？　ここにいるのをやつに見られたら、どうなる？」反撃に転じる。「やつが仲間を連れてきたら？　連中はどう思うだろうね？」

フィリッパは鼻先で笑った。「それがどうかした？　ベッドに鎖でつながれた男と同じ部屋に閉じこめられたこの姿を見られるだけですもの。わたしの評判はなんとか保つことができそうね。けっきょく、あなたの体面が傷つくだけよ」

「ほう！」身動きこそしなかったが、喉の奥からしぼり出すようなその声を聞いて、フィリッパは急いでベッドの反対側に移った。ネッドがほくそえんでいる。

「絶対に解放してやらないぞ、ピップ。今夜も、これからもずっと」

「なぜ？」フィリッパは冷ややかに訊いた。「わたしが共犯者だから？　だったら有罪にしてみなさいよ。まだ何もしていないんだから、犯行の証明はできないでしょ」

ネッドは冷酷な笑みを浮かべた。「これは法律とはなんの関係もない。ピップ、このわたしがきみを放さない、と言っているんだ」

その言葉にフィリッパはおびえた。と同時に実は、空恐ろしいような興奮もおぼえていた。自分を多少なりともあやつれる男性といえば、今まで出会った中でただ一人、ネッドだけだ。その傲岸不遜さを非難しながらも、彼に支配されるのを強く望んだときもあった。ネッドはわたしが情熱にまかせて突っ走るのを抑えることで、二人の関係が行きすぎないよう守ってくれたものだ。

だがそんな時期は過ぎた。これからは、従順で御しやすい男性の求愛だけを受けよう。口をつつしみ、行動に気をつけるすべを身につけよう。要するに、トレコームの人々につけられたあだ名のように山猫として生きるのでなく、暖炉のそばでおとなしくしている飼い猫になるのだ。

「わたしが何者か、なんのためにこの村へ来たかに気づいたのはいつだ？」ネッドに尋ねられてフィリッパは現実に戻った。「わたしたちがキスする前か？　というより、きみが最初にこの屋敷へやってきた晩、本来の目的はマスターソン家の当主に会うことだったのか？　それともあれはやつが考えた計画か？」

「まあ、なんてことを」フィリッパは首を左右に振り、肩にかかる髪を揺らしながら怒りをこめて否定した。「わたし、口実を使って人に近づくのは得意じゃないわ」

「そうだな。きみの才能はほかのところにある」ネッドは自分のズボンを突き上げているふくらみに露骨に視線を落とした。さっと顔をそむけたフィリッパを見て、ネッドは冷ややかな声で笑った。

「きみは自分がどういう人間かわかっているか、フィリッパ？」ネッドは鎖につながれた大きな猫のように体を揺らしてうろつき回った。

フィリッパは答えない。

ネッドはほとんど優しいと言ってもいいほどの笑みを浮かべた。「きみは最低の嘘つきだ。思わせぶりな行動でじらすだけの」

まるで頬を殴られたかのようにフィリッパは頭を上げた。「違うわ」

ネッドはベッドの端に両腕を広げ、後ろ手をついて体を支えた。胸の筋肉が細部まではっきりと見える。腹筋は細かく割れている。二の腕の力こぶは盛り上がって緊張を表しているが、それとはうらはらに喉の奥で響く深みのある声は満足げだ。「約束しておいてそれを守ろうとしない女性だよ。嘘つきのほかにどんな呼び方がある？」

「わたし、何も約束していないわ」

「確かに、言葉ではね」ネッドは認めた。「だがきみの愛撫や、舌や腰の動きがこちらを期待させた。約束したも同然じゃないか」

ネッドの声は落ち着きを取り戻したように聞こえた。だがその目はフィリッパのようすを油断なく追いかけていた。

フィリッパは一歩後ずさりした。この人の言葉やまなざしに惑わされてはいけない。

「あなたなんか、怖くないわ」

ネッドは顔をゆがめて笑い、姿勢を正した。その大きな手をさりげなくベッドの柱に回し、そこにもたれかかる。「だとしたらきみは思わせぶりなだけじゃない、愚か者だ。今、わたしだって自分が怖くてたまらないんだからな」

「そんな話、聞きたくないわ」

「聞く必要があるんだよ。あそこまで行きつけるかどうか、試してみたいというなら話は別だが」ネッドは扉のほうをあごで示してみせた。フィリッパはためらった。

「やってみなさい、必死で。でなければ、我々の関係と同じく、今回もきみが自ら始めたことを最後までやりとげないうちに放棄するという結末になるのかな？」

「そんな言い方、もうやめて！」

「きみがやめさせてくれ」ネッドの唇がかすかに動いた。

「わたし、自分の愛する人をあなたから守ろうとしているのよ。あなたみたいな人だって、それは理解できるはず。わたしに対して怒る権利はないでしょ」

「権利がないだと？」ネッドは一瞬黙って考えこんだ。「いや、ピップ。そんなことはない。きみはその体でわたしを誘惑し、からかってばかにし、弱みにつけこんで、苦しくなるまで興奮させたあげくに手錠をかけてこのいまいましいベッドに拘束したんだぞ。こっちはかきたてられた欲望も満たされずに、耐えがたいほどの屈辱を味わわされているんだ」

ベッドの柱を握りしめるこぶしの指が白くなっていた。だがネッドの声は柔らかく、穏やかでさえあり、そのためいっそう不気味に感じられるのだった。

「淑女の意見に異論を唱えるのは申し訳ないが、マダム、正直言ってわたしには怒る権利が十分にあるはずだ」

4

「きみの〝愛する人〟についてだが」純情ぶった表現だとあざけるかのようにネッドは言った。「ほっとけ。そんなの、くそくらえだ。もしやつがきみの思っている半分でも男らしい男だったら、きみのスカートの陰にこそこそ隠れたりなんかしないはずだ。それにきみが今なりすましている女の半分でも立派な女だったら、わたしを自由の身にしてやつを片づけさせるだろう」

「なるほど」フィリッパは皮肉をこめて言い返した。「すばらしい考えね。わたしにとってこの世に残されたたった一人の大切な人があなたによって破滅に追いこまれそうだというのに、嘆きのため息ひとつもらさず見守っていろというのね。そんなの、いったいどんな女かしら、ネッド？　立派な人物の足元にも及ばない、くだらない女じゃないの」

ネッドは無表情になった。目は碧玉《へきぎょく》のかけらのようだ。「洗礼名で呼ばないでくれ」

「どうして？」フィリッパは両手を腰にあてて強い口調で訊いた。愛の言葉をささやき、唇と手で愛撫した彼が、今になってネッドと呼ぶなですって？　あんなに親密で、あと少しで本当の恋人関係になるところだったのに？

フィリッパは憤慨し、激高していた。だが二人の関係はいつもこうで、ちょっとしたきっかけで感情の火花が散った。以前は炎のごとく激しいそんな関係にあこがれ、進んで一触即発の状態に足を踏み入れようとしたこともあった。触れ合ったり、話し合ったり……何をするにつけても熱く燃えていた。だが今は、ネッドに燃えつきてほしいとしか思わない。フィリッパ自身、すでに恋の燃え殻となっていた。

「以前はネッドと呼んでも怒らなかったじゃない。女性は半裸であなたの下になっているときでなければ、その神聖なる洗礼名を呼んではだめだというのね？」フィリッパは吐きすてるように言った。

ネッドは身震いした。「そういうわけじゃない――いや、やっぱりだめだ」しなやかに伸びた筋肉が透き通るように白い肌の下で動く。

フィリッパは顔をそむけ、知らず知らずのうちに目を閉じた。傷ついた心がうずいた。

「だめだ」低く響く彼の声が、頭の中で渦を巻く。「ネッドと呼んでいいのは、きみが下になっているときだけだ。わたしは愚かな男だが、自分の名前をきみにさげすんだ口調で呼ばれるのは聞きたくない。自分の心の声を聞いているみたいでやりきれない。欲しいのは思い出なんだ。きみがあえぎながらわたしの名を呼んだり、首をそらしてキスを求めたり、震え声でせがんだりしたときの記憶だ。きみの欲求を満足させられるのはわたしだけだった。ピップ、今は誰なんだ？」

フィリッパの顔から血の気が引いた。この人、まさかわたしがほかの男性とあんなことをしたと思っているのかしら。きっとそうだ。わたしはネッドの前では奔放な女を演じていたから、その評価はずっと変わらないんだわ。別れたあとにすぐ代わりを探して、最初に見つけた人とつき合って、ネッドが呼びさました欲望を満たしていると思っているにちがいない。頭ではわかっていても胸が痛んだ。

「あなた、紳士じゃないわね」フィリッパは冷たく言い放った。

ネッドは声をあげて笑った。「紳士じゃないからいやだったとは言わせないよ。紳士だったら、わたしがきみにしたようなことをするはずがない。想像もつかず、必要な手管もないだろうからね」

鼻持ちならない人。こんな話、これ以上続けていてもしょうがない。

「わかりました、マスターソン大尉、洗礼名で呼ばないようにするわ」

だが、フィリッパを苦しめるすべを見つけたネッドは容赦なかった。ベッドの柱にもたれかかって足首を無造作に交差させ、鎖がじゃらじゃら鳴るのもかまわず胸の前で腕を組んだ。まるでロンドンのメイフェアにある社交クラブの外でぶらつく若者のように、物憂げな目つきでこちらを見ている。「きみが優等生でなかったとは言わないよ、ピップ。確かにそうだった。ただ、手持ちの技を新たに増やしたようだな」

「どういう意味かわからないわ」

ネッドの唇に浮かんでいたかすかな笑みが急に消えた。次に口を開いたときには厳しく責めたてる口調になっていた。「誰に教わったんだ、男を惑わすその技巧は？　なまめかしく口を開けたり、舌を吸ったり」

　ひどいわ！

「あなたよ！」フィリッパは憤慨して叫んだ。「きまってるじゃないの！　もしわたしの技巧に長《た》けたところがあるとすれば、それはあなたが教えてくれたからよ。教え子のできのよさを誇らしく思う？　どう、あなたに習った成果をもっと披露してさしあげましょうか？」

　一瞬、ネッドの表情がこわばった。「ピップ、もういいだろう、行かせてくれ。戻ってきてから、この話のかたをつけよう」

　でも、ネッドを自由の身にすればジョンが危機に陥る。フィリッパはそのことしか頭になかった。弟がこの残忍な目をした屈強な男に捕らえられてしまったら、どうすればいい？

「いやよ！」

「卑怯者め」

「罠にははまらないわ」フィリッパは顔をそむけた。

「残念だな。しかし、そんなにやつのことが大切なのか？」気楽でくだけた感じの言い方だが、ネッドの目には荒々しいものが宿り、筋肉は皮膚の表面にくっきりと浮かび上がっている。この危険なまでに美しい半裸の姿を、引きしまった力強い上半身を、無視できればどんなにいいかとフィリッパは思う。

　でも、ジョンはたった一人の肉親なのだ。「ええ、そうよ。大切よ」

　ネッドは石のように無表情になった。首すじが細かく震えている。「それはごちそうさま。

だが、振り返ってみると」急に言葉がとぎれる。「わたしを大切に思ってくれていたときもあったはずなのにな。その気持ちはいつ終わったんだ？」

フィリッパはさっと振り向いてネッドの顔を見た。「あなたが彼に近づくためにわたしを利用したとわかったその日よ」

「そんなことはしていない」

フィリッパは苦笑した。「疑り深くて申し訳ないけれど、大尉、信じられないのよ。相続したままほったらかしにしていたマスターソン・マナーハウスを見たいと、急に思い立ってトレコームへやってきたなんて。それと同時にわたしに求愛したりして、偶然にしてはできすぎているでしょ！」

「求愛か」ネッドはくり返した。「そうかね？　お互いあれだけ楽しんだにしては、生ぬるい言い方だな」

フィリッパは顔を赤らめた。「わたしは田舎の地主階級の生まれだから、誘惑されているというより求愛されていると思いたかったの。とんでもない世間知らずでごめんなさい。どうやらあなたの意図を勘違いしていたようだわ」

良心が痛んだにしても、ネッドはそんなそぶりは見せなかった。「きみを誘惑したおぼえはないよ。まだ生娘なんだから。というか、あのときは生娘だった」フィリッパが応えないので、ネッドの顔色は怒りで陰った。

「ということは、我々二人ともだまされていたわけだな、ピップ。わたしはきみのことを、愛する男にだけすべてを捧げる女性だと勘違いしていたんだから」

「それは勘違いじゃないわ」フィリッパは頭を高く上げ、目をきらきらさせて誇らしげに言った。

なぜかはわからないが、その言葉を聞いたネッドの顔から血の気が引いた。打ちのめされたような目をして、「そうか」とひとり言のようにつぶやいた。「そういうことか。わかった」

ネッドは顔を上げ、衝撃を振り払うかのように頭を振った。「立派だな、ピップ。それにしても、自分にとってやつが大切な人間だと思うようになったのはいつからだ？　わたしがこの村へ来る前か、それとも来たあとか？」

何を言い出すの、ばかばかしい。予想外の展開にフィリッパはためらった。「そんなことが重要なの？」

「わたしにとっては重要なんだ」

つらそうな声。苦しめばいい、と思いながらフィリッパは、答えを拒むのも気が引けて言った。

「昔からずっと愛していたわ。でも……」ネッドがむちを受ける兵士のようにあごをわずかに上げたのを見て、フィリッパは躊躇した。「でも、彼が自分にとっていかに大切な存在か、自分が彼のためにどこまでできるかは意識したことがなかった。それに初めて気づいたのは、あなたが彼を監獄送りにしようとしていると知ったときだったわ」

それを聞いて、ネッドはなぜかいくぶん安心したようにつぶやいた。「使命感にかられたわけだな？　当然そうだろう。教えてくれ、ピップ。もしわたしが人殺しや泥棒を捕らえる任務を帯びた男でなく、人殺しや泥棒をする卑怯者だったとしたら、きみはわたしの味方についてくれたか？」

フィリッパは冷ややかな目でネッドを見た。「でも、あなたはもともとそんな人間じゃないでしょ。それに大尉、重要なことをお忘れになっているようね。彼と違って、あなたはわたしの、お――」

「わかっているさ！」ジョンと違ってわたしの弟じゃない、と言おうとしたフィリッパの言葉をネッドはさえぎった。だが、納得はしたようだ。「確かにそのとおりだ」

ネッドはフィリッパに背を向けた。広い背中だが、ぜい肉ひとつなく引きしまっているためにわき腹の肋骨の形がわかるほどだ。「だが、どうでもいいことだ」しばらくしてネッドは口を開いた。「最終的にはやつを捕まえてやる」

「今夜はだめ」フィリッパは言い張った。

「一日や二日、いや、一週間の違いがなんだっていうんだ、ピップ？　やつはああいう人間のまま、絶対に変わりはしない」

「いいえ！　そんなはずはないわ。もうやめるよう、説得してみせる。わたしの言うことなら聞いてくれるかもしれない。わたしたちこの村を出て、ロンドンへでも行くわ。でなければ、ヨーロッパのどこかの国へ。彼は愚か者というわけじゃないの、ただ――」

「ただ、凶暴なだけだ。あいつのそういう一面を見たことがないのか？」ネッドは向き直って続けた。「一五歳の少年に無理やり誓いを立てさせて、その重みをわからせるために指を一本切り落としたんだぞ。あいつから聞いていないのか？」

まさか。恐怖が高波のように押し寄せてきた。だがそれを打ち消したのは、冷静な頭の働きだった。フィリッパはほんの一瞬、ネッドを逃がそうかと迷った。弟が悪事に深入りするのを止めてくれと懇願したい気持ちにかられた。ネッドが情け深い心の持ち主であると、もう少しで信じそうになった。気性が激しく尊大ではあるが、つねに正しいことを追い求める人だからだ。

しかし次の瞬間、フィリッパは軽蔑をこめた目でネッドを見ていた。もちろん彼は、逃がしてもらうためならどんなことでも言ってわたしをあやつろうとするだろう。でも、今度は判断を誤った。この人は嘘をついた――わたしにはわかっている。

ジョンは確かに無鉄砲で、かっとなりやすいたちだ。でも残酷なところはなく、ネッドの話が事実であるはずがない。どんなにもっともらしく言い立てられてもわたしは信じない。

「手錠の鍵をくれ、ピップ」ネッドはせかした。声には疲れがにじみはじめていた。「やつは絶対に変わらない。きみにだって、ああいう男を改心させることはできない」

「鍵は渡せないわ、マスターソン大尉。今しばらくは、だめ」

「お願いだ、ピップ。わたしは罪なき人たちの命を救おうとしているんだぞ」

何もかも嘘ばかり。すばらしい嘘つきね。でも、もう化けの皮がはがれた。ジョンが少年の指を切り落としたなんていうばかばかしい話で、はっきりわかったわ。ネッドは以前にも嘘をついてわたしをだましていたし、今度もだまそうとした。嘘をつくのが本当にうまいこの人のことだから、そのうちまた新たな嘘を信じこませようとするだろう。嘘をつくのが下手で、信じやすいわたしに。

フィリッパは窓に向かって後ずさりした。外では雷が鳴りはじめ、星が明るくまたたく夜空を黒い雲がおおい隠そうとしている。

「ピップ……」

フィリッパは両開きの窓を開け、窓枠に手をついてぐっと身を乗り出した。吹き上がってくる風で乱された髪が頰に張りつく。目を閉じて顔を上げ、額や頰、唇に雨風が当たるにまかせた。はるか下では、黒々としたリボンのような川に怒濤のごとく渦巻く流れが生まれつつある。「嵐がやってくるわ」

「フィリッパ」ベッドの柱にくくりつけられた鎖ががちゃがちゃと音を立てた。ネッドがふたたび呼びかけた。今度はせっぱつまった叫びだ。「おい、フィリッパ！」

フィリッパは切望のまなざしで地面を見下ろした。断崖や荒野のある土地で生まれ育っているものの、嵐の夜にこの建物の壁をつたって下りるのは無理だ。

「フィリッパ、やめろ！　お願いだ！」背後でベッドがうなるような音がした。フィリッパが振り返ると、ネッドは鎖を限界まで引っぱって立っていた。ただでさえ白い肌が真っ青になり、鉄輪の下から鮮血が流れ出て、目はエメラルドのごとく燃えていた。ベッドはさらに一五センチほど動かされて、ネッドはすぐそばまで迫っている。

フィリッパにとって、そんなことはどうでもよかった。そう、どうでもいいことよ。「ネッド・マスターソン、わたしをだまそうというんならどうぞ、おやりなさい。でも、説得して逃がしてもらおうとしてもだめ。無駄よ」

5

風で巻き上げられたフィリッパの黒髪は、まるでメドゥーサの髪をほうふつとさせる形に広がっていた。頬は勝利感で紅潮し、夜の冷気に当たった唇は赤くなり、目はきらきらと輝いている。一年近く前、ネッドと初めて出会ったときとまったく同じだった。

フィリッパは賭けをしていた。友人の一人が、トレコームへ来たばかりのマスターソン荘園の領主に仲間の中で一番先に会えたらあなたの勝ちだとけしかけたのだ。挑戦状をつきつけられて引き下がったことのないフィリッパは暴風雨の中、一時間も経たないうちに村から馬に乗ってマナーハウスへ駆けつけた。書斎から出てきたネッドは、黒髪からしたたる水滴を振り落としながら廊下の水たまりの中に立っているフィリッパを見つけた。マントはびしょぬれ、ブーツは泥はねだらけだったが、目は勝ちほこって愉快そうな色をたたえていた。はっと息をのむほどの美しさだった。それ以来、ネッドはずっとそう感じてきた。

「ピップ、窓を閉めてくれ」振り返ってネッドを見下ろしたその目は黒々と怪しく光り、唇は無謀な企ての高揚感に酔いしれて、自然と笑みの形に開かれている。

やっぱり、窓から壁をつたって下に下りようとしているのか。

「やめろ！」ネッドは反射的にフィリッパのほうに体を投げ出した。後ろで鎖につながれた手は、ちぎれんばかりに伸びきっている。フィリッパはふたたび、吹きこんだ風が当たる眼下の壁を切なそうな目で見やると、いらだたしげに唇をゆがめて窓をばたんと閉めた。

ネッドはほっと息をついた。もう少しで心のうちをさらけ出すところだった。聡明で直観力のある女性だというのに、ネッドのこととなると、フィリッパはどうしようもなく鈍かった。わたしが愛しているのに気づかないなんて、いったいどういうわけだ？　だが実際に、気づいていないのだからしょうがない。

かといってネッドは、自分の気持ちを伝えるつもりはなかった。告白できるはずがないじゃないか？　愛されていると知ったが最後フィリッパは、そこにつけこんでわたしを破滅させようとするだろう。欲望を抱かれているのを知って、そこにつけこもうとしているのと同様に。そのためネッドはここへきて、破滅寸前まで追いこまれていた。

フィリッパは社会の規範などおかまいなしで、手に負えなくなっていた。まるで鳥が歌を歌うように心を自由に語り、年老いて耳が遠くなった大おばの後見があるためにかろうじて世間体をつくろったふるまいをしているにすぎなかった。狡猾さなどひとかけらもなく、自制心にも乏しく、自らを偽ることもほとんどない。実のところ、今夜の時点でトレコーム近郊一五、六キロに住む男女は一人残らず、フィリッパ・ジョーンズがネッド・マスターソンを憎んでいるのを知っていた。なぜならフィリッパは、愛する者に情熱を傾けるのと同じぐらい、敵となった者に激しく嫌悪を抱く女性だからだ。ネッドはその両方を経験していた。かつてフィリッパはわたしを求めていた。いや、今だって求めているはずだ。あのキスに対する反応は断じて見せかけではなかった。だが、求めているからといって愛していることにはならない。特に、フィリッパ・ジョーンズのような気性の激しい女性の辞書ではそうだ。とはいえ、愛してくれているのではないかと思ったことも……。

二、三カ月前のフィリッパはわたしに対する欲情をあらわにしていなかったか？　そう、会うたびに、その大きく見張った目に、開いた唇に、肌ににじむ悦びのベールにその思いは表れていた。欲情が成熟して愛情に変わる時間がなかったとしても、それはフィリッパがまだ若すぎたからだろう。わたしとしては彼女の心が目覚めるのを待っていればよかった。

ところが、わたしがトレコームへやってきた本当の理由を隠していたことがばれてしまった。一度だまされたことによって、フィリッパはほかのすべてを疑ってかかるようになったのだ。

今でもネッドは、客観的に見れば、自分が払った代償にかかわりなく、事実を隠すよりほかに選択肢はなかったと思っていた。開けっぴろげな愛情表現でも明らかなように、フィリッパの心は人に読まれやすい。そのためネッドは、自分が捕らえようとしている密輸人の正体をうかつに明かすのは危険だと判断して何も言わなかった。ところがつい最近になって、その密輸人こそフィリッパが〝ずっと愛していた〟男、ハル・ミントンであることが判明したのだ。

だがフィリッパがミントンを愛していることに気づいたのは、ネッドの〝裏切り〟を知ったあとだという。まるで、裏切られたときに都合よくそこにいた部外者の男に恋したかのような言い草だ。フィリッパはたぶんミントンを誤解していて、心の中で地元の英雄か何かに祭り上げたのだろう。実際のハル・ミントンはふたつの顔を持ち、利己的で卑劣な男だった。しかしそれでも、コーンウォールの沿岸で生まれ育ったことは確かだ。地元の人々に対するフィリッパの忠誠心は根強いものがある。

なんといまいましい、無分別な心だ。忠誠心を愛情と勘違いするなんて。ネッドの血の中で怒りと不満がふつふつと沸き、フィリッパによって呼びさまされた情欲とないまぜになって渦巻いていた。最初に会ったときからネッドは、このコーンウォール育ちのはねっかえり娘を、その威勢をくじかずに征服してみたかった。

フィリッパは窓際に立ち、片方の眉を挑戦的につり上げた。地平線をおおう嵐は、彼女の野性味あふれる美しさをめざましいまでに引き立てる背景となっている。フィリッパ。わたしの希望、破滅の元凶。今まで出会った中でももっとも腹立たしく、わが心を苦しめる娘。

その瞬間ネッドは、喜んでフィリッパの首を絞めて殺してやりたいと感じていた。

もうこれ以上、あの冷ややかな軽蔑のまなざしを浴びるのはたくさんだ。そもそも、フィリッパのほうからしかけてきた罠じゃないか。この手錠をはずして終わりにするか、彼女がわたしの死体を乗り越えていくか、そのどちらかでなければ絶対にこの部屋から出してやるものか。

「さて、きみはこれからどうするつもりだ？」ネッドは訊いた。

フィリッパは大げさに肩をすくめてみせた。「夜が明けて小間使いたちが来るまで待ってから、出ていくわ。いくらあなたでも、使用人の前でわたしを襲ったりしないわよね？」

わざと挑発しているな。その手には乗らないぞ。この四カ月間、さんざん心理戦をしかけてきたきみが、今また人の心をあやつろうったって無駄というものだ。

フィリッパはいたずらっぽい流し目をくれた。「ネッド・マスターソン卿、確かにあなたは荘園の領主さまでしょうけれど、今は一三世紀とは違うわ。領主さまが苦しい目にあったからといって、それが誰かの生死を左右することにはならないでしょ」

「いや、生死を左右する場合もあるさ」ネッドはうなるように言った。

「それって、わたしの生死？」フィリッパはまつ毛をはためかせた。怒り心頭に発しているにもかかわらず、ネッドはまたおなじみの欲望と好奇心の入りまじった衝動にかられた。フィリッパにはいつも、こうして強力な一撃を食らってきた。

そして今、きみはほかの男を愛していると言って、さらなる苦しみを与えようとするのか。その男とともに笑い、争い、愛撫を許し、まなざしを受け入れ、彼を魅了し、快楽に身をまかせたというのか。

ネッドはもともと嫉妬深いたちではない。相手の出方に反応するときは慎重を期すのがつねだった。しかし今は、嫉妬に身を焦がして消耗していた。想像をたくましくすればするほどその嫉妬は鋭いむちのように心に食いこみ、いっそう耐えがたい痛みを生むのだった。二人が交わしたつぶやき、口づけ、微笑みの記憶が生き生きとよみがえってきて彼を苦しめた。

「お気の毒さま」フィリッパは陽気に言った。ネッドの手がとうてい届かないベッドの足側で優雅に体を回転させて、その動作がどれほどの混乱を引き起こすか気づきもせず、ネズミを目の前にした子猫のように上機嫌だ。くるりと回るスカートが光をとらえ、反射する。暖炉の火の輝きが体に沿ってよどみなく流れ、名人の域に達した陶工の回すろくろに乗せられた作品を思わせた。


自分の作戦勝ちだと思っているんだな。その思いこみが間違いだと気づかせるのは、ちょっと酷な気もするが。

ネッドはいまいましいマスターソン・ベッドに腰かけた。このばかでかいしろものを作った間抜けがもう少し気のきく人間だったら（これだけの大きさなら重くなることぐらい想像できそうなものだ）、わたしは部屋の端から端までベッドを引きずっていけただろう。ところが、実際に動かせたのはせいぜい三〇センチ。それでも腕力の十分な証明にはなっただろうが。


ネッドはあおむけに寝て頭の下で手を組み、考えこむように天井を見つめはじめた。

「何をしてるの？」フィリッパが疑わしそうに訊いた。

「くつろいでいるのさ」ネッドはつとめて落ち着いた口調で答え、フィリッパをちらりと見た。「部下たちを待つあいだ、必要以上に緊張して不快な気分になっても意味がないからね」

「どういうこと？」フィリッパは鋭い声で訊き、ベッドの足元のほうへ近づいてきた。その輪郭は暖炉の火に照らされて輝いているが、顔の表情は影に隠れて見えない。

「想像つかないかい？　馬に乗って支度をととのえて待っている部下が、何時間経ってもわたしが現れないとわかったらどうするか。ため息をついて〝まあいいさ、出発は今夜にすれば〟と言って、家に帰ってしまうと思うか？」

実を言うと、指揮官に命令されないかぎり、まさにそのとおりの行動をとるのがネッドの部下たちだった。任務においては予期せぬ変更や突発的な事態も多く、すべてが計画どおりにいくとはかぎらない。兵士たちはそれを知り抜いていた。密輸組織を一網打尽にする今回の作戦がいい例だ。実際、もう予定の集合時刻を過ぎている。作戦を断念せざるをえない状況と判断されてもおかしくなかった。

しかし、フィリッパは実情を知らない。それに一回ぐらい作戦が中止になったところで、また次がある。仕切り直せばいいだけのことだ。ふと見ると、フィリッパはいらだたしげにその官能的な唇を突き出している。

「だから、きみもどっしりかまえて待っていたほうがいい。今のところはね」ネッドは自分のいるマットレスのすぐ横をぽんぽんと叩いた。

「嘘よ。あなたみたいな嘘つきの言うことなんか信じられない」

「おやおや。年上の者にそんな口をきくとはね。大おば上がきっと嘆かれるだろうな」

フィリッパは、ネッドの寝転んでいる場所と壁のあいだの距離を目測している。薄暗がりの中でもそれはわかった。どうやら自分が有利とは言えないのに気づいたようだ。

「わたし、叫びますからね。誰かが声を聞きつけて来てくれるわ。そうしたらわたしは自由になれて、あなたは――」

「きみを地獄の門まで追いかけていって、そこで逃がしてやるよ」ネッドは突然、抑えた調子ながら脅しをきかせて断言した。だが次の瞬間、物憂げな笑みを浮かべて肩をすくめた。「それに、叫んでも聞こえるかな。おっしゃるとおり外は嵐が吹き荒れているし、マスターソン家の先祖は邸を建てるときに壁を分厚くして、扉も特別頑丈に作ったようだからね。ご先祖さまにもやっぱり、盗み聞きされたくないことがあったんだろうな」

「そこを通してちょうだい」フィリッパの声に初めて恐怖感が表れた。「お願い。わたし、彼を探しに行かなくてはいけないの」

ネッドは飛び起きてベッドの脇に脚を投げ出し、ゆっくりと立ち上がった。新しい恋人のことをあからさまに持ち出されたからには、もう怠惰なようすなど装ってはいられなかった。そのうちフィリッパはあの男の命乞いを始め、そして……いや、そんなことは耐えられない。

「今のお願いへの答えだが、きみをこのまま行かせるわけにはいかない。今のところは」**いつまでも逃がさない。自ら進んで逃がすことはない。**

フィリッパは長いあいだ黙っていたが、最後にあごを高く上げ、胸を張った。「わたしを脅すつもり？」

フィリッパは脅しの言葉をしっかりと受けとめた。気性の激しさと精神の強靭さではつねにネッドに対抗できる女性なのだ。大したものだ。

「ああ、そうだ」ネッドは微笑んだ。「じらすのが恐ろしくうまいきみだが、少しでも考える頭があるなら、こういった脅しには気をつけたほうがいいぞ」

もう十分だろう。ぎりぎりのところまで追いこんだ。脅しが効いたことは、フィリッパの表情を見ればわかった。

ネッドはフィリッパのすべてを知っていた。そのもろさも、気質も、生きていくうえでの信条も、そのためなら死ねると信じる大義も。今まで出会った中でフィリッパほど深く知りえた女性はいない。意識の奥底で彼女を理解し、知りつくしていた。

その事実こそが、ハル・ミントンに対する甘い恋心よりも何よりも、フィリッパに別れを決意させる原因になったのだろう。そこまで深く自分を知られてしまうことは、フィリッパのような自由奔放な女性にとって大きな脅威だからだ。

残念だ。いかなる犠牲を払っても、どんなに時間がかかっても、フィリッパの心を取り戻したかったのだが。

フィリッパが近づいてきた。ネッドの手の届く範囲からわずか数センチほど離れたところで立ち止まる。ネッドは熱い思いをあらわにしてじっと見つめた。あとたった数センチだ。

「きみをあやつるのは本当に簡単だな、フィリッパ。自分の選んだ仕事で成功したければ、もう少し謎めいた雰囲気を身につけないといけないね」

「仕事って、どんな仕事？」

「死んだ男の愛人さ」

6

ネッドの判断は正しかった。

衝動を抑えられないたちのフィリッパは、予想どおり怒りにかられて手を伸ばしてきた。ネッドは思うつぼとばかりに、叩かれる前にその手をつかんだ。だがフィリッパも負けてはいない。必死で暴れ、抵抗した。

彼女がもう一方の手で殴りかかってくる。予想外の荒々しい攻撃にネッドは不意をつかれ、胸に一撃を受けた。フィリッパの目は勝ちほこったように燃えている。「放してよ！　放して、わたしと闘いなさい、この臆病者」

ネッドは驚いて、フィリッパをまじまじと見つめた。この娘はわたしが手を上げるはずがないと知っているはずだし、二人が闘ったところで自分に勝ち目はないとわかりきっているのに。すべての点においてネッドが有利なのは明らかだ。背が高く腕が長いばかりでなく腕力もある。乱闘の場数を踏んで闘い方も心得ている。一方フィリッパは、今まで誰かに手を上げたことなど一度もないだろう。

だがフィリッパにはどんな理屈も通用しない。片方の手首をネッドに握られたまま、もう一方の腕は脇につけてこぶしを握り、息を荒くしながらネッドをにらみつけている。

「わたしを殴りたいと思っているんだな」

「どれほど殴りたいと思っていたか、あなたにはわからないわよ」

ネッドはいらだちをにじませて短く笑った。なんといってもこの娘は最近、わたしの心をあやつるという新たな才能を発揮するようになったからな。これはわたしから逃げるための手なのだろうか。いや、違う。この気迫と怒りのこもったまなざしを見ればわかる。

ネッドはフィリッパの手首を放して一歩後ろに下がり、腕を脇に垂らした。「かまわないよ。殴りなさい」

それ以上の誘いは要らなかった。フィリッパは両手を振り上げ、猛烈な勢いで殴りかかってきた。ただむやみにこぶしを振り回し、型も何もあったものではない。だがあまりに激しく打ち続けるので、ネッドが前腕で防御しきれない部分にしばしばこぶしが当たった。

ネッドは殴打の衝撃を、フィリッパが送りこんでくるすべてを受け止めていた。数カ月にわたって鬱積した怒り、失望、裏切られた心の痛みがこぶしにこめられ、次々と飛んでくる。フィリッパはただひたすらに殴り続けた。けんか慣れこそしていないものの、コーンウォールの海岸沿いの険しい道を遠乗りして鍛えた体はよく引きしまっていた。

その持久力と、殴りたい欲求の両方を存分に使って、フィリッパはネッドを激しく打ちすえた。いらだちのあまりのすすり泣きでときおり中断されながらも、攻撃は続いた。くり出されるこぶしのひとつひとつをネッドは防ぎ、かわし、はじいて軌道をそらした。それでもフィリッパはやめようとせず、腕を下げることもしない。顔が汗だくになり、乱れた髪が肩に広がり、疲れきった腕がもうほとんど上がらなくなったところで、ネッドはそれ以上放っておけなくなった。

「ピップ……」弱々しい一撃をかわし、眉をひそめて言う。「もうやめるんだ」

「いやよ!」フィリッパはかすれ声で叫んだかと思うと、いきなりネッドの腕の中に飛びこんできて、胸を思いきりこぶしで突きはじめた。「いや!」

その感情の激しさに驚いてネッドは「落ち着いて」と言ったが、フィリッパは聞かない。額を彼の胸に押しつけながらわき腹と背中をがむしゃらに叩きつづける。ついにネッドはどうしようもなくなり、フィリッパの背中に腕を回してきつく抱きしめた。

「いやっ!」フィリッパは声をしぼり出した。「いや! だめよ! ずるいわ!」

無力感で恐れが増幅したのだろう。興奮のしかたが尋常ではなかった。もうくたくたになっているはずで、これ以上消耗させてはいけない。「いったい、なんのまねだ?」ネッドはフィリッパの体を揺さぶった。「何をどうしたいっていうんだ?」

「あなたを傷つけたいの!」フィリッパは叫んでネッドの顔を見上げ、声をつまらせた。「でも、傷つけられなかった。こんなの、不公平だわ」

「傷つけられなかっただって?」信じられないといったようすでネッドは言った。「きみの望みはそれか? わたしを傷つけたいのか?」

きみはわたしの心臓をえぐり出し、それまで想像もつかなかった苦しみを味わわせ、自尊心を踏みにじり、心の平安をかき乱し、任務の遂行を阻んだ。それでも**わたしを傷つけられなかったというのか？**

「いくらなんでもひどすぎるぞ、ピップ」怒りが白熱し、それと同時に声が冷ややかになる。声はネッドの感情の変化を表すひとつの指標で、気持ちが高ぶるのとはうらはらに冷たい口調になった。今の声は冷淡そのものだ。

ネッドはフィリッパの体の向きを無理やり変え、いともたやすく回転させて引き寄せた。自由になるほうの腕を後ろから彼女の胴に巻きつけ、手錠のかかった手で喉元を固定した。フィリッパは一瞬もがいたが、すぐにおとなしくなった。思慮の浅いところはあるが、頭が鈍いわけではない。喉に当てられた手を脅威に感じる理解力はあった。

動きを止めたフィリッパの背中は、ネッドの裸の胸に押しつけられている。ドクドクと激しく鳴る心臓の鼓動が、ドレスの薄い生地越しに伝わってくる。興奮状態で速くなった呼吸のたびに、上下する肩が胸の筋肉に当たる。わたしに恐れを抱いているな。よし。

「きみにはさっぱりわからないだろうね？　わたしにどんな仕打ちをしたか、まるで自覚がないんだから。安心しなさい。誓って言うが、きみは今まで十分にわたしを傷つけた」ネッドはかすれ声で言った。フィリッパの柔らかい耳たぶのすぐ近くに唇を寄せる。「さあ、鍵を渡しなさい」

「取ってみなさいな」

すべては一瞬のあいだに起こった。取り返しのつかないふるまい、撤回できない言葉。考えたり計画を練ったりする時間もなく、ただ本能に従って行動する刹那と、本能より頼りにならない、当てにならないもの——感情に従って行動するひとときだけがあった。

ささやかれた挑戦の言葉にネッドは不意打ちをくらい、たじろいだ。フィリッパはその言葉と、春の柳のごとくしなやかな体でネッドを興奮させた。女体の神秘。だが完全な謎ではない。少なくとも彼にとっては。すでにその神秘に踏みこんでいたネッドは、ふたたびそれを味わいたくて体がうずいていた。

以前ネッドは、フィリッパの体をもてあそぶかのように尻の柔らかい曲線にそって線を描いたことがある。手のひらに乳房の豊かな重みを感じ、彼女を味わったことがある。そんな感覚の記憶がネッドを高ぶらせ、また彼女から遠ざけさせもした。

この娘はわたしを破滅させる。

「からかうんじゃない、ピップ」

フィリッパは頭を後ろに傾けてネッドの肩にもたせかけ、顔を見上げている。恐れているようすはないが、無表情だ。考えていることがすぐ顔に出るこの娘が無表情とは。おかしくて笑ってしまいそうだが、実際フィリッパは微笑みさえも浮かべていないのだ。黒々として輝きのある目。その奥で何が渦巻いているのか、まったく見当もつかない。裏切りか？　単なる情欲か？　それともそのふたつが妙に混じり合った自暴自棄な感情か？

ネッドはフィリッパの喉元を押さえつけていた手の力をゆるめた。彼の呼吸は深く、鋭くなっていた。息を吸いこむと、鎖骨の下の浅いくぼみにもたれたフィリッパの頭も一緒に弾んだ。

「わたしのやり方は気に入ってもらえないだろうね」ネッドは語りかけた。

「気に入るかもしれないわ」

この娘は挑発しているのか？　ネッドはフィリッパの首を下から上になぞり、あごをとらえた。こめかみに唇を押しあてると、彼女の閉じたまぶたに息がかかる。「さあ、どうなるかな」

ネッドはあっというまにフィリッパの体を回転させると、その肩に手をかけてベッドに押し倒し、自分も続いて上からのしかかった。彼女の体の両脇を腕で囲んで身動きがとれない状態にし、力強い腰を重ねる。

スカートの生地を通しても彼の高ぶりが感じられ、フィリッパは目を固く閉じた。両手首を一度につかまれ、頭の上に引っぱり上げられた。手首を完全に拘束されている。まるで彼にかけた手錠と同じだ。

「目を開きなさい」ネッドは命令した。「目を開くんだ！」

その語気の荒さに、フィリッパは急いで目を開いた。二人の視線がぶつかり合う。フィリッパの燃える目には言葉にならない非難がこめられ、ネッドの目は怒りと苦悩でぎらついている。

「わたしが見えるか？」ネッドの声はとげとげしいささやきに変わっていた。「見えるか？」

「見えるわよ！」フィリッパは同じような激しさをこめて言い返した。

「わたしを感じるか？」下半身をすりつけるように動かされながら訊かれて、フィリッパはあえいだ。ネッドが代わってささやき声で答える。「感じるだろう」

ネッドは自らの欲望に自嘲気味になりつつ唇を離した。フィリッパに、今自分が誰と何をしているか認めさせたかった。「呼んでくれ、わたしの名前を」

「どういう意味？　わからないわ」

ネッドは自由になるほうの手でフィリッパの顔にかかる黒髪を後ろに流し、そのうちのひと束をつかんで首をそらさせ、喉元をあらわにした。下から彼女の心臓の鼓動が伝わってくる。

「名前を呼べと言ったんだ」

「わたしを傷つけるつもり？」フィリッパは訊いた。まだ恐れを感じていないように見える。

「傷つけるだって？」面白いことを言うじゃないか。ネッドはフィリッパの顔の横に頭をそわせ、首すじにそって唇をすべらせた。その攻撃にフィリッパはなすすべもない。

もともと、思慮分別よりも身体的な感覚と刺激に支配されやすい女性なのだ。体の呼びかけに本能的に応えてフィリッパは目を閉じ、美しい真珠色の歯で唇を嚙んだ。

「できることなら傷つけて、自分が味わった地獄と同じ苦しみをきみにも味わわせてやりたいよ。だがそのためには、きみがわたしに対して単なる欲望以上のものを感じていなければならない。そこで、別の案を考えてみたのさ」

「ネッド――」

「つまり、自分が誰と何をしているか、わかっているってことだな」

「ええ」

「きみが自ら望んだことだぞ。無理やり、こうしてほしかったんだろう」ネッドは責めるような口調で言った。

「違うわ」

「いや、違わない。わたしに主導権を握ってほしいと望んでいたはずだ。なぜならきみは、男と女がすることを怖がっているから。かといって臆病者だとは言わないが」

「そうじゃないの」フィリッパは首を激しく二度振った。その勢いで青ざめた顔に黒髪がかかる。「違うわ。わたしは自分が何をしているかわかって行動してきたつもり。でも、きっぱりと拒否する強さがないのがいやでたまらない」燃えるような目で見上げる。「わたしに拒否するだけの強さがないっていうなら、あなたになんてもっとあるわけないわよね」

ネッドはとげとげしい笑い声をあげた。「それは、今まで聞いた中で一番説得力のない屁理屈だな」

笑われてフィリッパの顔が赤く染まった。「放してちょうだい。せめて部屋の向こう側に行かせて」

ネッドはまた笑った。「でも、まだ手錠の鍵を渡してもらっていないよ」

「わたしだって持っていないわ」

「そんなこと、もうどうでもいいさ」

ネッドは自分の体の下で身を縮めているフィリッパに口づけた。一瞬だけ抵抗があったが、すぐに反応が返ってきた。飢えたように唇をむさぼる、今までにないほど激しいキスだ。ネッドはつかんでいた手首を放すと、フィリッパの体の下に腕を入れて抱え上げ、抱きしめた。ネ

フィリッパはネッドの首に腕を回し、髪に指を差し入れてすくように愛撫した。舌を彼の口の中に深く突き入れ、強い欲望のうめきと快楽のすすり泣きが交じった甘い声を喉の奥かららもらす。

その唇からあふれる情熱を、ネッドは甘くかぐわしい蜂蜜酒を楽しむ酒好きのように飲んで酔いしれた。フィリッパの中に自分のものをうずめたくてたまらなかった。そうすれば、この狂おしい状況をようやく終わりにできる。二人が何カ月も前に始めた求愛にひとつの区切りをつけられる――彼女の中に入ることによって。

ネッドは鎖につながれた手を二人の体のあいだに差しこみ、フィリッパの腹部に手を伸ばすと、スカートの薄い生地をつかんで太ももの上に引き上げた。するとフィリッパは突然、重ねていた唇を離し、両の手のひらでネッドの胸を強く押しやった。

どうしたんだ？　熱くなりながらも以前と同じように、発情した犬に近いものをわたしに感じて猜疑心が生まれたのか？　だがネッドがたじろいだとたん、拒むような態度は消えて、フィリッパは体を起こし、両脚を開いて彼の腰にまたがった。

一瞬間をおいたあと、ため息をつく。自暴自棄になったのか？　嘆いているのか？　フィリッパは頭を低く下げ、ネッドの胃のあたりに唇を押しつけた。

7

逃げ出すには、わざとネッドにつかまる以外にないだろう。フィリッパはなんとしてもこの邸を出てジョンを探し、警告しようと心に決めていた。弟に会えるかどうかはともかく、やってみるつもりだ。

まず、この部屋から脱出しなくてはならない。その方法はただひとつ、わたしの逃亡を許すよりほかに選択肢がない状態にネッドを追いこむことだ。つまり、両手に手錠をはめてしまえばいい。

だが、挑発されてネッドに襲いかかった瞬間、過去数カ月にたまっていたいらだちや心の痛みのすべてがはけ口を求め、暴力でしか発散できない苦悩となって噴出した。あのあとからずっと喪失感がぬぐえないままだ。それでもネッドにキスされると――それまでに触れられてすでに敏感になっていた体が、心が、ふたたび自分を裏切るのだった。

フィリッパはネッドが欲しかった。ただ単にそれだけの、わかりやすい望みだが、恐ろしいことでもあった。体のすべてが彼に応え、張りつめ、赤く染まり、膨らんだ。

ネッドの平らな腹部に頬をこすりつけると、毛が肌を柔らかく刺激した。割れた腹筋の、硬い筋肉の盛り上がりが唇に当たる。鼻先を押しつけてみる。石鹸の香りと薪から出る煙のかすかな匂い、男性が興奮したときの麝香《じゃこう》のような官能的な香りがした。

フィリッパの頭の上あたりをネッドの手がさまよっている。だが触れてはこない。以前のようにかぎりない優しさで頭を包みこんでほしいのに。ネッドに、ネッドだけに、そうしてほしかった。フィリッパの指はにわか仕込みで身につけた器用さで、ネッドのズボンのボタンをはずしていった。息を深く吸いこむ音が聞こえる。

求められてしたことではない。突然、自分が感じるだけでなく、ネッドにも快楽を与えたくなったのだ。今までよりさらに多くの悦びを。そう、もし……。

もし、こういう状況でなかったら……もしネッドが、ジョンを逮捕する決意を固めていなかったら……それによって姉弟の人生を台無しにする恐れがなかったら……もしネッドとわたしに未来があったら……いくつもの仮定が残酷なまでの執拗さで頭をよぎる。

恋愛関係を続けるつもりがない男性とこんなことをするなんて、淑女のふるまいではない。フィリッパはためらい、必死で頭をめぐらせた。もちろん、わたしはネッドと、淑女にあるまじき行為をすでに――。

「大丈夫だ」ネッドの声がする。「心配しなくていい」

わたしがためらっている理由を誤解したのね。気の進まない行為をする前に自分を励まし、言いきかせていると思ったのだろう。否定しようとしたが、わきの下をつかまれて体を引き上げられた際にドレスがずり下がった。

小さな胴着から乳房がこぼれ出た。ネッドは、肩を支えてフィリッパの体を持ち上げ、欲望がくすぶるまなざしで裸の胸をじっと見つめた。

「きみの胸は世界で一番きれいだ」

「小さいわ」ネッドの表情を見てうまく言葉が出てこなくなったフィリッパは、やっとのことでそれだけ言った。

「いや、完璧だ。まさに――」ネッドはまるで人形を扱うようにやすやすとフィリッパの体を上にずらし、宙に浮かせたまま止めた。そしてゆっくりと、固くなった乳首が自分の口から二、三センチの位置に近づくまで下ろす。「男の口のために作られたと言っていい」

その言葉が温かい息とともに乳房にかかり、フィリッパは身震いした。

優しい唇の感触に反応して、びくりと体が動く。男らしい声で満足げに笑われ、フィリッパは顔をしかめてネッドをにらんだ。呼吸が速まり、もう策略も計画も、何も考えられなくなっていた。

しょうがない。フィリッパは認めざるをえなかった。ネッドの言うとおりだわ。わたしは愛の営みにおいて彼に主導権を譲り、命令してほしかったのだ。

フィリッパは強固な意志を持ち、人に頼らず生きてきたことを誇りに思っていた。だが強さと自主性を保つには条件がある。自分の心を固く守って誰も寄せつけず、傷つけられないこと。誰の求めにも屈しないこと。そして不屈の魂が脅かされるほどに人を近づけないことだ。以前は誰かに征服されたいとも、体を支配されたいとも思わなかった。そうされたいと初めて思わせたのがネッドだった。なぜなら、守護者として案内役として、想像もつかなかったようなところへ連れていってくれるから。信頼して自分を預けられるから。

わたしの心はよほどひねくれていて、複雑怪奇にできているにちがいない。信頼できるただ一人の男性が、自分が恐れるただ一人の男性だなんて。

「わたしを求めてくれ、ピップ。きみを求めることでわたしが味わっている気持ちを、少しでもきみに感じてほしいんだ。触れてほしいか？」答えは聞かなくてもわかっていた。

「ええ」

「こんなふうに？」ネッドはなめらかな乳輪に唇を触れ、乳首を口に含むと、いきなり強く吸った。フィリッパはまたびくりとしてのけぞり、あえぎ声をもらした。思わず動いてしまったためにさらに乳首が引っぱられ、鮮烈な快感に襲われた。

ネッドは乳房に顔を寄せたまま微笑んだ。「でなければ、こんなふうか？」ゆったりと緩慢な舌の動きで乳首がなめまわされる。うっとりするような心地よさ。それと同時に訪れる、興奮をあおる刺激。悦びが全身を駆け抜けた。

「どうだい？」ネッドの声はまるで堕天使ルシフェルのようだ。魅惑的で、傲慢で、威厳があり、満足とともに強い渇望をも感じさせる。

欲望の嵐に見舞われているのはわたしだけじゃない。それを自覚したことによってフィリッパは、ネッドに譲った主導権を多少なりとも取り戻した。

「わたし、自分からせがんだりはしないわよ、ネッド・マスターソン」

「さあ、どうかな」揺らぐ理性に声を震わせながらもネッドはまた笑った。フィリッパを組み敷き、口を使って思うさま体をもてあそぶ。唇でくわえ、味わい、舌先で歯切れのよい調子を刻んだり、深く吸いこんだりして叫び声をあげさせた。

ネッドは十分堪能したあとでようやくフィリッパを放し、震えながら横たわっている彼女を情欲に揺らめく目で見下ろした。表情だけはごく穏やかだ。

フィリッパのドレスは太ももまでまくれ上がり、腰のあたりには彼のそそり立ったものが当たっていた。ネッドはスカートの下に手を差し入れ、脚のつけ根をさぐりあてた。そこはしとどに濡れていた。

フィリッパがネッドの裏切りに気づくまでの数カ月間、健康で自己主張が強く、情熱的な二人は恋愛の醍醐味を楽しんだ。だがドレスの布地を通しての愛撫がほとんどで、ネッドがフィリッパの秘所に直接触れたのはこれが初めてだった。

未知の世界への期待が高まる中で、フィリッパは自分が今どこにいるか、何をするつもりでここへやってきたかを思い出していた。だが性感を刺激され、快楽に溺れそうになっている今、その意識もしだいに薄れていく。

身をよじって逃れようとしたが、手で腰を押さえこまれ、指でさぐられた。うむを言わせぬ巧みな愛撫に屈し、打てば響くように応えてみだらに体を動かす。

その間ずっとネッドの視線はフィリッパの顔に注がれ、反応を観察していた。いつもそうだった。つねに彼女が悦びにもだえるさまを見守り、けっして自分の欲望を満たすためだけに利用したりはしなかった。

今も同じで、指を中に入れて愛撫しつつ、わずかに開かれた唇や荒い息づかいからフィリッパの感じ方を読みとり、判断している。手のひらのつけ根を恥丘にあててこねまわすように撫でている。まさにネッドその人に似つかわしく直感的で、繊細さにはほど遠く、粗野で遠慮のない刺激だ。それによって彼女の体を意のままにあやつっていた。

「お願い……」フィリッパはすすり泣いた。甘えた泣き声が自分のものとは思えない。悦楽の高みへといざなう声が聞こえる。絶え間なく訪れる快感の最初のうねりに支配されていた。でも、逃げるなら今をおいてほかにない。弟を探し出して警告するためには、この好機を逃してはいけないのだ。

フィリッパはぎこちない動きで自分の腹部をさぐり、手錠の鉄輪をつけたまま腰を押さえこんでいるネッドの手を見つけた。その手を引きはがして下に押しやり、自由に使えるほうの手が愛撫の魔術をかけている脚のつけ根へと導いた。

一瞬、戸惑っているらしいネッドを、フィリッパは熱っぽく見つめた。その貴族的な顔には汗がにじみ、光っている。だが表情は読みにくい。「お願い……」

「ああ」ネッドはささやき、フィリッパの額にそっとキスした。「わかっているよ」

フィリッパは腰のほうに指をそろそろと伸ばし、対になった手錠の残る片方をさぐりあてた。それをネッドのもう片方の手首に回そうとする前に、横から奪われた。かちり、という音——手錠をはめられたのは自分の手首だった。

8

「なんてことするの、つながれちゃったじゃないの！」

「そうさ」ネッドはくつろいだようすで横向きになって片ひじをつき、手錠でつながれた二人の手を見下ろした。「きみに対抗して奥の手を出させてもらった」

「ひどいわ、卑怯よ！」

「どうして？　これこそ、きみがわたしに対してしようとしていたことじゃないか？」ネッドは物憂げな笑みを浮かべた。だが目は笑っていない。ここで反論しても始まらない、とフィリッパは口をつぐんだ。

「それにこの手錠、我々のあいだでとことん話し合って決着をつければ、簡単にはずせるだろう」

「話し合って決着をつけるですって？」フィリッパは憤然として叫び、寝返りを打ってベッドの端のほうに身を寄せようとした。だがネッドがでんとかまえているので、少ししか動けない。

実際、ネッドは手を伸ばせばフィリッパに触れられる距離にいた。彼女は不自由な手でむき出しの乳房を胴着の中にもとどおり押しこむあいだ、気恥ずかしい思いをしなくてはならなかった。ネッドはその機会を逃さず、偶然を装って指の背で肌に軽く触れてきた。気持ちとはうらはらに、ぞくっとする快感。フィリッパは思わずにらみつけたが、ネッドはあいかわらず物憂げな微笑みをたたえている。

なんとか恥ずかしくない程度に服装をととのえたあと、どうしていいやらわからず、フィリッパは腕を脇に垂らし、ベッドのそばに立ちつくしていた。ネッドはマットレスの端に横になったままだ。

「ご満足のようね?」フィリッパはようやく口を開いた。巧妙にしてやられたことに対する激しい怒りと、絶頂を迎える直前の状態から引き離されたことへの不満があいまって、顔は紅潮し、体はぶるぶる震えていた。一方のネッドは、まるで早足の散歩程度の軽い運動でもこなしたあとのような涼しい顔をしている! それも腹立たしかった。

「いや、満足にはほど遠いよ」ネッドは意味ありげに自分の股間へ目を走らせた。「だが、ごそごそやって手錠のありかをさぐっていたのはきみだよ、ピップ。意図が見えすいていたからね。少しばかり……みだらな体験にのめりこみすぎたようだが?」

「なんていやな人」

「大当たり、というわけか」

「それが何よ? あなたはわたしにみだらな体験をさせて感じさせる力を持っているにすぎないでしょ。放蕩者の仲間うちで、この手の偉業に対してメダルを授与する習慣でもできたの？　それともあなた、単に新記録を樹立しようとしているだけ？　いったい今までに何人、トレコームの女性を誘惑したあと途中で放り出して、こんな目にあわせたの？」

しゃべりながらも、ネッドの非を責める自分の口調が、自分をなじった彼そっくりなのに気づいていた。こんな状況でなければおかしくて笑ってしまうところだが、とてもそんな気分にはなれない。体じゅうが熱かった。肌がぴんと張り、心はごく単純な、満たされない欲望と格闘していた。

単純？　今のこの状況には単純なところなどひとつもない。複雑な感情と、それと矛盾する欲求が交錯した泥沼にはまり、フィリッパはいらだち、あがいていた。

「最後までいかせてほしいのなら、喜んで協力するよ」ネッドはあざけりをこめた身ぶりでかたわらのマットレスを叩いた。

二人が手錠でつながれているのを一瞬忘れ、向きを変えて歩き出そうとしたフィリッパは、たちまち鎖に阻まれた。押し殺したような声を出して振り返り、いまいましい鎖を思いきり力をこめてたぐり寄せる。急に腕を引っぱられた勢いでネッドはばたりとあおむけに倒れた。心底驚いた表情がなんとも言えず滑稽で、フィリッパはしてやったり、と勝ちほこった笑い声をあげた。珍しく優位に立てた瞬間だった。実のところ今夜は、フィリッパの侵入に気づいて目を開けたあのときから、ネッドがずっと優勢を保っていたからだ。

ネッドはすばやく振り向いた。緑の目に危険な光をたたえ、確かな意図を持ってベッドからゆっくり起き上がると、目の前に立ちはだかった。だがフィリッパにはもう、怖いものなどなかった。

「あら、どうするの？」フィリッパはあざ笑った。「殴るつもり？　キスするつもり？　それともまた責めたいのかしら、わたしにとって誰よりも大切な、あの――」

ネッドは急いで手を伸ばし、フィリッパの口をふさいだ。「やめてくれ。お願いだ」

その手をもぎ離してフィリッパは腹立たしげに叫んだ。「やめてって、何を？」

「やつの名前を言うな。聞きたくない。耐えられないんだ」ネッドの言葉には真剣味が感じられた。我慢の限界にきているのか、慎重に作りあげた冷静沈着な仮面が消えて、苦悩の表情を浮かべている。素顔をさらした彼は無防備で、傷つきやすくなっているように見えた。

わからない。耐えられないって、どういう意味かしら？　フィリッパは戸惑った。だがこのとき初めて、二人が別れたことによってネッドも同じようにつらい思いをしてきたという事実に気づいた。わたしはけっきょく、彼を傷つけたというわけね。そう思ったところで、愉快な気持ちにはなれなかった。

ネッドは近づいてきて手を上げると手首を返し、指の背でフィリッパの頰を優しく撫でた。

「ああ、ピップ」低くつぶやき、苦しげな表情でフィリッパの顔の上に視線をさまよわせる。

「わたしがどこまで耐えられると思っているんだ？」

頼りなげに震える手の感触が新鮮で心地よかった。フィリッパは思わず目を閉じた。「言っている意味がわからないわ」

顔のすぐ近くでネッドが頭を低く垂れたのがわかった。頰や首にかかる温かい息。まるで肌の匂いを追いながら、フィリッパの顔をたどっているかのようだ。「きみはわたしにその体を味わわせ、触れさせて悦びを得ておいて、ここでどうして平気で彼の名前を出せるんだ?」

その言葉はほとんど耳に入らず、フィリッパは今までに経験したことのない刺激に酔いしれていた。穏やかな欲求を呼びさます鮮烈で甘美な感覚にため息をつく。目を閉じたまま頭を傾けると、頰がネッドの唇に当たった。彼はよけずに、頰に優しく熱く口づけた。

「感じているのは、情欲だけじゃないだろう」こめかみのあたりでネッドの声がする。その長い指は、フィリッパの二の腕を下から円を描くように撫でている。「ただ欲望が満たされればいいというものじゃないはずだ」

わざわざ念押しされなくても、ネッドがどう考えていようとも、フィリッパは自分の心のありようをよくわかっていた。わたしは真っ正直に生きてきた。自らの心を欺くすべなど持ち合わせたことがない。

「神に誓ってもいい。きみはきっと、わたしを愛するようになる。かならずだ」ネッドは言った。

自分を守ろうという意識はすでに失せていた。苦悩に満ちたネッドの声を聞くに堪えなくて、フィリッパはささやいた。「もう、愛しているわ」

腕にかかった指がぴくりと引きつるように動き、力がこめられた。「からかうんじゃない」

はっとして目を開けると、ネッドはうなだれ、視線をさまよわせていた。「嘘を言うな。

気持ちのことでは嘘をつかないでくれ。きみは二人の男を同時に愛せる女じゃないだろう」

「そうよ。同時に愛したことはないわ、一度も」

混乱し、戸惑った表情。ネッドは急に腕を下ろし、自由になるほうの手で髪をかきあげて、不安げな目でフィリッパを見た。

「すまない、取り乱してしまったようだ。でもとにかく、啞然としているんだよ。どうしたらそんなに急に、愛する相手が変わるんだ？　ちょっと都合がよすぎないか？」

「こっちだって、何がなんだかわからないわ」腹立たしくなってフィリッパは言い返した。

「大切に思う相手が、そうころころ変わるわけが――」そのときジョンのことを思い出して顔が赤くなった。ネッドを愛していると言ったのは、弟を救いたいがための嘘だと思われたにちがいない。

フィリッパが頰を赤らめるのを見た瞬間、ネッドは後ずさりした。無表情になっている。激しく上下する胸の動きがなければ、彼が衝撃を受けていることに気づかなかっただろう。人間というのはおかしなものだ。いつも感情に翻弄されるフィリッパが、感情を制するすべを完全に身につけているネッドにこれほど惹かれるとは。

いや、身につけているように思えただけかもしれない。ネッドも感情に左右されることがあるのだ。今ならそれがよくわかった。

「どうかお願い、彼を逮捕しないで」フィリッパは静かに言った。

ネッドは天を仰ぎ、心の痛みに耐えるかのように一瞬目を閉じた。「ああ、どうしてそんなことが頼めるんだ？」

「頼むよりほかに、どんな方法があるっていうの？」フィリッパは哀れっぽい声で懇願した。

「わたし、弟を救いたいのに！」

ネッドはフィリッパの腕をつかんで揺さぶった。「あいつはハイエナだぞ、ピップ。悔悟《かいご》の念も何もない——」言いかけて絶句し、目を見張る。「今なんて言った？」

「愛しているわ、ネッド。それは否定しない」フィリッパは手短に言った。「でも、あなたを愛しているからといって、自分にとって大切な人に対する愛情をないがしろにはできない。そんな人間、あなただって軽蔑するでしょう。たった一人の弟なのよ。だからこうやってお願いしているの。あなたなら、わたしにいくらかでも愛情らしきものを——」

「愛情らしきものだって！　そんないいかげんな気持ちじゃないぞ」ネッドはしゃがれ声でさえぎった。

「愛情らしきものを感じてくれていると思ったから」フィリッパは執拗に言い、両手を上げてネッドの引きしまったあごを包んだ。「お願い、弟をつかまえるのをやめて」

「きみは、わたしが追っている相手がジョンだと思いこんでいたのか」ネッドはひとり言のようにつぶやいた。

「わたしだってばかじゃないわ」フィリッパは乾いた笑い声をあげた。「あなたがトレコームへやってきた本当の理由を知ってから考えてみると、思い当たるふしがあったの。ジョンはいつも、なんだかんだと口実をもうけて夜遅くなってから家を空けるし、出所のわからないお金を使っている。村の酒場へ行っては、このあたりではならず者として有名な連中とつるんで無駄な時間を過ごしているんですもの」

フィリッパは真摯なまなざしでネッドの目をのぞきこんだ。「でも、根はいい子なのよ。自分から進んで誰かに危害を加えたりはしないはず。計画的に、情け容赦なくそんなことをするとは思えない。ジョンはただ――」

「頑固で、感情的になりやすくて、無鉄砲なところがある。だが信義に厚く、勇敢で、誇り高い人間だ」ネッドがあとを補った。いつのまにか片手をフィリッパの背中に回し、抱き寄せていた。

「そのとおりよ」

「わたしが捕らえるつもりだったのはジョンじゃないよ、ピップ」

フィリッパは後ろに下がった。「でもあなた、わたしがジョンを守りたいと言ったら怒り出したじゃないの。あざ笑って、ひどいことを――」

「ハル・ミントンと勘違いしたんだ」ネッドはさえぎった。「きみが守りたがっている〝愛する人〟は、ハル・ミントンのことだと思いこんでいた。つまり――」

フィリッパは身を振りほどこうとしたが、ネッドに阻まれた。「まさか、ハル・ミントンとわたしが恋人どうしだと思っていたの！」

「そういうふうに聞こえたんだ」

フィリッパは今夜のできごとと二人が交わした会話の記憶をたどった。そういえば、わたしはジョンの名前を一度も出さなかったけれど、ネッドは何度かハル・ミントンについて触れていた。でもわたしはミントンにまったく興味がないから、つい聞き流してしまった。それにパーティでは、ミントンと一緒にいるところを何度かネッドに見せびらかしたわ。

そうか。だからネッドは勘違いしたんだわ。会話を続けるうちに、お互いに誤解していったというわけね。「わたし、ハル・ミントンなんかなんとも思っていないわ」

「よかった」そのひと言で、ネッドがいかに嫉妬心を抱いていたかがわかった。「ミントンは密輸組織の首謀者で、わたしの任務はやつらを捕らえることなんだ」

「そうだったの」とフィリッパは言った。事実を知った衝撃は消えつつあったが、やがてあることに思いいたった――ネッドが自分の正体と、トレコームへ来た本当の理由を最初に明かしておいてくれさえすれば、何カ月も苦しまずにすんだのだ。それに気づいたフィリッパは、両手で力いっぱいネッドの体を押しのけた。

今夜、ネッドが不意をつかれたのは三度目だった。一歩後ろによろめいた拍子に太ももの裏側をベッドの端にぶつけ、マットレスの上にあおむけに転がった。その姿を見てフィリッパは溜飲が下がる思いがしたが、それも一瞬のことだった。二人は手首のところでつながれているため、たちまちフィリッパも引っぱられて倒れこみ、上からネッドの胸に飛びこむ形となった。

目に入った髪を振り払いながら身を起こしたフィリッパは、手をネッドの体の両側について彼をにらみつけ、なじるような口調で言った。

「自分の正体を打ち明けてくれてもよかったのに！　いえ、そうすべきだったわ！　何も話してくれないから、わたしはてっきりあなたが――ちょっと、何するの！」

ネッドはフィリッパの顔にかかった髪をそっと払いのけた。うつろな目をしてごくりとつばを飲みこむ。「話せなかったんだ」息苦しそうな声だった。「ピップ、はっきり言おう。ときには正直すぎるほどに正直なきみのことだ、ハル・ミントンが密輸にかかわっていると知ったが最後、その秘密を守れないだろう。太陽が輝くのをやめられないのと同じさ」

「それはあんまりな言い方じゃない」フィリッパはむきになって反論した。「わたし、秘密を守ると誓ったら、誓いは守り抜くわよ。絶対に人にしゃべったりしないわ」

ネッドはうなずいた。無理やり意識を集中させようとしているかのような、妙な表情のままだ。「わかっているよ、秘密はひと言ももらさないだろうね。だがこれは信頼する、しないとか、約束を守る、守らないとかの話ではなくて、ピップ、きみという人の本質の話なんだ。秘密を知ったら、すぐ態度に表れるだろう。ミントンに対して批判的な視線を向けたり、痛烈な言葉を浴びせたり、軽蔑を表すしぐさを見せたり」

「どうしてわかるの？」

ネッドはゆがんだ笑みを見せた。無理に微笑んでいるように見える。「どうしてって、わたしも批判的な視線を向けられ、痛烈な言葉を浴びせられ、軽蔑を表すしぐさを見せられたからね。トレコームの人たちがわざわざ教えてくれたよ、きみがどんなにわたしを憎んでいるかを。だが、もっとも信頼できる筋から聞いたところによると、きみはわたしを憎んでいるなどと、誰にも、ひと言も言ったことがないらしいね」

フィリッパは鼻を鳴らした。あいかわらずネッドをにらんでいる。「わたし、そんな程度の低いことはしないもの」

「そうだろう。だがトレコームに住む者は誰もが、きみがわたしをどう思っているか知っている。一度会っただけで、きみには自分の身分や、誰を追っているかを明かすわけにはいかないとわかったよ。明かしてしまったら、この任務だけでなく、部下の命を危険にさらすことになるからね」

ネッドの主張はもっともで、反駁《はんばく》のしようがなかった。考えていることが顔に出やすいたちなのは事実だ。

「とはいうものの」ネッドの呼吸は荒く、短くなっていた。「きみは意外に心のうちを隠すのがうまいな。今の今まで、わたしの任務について知っているとは想像もつかなかったよ」

「それはね、知っていることをあなたに感づかれたくないという強い動機があったからよ」

フィリッパは寛大な気持ちになっていた。自分が優位に立った心地がしていた。ネッドが居心地悪そうにしている理由がようやくわかってきたからだ。わたしがあと少し体を動かしたら、もしかして――あら！　この感触。これじゃ居心地が悪いのも当然だわ。

「実は、あなたに利用されているんじゃないかと疑っていたの。わたしに近づいたのはあくまでジョンを捕まえるための方便だと。だから、あなたの本当の身分をわたしが知っていることに気づかれたら、すぐにジョンが逮捕されてしまうだろうと思った。それで時間稼ぎをしようとしたの。そのあいだに悪事から足を洗うようジョンを説得するつもりで」フィリッパは言葉を切り、目を見開いた。「ああ、なんてことかしら。かわいそうなジョン！　わたし、あの子にずっとお説教ばかりして、ひどく責めてしまったわ！」

「ジョンなら心配いらないよ」ネッドは押し殺した声で言った。腕をついて体を起こしたフィリッパの下半身が、自分の下半身にこすりつけられたからだ。次の瞬間、ネッドは唇を嚙みしめ、困難な仕事に取り組むような表情で彼女の体を持ち上げると、自分の脇に動かした。フィリッパはされるがままになっている。今のところは。

「それでもあなたのしたことって、ちょっとずるい気がするわ」フィリッパは言った。「まずわたしに求愛して、それから――」

「それからは、何もしていないさ」ネッドは険しい顔で言った。「わたしはきみが欲しかった。あのときもそうだったし、今もそうだ。なのにきみはわたしをはねつけた。拒んだのはそちらだよ。その結果、わたしは地獄を経験した。どうだ、そう聞くと気分がいいだろう」

「ええ、悪くない気分ね」

ネッドは笑い声をあげて頭をかがめると、フィリッパの唇に強く短いキスをし、急いで離れた。なぜ離れるの？　フィリッパは眉をひそめた。もっと長く触れてほしかった。さっきからずっとお預けをくわされて、満たされないままでいるのに。ネッドが弟を監獄送りにしないことも、わたしをだますつもりでなかったこともわかったというのに。それに、世間で通用しているしきたりなんか、気にしない。何より重要なのは、わたしがネッドを心から愛していることよ。

フィリッパが体をくねらせてすり寄ると、ネッドはたじろいで身を引いた。

「キスしたくないの？」

ネッドは答えない。が、そのしなやかな体に震えが走った。

こちらには武器があるわ。フィリッパはさりげなく、手錠をかけられた手を自分の腰の反対側にもっていった。当然ながらネッドの手も一緒に引きずられていく。いやなら（この巨大なベッドを動かせるほど力が強いのだから）途中で止めればいいものを、ネッドは止めようとしない。その指がちょうど自分の腰骨に引っかかるところまで来たとき、フィリッパは引くのをやめ、彼に身を寄せた。

「わたし、キスが下手だったかしら？」と訊く。秘められていた女性としての力が全身にみなぎりつつあった。「キスしてくれる、ネッド？」

ネッドの緑のまなざしが注がれている。「からかうのはやめてくれと言っただろう。こんなことを続けていたら、今に取り返しがつかなくなるぞ」張りつめた表情。だが声はさらに緊迫していた。「もう遠慮する必要もなくなったし、これ以上は我慢がきかない」

「あなたが欲しいの」

「わかっている」ネッドの息づかいは荒くなり、胸のなめらかな皮膚が大きく上下している。

「結婚してほしいんだ」

「ええ、いいわ」

ネッドは一瞬はっとして体をそらしたあと、フィリッパの腕をつかんで引き寄せた。「結婚してくれるのか？」明らかに驚いて衝撃を受け、喜びをあらわにしているそのようすに、フィリッパは微笑まずにいられなかった。

「もちろんよ」簡潔に答えた。「結婚するなら、あなたと以外には考えられないわ」

「後悔はさせない、誓うよ」ネッドは熱をこめて言うと、哀愁を帯びた笑みとともにつけ加えた。「週に一度や二度じゃない。何度も、わたしと結婚してよかったと思わせてあげる」

「でも、それまで……」フィリッパは手を伸ばし、ネッドの胸骨にそって人さし指を下へすべらせていく。鼓動する心臓から、引きしまった腹部の筋肉、下腹部に渦巻く柔らかい毛、ズボンの上端の細いベルトへ。いたずらっぽいしぐさでそこに指を引っかけ、中のなめらかな肌に触れる。ネッドはびくりとして身を引いた。

「だめだ」ネッドは必死に言った。「結婚式を挙げるまで待たなくちゃ」

「なぜ？」

目を固くつぶったネッドは、天に向かって懇願するかのように顔を上げた。「ピップ、そんな質問を思いつくのはきみだけだよ」

フィリッパはネッドが目を閉じているのをいいことに身を乗り出して、鎖骨まわりに唇をはわせた。肌は熱くほてって、汗の味がした。そうだわ、今夜、彼もそれなりの試練を経験したのだ――。

ネッドはフィリッパの体をつかんで回転させ、自分が上になった。自由になるほうの手で彼女の頭を抱え、唇を合わせた。荒々しく抑制のない圧力で、体がマットレスに沈む。フィリッパは口を開けてキスに応えた。

太ももに硬くなった大きなものが当たる。ネッドは口をもぎ離し、切迫した声で言った。「待つのがいけない理由は何もないだろう。わたしはそこらのろくでなしとは違うよ、ピップ。きみを愛している。そのことを心に深く刻んでほしいんだ。この愛のあかしとして、どんなしきたりも敬意をもって守りたいと思っている」

熱い思いが伝わってきて、フィリッパの胸は喜びに高鳴った。ネッドは愛の証を見せたいと言っている。でも、そんな〝証明〟なんて要らない。愛されているのはもうよくわかっているから。

「自制心なら、それなりにあるつもりだよ」ネッドは顔をゆがめて言った。

「だったら、わたしが〝ろくでなし〟にならなくちゃね」フィリッパはいたずらっぽい笑みを浮かべて応えると、ズボンの残りのボタンをはずしていった。「今のわたしは、自制心を働かせるなんてとても無理。それに、満足ということでいえば、満たさなくてはならないのは二人の欲求だけよ。わたしから言わせないでちょうだい、ネッド。お願い――」

喉からしぼり出すような声とともに、ネッドは二人をへだてていたズボンとドレスを剝ぎとった。手錠の鎖が二人のあいだを行き来する。「わたしに触れてくれ」

言われたとおり、フィリッパは手を下に伸ばして彼の敏感な部分に指をからめ、その熱っぽさ、大きさをじかに感じた。ネッドは鋭く叫びそうになるのを嚙み殺して耐えている。手の中で屹立しているものの表面はなめらかだ。この硬いものの謎を、フィリッパはあとでじっくり探究するつもりだった。今のところ、二人は数時間前、いや数カ月前に始めたことを終わらせる必要にかられていた。

ネッドはフィリッパの膝をつかんで脚を開かせ、自分の腰の位置まで引き上げた。「きみの中に入りたい。いいね？」

意思を確かめたいのね。緊迫した問いかけに気づかいが感じられる。もしわたしが少しでも痛みや不安の兆候、後悔の念を見せれば、ネッドはそれ以上進むのをやめるだろう——たとえ死ぬほどつらくとも。それを思うとフィリッパはなおさらネッドが欲しくなり、ためらうことなく彼のものを女体の入口へと導いた。ネッドは彼女の両手を握って指と指をからめると、そのまま頭の両脇のマットレスに押しつけた。太古の昔から愛の儀式で行われてきたように、フィリッパは意識して腰を浮かせ、迎え入れる姿勢を示した。

すでにしっとりと潤った部分に、そそり立ったものが少しずつ入っていく。フィリッパは中がゆっくりと押し広げられ、刺激され、満たされるのを感じていた。すごい。なんてすばらしいの。

二人は目と目を合わせた。ネッドはじっと観察していた。顔こそこわばっているが、目は生き生きと輝いて、フィリッパの表情や呼吸の微妙な変化を、筋肉の収縮を正確にとらえている。

「動いてくれ」くぐもった声のつぶやきに応えて、フィリッパは動き出した。ネッドの引きしまった腰に脚をからめ、遠慮がちに腰を揺らす。

鋭い輪郭を持つネッドの顔に、険しい表情がよぎった。衝動を抑えながら自分のものの感触をフィリッパに味わわせ、慣れさせようとしているのだ。だがフィリッパは、そんな抑制など要らなかった。愛の営みとは、抑えきれない力をぶつけ合い、与え合うということではないのか。奪ってほしかった。すべてを捧げたかった。

「動いて」フィリッパはささやき、下半身を激しく揺らした。ネッドが身震いした。

「中で、動いてほしいの」フィリッパは腰を突き上げ、さらに結合を深めた。ネッドは歯を食いしばってうめき声をあげたかと思うと、急に二人の手を彼女の臀部にもっていった。そして腰の側面をしっかりつかんで引き上げ、深く、激しく突き入れはじめた。フィリッパの全身を鮮烈な刺激がかけめぐった。快感が尽きることなく湧いてきて、太ものの奥にたまっていく。

幾度となくくり返される荒々しい侵入の感覚と、征服される悦びに、フィリッパは酔いしれた。持ち上げられて抱えこまれ、貫かれて、まったく予測のつかない世界への道を上りはじめていた。大理石のように硬く、熱く、疲れを知らないネッドの体が、求めていたものを与えてくれた。二人はひとつになって動いた。強まる快感に肉のひだが収縮する。フィリッパは悦びに溺れ、さらなる高みに上りつめるときを待ち望んでいた。

あと少し。手が届きそうで届かない、燃えさかる星まで、もう少し。フィリッパはもがいた。陶酔感の最高潮を求めて、全身が張りつめていた。まぶたを固く閉じて、渦巻く闇の中で光が炸裂する瞬間を迎える……ああ、そう、そうよ！

快感が逆巻く波のごとく次々と押し寄せてあふれ、五感を、肌を、体のすみずみを満たしていった。芯を揺さぶられるような悦びに貫かれてフィリッパはのけぞり、背を弓なりにした。すすり泣き、彼のわき腹に爪を立てる。全身が震え出していた。


ネッドは爆発しそうになりながら耐えていた。二人で同じ律動を刻んでいるあいだに歯を食いしばり、フィリッパの快感の高まりを確かめ、絶頂に達した瞬間を感じとって、その甘美な饗宴を分かち合った。だが自分はまだだ、と必死でこらえていた。彼女の内部のけいれんによって締めつけられたあと、ようやく収縮がおさまりつつあると確信が持てるまで待った。そこで初めて、自らの興奮を解き放ったのだった。

絶頂は突然に訪れた。焼けつくような、えもいわれぬ刺激。あまりの強烈さにネッドはあえぎ、彼女の体をきつく抱きしめ、喉の奥からうなり声をしぼり出した。果てたあとネッドはフィリッパの上に倒れこみ、首のくぼみに顔をうずめて柔肌を味わった。彼女の腕が首に巻きつき、鎖骨の上あたりに唇が押しあてられた。「愛しているわ」ネッドは天にも昇る心地でそのささやきを聞いた。

9

いつのまにか夜が明け、朝になっていた。数カ月分の怒りと傷心は、二人の激しい愛の営みによって燃えつきた。そんな中、扉を軽く叩く音がネッドの耳に入ったこと自体、奇跡だった。とはいえ、かすかな音で目覚めたのも無理はない。守るべきものがあるからだ。

ネッドはベッドの脇に立ち、自分の体を盾にしてフィリッパの姿を隠した。「誰だ?」

「ジョン・ジョーンズです、大尉」

「ジョンか?」

ネッドはさっと振り返った。フィリッパはシーツと毛布にくるまっていた。髪は乱れ、このうえなく魅惑的だ。黒々とした目を大きく見開いて、もの問いたげにこちらを見上げている。

その唇に指を触れてネッドは低い声で言った。「しっ、静かに。きみは人になんと言われようとかまわないんだろうが、わたしは、きみの名前が噂になって言いふらされるのは耐えられない。いざ決闘になっても、剣の腕がなまっているから困る」

フィリッパは眉間にしわを寄せた。この美しくて強情な娘は、何も言わずに異議を唱えている。

「ご無事を確かめにまいりました。大丈夫ですか？」扉の向こうからジョンの声が聞こえてきた。

「ああ、わたしは大丈夫だ。捜索はどうなった？」

「はい、大尉、やつを捕らえました」ジョンの声にはまぎれもない誇りがにじんでいた。

「鎖で拘束して、グラストンベリーに移送中です」

「まさか、弟があなたの下で働いていたなんて」フィリッパが言った。

「ああ。だがそれ以上大きな声でしゃべったら、わたしは彼に殺されるぞ。きみは結婚しないうちから未亡人になってしまう」ネッドは警告した。

「どうかなさいましたか、大尉？」ふたたびジョンの声。

「いや、ご苦労だった」

「ありがとうございます。でも、なぜ逮捕の現場にいらっしゃらなかったんです？　やつの居所をつきとめるのにあれだけ苦労されたのに。いや、むしろ、怒りっぽいうちの姉にあれだけ苦労されたのに、と言ったほうがいいですかね」

「もう、あの恥知らずは！」フィリッパは思わず口走った。侮辱された怒りで顔を真っ赤にして起き上がろうとしたが、ネッドに優しく押しとどめられた。

「お姉さんのことをそんなふうに言ったら許さんぞ、ジョン」ネッドは言った。

ジョンは鼻を鳴らした。「おやおや、惚れた弱みですか――いえ、失礼しました、大尉。

しかしなぜ、姉をものにしてしまわないんです、さっさと——」

「もういい。やめなさい、ジョン」ネッドは厳しい声で言った。「後ほど話を聞こう」

ジョンは大げさなため息をついた。「はい大尉、失礼いたしました。それにしても、まれにみる逮捕劇の現場に居合わせられなくて、惜しかったですね。あれを見逃すぐらいですから、さぞかし貴重な経験をなさったんでしょうね」

ネッドはフィリッパを見下ろした。「ああ、貴重な経験だったよ」

「それでは、お邪魔なようですから、あとでご報告します。ただ……」

黒々と光る目でネッドを見上げるフィリッパは頬を赤く染め、両腕を掲げてみせた。

「ただ、なんだ、ジョン？」ネッドはいらだたしげな声を出した。

「ただ、お願いがありまして。大尉はこれから姉に、ご自分の身分と任務について事実を打ち明けられますよね。もっと肝心なのは、わたしの身分と任務についても知らせることになるでしょうが、そのとき、わたしもその場にいさせていただきたいんです。もう半年も姉の説教ばかり聞かされて我慢してきたんですから、それくらいの便宜は図っていただけませんか」

「まあ、そうだな」ネッドは認めた。ふと見るとフィリッパは目を細め、危険な雰囲気を漂わせている。「さあ、ジョン、そろそろ行きたまえ」

「了解しました、大尉」

ネッドは安堵のため息をついて振り返った。フィリッパは起き上がっていた。シーツ類が腰のまわりに寄せてあって、まるで海から上がってきたヴィーナスのようだ。「最高だよ、きみは――」

「ああ、そうでした」またジョンの声が聞こえてきた。「あとひとつだけ、忘れていました」

ネッドはびくりとし、すごい勢いで扉のほうを振り返って怒鳴った。「いったいなんだ？」

「言い忘れたんです。〝おはよう、ピップ姉さん〟っていう挨拶を」それだけ言うとジョンは立ち去った。あとに残されたネッドとフィリッパは顔を見合わせるばかりだ。

しばらくして、ようやくフィリッパが口を開いた。「つまり、今のは」声が妙にかん高くて不自然だ。「わたしたちが結ばれたことに対して、弟が祝福の言葉を述べたっていうことじゃないかしら」

唇がゆがみ、やがて微笑みに変わった。ついにフィリッパは、声をあげて笑い出した。笑っているときのこの娘は実に魅力的だ。そう、ふるいつきたくなるほどに。ネッドは手を差しのべてフィリッパを胸に抱き寄せた。襟足の柔らかい肌に鼻をこすりつけると、夜通し二人をつないでいた鎖が肩のあたりで揺れた。

ネッドは手を離した。フィリッパの唇は誘うように開かれ、黒い瞳は期待に輝いている。

「片手をつながれていてもそれなりに技巧派のわたしだが、両手が自由になったらその実力に驚くぞ」そう言うと上体をかがめて、フィリッパの唇に余韻の残る長いキスをした。

「あら、そう？」

「ああ。さっそくやってみせよう。手錠の鍵はどこだ？」

「鍵？」

ネッドは微笑み、「そうだ、鍵だ」と言ってつながれた二人の手を持ち上げ、鎖をじゃらじゃら鳴らしてみせた。

「鍵！」フィリッパの顔から眠気が吹っ飛び、目は大きく見開かれた。「あなたに見つかるといけないと思って、それで……ゆうべ、窓から投げ捨ててしまったの」

フィリッパはネッドを見上げた。いかにも後悔したふりをしながら、少し心配そうでもあった。

「かまわないさ。そのうち小間使いがやってくるだろうから、きみのお節介な弟を呼びにやらせよう。そして、南京錠を切る道具を探してきてくれと頼めばいい」

「でも、それまでわたしたち、どうするの？」

「片手でできる技をもっと練習してもいいね」ネッドは淫靡《いんび》な笑みを浮かべて提案すると、フィリッパのほっそりした腰にたくましい腕を回して引き寄せ、首すじに口づけた。ふたたび求愛が始まるのだろう。「コーンウォール育ちの野生の美女、わたしの大切な黒髪のピップ、きみさえよければの話だがね」

フィリッパはうなずいた。

「以上、マスターソン・ベッドのご紹介でした。ツアーはこれで終わりです。皆さん、こちらへどうぞ……」ローレルは慣れたようすで見学客を一階の小さくこぎれいなギフトショップへ案内した。「これが当館最後のツアーなので、書籍以外の商品はすべて半額になります」明るく微笑む。「どうぞ、たくさんお買い物してくださいね」

「武器も？」ブライアンが訊いた。

ローレルは答えようとしたが、マックスに先を越された。「武器は特にお買い得だよ」

見学客はくすくす笑い、ローレルはマックスをにらみつけた。なぜあとをついてきたのか、問いただしてやりたかった。でもその答えはわかりきっている。要するにわたしを悩ませるために、できることはすべてやりたいのだ。その意味では大成功としか言いようがない。

見学客は店内に散らばり、ローレルはその世話に追われた。

「このTシャツ、違うサイズあります？」メガンがXLを掲げてみせた。

「今、棚に出ているもので全部なんです」ローレルは答えた。

ストラドリング夫人は車のバンパーステッカーと鉛筆を手にしている。ブライアンはさっそくガラス天板の陳列ケースに入った剣や戦闘用の斧を見に行った。やがて母親がそばに来ると、それらの武器が自分にとっていかに必要であるかを熱心に訴えた。

あらためて見学客たちのようすを眺めたローレルは、こみあげてくるもので胸がつまった。**これが最後のツアーなのね。**マスターソン・マナーハウスに住んで一年あまりのあいだに、ローレルは展示品の目録を作ったり、大昔の貴重な日記を発見したり、旧トレコーム領内の考古遺跡を訪れたりした。日に一度はマナーハウスの見学ツアーの案内役をつとめ、訪れる人々に部屋や家具を見せながら、英国の片隅にあるこの村の歴史を理解してもらおうと努力した。

それもう、今日で終わりだった。バリー夫妻はマナーハウスを売却し、新しい住人となる所有者は定住先としてここに移り住むつもりがないばかりか、ツアーの中止も決定した。ローレルがバリー夫人に、ここで研究を続けさせてもらうわけにはいかないかと尋ねたとき、夫人は首を振った。今度の所有者は、マスターソン・マナーハウスを別荘として使いたい意向が強いのだという。

古い建物だけにつねに修理や手入れが必要であり、維持していくのは容易ではない。見学ツアーの収入なしでやっていけるのかと疑問に思いたくなるが、新しい所有者は裕福らしかった。というわけでローレルは現実と向き合わざるをえなくなった。ここでの仕事はもう終わりだ。歴史研究の対象となる場所の近くで職を探さなくてはならない。

「これ、この領地全体の模型かしら？」ガラス越しに立体縮尺模型を見ていたミス・ファーガソンが訊いた。

「そうです」ローレルは急いで彼女のそばへ行き、敷地の北東角を指さした。「これがマナーハウス。今、わたしたちがいるところです」

「幽霊が出たりしません？」

勢いこんで訊くストラドリング夫人にローレルは笑顔で言った。「残念ながら出ませんね。わたしの研究によると、このマナーハウスの住人は皆、健康で幸せな一生を送ったようです」

「まあ、そうなの」ストラドリング夫人はがっかりして目を伏せた。

「海を見下ろす崖の上にマスターソン城址があります。城壁はその昔、クロムウェル率いる議会軍の砲弾でほぼ全壊しました。そのうえ、コーンウォール地方の自然にさらされて風化していますが」ミス・ファーガソンが口をはさむ前に、ローレルはつけ加えた。「城址へはこのあと観光バスが皆さんをお連れします」

「よかった、行ってみたかったの。お城が好きだから」ミス・ファーガソンは快活に言った。

「といっても、見るべきものはあまりないんですけれどね」頭のてっぺんで髪をとめたクリップからこぼれ落ちてきた強情なおくれ毛を元どおり押しこむと、ローレルは立体模型の説明に戻り、マナーハウス近くの集落を指さした。「それがトレコーム村です」

曲がりくねった村道をじっと見ていたストラドリング夫人は言った。「絵になるわね」

ブライアンはマナーハウスからそう遠くないところにある四角形をした小高い丘に目をと

め、ガラスに指を押しつけた。「これ、なんですか？」

「中世の大修道院の跡です。国王ヘンリー八世の命で廃止され、聖職者たちは散り散りになりました。それまでカトリック教会だった建物は当然ながら英国国教会となり、今日にいたるまでゴシック建築の典型であるその美しい姿をとどめています」

「今でもまだ使われてるっていうこと？」

「もちろん。毎日曜日、エリス牧師が礼拝を行っています。教会で発見された美術品の一部は、館内に展示されています。マスターソン・ベッドが置いてある部屋には聖アルビオン大修道院の十字架、大広間に聖遺物箱、雪花石膏《アラバスター》の花瓶は書斎でごらんにいれました」

まあ、いや。まただわ。

ジョンがメガンの首に腕を回し、ただキスしたいからというだけの理由で彼女の額にキスしていた。

メガンは目を閉じて唇を突き出す。

お願いだから、やめて。ローレルは思った。けっして二人をうらやんでいるのではない。ただ、場にふさわしくないからだ……ギフトショップであんなことをするなんて。

心の中の訴えがきいたのか、二人はドアから外へそっと出ていった。ローレルはほっとして肩を落とした。

「聖遺物箱はすばらしかったわ」ミス・ファーガソンが言った。「でも、箱のふたにはめこまれた宝石を盗むなんて、ずうずうしいったらないわね」

マックスが皮肉をこめた声で言った。「どうせ誰かが放蕩三昧のあげく、家計を支えるために売りさばいたんだろう」

「マスターソン家の人々は高潔で立派な一族でした」ローレルは言い返した。

「全員そうだった?」マックスの目が輝いた。「ろくでなしは一人も出なかったっていうことかな?」

ローレルは身の毛がよだつ思いがした。

急にマックスが我慢のならない存在に思えてきた。板張りの床をどかどかと歩きまわる大きな足。工具を器用にあやつって配管を修理したり、モデムケーブルを設置したりして、マナーハウスのさまざまな仕事をこなす大きな手。ローレルぐらいの身長の女性が頬を休めるのにちょうどよい高さにある広い肩。ブルージーンズがひきたつ引きしまった臀部。黄褐色の豊かな髪、やや曲がった鼻、心からの笑みなど浮かべられそうにない気難しい唇。若い女性なら心惹かれずにはいられない緑の瞳。

マックスは、どんな因果でこのマナーハウスへやってきたにしろ、いやいや流れ着いたというわけではないだろう。彼本人が、自分は逃げ出すような人間じゃない、運は自ら切り開くと言っていたではないか。

その点ではわたしも同じく、運は自分で切り開く。このいやな男とその挑発的な物言いに我慢しなくてすむようにすればいい。

ローレルは見学客に心のこもった笑顔を見せるとマックスのほうを振り向き、まるでマナーハウスの女主人が農奴を追放するかのような態度で言いわたした。「アシュトンさん、お手伝いいただかなくて結構です。そろそろご自分の仕事に戻られたらいかが」

これでさしものマックスも自分の立場を思い知るはずだった。

だが彼は平気で見返してきた。その微笑みには何かローレルをたじろがせるものがあった。マックスは後ろから近づいてきてローレルの肩に手を回し、その場にいる全員が会話をやめてしまうほど大きな声で言った。「だけどきみ、これが最後のツアーなんだよ。皆さんに正直に話してしまおうじゃないか」興味を抑えきれないといった面持ちの見学客を見わたす。

「実は、ローレルとぼくは婚約していて、結婚する予定なんです」

愛という名の系譜

主要登場人物

ローレル・ホイットニー……………………マスターソン・マナーハウスの学芸員
マックス・アシュトン………………………マスターソン・マナーハウスに雇われた修理工
グレース………………………………………家政婦
ケネス…………………………………………執事

1

マスターソン・マナーハウス、現代

ローレルは憤慨して振り返り、マックスと向かい合った。

彼のモスグリーンの瞳は油断なくこちらのようすをうかがっている。

「わたしたち、婚約なんか、していません」ローレルは一語一語、はっきりと発音した。興味しんしんの見学客が万が一、耳が遠い場合を考えてのことだ。というより、マックスの耳ね。この人、聴力に問題があるにちがいない。だって、わたしは同じことを二週間、言いつづけてきたんですもの。

マックスもまた、一語一語、明瞭に発音した。こんなとき、英国人にはまず太刀打ちできない。「じゃあ、婚約すべきだね」

見学客がはっと息をのんだ。

「ママ、婚約って、あの――」ブライアンが二人を指さした。

「そういう意味だったようよ」プランテ夫人が答えた。

ミス・ファーガソンはノートを取り出すと、何やら走り書きしはじめた。

もう、こんな騒ぎを起こして。ローレルはマックスを殺してやりたかった。「婚約なんかしていません。第一、わたしたちほど共通点の少ない二人もほかにいないでしょう」

「とても重要な共通点がひとつあるじゃないか」マックスは言った。

ローレルは目を細めて彼をにらみつけた。

その場にいる全員が身を乗り出した。

マックスは後ろを身ぶりで示した。「この館だよ」

見学客はあきれ返って息をついた。

「でも、ここももう終わりですから」ローレルはぴしゃりと言った。

外につながるドアが、ばたんと音を立てて閉まった。ジョンとメガンが戻ってきたのだ。ギフトショップにいる人たちの緊張感が伝わったのか、メガンが途中で立ち止まった。ジョンは勢いあまって彼女にぶつかった。

皆が振り返って二人を見た。

ジョンの髪はくしゃくしゃに乱れていた。メガンの唇は腫れあがって、たっぷりキスされたことは明らかだった。二人とも顔を紅潮させて、いかにもばつの悪そうな表情をしている。

今の今まで、外でキスしていたわけね。ツアーの最中もずっとキスし合い、微笑みを交わし、手を握り合っていた。新婚ほやほやで、愛し合っている二人。

それにひきかえ、わたしはどう？　義理堅い修理工にしつこくからまれ、婚約しているなどという嘘を触れまわられている。
「何かありました？」メガンが訊いた。
「何もありません」ローレルは深呼吸をひとつすると、じっと成り行きを見守る見学客のほうを向き、ガイドらしい威厳のある口調で言った。「これでご案内は終了させていただきます。バスが外で待っていますので、どうぞ」きびきびとした足取りで出口へ向かい、ドアを開けて、ツアーの最後にいつもつけ加える挨拶で締めくくった。「とても気持ちのいい夏の夜ですね。皆さん、夕食をごゆっくりお楽しみください。この後の英国滞在もすばらしいものになりますよう祈っています」話しながらバスのほうへ向かうと、見学客はぞろぞろとついてきた。気をつかってそれ以上の質問はしてこない――とはいえ、皆の目は好奇心にらんらんと輝いていた。

だがその好奇心は満たされそうになかった。マックスは賢明にも館内に残っていたので、ローレルは一人で観光バスを見送った。きびすを返し、背の高い白い建物をあらためて見上げる。マスターソン・マナーハウスは美しかった。ここでなら残りの人生、幸せに暮らしていけると思える場所だ。でもそれはかなわぬことだった。だからこそローレルは、最後の数週間を、この館とその歴史と向き合い、静かに交流しながら過ごしたいと思っていた。

ところがあのいまいましい修理工、マックス・アシュトンのおかげですべてが台無しになり、静かな交流はとうてい望めそうになかった。ローレルの心の平安にとってマックスは脅威だった。だがそれも全部自分が招いたことだからしかたがない、と自らに言いきかせる。

だからといって、憤懣やるかたない気持ちが消えたわけではない。

大またでギフトショップへ戻ると、ドアを後ろ手でばたんと閉めた。あいにくなことに、せっかくの大胆な意思表示もマックスには届かなかった。ローレルの怒りの矛先を避けるため、どこかへ逃げてしまったらしい。

いかにも彼らしいやり方だわ。人の心をかき乱しておいてあとはほったらかし、煮つまるままにまかせようというわけね。でも今回は逃がさない。話し合って、けりをつけてやる。

ドアに鍵をかけ、照明を消してから、マックスがいそうなところへ向かう。今ごろあの主寝室で、お気に入りの工具を手に作業を続けているはずだ。

だが寝室へ行ってみると、作業もせずにベルベットのベッドカバーの上に長々と寝そべっているマックスがいた。頭の後ろで手を組み、目を閉じてじっとしている。大柄で筋骨たくましく、色黒で毛深い、目の上のたんこぶのような存在。出ていくよう何度もうながしたのに、いまだにこの館に居座っている。

ひとつの時代の終わりを迎えたマスターソン・マナーハウスで、ローレルはしんみりと郷愁に浸っていてしかるべきだった。なのに今、言葉が思うように出てこないほどいきり立っている。「ブーツをはいた足をベッドカバーにのせないで。さっさとどいてちょうだい」

マックスは目を閉じたまま、形のよい唇に愉快そうな笑みを浮かべた。「うちのおふくろみたいな言い方だな」

「ベッドから下りなさい、今すぐ」

マックスは長いまつ毛を上げて目を開くと、まるで誘惑するような熱のこもったまなざしを向けてきた。ローレルの頭に、ある瞬間の記憶がまざまざとよみがえってきた。あのときもそうだった。ちょうどこんなふうに見つめられて、わたしは彼の胸に飛びこんでいったのだった。そうよ、まるで崖から身を投げる野ネズミみたいに。

だがそんな皮肉も、全身に熱っぽさが広がるのを防ぐことはできなかった。頬は赤らみ、胸は張りつめてうずきはじめた。うずきは体内の奥深くでさらに強くなり、いくら無視しようとしてもいっこうにおさまらない。体が彼を求めていた。

とはいえローレルは体だけでなく、頭も心もそなわっている人間だ。トラブルの種が微動だにせず目の前に横たわっていることを認識できる理性があった。「ベッドから下りなさい」ベッドから追い出すことになぜそんなにこだわるのか、実はローレルにもわからなかった。もしかしたら、マックスがあまりに居心地よさそうにくつろいで寝転んでいるのを見たからかもしれない。ちょうど中世の騎士が、一日じゅう馬に乗って移動する強行軍を終えたあとでくつろいでいるように。

彼をロマンチックに美化するのはもうやめなければ。それよりこのしゃくの種をなんとかすることに集中しよう。「見学客の前で、よくもあんなことが言えたものね?」

「つまり、事実を述べた、っていう意味だろう?」マックスは体を起こし、両ひじをついている。

「事実じゃないでしょ。婚約はしていないし、なぜあなたが婚約したがっているのかもさっぱりわからない。あなたがわたしと結婚したがる理由なんて、ひとつも思いつかないもの」

マックスはローレルを見ていた。ただじっと見られているだけで、ローレルは神経を尖らせた。「ぼくと結婚してくれないのか?」彼が穏やかに訊く。

ローレルは胃がねじれるような感覚に襲われた。原因は渇望と、そして……いや、渇望だけだ。マックスといるといつもそんな気にさせられる。だからローレルは……近寄りすぎないようちゃんと用心している。体の大きさと力強さを武器にするのをためらわない男だからだ。「あなた、どうやってこのマナーハウスに雇われたの?」

「バリー夫妻が求人広告で修理工を募集していたのさ」マックスは肩をすくめた。「修理工事ならぼくは超一流だからね」

どうしたらこんな嘘がつけるの? よりによって、わたしの前で? 「修理工として働くためにここへ来たっていうの? どうせじきにブルドーザーで壊されてしまう、古くてどうしようもないこの家に?」

マックスはあたりを見まわした。「だから、修理しているんだよ」

ローレルはいらだちのあまり叫んでしまいそうだった。「皮肉を言っただけよ。当時の美しさを保ったすばらしいマナーハウスなんだから」

「配管設備は、世紀の変わり目のころの古いものだよ。といっても二〇世紀末のことじゃないけどね」

顔に垂れてきたおくれ毛のうち、目にかかったひと束をローレルはふっと吹きとばした。

「人生、配管工事以外にやることはいくらでもあるでしょ」

「でもトイレが壊れてたら、そんなこと言えないだろ」そう言うとマックスは、目の前の現実からふたたび二人の関係の話に戻った。「ぼくがコーンウォールへ来たのは、きみがここにいるからさ」

「まあ、ロマンチックだこと」ローレルは窓際へ行き、腕組みをして外の城を眺めた。「時間さえあればわたし、感心してみせるところだけど」

いかにも英国人らしい、低くて深みのある声でマックスは言う。「どうしてぼくに二度目のチャンスをくれないんだ？」

ローレルはさっと振り向いた。「ひとつには――あなたが修理工じゃないからよ」

「そんなこと、どうしてわかる？」マックスは床に置かれた工具箱を手で示した。「ぼくの仕事ぶりに文句があるのかい？」

「修理工はアンティークを買ったりしないでしょ」実際、二人が出会ったきっかけはアンティークを扱うオークションだった。ローレルは、マスターソン・マナーハウスにもともとあったといわれるヴィクトリア朝時代の化粧台を求めてケントを訪れていた。一方マックスは、特に目当てがあるわけでもなく手当たりしだい買いつけるといった感じで、アンティークのオークションでの入札方法について無知なことははなはだしく、法外な値になるまで競っていた。ついにローレルは見ていられなくなり、助け舟を出した。最初は親切心からだった――そしてけっきょく、〝正直者はばかを見る〟ということわざのとおりになったのだった。

「きみって、俗物《スノッブ》なんだなあ」とマックス。

「もちろん修理工でアンティークを買う人はいるでしょう——でも、あなたが支払っていた価格では絶対に買わないわ」彼はどうやってあれだけのお金を手に入れたのかしら？　なぜ今ごろになってここへ来たの？　そんな疑問に悩まされてじっとしていられず、ローレルはベッドのそばへ歩いていってマックスを見下ろした。

ふたたびベッドに寝そべっている、一八八センチを超える長身。見事に均整のとれた、筋肉質のたくましい体で、自信に満ちあふれている。「修理工事って、かなり実入りがいい仕事なんだよ」

「そんな、嘘ばっかり」ローレルは大げさなしぐさで気持ちを表したかったが、そうすると手がマックスに当たってしまう。ぶってやるという考え方自体は悪くない。ただマックスがこのマナーハウスで働き出してから二週間というもの、ローレルはどんな形であれ彼の体には触れないよう、細心の注意を払っていた。

一方のマックスは、そんな気づかいとは無縁だった。ローレルが立ち上がるときには手を差し出したり、髪をクリップでとめるときには手伝ってくれたり。ちょっとした接触にすぎないし、文句を言うべきふるまいでもないのだが、独り身が長い女性にとってはいらだちを感じたり、どぎまぎさせられたりする行為なのだ。

「わかったよ、本当のことを言おう」マックスは魅惑的に目をしばたたいた。「ぼくは銀行家で、大富豪なんだ」

ローレルは歯ぎしりしたくなった。「極端すぎるわよ。どうせなら、両方のあいだをとったら？」

この痛烈な皮肉を無視して、マックスはローレルのようすを観察していた。反応を試されている気がして、ローレルはまばたきするにも顔をしかめるにも、自意識過剰になってしまう。「ぼくと大富豪の銀行家って、そんなにイメージが合わないかな？」

「ええ。大富豪の銀行家は人当たりがよくて、温厚で、礼儀正しいもの」

「ぼくは礼儀正しくない？」

「よくご存じのとおり、あなたの礼儀作法は非の打ちどころがないわ」

「人当たりがよくて、温厚というのは？」

確かに人当たりが悪いわけでも、温厚でないわけでもない。でもマックスにはどこか自分に厳しいところがある。まるで人生の荒波にもまれてきたかのように、いつも警戒を怠らず、すきがない。銀行家や修理工というより、略奪者のように見えて、それが怖かった。ローレルは慎重に言葉を選びながら言った。「もしあなたが大富豪の銀行家だったら、競合先の銀行を死ぬほど震え上がらせているでしょうね」

マックスは微笑んだ。ゆったりとして温かく満足げな笑みで、ローレルは心惹かれながらも身構えた。「きみは観察力が鋭いね。でも緊張して硬くなってるな。よかったらこのベッドでひと休みしないか？」マックスは頭の上に手を伸ばし、ヘッドボードをつかんだ。「絶対に手を触れたりしないから。約束するよ」

こんなふうに横たわっていると、マックスはよけい背が高く、胸板が厚くて魅力的に見える。骨太の手首は片手では握りきれないほどの太さだ。ローレルは実際に試してみたから知っている。あの夜、彼の体のあちこちに触れ、思いきって大胆にふるまい、自分が上になって男性を愛撫し、探究する喜びに酔いしれた。思い出しただけでも顔が紅潮する。頬全体がきれいに染まるのでなく、肌がまだらに赤くなってしまう、自分でもいやになる色の変化だ。ローレルは、今まで何度も主張してきたことをあらためて言っておこうと思った。

「わたしたち、あかの他人ですから」

「寝たことがあるじゃないか」

「一度だけでしょ!」

「いや、実際には……」

「ひと晩だけよ」ローレルはベッドの支柱を握って揺さぶった。古めかしく堅牢なベッドは微動だにしない。「ひと晩だけの行きずりの関係なんて、恋愛じゃないもの」

マックスの筋肉が盛り上がるのが見えた。危ない、と思ったときにはもう遅く、ウエストに手を回され、ひょいと抱き上げられた。小柄とは言いがたいローレルだが、マックスは軽々と宙に浮かして自分の胸の上を移動させ、ベッドの真ん中にあおむけに転がした。それから体を起こすとローレルの上にのしかかり、男としての存在感を誇示した。

ほれぼれするような顔立ちだった。幅の広い頬骨とがっちりしたあごはいかつく頑固そうだが、口元がなんともいえず魅力的なのだ。形のととのった大きめの口で、唇はふっくらとしている。女性の官能をかならず満足させてくれそうな、色気を感じさせる口。見ていると息が弾んでくるほどだ。そしてあの夜、マックスはやはり期待に応えてくれた。彼の唇になら何時間でもキスしていられる気がした……でも、もしそんなことをしたら、彼によって得られるほかの快楽を味わう機会を逃してしまっただろう。

「ぼくはちゃんとプロポーズしたよ」マックスは言った。

「待って。落ち着く時間をちょうだい」触れられたせいで、ローレルの胸の鼓動は速まり、不規則になっていた。

「まあ、そうだな」官能的な唇が引きしまり、目が真剣になっていた。「確かに人生最高の瞬間とはいかなかったけど、なにしろショックだったからね。まさか、きみがバージン――」

ローレルは手でマックスの唇をふさいだ。「あなた、それぱっかり言ってるわね？　英国じゃバージンがそんなに珍しいわけ？」

「バージンと寝たのは、きみが初めてだったんだ」

「ええ、そうでしょうね。でなければ、あなたはバージンだった別の女性ととっくに結婚していたはずよね」ローレルは寝返りをうって離れようとした。

だが、マックスにしっかりと抱き寄せられた。

「お母さまに教えられたんでしょ、若い娘の純潔を奪ってはいけません、でもその過ちを犯してしまったら、ちゃんと正さなければいけませんよって。だから〝ローレル、結婚してくれるかい？〝っていうことになったわけよね」マックスのせりふをくり返すローレルは辛辣な態度で、身震いするふりをして続けた。「まったく、あのプロポーズはすがすがしかったわ。ああ言われて断るなんて、わたしったらどんな精神状態だったんでしょうね」

「きみのバージンを奪ったことがぼくにとって重大な意味を持っていたからプロポーズしたにちがいない、とは思わなかったのか？」

「思わなかったわね」

「じゃあ、結婚しない決意は変わらない、一歩も譲らない、というんだね」

「一歩でも譲れるとしたら、その一歩はあなたが譲るべきよ」まずいことを言ってしまった。ローレルはすぐに気づき、彼を視界から追い出そうと目を閉じた。

しばらくのあいだマックスは無言だった――感心だわ。ローレルは認めないわけにはいかなかった。だが、次の言葉には驚かされた。「今晩、きみを夕食に誘おうと思って」

ローレルはぱっと目を開けた。「なんですって？」

「きみがデートに応じてくれなければ、ぼくがいかに……きみに協力的か、意欲を見せられないじゃないか」

「お断りよ」

「だったら、ここで一緒にいよう」

しつこい人ね。きっと、〝執拗《パーシステンス》〟というミドルネームを持っているにちがいない。「あのね、わからない？　わたし、あなたに興味ないの」

「もしそれが本心なら、ぼくだってきみをほうっておくさ。でもぼくらにはこれがあるからね」マックスはローレルに急に襲いかかり、独占欲もあらわに熱く口づけた。二人が一緒に過ごしたあの夜、マックスはかぎりない優しさでローレルを初めての経験に導いた。そのおかげでローレルは、彼を求めつづけるようになってしまった――実らぬ思いと知りながら、しゃにむに。

今、マックスは自分が受け入れられるものと確信してローレルの唇を奪っていた。彼女の腰の上に脚をのせておおいかぶさり、舌を口の中に差し入れて味わいつつ、無言のうちに反応を要求している。

ローレルはそれに応えた。応えずにはいられなかった。マックス・アシュトンこそ、自分が待ちつづけていた理想の人だと感じていた。恋人に望むすべてのものをそなえたこの人が、今ここにいる。余裕を感じさせるキス。その動きには迷いがなかった。ローレルの手はマックスの胸から肩へ、そして頭へと移っていく。指にからませた髪の感触は柔らかく、なめらかだ。固く抱き合い、男らしい香りに包まれながら、ローレルは喜びに身を浸していた。体の重みを受けとめて、マットレスとともに静かに沈む。「ああ、ローレル」マックスが唇を重ねたまままつぶやいた。「こんなすばらしいことをあきらめようだなんて、どうして?」

「だってわたしたち、知り合ったばかりじゃない」ローレルはささやいた。でも、この感触、ずっと昔から知っている気がする。なんて温かくて、すてきなの。

「一緒に食事に行こう」

悪くないわ。ローレルは行きたい気持ちになっていた。だが、そのとき……。「あらお二人さん、ここにいらしたのね！」家政婦のグレースがせわしげに入ってきた。ローレルはベッドから飛び起きた。後ろめたさと恥ずかしさでいっぱいだった。「ああ、グレース。何かご用？」

「お茶をどこで召し上がるか、お訊きしようと思ってね——で、この部屋をのぞいてみたら、ちょうどいいときに来合わせちゃったみたいね」やせてはいるが福々しい頰をした老婦人はとがめるように眉をひそめた。グレースは一八〇センチ近くある長身だが、いかにもトレコームに住むおばあちゃんタイプの女性らしく、青い花模様の部屋着にエプロンをつけ、ストッキングを膝のところで丸めてはいていた。

その後ろから執事のケネスがやってきた。「二人とも、お茶はベッドで飲むのがご希望かもしれないね」

グレースは鼻を鳴らして宣言した。「ベッドの上じゃ、お茶はお出ししませんからね」

「グレース、あんたにだってそんな時分があったろう」ケネスはグレースとほぼ同じ身長で、おそらく六〇代後半といったところだろう。だが、年のわりに老けて見える。無精ひげの生えかけた頰にはしわが目立ち、歯には汚れがしみついて、足を踏み出すたびに痛むのではと思わせる歩き方をする。「ま、ずいぶん昔のことだから、思い出せないか」

昔からの宿敵ともいえる二人だけに、このままほうっておくと口論が始まるだろう。「じゃあ、わたし、図書室でお茶をいただくわ。アシュトンさんのお茶は、こちらに運んでくださいな。まだ作業が終わっていないようだから」

「彼女、本当に人使いが荒いんですよ」マックスはグレースに向かって言った。

「ええ、マックスさん、そうでしょうね。でもしかたがないわ。新しいオーナーが引っ越してくる前に、何もかもちゃんとすませておかなくちゃならないんだから、ねえ」グレースは何度もうなずき、あこがれのまなざしでマックスを眺めた——彼がここで働きはじめた初日からずっとそうだったように。マックスは特に努力してグレースのご機嫌をとったわけではない。ドアを開けてあげたり、荷物を運んであげたり、村とマナーハウスのあいだを毎日送り迎えしたりと、いつもの申し分のない礼儀正しさで接しただけで、老婦人の敬愛を勝ちとってしまったのだ。「だからって、仕事ぶりを低く評価されたらたまらないわね。お茶はすぐにこちらへお運びしますわ」

ケネスがローレルとマックスに鋭い一瞥をくれた。「二人はお茶の時間には興味ないと思うよ」

マックスは起き上がった。「もう、やめてください」

ケネスがにらみつけると、マックスも負けずに見下ろした。

執事はふんと鼻を鳴らし、足を引きずりながら部屋を出ていった。

「まあ!」マックスはグレースの新たな尊敬を得たらしい。「マックスさん、たいしたものだわ。ケネスを威嚇できる人って、そうそういないのよ」また、しきりにうなずいている。

「お湯がわいたら、すぐにお茶をお持ちしますからね」

グレースがあわただしく出ていってしまうと、ふたたび二人きりになった。だが今度は、さっきのキスの記憶がある。ローレルはマックスをちらりと見やった。きっと勝ちほこったような、悪賢い目つきをしているにちがいない。だがマックスはそれどころか、捕らえた獲物をひと嚙み味わった狼を思わせるぎらぎらした目でこちらを見つめていた。ローレルを屈服させた最初の兆候だけでは物足りなかったらしい。このぶんでは、すべてが自分の思いどおりになるまで満足しないだろう――ベッドでローレルにしがみつかれ、その体を自分のものにし、薬指に指輪をはめさせるまで。

そうね。確かにわたしは一瞬、弱みを見せてしまったけれど、彼が完全に勝ったわけではない。「ブーツをはいたその足をベッドから下ろしてちょうだい」ローレルは言い放った。「かしこまりました、マダム」立ち上がったマックスはどんどん近づいてくる。ローレルと面と向かい合う位置でようやく足を止めた。やっぱりね。マックス・アシュトンとは、誰かに挑戦状をつきつけられたが最後、絶対に逃げない男だった。きっと逃げるすべを知らないのだろう。

マックスがのしかかるように挑んでくるのを、ローレルは脇によけてかわした。「そして、わたしから離れてちょうだい」

それでもマックスは追ってきた。顔に息がかかるまで身をかがめ、ささやく。「離れないよ、絶対に」

2

「このドアの鍵を閉めて、部屋を出たらすぐに防犯システムのスイッチを入れること」お願いではなかった。マックスは命令していた。

「ええ、いつもそうしているわ」ローレルはもっといらだちを表に出してぴしゃりと言ってやりたかった。だがすぐそばにグレースがいた。老家政婦は敬愛をこめたまなざしでマックスの腕につかまっている。

「ほかのドアと窓に鍵がかかっているかどうか、ぼくがもう全部確認しておきましたから」とマックス。

ローレルはかろうじて最低限の礼儀正しさを保っていた。「ありがとうございました」

「マックスの言うとおりですよ」グレースがさえずるような高音で言う。「身の安全には注意を払わなくちゃね」

「アンティークの安全にも、でしょう」ケネスが喫煙者らしいがらがら声で口をはさんだ。

「あらケネス、展示品がミス・ホイットニーの身の安全より大切なわけがないでしょう。わかってるくせに」グレースは微笑み、ローレルに向かって首を振ってみせた。「男の人って年取ると、本当にぶっきらぼうな物言いをするんだから。でも悪気はないんですからね」

ケネスはぶつぶつ言いながら、足を引きずって歩いていく。

マックスはローレルに目を向けてくり返した。「ドアを閉めること。防犯システムのスイッチを入れること」

ローレルはばたん、と大きな音を立てて中からドアを閉めた。今日はこれで二度目だ。

今回はマックスにも聞こえたはずだった。だが、その満足感も長くは続かなかった。ドアの反対側に立ったマックスは、ボルト錠がかちりと閉まる音を聞くためにわざわざ待っていたのだ。帰ってほしい、とローレルは心から願った。

しかしマックスはなかなか帰ってくれそうになく、また戻ってきた。今日、あと一度でも彼を見かけたら、興奮した猫みたいな声で叫んでやる。ローレルはボルト錠を閉め、防犯システムのスイッチをオンにした。マックスがほかのドアや窓の鍵を施錠してくれたことに感謝しなければ、と自分に言いきかせる。マスターソン・マナーハウスの防犯対策が難しい理由は、入口が四つもあることだった――厨房の使用人用出入口、ギフトショップから屋根付きポーチに出られるドア、ロビーの入口になる正面玄関、そして細長い階段からマスターソン・ベッドのある主寝室に入れるドア。

そのドアをつけたのがマスターソン家の第何代当主だったかは、今となっては誰にもわからない。

とぼとぼと厨房へ向かい、グレースが作っておいてくれた料理を温めながら、ローレルはマックスとのデートについて考えないようつとめた。きっと、おいしい夕食を食べて会話を楽しみ……最終的にはベッドで過ごすことになっただろう。自分にマックスに対する抵抗力がないことはもう証明済みなのだ。それをまた試してみる必要はない。

さっき、あんなふうにキスしなければよかったのだ。わたしときたら、まるでマックスがこの世でただ一人の、いえ、自分にとってただ一人の男性であるかのようにキスしてしまった。初めての男性という意味では事実ではある。でも、それになんの意味がある？　自分が彼にとってただ一人の女性でないのは、火を見るより明らかだというのに。

マックスは過去の恋人について特に話していなかったが、それは秘密にしているだけのことだ。もちろん、今までほかにつき合った女性がいないわけはない。あれだけの顔立ちで、あんな身のこなしの男性だったら、セックスフレンドが山ほどいてもおかしくはない。それでもかまわない……もしマックスがわたしを愛してくれているのなら。だが実際には、彼は単に責任感から結婚しようとしているにすぎないのだ。

今日び、あんな一九世紀みたいな時代錯誤の価値観にとらわれた人がいるなんて、誰が想像できるだろう？　ローレルの友人は皆、男って責任や誠実さなんかへとも思っていないのよ、とこぼす。実際、〝責任〟という言葉を聞いたとたん、あわてて反対方向に逃げ出すのがつねだという。

ローレルだけが幸運にも、例外を発見したらしい。マックスは、女性をまっとうに扱い、とるべき責任をとって結婚するのが正しいとかたくなに信じている。たとえその女性が、プロポーズをあからさまな侮辱と感じたとしても。

まあいいわ。新しい所有者がやってくるまでにあと二週間しかない。そうなったら、ここを出るしかないのだ。ローレルはすでに、身の回りのものの荷造りを始めていた。まもなくどこか、論文執筆に必要な情報がそこそこ入手できて、なんとかなじめそうな場所を探して移り住むことになる。マックスは自分がプロポーズという勇気ある決断をしたと思いこんでいるだろうが、また断られたのだから、自由にわが道を行けばいい。そうすれば、世の中すべてうまくいく。

そう考えると、なぜかローレルの心は沈んだ。

後片づけをし、今一度防犯システムの設定と施錠を確かめ、自分が管理する高価なアンティークの所在確認と収納を終えるころには、外はすっかり暗くなり、ローレルは眠気をおぼえていた。まだ一〇時前で寝るには早いが、最後のツアーを案内したための精神的な疲れが出て、くたくただだった。

それに、マックスとの闘いでいささか動揺したせいもあるのかもしれない。

自分の寝室に入ったローレルは窓際へ行き、カーテンを閉める前に外をのぞいて、城が立っていた崖と自分とのあいだに横たわる暗闇を眺めた。

あっ。息をのみ、窓から身を乗り出す。城址の近くで赤い光がまたたいていた。

警報ランプだわ。以前にもこんなことがあった。

頭の中で衝撃と怒りが渦巻いていた。ローレルは、アンティークなど美術品をねらう犯罪者を憎んでいた。毎年、世界じゅうで何千点という美術品や工芸品が盗難にあい、市場に出回って個人コレクションにおさまっている。二度と日の目を見ることがない品も多い。ここからは何も盗ませない――もう、二度とあんなことが起こらないようにしなくては。

思わず電話に手が伸びる。もちろんこれは……いや、よそう。前回、警察に通報したときはフランク・シェルボーン巡査が応答したが、役立たずどころか、ひどく無礼なことを言われた。当てにならないわ。

ローレルはネイビーブルーのウインドブレーカーをひっつかみ、携帯電話と懐中電灯を手にすると階段を大急ぎで駆け下り、ほとんど真っ暗な中をドアのほうへ向かった。防犯システムを外出モードにし、テラスに出てドアに鍵をかけた。

東の地平線に近い低い位置に半月が出ている。空にはちぎれ雲が広がり、海からそよ風が吹いてくる。

密輸にはおあつらえ向きの夜だ。

そして、密輸をたくらむ者にこっそり近づくにもおあつらえ向きの夜だった、ローレルは城へ向かう野原に入った。岩につま先をぶつけたり、ウサギの巣穴につまずいたりしながらも、闇の中でまたたく赤い光を見すえて歩きつづけた。光は一箇所にとどまっていて動いていないように見える。そして……今度は光がふたつになった。ふたつめの光はまたたかず、一定の明るさで白く輝いている。これも動いていない。

密輸業者たちはもうどこかへ行ってしまったのだろうか？　それとも海に目を向けて、小船が接岸するのを待っているとか？　盗んだ品の受け渡しが行われ、船はまた沖へ出ていくの？

ローレルは携帯電話を握りしめ、マスターソン城の廃墟へつづく小さな丘を上っていった。聞こえるのは波の音だけ。打ち捨てられて寂しげな古い城址は静かだった。トレコームに幽霊がいるとすれば、間違いなくこういうところに住みついていそうだ。

城址に足を踏み入れたが、何も聞こえない。高い石柱の陰に誰か隠れていたらどうする？襲われるかもしれないじゃないの？　考えるだけでぞっとしたが、それでも暗がりの奥へと進んだ。高くそびえる石造りの塔。中世の人々はこれを建てるために岩石を切り出し、形をととのえ、積み上げていったのだ。塔の外壁の一部が崩れて石が地面に散乱し、足場が悪くなっているのは知っていた。がれきのすきまから伸びた草がぼうぼうに茂っている。一歩一歩、慎重に足を運ばなければならない。

東の空に昇った月の光の下、崖の方向に目を凝らしてみるが、人影は見えない。城址の中にも何かが動く気配はない。ローレルは用心しいしい赤い光を目指して歩いていった。光は城壁の内部でまたたいていた。その正体は大型のランプで、草におおわれた小さな丘の上に置かれて点滅していた。もうひとつの光源は懐中電灯で、折れた石柱の上、手が届きそうにない高いところに置いてある。

ローレルは城址の中をくまなく歩きまわったが、何も見つからなかった。人っ子一人いない。確かめてから開けた場所に出る。点滅するランプのところへ行き、スイッチを切ろうと手を伸ばした。密輸業者はもう逃げてしまったのかしら、それとも――。

いきなり首に腕を回された。喉元を締めつけられ、体が宙に浮く。「こいつめ!」

ローレルは悲鳴をあげた。助けて!

次の瞬間、解放された。「ローレル? きみだったのか!」

飛びすさり、相手と向かい合う――マックス! 着地したときに何かにつまずき、ローレルは尻餅をついて倒れた。地面は石ころだらけだ。

すぐに飛んできたマックスがこちらを見下ろしている。赤く点滅する光に照らされた不気味な顔はまるで悪魔だ。「何してるんだ、こんなところで?」彼は静かな声で訊いた。

ローレルも同じ質問をぶつけた。「あなたこそ、こんなところで何してるのよ?」この人、全身黒ずくめで、泥棒みたい……いえ、もしかして、密輸業者?

恐れているものすべてが人間の姿をして現れたかのようだった。

マックスは黒い手袋をはめた手を差し出したが、ローレルはそれを無視して自力で立ち上がった。いつでも逃げられる体勢をとろうとしていた。「なんでこんなところにいるの?」

こちらの意図を感づかれたか、二の腕をつかまれた。「最初に訊いたのはぼくだよ。何しに来たんだ?」

嘘をついてもしょうがない。今逃げても、どうせ追いつかれてつかまってしまう。ここは本当のことを言って、あとは適当にとぼけておくしかない。「怪しい光を見たから」

「怪しい光を見たから、か」マックスは噛みしめるように言ったかと思うと、ローレルの体を引っぱり、壁の陰の暗がりに連れこんだ。ほぼ真っ暗で、見えるものといえば彼の光る目だけだ。「ツアーの客の前で認めてたじゃないか、海岸にはまだ密輸業者がうろついているって。なのに、一人でここへ来たのか?」

「そうよ」

「わざわざ危険をおかして? 国の文化遺産を盗むやつらが許せないから?」

「そういう犯罪者がいるのは事実でしょ!」

マックスは冷たい声できっぱりと言った。「きみにはお仕置きが必要だな。叩いてやる」

「なんですって?」ローレルは痛む尻をさすった。あざになっているにちがいない。「おどかしたのはあなたでしょ。暴力をふるいたいのはこっちだわ」

「もしぼくが密輸業者だったら、どんなことになっていたか」

ローレルは一瞬、たじろいだ。

「おい、冗談じゃないぞ」マックスはローレルの肩をつかんだ。「ぼくが密輸業者だと思ってるのか!」

一語一語、明瞭に発音するクィーンズ・イングリッシュ。見下されたように感じたローレルはかっときて、マックスを押しのけた。

「本当にそうだったら、いい気味だったろうな」マックスは点滅するランプのところへ行ってスイッチを切った。

ローレルはあとからついていった。おかしなことに、一人でいるより彼といるほうが安全な気がしたのだ。

「きみって人は、自衛本能というものがないのか？」マックスは語気荒く言った。

「あるわよ。だからちゃんと……あら、ないわ」ローレルはポケットの中をさぐった。

「どうしたんだ？」

「携帯電話を落としちゃった」

はるか下の海岸に波が打ち寄せる音が聞こえる。あたりには潮の香りが漂っていた。マックスは押し黙っている。その沈黙が怖かった。「もし密輸業者に出くわしたら、携帯電話で助けを呼べるとでも思ったのか？　銃で撃たれて血を流して、死にかかってるときに自分で救急車を呼ぶのか？」

「神経質になりすぎよ」この人、もし本当に泥棒か密輸業者だとしたら、そうとうな役者だわ。それとも実は、アンティークに関するわたしの専門知識に惚れて結婚したくなったとか？

まさか。想像をたくましくするのもいいかげんにしなくちゃ。「わたし、密輸業者を見つけたら、警察に通報しろと言われているの」

「そんなことを教えた頭脳明晰なやつはどこの誰だ？」

「フランク・シェルボーンよ。トレコームの巡査の」

マックスは絶句した。月明かりで見るその顔は、ただ驚いているとしか言いようがない。

「ちょっと待ってくれ。村の巡査がきみに言ったっていうのか？　城址へ行って、密輸業者が何か悪さをしていないか確認して、もしいたら通報しろって？」

「そうよ」

「巡査の言葉を誤解したんだな、きっと」

マックスの勘違いを指摘するのはいい気分だった。「本当よ、間違いないわ。以前、崖の上に怪しい光が見えたって通報したら、ばかにされたの。おおかた月経前症候群《PMS》のせいで幻を見たんだろうって。だから、次はちゃんと確認しろって」

「信じられない」マックスのあきれたような声。

「女だからっていうだけで、あれこれ言われるのよね」

「まあ、いろいろ大変なこともあっただろうね」マックスは腰をかがめて地面から何かを拾い上げ、ローレルに渡した。

なくしたと思っていた携帯電話だった。一瞬、今すぐ警察に通報すべきかどうか迷ったが、役立たずの村の連中よりはマックスといるほうが安全だと判断して、ローレルは携帯電話をウインドブレーカーのポケットに入れた。

「ローレル、本当のことを言ってほしいんだが」マックスはゆっくりと、まるでローレルの知性を疑っているかのように気をつかってしゃべりはじめた。「きみは気づいていたか、マスターソン・マナーハウスのアンティークが密輸業者に盗まれていたことに？」

ローレルがはっと鋭く息を吸いこむ音が、静かな中でよく聞こえた。

「気づいていたんだな」

「でもあなた、どうして知ってるの？」

マックスは城の反対側の端へ向かって歩きながら、海のほうを見ていた。「国際刑事《インター》警察機構《ポール》の情報で」

「インターポール？」ローレルはあわててふたたびポケットの中の携帯電話を探した。月明かりの下、マックスの横顔が浮き上がって見えた。鋭く刻まれた石を思わせる、冷たい顔立ち。「フランスのインターポールに友だちがいるんだ」

「友だちですって？」疑念がふたたび頭をもたげた。懸命にポケットをさぐり、緊急電話番号を押しはじめる。

「オックスフォード大学の同級生だ」

「そこらの修理工かと思ったら、まあ」ローレルはつぶやいた。

「銀行家だって言ったろう」マックスは訂正した。「その同級生のデニスから聞いた話だが、マスターソン・マナーハウスから盗まれたと思われる品物が外国の市場に出回っているというんだ。で、どう対処するつもりかと訊かれた」

ローレルは指先を携帯電話の通話ボタンの上においたまま、ためらった。「その人、なぜあなたに電話してきたの？」

「実を言うとデニスと雑談していて、きみとのことをしゃべったら、どの程度のつき合いか、って訊くんだ」

「それで、婚約しているって言ったのね」それならわかる。「だけど、どの程度のつき合いかなんて、なぜ訊いたのかしら？」

「なぜって、インターポールでは、きみがアンティークを売りとばしているると疑っているからさ」

「わたしが？」きいきい声になっているのに気づいて、声を低くする。「この、わたしが？」

「きみなら所蔵品を持ち出せるし、価値の判断がつくからね」

「まあ、ひどいわ」みぞおちが急に痛くなった。「そんなことしていたら、論文がいつまでたっても完成しないじゃない」

「論文なんて言ってる場合か？」マックスは猛獣を攻撃するかのように食ってかかった。

「濡れ衣を晴らさなきゃ、刑務所行きだぞ」

「ばかなこと言わないでよ。アンティークを売りさばいていたら、今ごろ大金持ちよ。わたしにそんなお金がないのはわかりきってるでしょ」

「儲けた金は隠せるだろう」

「大富豪の銀行家ね」考えてみればケントでのマックスは、休暇中の銀行家に見えないこともなかった。でも、修理工としての腕は確かなのだ。金持ちの銀行家が電気ケーブルの配線のしかたを知っているとは思えない。

とにかくローレルは、マックスの職業については言っていることが信じられなかった。政府の諜報部員かしら？　ケントでわたしのあとをつけて、こちらから話しかけるよう仕向けたのでは？　恐ろしい考えにとらわれて、ローレルは思わずマックスの胸ぐらをつかんだ。

「あなた、わたしを誘惑したのは秘密を知るため？」

「いや、違う。誘惑したのはきみのパンティの中に入りこむためだ」これだけ明瞭なクイーンズ・イングリッシュだと、何を言っても上品に聞こえる。

「あなたって……下品な人ね」ローレルは吐き出すように言ったが、マックスがとても愉快そうなので、かえって妙に安心した。「ということは、スパイじゃないのね？」

「ああ」

「密輸業者でもない？」

「違う。もしぼくが密輸業者だったら……」

その冷たい口調に、ローレルは背すじが寒くなった。「だったら？」

「今ごろ、とっくにきみを崖から突き落としているさ」

ローレルは身震いし、ウインドブレーカーのファスナーを上げた。「あなた、演技がうまいわね」

「想像のしすぎだよ。インディ・ジョーンズの『レイダース／失われた聖櫃《アーク》』じゃあるまいし」

「重要なことだから、いろいろ考えて訊いてるんじゃないの！」

「世界の運命は、一六世紀に作られた聖杯に何が起きたかによって決まるわけじゃない。だけど、ぼくの世界の運命はきみにかかっているんだ」

ローレルはなんと応えていいやらわからなかった。マックスはもしかして、わたしを……

愛しているとほのめかしているの？　以前会ったときは、愛情を抱いているふしは感じられなかった。もちろん友情は示してくれたし、顔や体形もほめてくれた。情熱は……確かに、ベッドでは熱いものがあったわ。でも、愛情表現となると慎重で……マックスに夢中になってしまったローレルには、とうてい妥協できないレベルだった。

マックスはもうひとつの光源である懐中電灯に手を伸ばして明かりを消し、石柱の上から下ろした。「少なくともこれで、きみが容疑者でないことがわかる」

その険しい表情に不安を感じてローレルは訊いた。「どういう意味？」

「きみ一人では、こんな高いところにこれを置けないだろう？」マックスは懐中電灯をバッグの中に入れた。「置いたやつはまず間違いなく男だ。まあ、これ以上探しても、我々以外に誰もいないよ。さあ、マナーハウスへ帰ろう」ローレルは腕をしっかりつかまれ、一緒に先へ進んで草地を横切った。マックスは振り返り、あたり一帯を見まわしている。明らかにウサギの巣穴のありかだけを確認しているのではない。地形を確かめ、マナーハウスの方角に注意を向けながらも、話しかけるときはローレルに集中して会話を続けている。「実のところ、ぼくはけっこう稼ぎがいいんだ」

「そうなの」だけど、そのお金はどうやって稼いでいるの？

「だから、きみには何不自由ない暮らしをさせてあげられる」

ローレルはいらいらして訊いた。「どうして、そっちへ行っちゃうわけ？」

「何が？」

「話をすぐに結婚へもっていくんだから」ローレルは立ち止まり、マックスと向き合った。「二人のあいだに起きたことはあなただけの責任じゃないでしょ。わたし、レイプされたわけじゃないんだから」

マックスは唇を不慣れな笑みの形にゆがめると、頰を指で搔いた。「わかってるよ」

その洗練された深みのある声は真に男らしく余裕があって、聞いているだけでローレルは二人で過ごした夜のことを思い出してしまう。光沢のある柔らかいシーツに身を横たえ、包容力を感じさせる温かい体に抱かれ、男っぽい香りに包まれて、狂おしい情熱と、痛みと、ゆっくり高まっていく欲望と快感を味わった。そして最後には悦びにもだえてうめき声をあげたのだった。あの夜のことを考えるたびに、心のある部分がうずいてたまらず、息ができなくなる。ローレルは彼の胸に飛びこんで懇願したかった。自分の体内で渦巻いている切なくもこのうえない欲求を満たしてほしいと。

だが、それを一度やってみた結果は悲惨なものだった。ローレル・ホイットニーは失敗から学べない人間ではない。「バージンだったから結婚しなければならないなんて、本当にばかげてるわ。わたしたちお互い十分に楽しんで、情熱の一夜を過ごしたでしょ。だから、わたしが初めてだったということ自体、たいした意味はないのよ」ローレルはあごをつんと上げた。「誰にだって、初めてのときはあるわ。マックス・アシュトンさん、あなただってそうでしょ」

「ああ。でも、ぼくの場合は家でだったよ。一人だったし」

あまりに意外な答えに、ローレルの喉の奥から笑い声がもれた。まったく、この人ったらどうなってるの？　こっちが見識張って理路整然と意見を述べたてたというのに、こんな受け答えをして笑わせるなんて。もう、やってられない——だがその一方で、ローレルにはわかっていた。わたしが何を言おうと、どんなに雄弁に自説を主張しようと、マックスは取り合ってくれないにきまっている。男たるもの、純潔を奪った女性とかならず結婚すべし、という古臭い道徳規範を固く信じており、こちらが望もうと望むまいと、あくまで結婚の意志を貫く構えだからだ。

ただ問題は……わたしがそれを望んでいること。

なぜなら、マックスを愛してしまったから。

ローレルは、マスターソン・マナーハウスに向かってふたたび歩き出した。

沈んだ気持ちで、自分がマックスを愛しているという事実を認めていた。そう、愛していなければ寝たりはしなかった。ローレルは、歴史の話にじっと耳を傾けてくれるマックスが好きだった。ホテルの支配人やレストランの給仕長を自然に納得させて従わせる、どこか威厳のある態度が好きだった。服の着こなしも、顔立ちも、体から漂う香りも好きでたまらなかった……こんなこと、もうよそう。このまま考えつづけたら、マックスの胸にすがりついてしまうから。彼は勝ったと思うだろう。わたしは絶対に、処女を失ったからというだけの理由で結婚したりしないんだから。

ローレルはさっと振り返ってマックスを見すえた。「銀行家であれ修理工であれ、わたしはお金のためにあなたと結婚したりしませんから」

マックスはすぐに追いついてきて、またローレルの腕をとった。「わかってるよ。だから
こそきみは、なおさら魅力的なんだ」

「別に、魅力的に見せようとしてるわけじゃないわ！」二人の目の前にマナーハウスが姿を
現した。

「そのわりにきみ、いちいち成功しているよね」マックスはローレルの先に立って玄関まで
導いていく。そこにはさらに色濃く影が広がっていた。

砂利を敷きつめた小道を踏みしめる足音。ハナタバコの花が甘く強い香りを放っている。

二人は玄関前の階段を上がった。

マックスはいつもの落ち着いた声をさらに低くして、「鍵を貸してくれ」と言った。

なぜそう言われたかはわかっていたが、ローレルはポケットから鍵を取り出して応えた。

「ドアの鍵ぐらい自分で開けられるわ」

マックスはローレルの手をつかんだ。「いや、だめだ」

「あのね――」

「さっきのあの赤い光は、もしかしたらきみをマナーハウスからおびき出すためのおとりだ
ったかもしれないんだぞ。泥棒はそのあいだに美術品を盗み出そうという魂胆だ。考えてみ
なかったのか？」

「考えたわ」そのことはさっき城址でマックスに出くわす前に頭をよぎっていた。「今、ま

さに仕事の最中かもしれないわよね。自分たちだけで中に入らないで、警察を呼んだほうがいいかも」

「ぼくだったら、野良犬一匹つかまえるのに村の巡査を呼んだりしないがな」

もうひとつ、別の可能性もあった。「シェルボーン巡査が、泥棒から賄賂をもらっているということも考えられるわ」

「ああ、それもある」

どうやらマックスもすでに疑っていたらしい。だが怖がらせまいとして黙っていたのだろう。常識で考えれば怖い話だからだ。だが、ローレルは怖がるどころか、激怒していた。もしシェルボーン巡査が密輸組織の犯行に加担しているとすれば、なんとしても阻止して、裁きを受けさせなくてはならない。

しかしローレルは、マックスにも同じぐらい激怒し、それ以上にひどく心配していた。

「あなたを先に一人で中に入らせて危ない目にあわせるなんて、できないでしょ?」

マックスは外壁に背中をもたせかけながらローレルのウエストに腕を回し、引き寄せた。二人の体がぴたりと重なる。「かまわないさ。だって、きみは大切な恋人だもの。だからぼくはきみを守る。きみが望もうと望むまいと」

ローレルはマックスの肩に手をおき、その顔を見上げた。

マックスはなんのためらいもなく、受け入れられることにひとすじの疑いも抱かずにキスしてきた。ローレルの唇を開かせつつ、自分はすっかりくつろいでいる。

ローレルは彼を押しのけて逃げようとした――が、どうしようもなく心が乱れて、壁に寄りかかってへたりこんでしまった。キスの味わいがあまりに心地よかったのだ。そう、芳醇なワインやこくのあるケーキや、後先かえりみない情熱のように。マックスはその温かい体で包んでくれた。まるで暖炉の火を思わせる熱さだった。ローレルは彼の胸に乳房を押しつけ、肩に手をかけて愛撫した。

この人のもとを離れてから何週間が経っただろう？　一人寝の寂しいベッドで寝返りをうち、彼に触れられたときの刺激や肌の味わい、何度も絶頂に導いてくれたときの感覚を思い起こしていた。恥ずかしがるローレルを、マックスは大胆に、執拗に攻めたて、彼女のすべてを求め、すべてを受け入れた……あの夜もローレルは、彼の技巧と自らの欲望にからめとられ、翻弄されていたが、今夜もまったく同じだった。

今この瞬間も、その気さえあれば、ローレルの服を脱がせ、壁に押しつけてその体をむさぼっていただろう。

膝がくずおれ、へなへなと座りこんだローレルが、満たされない欲求を抱えた自暴自棄な女に成り果てたとき、マックスは最後にもう一度キスをして言った。「さあ、ぼくに防犯システムの暗証番号を教えて、鍵を貸しなさい」

3

ローレルはまだためらっている。マックスはその体をつかんで揺さぶってやりたかったが、彼女が強要されて従うわけがないことも学びつつあった。自分の思いどおりに事を運ぶのに慣れている人間にとっては、実に厳しい教訓だ。ローレルの頭の両側の壁に手をついて身を乗り出すと、耳元でささやく。「よし、どうしてもというなら一緒に中へ入ろう。ただし、ぼくはわが身をかえりみず、きみを守ることに徹するよ。いいね？」

「ふん」ローレルはマックスの頭を横に押しのけ、彼のシャツのポケットに鍵を落としこんだ。「気をつけて行ってきてよ」

なんだ、ずいぶんあっさり折れるんだな。マックスは拍子抜けした。わが身を犠牲にするとまで言ったのに、引きとめるようすもない。「中へ入ったら、もう二度と出てこられないかもしれないよ」上体を倒し、唇をローレルの唇に近づけていく。「せめて別れのひとときぐらい、楽しませてくれ」

ローレルはひょいとかがんでマックスの腕の下から逃げた。「早く行きなさい」

マックスはにっこり笑った。この娘《こ》のおかげで幸せだ。こんなにいい気分になったのは久しぶり……というより、今までで最高かもしれない。ローレルは頭が切れて、面白くて、情熱的で、いちずに仕事に打ちこんでいる。その情熱といちずな思いのいくらかでも、ぼくに捧げてほしい。マックスはそう願っていた。ローレルをかならず自分のものにする。だがそれより先に、彼女を悩ませている泥棒の正体をつきとめなくては。そいつはマスターソン・マナーハウスの――つまり、ぼくの――美術品を盗み出しているのだから。

そう、マスターソン・マナーハウスはマックスの屋敷だった。だから彼はアンティークのオークションに参加し、ローレルに出会ったのだ。インターポールに勤務する友人のデニスが美術品の密輸組織について警告してきたのもそのためだった。

マックス・アシュトンこそ、マナーハウスを買い取った謎の新しい所有者だった。

子ども時代を過ごした治安の悪い町で身につけた動きで気配を殺してあたりをうかがいながら、マックスはドアの鍵穴に鍵を差しこんで回した。かちりと音がした。鍵がちゃんとかかっていたことがわかり、ひとまず安堵のため息をつく。城址にランプと懐中電灯を置いた人物も、このマナーハウスに忍びこむ時間の余裕はなかったのか……でなければ、別の入口から入りこんだか、だ。中に入って防犯システムの表示盤を確認してみると、ライトが点滅して解除を要求している。何も異状はないようだ。

だがこの防犯システムは設置してから五年は経っており、技術的には最新のものではない。人の侵入時刻が表示され、そのとき撮影されたビデオ映像が見られるしくみになっているといいのだが……そうした機能付きの新しいシステムはすでに注文してあり、引っ越してきしだい取りつけるつもりだった。

　音を立てないように各部屋を見て回って侵入の形跡を探した。誰もいないのを確認してから手袋を脱ぎ、ポケットに突っこんだ。折りたたみ式の携帯電話を開き、ある番号にかける。

　フランスなまりの不機嫌そうな声が応えた。

　マックスはにやりと笑った。「よう、デニス。起こしちゃったかな？」

「マックスか？　なんの用か知らないが、明日まで待てなかったのか？　女の子と一緒で、今忙しいんだよ」

「彼女だってぼくの電話に感謝してくれるさ。きみたちフランス人は、ロマンチックなことになると性急すぎるからな」

　デニスは鼻を鳴らした。いかにもフランス人らしく、表現力豊かな鼻息だ。「そう言うからには、よっぽどいい情報なんだろうな」

「ああ、そのとおりだ」マックスは今夜起きたできごとについて話し出した。城址でランプと懐中電灯を発見し、ローレルにばったり出くわしたこと。密輸業者の気配はもうないこと。一番大切なのはフランク・シェルボーン巡査に関する情報で、密輸業者を自分で探すようローレルにすすめたという巡査の常識はずれの応対について知らせた。

　そのとたん、お楽しみの邪魔をされた不機嫌さも消えうせ、デニスはたちまちプロの捜査官らしい口調になった。「その巡査の名前、もう一度言ってくれ。フランク・シェルボーンだな。彼が防犯システムの暗証番号を知っているかどうかローレルに訊いてみろ。知っていれば、鍵そのものは必要ない。警察官ならピッキングの道具を使ってこじ開けられるし、立場上、やろうと思えば密輸出もできる。うん……なるほど、面白い。もっと調べて明日また連絡するよ」急にちゃめっ気のある声になり、からかうように言う。「シェルボーンが犯人の一味なら、可愛いローレルの容疑は晴れるわけだ。となると、そのうちぼくはきみたちの結婚式で踊ることになるのかな？」

　マックスは答えをためらった。

「だめか《ノン》？」デニスは大声で笑い出した。「やっぱり、きみなんかと結婚するのはごめんだって？」

「うるさい。そんなことはどうでもいいから、シェルボーンについて調べておけよ」

「了解だ」デニスは真面目な声になった。「だが、愛しの彼女から目を離すなよ」

「大丈夫さ。一人にはしておかない」マックスは電話を切り、ローレルのところへ戻ろうと玄関に向かった。デニスめ、人のことだと思って面白がって。あいつにからかわれないよう、一刻も早くこの事件を解決し、安心して落ち着きたい。そうすればローレルとの恋愛だけに集中できる。

　優しくて反抗的で愛すべきローレルは外壁にもたれ、自分の胸をかき抱き、頭を垂れて立っていたが、マックスが明かりをつけるとさっと頭を上げた。

「おいで」マックスはドアを押さえて言った。「中には誰もいなかったよ」

ローレルはほっと安堵のため息をついた。「よかった」

目の前を通りすぎて建物の中へ入っていくローレルを見ながら、マックスはこのうえない満足感に包まれていた。もうすぐ自分のものになる家。その敷居を愛する女性が越えようとしている。そう思うと嬉しさのあまり息苦しくなるほどだ。これがぼくにとってどんな意味を持つか、ローレルはわかっているだろうか。いや、わかっているはずはない。ほとんど何も話していないのだから。

かといってマックスは、言うつもりもなかった。少年時代に経験した苦しみをわざわざ語ろうとは思わない。過去の悲惨な思い出は胸のうちにしまって、現在と未来に目を向けていたかった。いずれローレルも、マックスが自分の職業について本当のことを言っていたとわかって、喜んでくれるだろう。いや、そうでもないか——修理工の妻でも、銀行家の妻になるのと同じぐらいか、もしかしたらもっと幸せになれるかもしれない。というのは、マックスが立場上出席を求められるたぐいの社交行事を、ローレルが楽しむとは思えないからだ。だがどうしても出なくてはならないのなら、彼女に賄賂を贈るしかない。マスターソン・マナーハウスと、それを最盛期の姿に修復するのに必要な資金と、論文に取り組む時間を与えてあげるのだ。

そう、悲惨な過去を語る必要はない。なぜなら、ローレルに軽蔑されるにきまっているからだ。

マックスは、次の犠牲者をねらうドラキュラのような目をしていたらしい。ローレルが思わず後ずさりして訊いた。「どうしてそんな目で見るの?」

マックスは如才なく答えた。「どうしてって、きみがすごくきれいだからさ」

ローレルはあきれたように目を回した。「そりゃそうよね」ウインドブレーカーを脱ぐと、椅子の上にぽいと放った。そしてふるいつきたくなるような女らしいしぐさで、髪を束ねていたクリップをはずした。つやのあるストレートの黒髪がほどけて顔のまわりに落ちかかる。両腕を上げて大きな束をすくいとってねじり、編みこんでいくローレル。そのしなやかな動きに見とれたマックスは、無防備な彼女につけこみたくなった。ウエストに腕を回して引き寄せて、すんなりと長い首にキスし、セーターの下に手を差し入れたら……。

マックスの気持ちなどつゆ知らず、ローレルは髪をまとめ終えて腕を下ろした。「ということは今夜、侵入者はいなかったのね」

妄想を振り払ったマックスは、熟睡したあとの人間のようにしゃきっとしていた。「陳列してあった美術品がごっそりなくなっていたよ」

ローレルは微笑みながら首を振った。「いいえ、大丈夫。少なくとも小さい品はなくなっていないの。実は、自分で動かせるものは片づけて、見えないところにしまってあるのよ」

よかった。「そうだったのか」マックスは笑顔に見惚れながら言った。

「毎晩片づけることにしたのはいつからかというと……」ローレルは階段のほうに向かって歩き出した。「わたし、本当にうかつだったわ。新しいオーナーのために美術品の在庫確認をするまで、盗まれたものがあるのに気づかなかったの」

「というと、三週間前からか」

ローレルはびくっとして振り向いた。「どうして知ってるの？」

「バリー夫妻が工事を依頼してきたのが三週間前だったのさ」マックスは眉をつり上げてとぼけてみせた。「家の修理を依頼するってことは、買い手が見つかったってことだろう？」

ローレルは摂政時代のテーブルにもたれかかり、こちらをしげしげと見ている。長いまつ毛にふちどられた青い目。クリーム色のカシミヤのセーターはゆったりとしているものの、体の曲線をかえってきわだたせている。ネイビーのパンツに包まれた太ももにも、つい目がいってしまう。

どうやら今の答えでは納得できなくて、まだ疑っているな。かわいそうに、誰を信用していいかわからないのだろう。うまくいけば、明日の晩までには真相を知らせてやれるのだが。マックスはローレルのウエストに手を回し、階段のほうに向き直らせた。「しかしアンティークを隠しておくとは、きみも考えたな。たいしたものだ」

ローレルはしかたなく歩きはじめた。「ほかに何ができるっていうの？　バリー夫妻に管理をまかされていたのに、期待を裏切ったんですもの。残っている品だけでも守らなくてはいけないと思って。かけがえのない美術品をあれだけ盗まれてしまったからには、わたしも犯人をつきとめる努力をしなくちゃね」

これは気をつけてかからないといけないぞ。責任感が強い彼女だけに、危険をおかしたあげくに殺されかねない。「鍵を持っていて、防犯システムの暗証番号を知っているのは誰と誰だ？」

「何人もいるわ。バリー夫妻はもちろんだけれど、ケネスとグレースも」

そうだった。この手の盗難には使用人が関わっている場合も多いのだ。「ケネスもグレースもトレコームの住人だし、美術品の置いてある場所も、その値打ちも知っている。帰宅後にここへ戻ってきて、目をつけておいたものを盗み出すのはわけないことだ」

「そんな、ひどいわ!」ローレルの目に怒りがよぎった。「グレースは善良な人よ。お説教が好きなのが玉にきずだけれど──」

「ぼくは説教されたことがないけどね」

「男の人だからよ。グレースはあなたのこと、理想的な男性だと思いこんでるから」ローレルはそういう誤解とは無縁らしい。「ケネスは……そうね、もう年だから、盗みは無理じゃないかしら」

「考えが甘いよ。ほかに合鍵を持っている人は?」

「教会のエリス牧師」

「エリス牧師か。ちょっと考えにくいな。関節炎で歩くのもままならないからね」

階段の下に着くと、ローレルは言った。「合鍵は警察も保管しているわ」

「一番怪しいのは警察だな」

階段を一緒に上るようマックスにうながされたが、ローレルは手すりに手をのせたままそこに立ち止まった。「あなた、どこへ行くつもり?」

「二階だよ」マックスはせかした。

ローレルの目の色が青から冷ややかなグレーに変わった。「だめよ、ついてこないで」

今夜ばかりは思いどおりにさせないぞ。「きみの〝ほぼバージン〟なベッドを守りたいならそれでもいいさ。ただし……万が一、考えが変わったときにはご相談くだされば、もちろん応じますよ」

「ここには泊まらせませんからね」

普段、取締役会で反対を唱える役員を容赦なく黙らせているマックスは、ここぞとばかりにそのお得意の表情をし、低い声で脅しの言葉をささやいた。「きみは盗難に気づいていながら、夜ずうっと一人でここにいたわけだな。そのことでぼくがどんなに怒っているか、わかるか？」

ローレルは最初の一段を上がった。目線をより高くして優位に立とうとするかのようだ。

「もしわたしがこの職を投げ出してしまったら、泥棒は絶対に捕まらないもの」

「それで、自分は無事でいられるっていうのか」一段上にいても、ローレルのほうがまだ低い。マックスは上からのぞきこみ、怒りに燃える目を見せつけた。「この家にある古美術品にどれだけ価値があろうと、きみの身の安全に比べたらなんでもないじゃないか」

「その品があなたのものだったら、そうは思わないはずよ」

マックスは指の関節が白くなるほど手すりを握りしめた。

ローレルはもう一段、上に上がった。

すぐさまあとに続いたマックスは怒り心頭に発していた。彼がオーナーなら、学芸員の命より美術品のほうを優先するだろうと思われたことが悔しくてたまらなかった。

ローレルは後ろ向きのまま、一段、もう一段と上がった。

マックスもどんどん上っていき、ついに二人とも踊り場に着いた。マックスはローレルの肩をつかみ、つま先立ちになるまで体を引き寄せた。警戒心を解かない青い目をまっすぐに見すえて言う。「ぼく用の寝室を用意してくれ。ここへ引っ越してくるから」

4

中世の面影を残すマスターソン・マナーハウスの大広間は、中央棟の幅いっぱいに延びている。どこまでも高い天井、掃除ができないほど高い窓、マックスより背の高い暖炉。東側の窓から朝日が斜めに射しこみ、晩餐用の細長いテーブル全体に光が当たる。ここで毎朝八時きっかりに、ケネスとグレースがローレルに朝食を出すのが決まりになっている。

だが今朝は、いつものように主人席に座るローレルの右隣にマックスが陣取っていた。寝起きはばっちりといった感じで、いやになるほど陽気だ。そりゃそうでしょう、自分の思いどおりに事が運んだんだから。ローレルはひねくれた気持ちになっていた。

「感心しませんね」グレースは両手をエプロンでおおい隠し、背すじをぴんと伸ばしてローレルの椅子のそばに立っていた。「若い男女が、お目付け役もなしに二人きりでここに住むなんて、はしたない。よろしくないわね」

ローレルが応えるより先に、マックスが会話を乗っ取った。「ぼくたち、愛し合ってるんですよ、ミス・グレース。結婚する予定なんです」

否定しようとローレルが口を開きかけると、手を握られ、ぎゅっと絞るようにつかまれた。

マックスは表向き、いかにも愛情あふれる微笑みを浮かべ、ローレルだけに警告の鋭い視線を送っている。初めからこれが彼の計画だったのだ。引っ越してきて、二人が相思相愛で近々結婚の予定だと主張しながら、その実わたしの命を守ろうというわけね。気にくわない。ゆうべもローレルは必死に抗議したのだが、マックスはすごい剣幕で、きみは自分の命を危険にさらしているのがわからないのか、と脅してきた。果敢に抵抗したとはいえ、けっきょく降伏するしかなかった。

今朝はもう、マックスを追い出すのは不可能になっていた。

「わたしが若かったころはね」グレースはまだローレルにお説教をしている。「みんな、結婚式を挙げるまでは一緒に住んだりなんかしませんでしたよ」

お説教を聞いていたらしいケネスが現れた。湯気の立つスコーン入りのバスケットをマックスとローレルのあいだに置き、「あんたの若かったころはモーゼでさえ、はなたれ小僧だったんだろうな」と言うなりのけぞって、しわがれ声で笑った。

「面白い冗談を言うわね」腹立たしげなグレース。「さあ、熱々のスコーンはいかが、マックスさん？」

ローレルは叫びたくなった。この老家政婦は、マックスがここに住むことになった責任がすべてわたしにあるかのように（実際はそうではないのに）責めたてる。その一方で、マックスにまったく罪がないかのように（実際はそうではないのに）食事をすすめている。いったいどうなってるの。

「スグリの実入りのスコーンですね、ミス・グレース」マックスは手を伸ばしてスコーンをひとつ取った。「これ、大好物なんだ」

「そうでしょう。マックスさんのために焼いたんですよ」

「こんなおいしいのは初めてですよ。最高の朝食だなあ」マックスはテーブルの上の料理をほれぼれと眺めた。ソーセージ、オートミール粥、スライスした桃入りのクロテッド・クリーム、銀器に入った手作りのラズベリージャム。「こんなごちそう、母親のところへ帰ったとき以来、見たことがない」

確かに、ローレルも見たことがない。グレースは普段、こんな食事は用意してくれないからだ。

グレースは満面の笑みを浮かべた。「若い男性が食欲旺盛なのって、見ていて気持ちがいいですからね」

「今朝五時半からずっと料理してたんだものな」ケネスがぶつぶつ文句を言っている。「まったく、しょうがないばあさんだ」

グレースはケネスを無視して、ローレルの肩をぽんと叩いた。「ローレルさん、あなたマックスさんをつかまえられたら、ラッキーだわよ。いい男ですもの」

「食欲があるからですか?」ローレルはオートミール粥のボウルに砂糖を振りかけるマックスを見ながら言った。

「この人、弱々しそうなところがひとつもないでしょ。食欲旺盛で、持久力もあるわよね。

精力もありそうだし」グレースは深いため息をついた。「だけど、結婚すればいくらでもできるものを、何も今急いでやらなくてもいいのにねえ」

その言葉に、マックスは桃のスライスを喉に詰まらせた。ケネスが背中をどんどん叩いてやっている。

ローレルはいらだちを抑えられなくなって語気荒く言った。「ラヴェンダー色で統一した寝室があるでしょう。彼にはあの部屋を使ってもらっていますから」

「本当ですよ、ミス・グレース」マックスは手を振ってケネスを下がらせ、ふたたびローレルの手をとると、今度は持ち上げて甲の部分にキスした。「あの部屋をお借りしているんです」

「あなたがそう言えば、納得してもらえるでしょうよ」ローレルはつぶやいた。

ケネスがげらげら笑った。

ゆうべと同じ黒いシャツにジーンズ姿のマックスは、あごに生えた金色の無精ひげを撫でながら言った。「朝のうちに衣類を取りに行かなくちゃ。まだホテルに置いたままだから」

この人ったら、朝は機嫌が悪いとか、口臭がひどいとか、そんな欠点はないの？　だが髪がボサボサに乱れていようと、無精ひげが生えていようと、マックスは憎らしいほどすてきなのだ。

「ローレルさん、憶えておきなさいよ。誘惑というのは、意志の弱い者のところに現れるものなんだから」グレースは宣言した。

本当、そのとおりだわ。ローレルは内心深く同意した。

グレースは銀食器のカバーを取って言った。「マックスさん、地元産の卵を使ったポーチドエッグ、タラの燻製添えはいかが。薬味として生のエストラゴンを入れてあるのよ」

「わあ、すごいな」マックスはまずローレルの皿に卵料理を取り分けてから、自分の皿に盛った。

実はエストラゴンが大嫌いなローレルだが、それを口に出すほどばかではなかった。

「塩漬け豚肉《ガモン》もありますよ。それと、昨夜の残りのキドニー・パイも」グレースがすすめる。

盛りだくさんのメニューと助言の数々にうんざりしながら、ローレルは言った。「グレース、ケネス、どうもありがとう。もう結構よ」二人が部屋を出ていくやいなや、威嚇するような目つきでマックスを見ながら、テーブルの表面をスプーンで激しく叩きはじめた。

「グレースは本当に可愛げのある人だな」とマックス。「ケネスは……ちょっと違うけど」

ローレルは応えずにスプーンを持つ手を動かし、盛大な金属音を鳴らしつづけた。音はベルベットのカーテンにも、アンティークの豪華な絨毯にも、すすけて古めかしい木の梁にも吸収されずにあたりに響きわたった。

「わかったよ」マックスはフォークを置いた。「謝る」

「何に対して？」山ほどある理由のうち、どれについて謝るっていうの？

「きみを怒らせる原因となったことに対してだよ」

それが何かもわかっていやしないくせに。ローレルはなおさら腹が立った。

「グレースが、女より男のほうを好むからだろ」マックスは当てずっぽうで言った。「スグリの実入りのスコーンが嫌いだからだ」

ローレルはスプーンでテーブルをぴしゃりと叩いた。「もう一度考えて、当ててみなさい」

マックスはローレルをまっすぐに見た。「婚約しているって打ち明けたことについては謝らないよ。ゆうべ、二人で合意に達したじゃないか」

「合意になんか達してないわ。あなたが越してくることにしたのは、ただ……わたしの身が危険だと思ったからでしょ」

「一緒にここに住もうと主張するのに、ほかにどんな理由がある？」マックスはにっこり笑った。「きみを誘惑するチャンスを得る以外にどんな理由が？」

その言葉をローレルは黙殺した。性的な誘惑のほのめかしは、いっさい無視しようと固く心に決めていたからだ。「このマナーハウスを守るためにあらゆる手立てを尽くしているんだから、わたしだって安全なはずだわ」

「大切な美術品が盗み出されているんだから、安全じゃないだろう」

ローレルはそれも無視した。マックスとは口論などしないほうがいい。たいていこっちの負けになるのだから。「わたし、ここにあった美術品がどうやって盗まれたのか、不思議でたまらないの。それもあって、ゆうべ外に出て調べてみたのよ」

「まさか、夜外に出るのは泥棒が外国へ行っているあいだだけだから安全よ、なんて言わないでくれよ、ぼくを納得させるために」

口論を避けるつもりだったのも忘れて、ローレルは噛みついた。「あなたを納得させようなんて考えてないわよ、そんなことどうでもいいの。わたしはマスターソン・マナーハウスの管理をまかされているのよ。わたしの管理下で所蔵品がなくなったら、専門家としての信用が台無しじゃない」暗い声で言う。「もう、二度と学芸員の仕事にはつけないわ」

マックスに腕をゆっくりと優しく撫でられて、ローレルの肌があわ立った。

「二人で泥棒を発見したら、きみは密輸組織を壊滅させた歴史研究家として有名になるさ」

そんなふうには考えてみなかった。そうね。この危機を乗り越えれば評判になって、けっきょく仕事にプラスになるかもしれない。マックスの手を振り払い、ローレルはオートミール粥を食べはじめた。

これにはマックスもかちんときたらしく、脅すような低い声になった。「だが、きみは専門家だから、密輸の世界の現状について知識があるはずだ。美術品を手に入れるために人殺しまでするやつらがいることも知っているだろう。それなのにわざわざ自分の身を危険にさらすようなまねをして……」息が荒くなり、目が緑色に光りはじめた。「ぼくがきみの寝室にテントを張ってひと晩じゅう見張ったりしないだけ、運がよかったと思えよ」

ローレルはマックスをまじまじと見た。危険なんかないと言い張れたらいいのに、と願っていた。とはいえ、やはり自分の身に危険が迫っているのは事実だった。ただしそれは泥棒のせいではない。

わたしにとっては、マックスが危険なのだ。

自分でも信じられなかった。マックスにキスしたなんて。そればかりか抱きしめ、胸にすがりついた。彼の舌を受け入れ、自分も積極的に舌を入れた。求婚してくる男性をあきらめさせようとする女性は、普通あんなことはしない。マックスほど決意が固く気力にあふれた人には、これは脈がありそうだと思わせるだけだろう。

マックスのような人は、ローレルが呼吸しているという事実だけで、脈がありそうだと考えかねないのだから。

だめだめ。彼のことを考えるのはもうよそう。

わたしったら、なぜマックスにキスしてしまったの？　抵抗するぐらいの理性は持ち合わせているはずなのに。もちろん一応、抵抗はした。ここ二週間、あの渋い低音の声や、色気を感じさせる緑の瞳を無視しようとつとめてきた。渇望をこめて見つめられて女心をくすぐられても、気にしないようにしていた。

確かに、うまく無視できてはいた……だがそれも、キスするまでのことだった。

心とろけるようなすばらしいキスと、二人で過ごしたケントでの夢のようなひととき。もうこれ以上、考えないようにしなくては。だけど、どうして忘れられる？

特に、マックスも同じことを考えているように思えるからなおさらだ——といっても、もしかしたらわたしの表情が自然にゆるんだのに気づいたのかもしれない。

「ぼくがきみのことを気にかけるからって、責められるいわれはないさ。最初の出会いを思い出してみろよ。あれは絶対に忘れられない。アンティークのオークションで初めて出会ったとき、きみはぼくに、喉をかき切るしぐさをしてみせたじゃないか」

ローレルの口元が思わずほころんだ。「だって、あなたがとてつもない価格にまでつり上げていたんですもの」

「この人、ちょっと頭がおかしいんじゃないい、って言いたげな顔をして、ぼくをじろじろ見てただろう」マックスは含み笑いをした。愛情のこもった低い笑い声だ。それに反応して、ローレルの靴の中でつま先がぴんとそってしまう。

「だって、正気とは思えなかったもの。目をぎらぎらさせて熱くなったあの表情、誰が見ても初めての入札で舞い上がってるってわかるわよ。しかも、あんなろくでもないテーブルクロスに高値をつけて」ローレルは頭を振った。「あれ、五〇年代のものじゃないの！」

「一八五〇年代？」

「一九五〇年代よ。しかもビニール製。当時、ビニール製テーブルクロスがいったい何枚生産されて……」マックスのにやにや笑いに気づき、ローレルはため息をついた。「からかってるんでしょ」

わたしったら、思い出に浸っておしゃべりなんかして、何をやってるの？　きっとマックスの体が発散する匂いのせいだわ。それで決意が鈍って、彼の言うことを受け入れてしまうにちがいない。最近はミント入りシャンプーを使っているらしく、目の前を通りすぎるとミントのほのかな香りが漂う。

でもそれ以上に、マックスの肌自体の匂いにも影響されているのだろう。二人がオークションで出会ったあと骨董品店めぐりをした三日間、ローレルはマックスの胸に顔をうずめてただその匂いを嗅ぎたい気持ちになった。温かく、それでいてさわやかな匂いで、情熱的なセックスをそこはかとなく予感させる、フェロモンのようなもの。この目に見えない化学物質は、彼が性愛の対象にふさわしい候補だという信号を発していて、その信号はすべてわたしに向けられている。

マックスのことをどうすればいい？　ローレルは鼻のつけ根を指でつまみながら考えた。自分はもうすぐマスターソン・マナーハウスを出ていく。だからといってマックスがどこかへ消えてしまうと思うのは間違いだ。彼はわたしを愛していないだろうが、わたしは彼を愛している。危険なのは——彼と結婚すべきではないかと思いはじめている自分がいることだ。こちらが深く愛していれば、そのうち愛してくれるようになるかもしれない、と。

ローレルは顔をしかめた。それこそ離婚するはめになる女性が陥りがちな最大の間違いだ。結婚しさえすれば、自分の力で相手の男性を変えられるという思いこみ。

「スコーンはどうだい」マックスはひときれちぎったスコーンをローレルの口元にもってきてすすめ、口を開けるまで待った。

「おいしいわ」

口をもぐもぐさせながら言うローレルを、マックスは見守っている。自分があげたスコーンを食べているさまを眺めて、妙な満足を感じているかのように。「きみがアンティークについて教えてくれたことはすべて憶えているよ」

ローレルはスコーンを飲みこんだ。「誰かあなたの面倒をみる人がいないといけなかったからよ」

「それがきみでよかったよ」今度は桃をひと切れ食べさせようとする気配。

ローレルはあわててソーセージを口に入れた。

マックスは身を寄せ、小声で話しかけた。「今日ぼくはトレコーム村へ行って、マナーハウスのオーナーに防犯システムの暗証番号と鍵を変えてくれと頼まれた、と触れまわるつもりだ。密輸組織の一味がこれを聞いたら、あせるにちがいない。そこで重要な質問だが――これが最後のチャンスだとしたら、泥棒は何を盗むだろう？」

ローレルは迷わず答えた。「聖アルビオンの十字架ね」輝く十字架を思い描いていた。「重さは相当あるけれど運ぶことは可能だし、ほかの所蔵品と比べると段違いに値打ちの高いものだから」

「じゃあ、なぜ今まで盗まなかったのかな？」

「なくなったらすぐにばれてしまうからよ。マスターソン・ベッドのそばの一番目立つ場所に置いてあって、スポット照明が直接当たっているでしょ」

「わかった」マックスはローレルの頬にかかった髪の房を払いのけた。「十字架は大丈夫だ。約束するよ」

「どうしてそんなことが……？」

「今夜詳しく話すよ。心配しなくていい。期待を裏切るようなことにはならないから。きみの熱い思いはわかってるつもりだ」

警戒心と混乱から、ローレルは身を引いた。

マックスは気づかないふりをしている。「なんだかんだ言って、三日間もオークションや骨董品店めぐりをして一緒に過ごしたからね。歴史や古美術品について語るときのきみの目、いつも情熱にあふれて、きらきら輝いているじゃないか」

愉快そうに言われるとかえって侮辱されたように感じるローレルだった。「だって、わたしはアンティークが何よりも好きだもの。あなたは違うみたいだけど」出会ったときから気になっていた疑問をぶつける。「なのに、なぜアンティークなんか集めようと思ったの？」

「まだぼくのことを密輸業者だと思っているのかい？」

「いいえ。ゆうべ指摘されたとおり、もしそうだったらわたしはとっくに殺されていたわ」

確かにマックスは、ローレルを殺すというより、むしろ食べたがっているように見えた。

マックスはローレルの顔を朝日のほうに傾けた。「何を考えてるんだい？　顔を赤くして、なんだか楽しそうだけど？」

あなたこそ、何を考えているの？　出身はどこ？　ここ二四時間でわかったのは、自分がマックスについてほとんど何も知らないということだった。オークションや骨董品店めぐりをした三日間、マックスはローレル個人のことについていろいろな質問をしてきた。だがいざ自分のことを訊かれると、話をそらすのがつねだった。そして今もまた、同じことをしている。アンティークを収集しているのはなぜ、と訊いたのに、逆に質問してきた。

「でも、わたしがアンティークを好きだからって、盗みをしないと言いきれるのはなぜ?」

「きみにはちゃんとしたモラルがあるからね」

「モラルなら、たいていの人は持ってるでしょ」

「うん……人によっては、一種独特のモラルを持っている場合もある」マックスは椅子にもたれてココアをすすった。「でも、二四歳でバージンというと、英国には何人ぐらいいるだろうね?」

「一人、少なくなったのは確かね」ローレルはそっけなく答えた。

マックスは穏やかに、まるで誘惑するように言った。「ぼくに責任があるんだから、結婚してくれ。正直な気持ちを聞かせてほしい」

ローレルは深く息を吸いこみ、マックスを攻撃しようとした。が、けっきょくいらだたしげなため息を吐き出した。この人ったら、すげなくしても、いやみを言っても、正面攻撃をしても、何をしてもこたえないんだわ。「確かにわたし、正直な人間よ」椅子を押しのけて立ち上がる。「これからもずっとそうあるつもり」

5

「ローレルさん、よろしくないわね。不謹慎ですよ。お母さまがこのことを知ったら、さぞかし驚かれ、嘆かれるでしょうねえ」グレースは別れの挨拶代わりに一席ぶってから、足を引きずりながら村へ向かう道路を歩いていった。老家政婦は二人に夕食を出したあともぐずぐずと残って、マックスを退散させようとありとあらゆる戦術を試したのだった。

当然、マックスにはどれも通用しなかった。

だがグレースの言うことは正しい、とローレルは感じていた。母親が知ったら、さぞかし驚き、嘆くだろう。

ケネスは戸口に立ち、横目で二人を見た。「ばあさんの言うことは気にしないでいいですよ。若い者どうし、二人きりでゆっくり夜を過ごすんですな」ケネスも道路のほうへ向かったが、思い出したように振り返ってつけ加えた。「そうだ。村の連中はみんな、二人のことを噂してますよ」

ローレルはマックスをひじで突いてどかした。肩にのせられた手がはずれたのを見て言う。「結構だこと。わたし、ずっと前から、聖書に出てくる〝大淫婦《だいいんぷ》バビロン〟にあこがれてたのよ」

マックスは鷹揚に言った。「誰もきみのことを大淫婦バビロンだなんて言わないさ」鷹揚すぎて我慢ならない、とローレルは思う。

「グレースはそう考えてるわ」

「まあ……そうだな。だけど、村に住むほかの女性たちは皆、きみはうまくやったと思ってるだろうね」

ローレルは振り向いてマックスを見た。沈む夕日が金褐色の髪を輝かせ、緑の目に美しいモスグリーンの影を落とし、顔に宝石のようなつやを与えている。マックスは微笑んでいた。頬にくぼみが入るいっぷう変わった微笑みで、多くの女性の心をとらえているにちがいない。

「そこがあなたのいいところよね。うぬぼれが不足して困ることなんかないでしょ」

「男たるもの、自分の価値を自覚すべきなんだよ」マックスはローレルの肩にふたたび手を回して引き寄せた。「女性は皆、詰まったトイレを直せる男が好きなんだ」

「そして、銀行も経営できる男よね」

「それもあるな」

ローレルはまた、ひじ鉄をくらわせてやりたくなった。マックスは先に立って廊下を歩いていく。しょっちゅう、自分の行かせたい方向にうまくわたしを誘導している。まるでねらいをつけた牝馬を追い立てる種馬みたいだわ。「今度はどうしようっていうの？」

けんか腰の物言いにマックスは眉をつり上げた。「図書室へ行くのさ。きみは毎晩あそこで過ごしているんだろう？」

もちろんそうだ。だからといってローレルの気はおさまらなかった。今日は一日、マスターソン家関連の文書を調べ、リストを作り、どの日記や史料が自分の論文に最も必要な情報かを洗い出す作業に追われていたので、そろそろ一人でくつろぎたいと思っていたところだ――でも、マックスが同じ屋根の下にいるのに、どうしたらリラックスできるというのだろう？

それに、密輸業者だってそのへんをうろついているかもしれない。彼らのことを忘れていたなんて、とんでもない。

それでも、ドアの内側に一歩足を踏み入れるやいなやローレルは、この図書室のふところに抱かれているような感覚をおぼえた。部屋の四隅と数脚の椅子のそばにそれぞれ置かれたスタンドの明かりをひとつずつつけていく。夜が更けてきた。明るい色のオーク材の書棚に取りつけられた暖色のスポットライトがあたりを照らしている。天井まで届く棚を埋める書物の多くが、ローレルに知識を与えてくれた。蔵書は何千冊にもおよび、埃をかぶった本も、子どもがおばあさんを気づかうように扱わなければならない古い本もある。また、買ったばかりの大人向け痛快フィクションもおさめられている。夜の読書のひとときを楽しむために買い入れたもので、もちろんハリー・ポッター・シリーズ専用のスペースも設けられている。壁には絵画がかけられ、糸ガラス製の花瓶が照明を反射して光っている。ローレルはいつも自分専用として使ってきた大型の、クッションのきいた安楽椅子に深く身を沈め、ため息をついた。

マックスは腰に手をあてて立ち、満足げに見守っている。それを見たローレルは思い出した。ゆうべ、このマナーハウスに入るわたしを見ていたとき、彼はなぜあんなにご満悦だったのだろう？　どんなつむじ曲がりな理由があって喜んでいたのかしら？　今は今で、居心地のいいこの図書室でなごんでいるわたしが面白いの？　マックスの考えることはわからないことだらけだ。今まで出会ったどんな男性ともまったく違うタイプだ。だからこそ愛するようになったのかもしれない。かといって、彼とは結婚できない。こんなに謎の多い人物とはやっていけないからだ。

マックスは着替えてこざっぱりとしていた。

改装工事中、白っぽく脱色し着古したジーンズにデニムのシャツ姿で、工具を差したツールベルトを腰の低い位置に巻いて作業をしていたとき、彼は修理工に対する主婦の理想を絵に描いたような雰囲気だった。どんな修繕もこなし、工事の後始末はちゃんとやり、暑くなってきたらシャツを脱いでしまう男。

一方、きちんとした格好をしたときは、デートの相手に対する女性の理想を絵に描いたような雰囲気になった。広い肩幅、シャツの上からもわかる胸の筋肉、引きしまった長い脚、誠実さを感じさせ、それでいて威厳のある、甘やかな微笑み。

今夜のマックスは、また黒できめていた。今度は同じ黒でもスラックスをはいている。半袖の黒いシルクセーターを着た肩のあたりを見れば、ジムで鍛えていることは一目瞭然だ。

それに加えてまだ濡れたままの、櫛目のついたブロンドの髪。風呂上りのさわやかな石鹸の香りと、彼自身の持つフェロモンを漂わせ、いやおうなしに心をそそる魅力にあふれていた。ローレルは深呼吸した。わたしは心そそられないわ。抵抗してやる。

今夜のローレルは、ウエストをひもで絞る淡いグレーのワークアウトパンツに、袖なしでファスナー付きのブルーのスウェットシャツを着ていた。靴ははいていない。マックスの洗練された格好にはつり合わないが、かといってつり合わせようとも思わなかった。「あなた、これから密輸業者を見張るつもり？」

「どうしてそんなことを訊く？」

マックスは質問に対して質問で答えて、必要な情報を提供せずにローレルの気をそらそうとしている。というより……気をそらそうとするときは、いつだってそういう魂胆なのだ。

「だって、黒い服を着てるもの」

マックスは自分の服を見下ろした。「ぼくはロンドンに住んでるだろう。あそこじゃ、みんな黒を着てるからね」

「なるほどね」それでも質問の答えにはなっていない。いったいどういうこと？　ローレルは立ち上がった。「わたし、今夜はここにのんびり座っている気分じゃないの。建物のまわりを歩いてみて——」

マックスが目の前に立ちはだかった。「だめだ！」

ローレルは片手をあてた腰をぐいと突き出して言った。「だめ？　どうして？」

彼は目を細めた。

「やっぱりあなた、密輸業者だったの？」

「本気でそう思ってるのか？」

「質問をはぐらかすのが上手なんだから。まさに専門家ね。プロポーズにしたって、相手のことを何も知らないのに、結婚なんかできるわけないでしょ」この状況にどう対処すべきか、ローレルをどう扱うべきか、どんな選択肢があるかをはかりにかけているマックスの頭の中が見えるようだった。「二人で過ごした三日間、わたしは自分について語りつくしたわ。アイダホに住む両親のことやカリフォルニアの大学へ行ったこと、学位論文のこと。ここで学芸員として働くのが、自分にとって理想の仕事なんだとも言ったし、将来の夢や希望についても、何もかもあなたに話したわよね」

マックスはいたずらっぽい笑みを浮かべて言った。「あれはぼくの人生で最高の三日間だった」

甘い言葉で丸めこもうとしているのね。だまされないわ。「なのにあなたは、何も話してくれないじゃない」

「自分自身については知ってるからね。きみのことを知りたかったのさ」

そのまま出ていこうとしたローレルは、腕をつかまれた。マックスの動きはそこで止まったが、どう言おうかと言葉を選んでいるのがわかる。「ぼくが銀行家だというのは本当だよ」

ローレルはマックスの手に目をやり、それから顔を見ると、眉をつり上げて言った。「そうじゃないかと思ってたわ」

　頭のいいマックスのこと、わたしが駆け引きで脅しているのは重々承知しているはずだ。ローレルは外へ出ていかずに図書室にいるのと引き換えに、情報を求めていた。マックスはどこまで話すべきか、話したらどうなるかを考えながら次の出方を決めようとしている。

「ぼくはリバプールで生まれた。三二年前のことだ」無表情になっている。「両親は結婚していなかった。父はぼくが生まれる前に母を捨てていた」

　時計の音がする。両開きの窓から吹きこむ穏やかな海風の音が聞こえる。マックスはローレルの顔をまっすぐに見つめ、辛抱強く待っている……何を？　育った環境のせいで拒絶されるのを？　幼いころに経験した、ほかの子たちの笑い声、親戚のあざけり、貧しい生活。当然だろう。未婚の母が子どもを育てるのは、どこの国でも町でも困難をきわめるものだ。

　一方ローレルは、ごく普通の子ども時代を過ごした。いい意味でありふれた労働者階級《ブルーカラー》の家庭。父親と母親、干し草の山と納屋のある農場、スクールバス。公立学校から大学へ。つねに両親が励まし、支えてくれる生活。

　そうだったのか。なぜマックスが過去を語らなかったか、これでわかった。だがローレルは同情を示さなかった。同情など要らないだろう。実際、軽蔑されるより哀れまれることのほうがマックスにとってはよほど怖いはずだ。適切でない言葉を適切でない口調で言って傷つけるのが怖かった。「きっと、つらかったでしょうね」

　マックスはふうっと息を吐き出した。「座らないか？」

ローレルはお気に入りのふかふかの安楽椅子に戻って座った。

マックスはワインキャビネットを開けた。「何か飲み物でも？」

「ピノ・ノワールなんかいいわね」

マックスはひざまずいてキャビネットの中を探した。「確かにきつかった。ぼくはなんとかやっていたけど。とにかく家が貧乏でね。あの貧しさは、きみには想像もつかないだろうな。〝便器もなく、中身を外に捨てる窓さえない〟って母がよく言っていたっけ」あははと笑ったが、楽しそうな声ではなかった。「いい母なんだ。あんな扱いをされるいわれはないほど、善良な女性だよ」

「そうなの」マックスが結婚しようと言い張るのも道理だった。恋人に捨てられた世間知らずの母親との生活。彼は、父親のような男にはなりたくないのだろう。

ワインを一本キャビネットから取り出し、ラベルを確かめると、マックスは手首を優雅にひねってコルクを抜いた。「ぼくが幼いころ、母は働きづめに働いて、少しでも貯金しようと必死だった。人生を切り開くチャンスを息子に与えたかったんだろうね。大学に進んでひとかどの人間になってほしい、それだけが母の望みだった」ルビー色のワインを注いだグラスを明かりにかざし、香りを嗅ぎ、味見をする。「うん、これは気に入ると思うよ」

ローレルは差し出されたワイングラスを受け取った。「お母さまの相手だった人、あなたのことを知ってるかしら？　息子の出世を」

「もう死んだよ。キツネ狩りの最中に馬から放り出されて。身分のあまり高くない貴族で暮らしは貧しかったが、母なんかと結婚するほど、あるいはぼくを息子と認めるほど、落ちぶれてはいないつもりだったんだろうな」マックスは、肖像画に描かれた英国貴族を思わせる上品さで冷笑した。

「その人、大ばかだったわね」ローレルはきっぱりと言った。

マックスは不意をつかれたかのように目をしばたたいた。

「お母さまはあなたのこと、誇りに思っていらっしゃるでしょうね」

「ああ。母には家を一軒買ってやった。どこか田舎に適当な家を探そうと思ったんだが、母がいやがってね。ロンドンが好きなんだそうだ。生まれてこのかたずっと都会で暮らしてきたから、離れられないと言うんだ」マックスはくすりと笑い、背もたれのまっすぐな木の椅子を一脚持ってきて、ローレルの真ん前に座った。「母はぼくのようすを見に来るのが好きでね。かなり面白い人だよ」グラスを持ち上げ、乾杯した。

誇りと愛情で輝いているその顔をすてきだと思いながら、ローレルはグラスをかちりと合わせた。「お母さまにお会いしてみたいわ」マックスが訊き返すより先に訊く。「銀行家なのに、修理工の技術はどうやって身につけたの？」

「銀行家より、そういう仕事を請け負う便利屋になったのが先だよ。子どものころから近所の家の手伝いをして働いていたからね」

そう、マックスは少年時代から働いて、家計の足しにしていただろう。母親を少しでも助けるために。きっと大きな志に燃えていたにちがいない。ローレルはワインをひと口飲んだ。

熟しているがすっきりとした酸味があり、スグリとサクランボの甘みも感じさせる。まさに今の気分にふさわしいワインだった。なぜならローレルは喜びに酔い、不安に揺れて、そのはざまで奮闘していたからだ。マックスに信頼され、生い立ちについて打ち明けられた喜び。それを聞いて自分の心がとろけていく不安。

　ローレルは以前から、マックスについていろいろと知りたかった。過去だけでなく、ありのままの彼がどんな人物なのかも。でも今は……そういう好奇心を満たすのは得策でない気がする。今の告白で、マックスがなおさら魅力的に思えてきたのだ。その顔の表情も、用心深さも。今まで経験してきたとおり、拒否されるのでは、嫌悪感でそっぽを向かれるのではないかと彼は恐れている。だが実際のところローレルは、かえって彼を尊敬するようになっていた。「あなたって、本当に大金持ちなの？」

「どう思う？」

「そうね……もしかして、億万長者じゃないかしら」

「さすがだ、鋭いね」

　ローレルはマックスを愛していた。顔も、体も……表情も、性格も……でも、結婚はできない。そんな理由ではだめだ。この微妙な気持ちをうまく表現するすべがなくて、思わず口走ってしまった。「わたし、妊娠してないわよ。それを心配しているのなら」

　マックスは優しく言った。「もしきみが妊娠していたら、ぼくは某有名製薬会社に憤りを感じるだろうね。ちゃんと気をつけていたから」

「そう、もちろんそうよね」マックスのことだ、結婚もしないうちから父親になる危険はおかさないだろう。ローレルは目を落とし、ワイングラスを見つめた。「子どもは……好き？」

「すごく好きだよ。いつかは欲しいと思ってる。結婚したらね」

マックスは椅子を動かし、二人の膝と膝がくっつくぐらいまで近づいた。「ローレル」切望するような声だ。

ローレルは愚かにもそれに応えて、ワイングラスをエンドテーブルに置き、マックスのグラスを取ってその隣に並べた。身を乗り出し、彼の顔を両手ではさんでキスする。単なる欲望からではなかった。尊敬の気持ちと愛を伝えるための心のこもった優しいキスだ。マックスはそれを感謝の心で受けとめた。ローレルはもう歯止めがきかなくなり、顔を斜めに傾けて唇を合わせた。愛しい思いにかられて舌を伸ばす。

マックスは口を開いてその舌を中に迎え入れた。首にローレルの腕が回される。彼女のノースリーブの下に指を入れたマックスは、肩を揉んでかすかにうめいた。素肌に触れて快感をおぼえ、耐えきれなくなったかのように。

声を出すほど感じているの？　わたしのキスでそんなに反応するなんて。ローレルは親指でマックスの耳たぶを愛撫した。彼に触れることは喜びだった。なんてすてきな人なの。セクシーで、優しくて……それでいて容赦しないところがあって、意志が強くて……。

そのとき二階でパーンと鋭い爆発音がし、家じゅうに響きわたった。

二人はびくりとして体を離した。

った。

「今の、何？」ローレルは叫んだ。その叫びが終わらないうちにマックスは跳び上がり、椅子を蹴り倒してドアのほうへ向かった。

ローレルもあわてて立ち上がった。「もしかして、銃声？」あとを追いながら問いかける。図書室のドアが目の前で閉まり、「何よ、もう」と言いつつローレルがふたたび開けたときには、マックスはすでに階段を駆け上がっていた。

ローレルは必死であとを追い、マスターソン・ベッドのある主寝室の前まで駆けつけた。中から叫び声と、どたんばたんという音が聞こえてくる。中に駆けこむと、取っ組み合っている四人の男の中にマックスが飛びこんでいくのが見えた。フランク・シェルボーン巡査に襲いかかっている。顔面をこぶしで殴られた巡査はのけぞり、よろよろと膝をついて床に伸びた。

男の一人がマックスの腕をつかんで注意を引き、床に飛び散った木のくずを指さして教えた。「友《モナミ》よ、もういい。やつが撃ったのはベッドだけだから」

マックスはぶっきらぼうに一度うなずいてしゃがみこむと、巡査のシャツの胸元をつかんで体を引き上げた。巡査は頭を後ろにがくりと倒し、うっすらと目を開けた。マックスは言った。「この卑怯者めが。殺してやるからな、おまえがもし――」

「マックス！」ローレルは叫んだ。

振り向いたマックスは、まさかと思うようなすさまじい表情をしていた。陰惨で、鬼気迫るものがある。放っておいたら巡査を殺しかねない。

「マックス」ローレルはふたたび声をかけた。

マックスは巡査の血だらけの顔を見下ろした。「もう二度と、彼女に近づくんじゃないぞ」巡査のシャツをつかんだ手を離し、背すじを伸ばす。憎悪に満ちた恐ろしい表情は、あとかたもなく消えていた。マックスは両腕を広げて言った。

「申し訳ない、ダーリン。こいつめ、マスターソン・ベッドを銃で撃ちやがった」

6

デニス以下インターポールの捜査官三人は、逮捕したフランク・シェルボーン巡査を従えて去っていった。一行を見送ったあとマックスは、ローレルの姿を探した。図書室へ行ってみたが、真っ暗だった。寝室にもいない。こんな大騒ぎのあとなのに、どこへ消えてしまったのだろう？

最後に廊下の奥の主寝室へ向かう。マスターソン・ベッドはその威風堂々たる姿を見せていた。

ローレルはベッドの上にいた。ベッドカバーはめくらずに枕を上半身の支えにし、手を頭の後ろで組んで座っている。袖なしのスウェットシャツにグレーのワークアウトパンツ姿のままだが、ごくありふれた格好なのに無駄のない優雅さがにじみ出ていて、マックスの五感に訴えかける。室内の明かりは金色に輝く聖アルビオンの十字架を照らすスポットライトだけで、木製の巨大なベッドとローレルの顔は陰になっていて見えない。

マックスはベッドへ歩み寄り、ポケットに手を突っこんで立ち止まると、ローレルの気分を推しはかろうとした。壁にかかったマスターソン家代々の当主の肖像画や十字架を見つめる彼女の目は穏やかだった。ただし、マックスのほうは見ず、なんの感情も表さない。それにどう見ても、自分から沈黙を破ってくれそうにない。「どうだい、襲撃を受けたあとのマスターソン・ベッドの状態は？」マックスは訊いた。

「脚部板《フットボード》に銃弾がめりこんでいるけれど、たいした傷じゃないわ」ローレルは淡々とした口調で言った。「これだけ古いベッドですもの、もっとひどい目にあってきたはずよ」

「そうだな」マックスはうなずいた。「当然、そうだろう」

ローレルは何も言わない。

「火事や襲撃。密輸業者。泥棒……」

まだ黙っている。

マックスは続けた。「泥棒を捕まえられて、ほっとしたよ」

「そうね」ローレルはふたたび口を閉ざした。ナイトスタンドの上の時計が時を刻む音だけが静かな室内に響く。「今夜の逮捕のこと、前もって知っていたらよかったのに、と思うわ。でも、インターポールではわたしが窃盗に関わっている可能性もあるから警戒していたんでしょうね」

「ぼくも、きみを巻きこみたくなかった」

「そりゃそうでしょう」穏やかだった表情が一変した。「有力な容疑者であるわたしが自分への疑いを晴らす作戦に関わるなんて、それじゃ潔白の証明にならないものね」

マックスは安心させようとして言った。「有力な容疑者といったって、インターポールがそう見ていたというだけの話だろう。ぼくは最初からきみが潔白だとわかっていたよ」

「それはよかったわ」ローレルは不機嫌だった。間違いなく、怒っていた。

ふたたび沈黙が訪れた。

マックスはかかとを軸に足を揺すりながらローレルを見守った。黒髪が肩の上に広がっている。引きしまった健康そうな体は生命力にあふれている。白磁のような肌はきめ細かく、つやがある。カジュアルな装いだが、そんなことは問題にならない。両手を頭の後ろにやり、足首を交差させているその姿は寝台でくつろぐ古代の女王を思わせる。マックスは彼女の夫に、国王になりたかった。「さっき話したことについてどう思う?」

「あなたのこと?」ローレルは、いやおうなしに視線が引きつけられるかのようにマックスを見たあと、顔をそむけた。だが呼吸が速くなっていた。「あれが出発点になるのよね」

「出発点だって?」ぼくは心の奥にしまっていたことをありのままに告白したんだぞ。それが〝出発点〟だというのか?

「三二年間を総括するのに、あんな短い文章じゃ足りないわ。ほかにも知らないことがあるもの。たとえばあなたが今どこに住んでいるか、趣味は何か、ペットを飼ってるか……」

足りない? もっと知りたいのか? マックスは自分のことを話したいとは思わなかった――でも、もしどうしても話さなければいけないのなら、自分の有利になるようにしよう。最良の戦術を使うときの断固たる決意をもってマックスは言った。「わかった。体をずらしてくれ」

た。

「ずれるというより、一瞬だけ下りてくれ」マックスはローレルを抱きかかえてベッドの脇に立たせ、ベッドカバーと毛布をめくって白いシーツの面を出した。「さあ」ふたたびローレルをベッドの上に抱え上げてもとの位置に戻す。自分も靴を脱いで上り、彼女の隣に座った。

「何を……？」

一連の動作に一分もかからなかった。ローレルが異議を唱えようと言葉を選んでいるうちに、マックスは枕を並べおえて言った。「初めてきみと会ったとき、ぼくは自分の新しい家に置くアンティーク家具を探していたんだ」

ローレルは口をあんぐり開けた。強引な態度に抗議することすら忘れてしまっていた。

「新しい家？　どこに？　どんな家？　いつ買ったの？」

「交渉を始めたのは六カ月ぐらい前だ。オーナーが売却したがっているようだったのでね。古くて維持管理が大変な家で、オーナー夫妻はマスターソン家のことやら、田舎暮らしのすばらしさやらを長々と説いて、手放したくないふうを装っていたが、これは売る気があるなと思った。先方は高値で買ってもらえるとふんでいただろうが、こっちはああいう貪欲な表情なら普段の仕事で見慣れてるからね」マックスはベッドにもたれ、満足の吐息をついた。「寝心地のいいマットレスだ。彼は枕越しにローレルを見つめた。「それで家を手に入れるめどが立ったので、アンティークを集めはじめたのさ」

話を聞いているうちに、ローレルの目がしだいに細くなっていく。

わかってきたらしい。とうとう、感づいたか。

マックスは続けた。「その昔、実際にここで使われていた調度品を見つけたくてね——」

ローレルは飛び起きて膝立ちになった。「あなたがマスターソン・マナーハウスの新しいオーナーだったの？」

「そうさ。今までの実績を買われて、便利屋として雇われたとしても不思議はないけどね」

「ちょっと、事実を整理させてちょうだい。あなたはこの家を買い取りたいと申し入れた。古い家具や骨董品を探しはじめた。そしてわたしと出会った」ローレルは指を折りながら事実をひとつひとつあげていった。「二人は三日間一緒に過ごした。あなたはわたしがマスターソン・マナーハウスの学芸員をしていると知っていたくせに、自分が次のオーナーだと、ひと言も言わなかったわけでしょ？」

マックスは微笑まずにはいられなかった。

だが、ローレルの怒りはそれではおさまらなかった。

そこであわてて言った。「きみはとても魅力的だった。自分の仕事に満足していて、アンティークについてぼくに教えるのが楽しくてたまらないといった感じだったからね。それで言えなかったんだよ。自分がもうすぐマスターソン・マナーハウスを手に入れることになりそうだと——」

「そして、わたしを解雇するつもりだと？」ローレルの目がきらりと光った。「なるほどね。そんなことをすればあなたの流儀に反するからでしょ」

マックスは体を起こしてローレルに向き合い、大きく身を乗り出した。「解雇してはいないよ。ただ、この家で今までとは違う役割を果たしてほしいと思っているだけだ」

ローレルは身を引き、眉をひそめて警戒するようすを見せた。どうやらこの話題には触れてほしくなかったようだ。「道理で国外の市場にマナーハウスの美術品が出回っているってインターポールから連絡があったわけだわ。あなたの所有物ですものね」

「そうだ。だがインターポールは最近、ほんの数点ばかりの古美術品の窃盗よりはるかに重要な事件を扱っているからね。デニスは友だちのよしみで連絡してくれたんだよ」

ローレルは納得してうなずいたが、古めかしいベッドと調度品が置かれた部屋全体を手ぶりで示して訊いた。「なぜマスターソン・マナーハウスなの？　どうしてここを選んだの？」

「どうしてかというと……」まだすべてを明かすわけにはいかなかった。そこでマックスは言葉を選んでこう答えた。「ぼくは非嫡出子で、家族といえば母一人だけだ。だから過去の歴史のある家が欲しかった」それでもローレルはこちらを凝視している。答えたくないことを訊かれるのではないかと恐れた彼は、自分から質問を投げかけた。「こうして秘密を打ち明けたわけだが、ぼくみたいな生い立ちの男と結婚するのは怖いかい？」

ローレルはヘビの攻撃のようなすばやさで、マックスの肩を思いきりばしっと叩いた。

「おい！」マックスは叩かれたところを押さえて痛そうにさすった。「なんでそんなことするんだ？」

「わたしをその程度の人間だと思ってるの？　相手の家柄だけを重視するような、そんな浅はかな考えの持ち主だと？」ローレルは自分の胸を叩いた。「アイダホの農場で生まれ育ったわたしよ。そんな気取りとは無縁だわ」

「もしかしたら、ぼくに捨てられるのが怖いのか？」

　ローレルはいらだたしげなため息をついた。「こっちだってあなたを捨てようと何度思ったことか。なのに、まだここにいるじゃない」

「ぼくたちの子どもは、無責任な人間になるかもしれないよ……ぼくの父みたいに」

「もっと悪いかもよ。あなたみたいなとんちんかんになったりして」しまった、うっかり乗せられた。「あくまで仮に子どもがいたら、の話よ。絶対ありえないんですけどね」

　もう遅かった。マックスはローレルにのしかかり、ベッドに押し倒した。「もしこんな過去を持った人間をいやだと思わないなら……ぼくにもう一度、チャンスをくれないかな？」

「ようやく自分のことを語りはじめたくらいで、わたしの夢をすべて、ううん、いくらかでもかなえたことにはならないわよ」

「かなえられるかもしれないよ」

　この人ったら、どういう神経してるの。自分についてほんのさわりだけ話したぐらいで、人の心をとろけさせると思うなんて、信じられない。だいたい彼がここにいること自体、信じられないのだ。おだてたり、もう一度チャンスをくれと説得したり、なんてあつかましいの。信じられない……わたし、誘惑されそうになっている。

「どうして？」ローレルは訊いた。「なぜわざわざこんなことするの？　なくした持ち物みたいにわたしを取り戻したいと思ったの？」

　怒るのではないかと思いきや、マックスは鼻を鳴らしただけだった。「いや。もしそう思っていたら、別れたあとすぐに取り戻しに来ただろうな」

　もちろんそうだろう。それでも納得できなかった。なぜ今ごろになってまたプロポーズするのか、理由がわからない。

　マックスはローレルの目をのぞきこんだ。「疑問に感じるのももっともだ。きみと別れたあと、ぼくは……大丈夫だ、立ち直れると思っていた。自分はやるべきことをやった。結婚を申し込んで断られたが、それはそれでかまわない。たかが女一人に振られただけだ。また違う子を見つければいいさ、とね」

　胸が締めつけられ、きりきりと痛んだ。彼の言いたいことはわかる。それこそ思っていたとおりだ——わたしの代わりなんて、簡単に見つかるにきまっている。

「ところが、実は」マックスは顔をそむけ、ローレルの額にかかった髪を払いのける自分の手の動きを目で追った。「いろいろ探したけど、どの女性にも興味が持てなかった。デートもしてみたんだが」横目でようすをうかがう。

　ローレルはまた殴ってやりたくなった。「それで？」

「どの女性も、背が高すぎるか、低すぎるか、うるさすぎるか、おとなしすぎるか、あかぬけすぎているか、どんくさすぎるかだった。話し方も、容姿も、香りも、きみみたいな女性はどこにもいなかった」マックスは目を閉じた。「絶望的になった。思いを振り切ろうと努力した」緑の目でローレルを見つめる。「本当につらかったよ。それでようやくわかったんだ。自分の求める女性は、きみだけだってことが。どうか、ぼくと結婚してくれ」

そしてマックスは、ローレルにキスした。

今朝のキスとは違っていた。あのときは甘い言葉で丸めこもうとしたり、からかったりする中で、優しさと情熱が交互に感じられた。だが今のマックスはしゃにむに唇を奪い、ローレルの気持ちなど意にも介さず、必死で求めていた。

困ったことに……それが気持ちよかった。しっくりきた。入りこんできた舌で口の中をさぐられ、唇を優しく嚙まれた。髪に指を差し入れて顔を傾けられ、されるがままに抱きしめられた。キスにいっそう熱がこもる。

ローレルはあえいだ。何度も声がもれた。感じすぎて、もう何も考えられなくなっていた。乳房が張りつめていた。体の奥で何かがほどけ、とろけて、欲望がかきたてられた。最後に抱かれてから何カ月経っただろう。寂しかった。本当は求めていたのに、そうでないふりをしていた。その欲求が、マックスの体の重みを受けて満たされつつあった。

ついにローレルは屈服してマックスを受け入れ、キスを返した。彼の味が口の中に広がり、ますます欲しくなった。押しつけられる腰の動きに圧倒されながらも、ローレルは彼の体に脚をからめ、腰を浮かせた。スラックスの中の硬いふくらみがワークアウトパンツの縫い目に当たり、こすられるたびにくいこんでくる。目くるめく刺激だった。

マックスは唇を離した。「言ってくれ……」胸が大きく上下し、息づかいも荒くなっていた。「ぼくが欲しいと言ってくれ」

ローレルはマックスを見上げた。がっちりしたあごはきれいに剃られてなめらかだ。乱れた金茶色の髪が顔にかかっている。たくましい首には筋が浮き、自制しているのがわかる。ローレルは彼が欲しかった。求めずにはいられない。なぜって、愛しているから。長いあいだ会えなくても、離れていても、心は変わらなかった。

これからもずっと、愛しつづけるだろう。

指の背をマックスの頬にすべらせて愛撫しながらローレルは言った。「あなたが欲しい。ずっと欲しいと思っていたわ」

マックスの顔にかすかな笑みが浮かび、しだいに広がった。唇の端がゆっくりと着実に持ち上がり、目が生き生きとし、歯が白く輝いた。

それは勝利を確信した表情だった。「わたしったら、弱い性格ね」ローレルは嘆いた。「きみが？」マックスは微笑みをたたえたまま彼女にキスした。「いや、強すぎるぐらいだよ。とんでもなく頑固だし。だけどぼくが幸せにする。約束するよ」

「わかってるわ」ベッドでの話ね。

いや違う、きみはわかっていない、と言うかのようにマックスは首を振った。だが、今は話すだけでは足りない。ふたたびキスするとローレルの上にまたがり、スウェットシャツのファスナーに手をかけた。

ローレルはころころと笑い、自分でファスナーを下ろそうとしたが、手を押しのけられた。

「ぼくにやらせてくれ」

笑い声はまだ続いている。マックスの手は震えていた。ローレルの両手が胸にあてられたのを感じて、彼はつぶやいた。「ああ、ローレル。もう待てないよ」

スウェットシャツの前を開けたマックスは手の動きを止め、じっと見つめた。「いつからブラをつけるのをやめたんだ？」

「寝るときはつけないもの。下着も……はいてないわ」最後の言葉はあえぎ交じりになっていた。

マックスの顔に熱い血が上った。「きみは世界で一番すばらしい女性だ」

「安っぽいお世辞ね」ローレルはもう笑っていられなかった。こんなまなざしで見つめられたら。きみこそこの世の奇跡だ、心に抱いていた夢だと思いつめているかのような目。

次の瞬間、あっというまにワークアウトパンツが剝ぎ取られた。今や腕からぶらさがったブルーのスウェットシャツをのぞいて、全裸になっていた。

マックスの表情から、魅入られているのがわかる。彼は頭をかがめてお腹に口づけ、そのまま頰を寄せて顔をうずめてきた。ローレルはその髪に指を差し入れて愛撫せずにはいられなかった。

本当かしら？　わたしがいなくなって寂しかった、つらかったというのは？

マックスが上体を起こすと、背後からの明かりに照らされて男らしい体が浮かび上がった。金色に輝く髪の背後から光が射しているかのように見える。肩と腕には筋肉が波打っている。

腰に向かってしだいに細くなっていく体の美しさは、ローレルだけでなくどんな女性も見とれずにはいられないだろう。でも、求めているのはわたしだけだと言われた。少なくとも今この瞬間、彼はわたしのものだ。

腰と腰を重ねたあと、マックスはセーターを脱いだ。

セーターを着ているときも優美だと思ったが、何も身につけない裸の胸はあがめたくなるほどすばらしい。胸の中心からスラックスの上端まで、金茶色の毛がまっすぐに下りている。胸まわりのなめらかな肌、小さく引きしまった男っぽい乳首は見るだけでそそられる。腹筋は岩に打ち寄せるさざ波のように細かく割れている。ローレルがベルトに向かって指をすべらせると、胃のあたりが収縮した。急に手首をつかまれた。

「今触れられたら、ぼくは一瞬で終わってしまう」

「本当？」尋ねながら、自分のつやめいた声に驚く。わたし、いつからこんな声が出るようになったの？「失望を味わう心構えをしなさいってこと？」

「もちろん、心構えはあったほうがいいだろうね」

「つまり……長くはかからないから？」

温かみを帯びた楽しげな声でマックスは言った。「今までと同じぐらい、長くかかると思うよ」

「うぬぼれ屋さん」ローレルはもう片方の手でスラックスのボタンをはずし、中のふくらみにそっと触れた。

マックスは大きく息を吸いこみ、跳ぶように起き上がってスラックスのファスナーを下げた。黒い下着が見えたが、すぐ脱いだのでそれも一瞬だった。ポケットをさぐり、コンドームの薄い包みを取り出す。彼は脱いだスラックスをベッドから蹴り飛ばすと、ローレルの脚のあいだにひざまずいた。

冗談ではなかった。彼のものは見事に屹立して——。

「すごいわ」ヘッドボードの横木をつかむローレルの手は、片方が時代を経てすり減った木のなめらかな表面に、もう片方が昔手錠によってついた溝に触れていた。期待感が全身の血管を駆けめぐった。

マックスはコンドームの包みを歯で破いて開け、装着した。ローレルの腰を持ち上げてあてがい、押しこんだ。

三カ月間、男性との接触なしに過ごした体は最初、かたくなに拒んでいたが、まもなく彼を受け入れた。挿入の快感にローレルは思わず悲鳴をあげ、自分の手の甲を嚙んで押し殺した。その体を優しく撫でながら、マックスは動きはじめた——小刻みに腰を前後させながら、ゆっくりと身を沈ませていく。花芯を愛撫されて、ローレルは彼にしがみつき、奥まで入れるようにうながしたい衝動にかられた。だがそうする代わりに脚を大きく広げ、背中を弓なりにして、腰を浮かせた。

「あっ、だめだ。やめてくれ」だが、ローレルの性急さの前にはマックスの自制心も崩れざるをえなかった。両手で彼女の腰を抱えて突き入れ、女体の奥深くに達した。

狂おしいそのいっとき、二人の目と目が合った。マックスが何を見たかはわからないが、ローレルの瞳は間違いなく、自分の愛するただ一人の男《ひと》をとらえていた。

わたしの、運命の人。

マックスはいったん腰を引いてから前に突き進み、求めに応えてローレルを猛然と我がものにした。二人は何かに取りつかれたかのように激しいリズムを刻んで交わり、ともに快楽のきわみへ、至福の世界へと向かっていった。もう二度と離れ離れになるものかとでもいうように、完全にひとつになった二人は、今まで昇りつめたことのない熱い高みに到達しようとしていた。そう、きっともうすぐ……ローレルにはわかっていた。

その瞬間が訪れた。二人は嵐に翻弄されるか弱き者のごとく、お互いに引き寄せられ、何もかも投げ出して、永遠に続く悦びに浸った。

ローレルは絶頂の波に洗われ、流されて、ただひたすらにマックスの名を叫びつづけていた。彼は顔をゆがめ、指をローレルの肌にくいこませながら、荒々しく突き入れた。毛穴から快感がしたたり落ちていく。マックスは彼女の名を呼んでいた。「ローレル!」

7

マックスがぐったりと倒れかかってきた。すてきな体の重み。ローレルは汗に湿った彼の肩を撫でていたが、そのうち腕に力が入らなくなった。彼を抱きしめてあげたかったが、つま先を動かすことすらできそうになかった。

というより、自分につま先があったかどうかさえわからなくなっていた。

だが、ほかの部分には意識があった。中にまだ彼のものが入ったままだ。

マックスが弱々しげな声で言った。「人生で一番、目くるめくひとときだった」ローレルの頬にキスし、ゆっくりと身を引いていく。

短いあいだながら、彼のものを引きとめようとしてみたが、無理だった。もう柔らかくなっていて、放すしかない。

枕に頭を沈めてマックスはうなった。「もうだめだ。力尽きたよ。世界史上、最高のセックスだった。ぼくはもう二度と使いものになりそうにないな」

疲れきって、オーガズムの余韻にまだ震えながら、彼がまた反応するのを想像して、ローレルはうめいた。

彼がのしかかってくるさま。中に入ってくるときの大きなものの感覚。脚をからめて彼を抱きしめ、腰を浮かせて抽送に応える自分。

マックスがもう反応しなくなると想像すると、泣き言を言いたくなった。ローレルはか細い声で言った。「つまり、わたしたち……すばらしい自然界の営みの世界を……奪われたってことよね。たとえて言えば……すべての火山をふさぐとか……津波を止めてしまうようなものだわ」

「自然の破壊的な営みをね」

「でも、自然の力が働くという意味では、野性的で美しい現象なのに」

「ぼくらにはもう、ポンペイを地中に埋もれさせたり、どこかの村を水中に沈めたりするチャンスはないわけだ」

「ええ」ローレルはやっとのことで手を上げ、目ににじんだ涙をぬぐった。「『ナショナル・ジオグラフィック』がわたしたちの特集記事を組んでくれると思う？」

「どうでもいいさ。ぼくは再起不能だからね。あとがない」マックスは確信に満ちた声で言った。「もう二度とできないよ、絶対」

誰かがこの哀れな男性を助けてあげなくては。その誰かとは、わたしだ。快楽の余韻に浸るのをあきらめて、マックスが実際にふたたび反応できることを証明しなければならない。

少しためらい、深呼吸を何回かしてから、ローレルはマックスのほうに転がり、片脚を彼の腰の上にのせた――逃げられないための用心だ。そして胸の上にかがみこむと、左の乳房がちょうど彼の左手の近くにきた。

マックスは動かない。二人が全裸であることにも、ローレルが自分の体に半分はいのぼってきたことにも、気づいていないかのごとく。

これよ。この感覚。

肌を合わせたときの感触がしっくりとなじむ。どこに触れても、親密な温かみが伝わってくる。

マックスの顔を観察する。筋肉を弛緩させ、目を閉じ、唇をわずかに開いて、キスを求めている。

その求めにローレルは応じた。そっと口づけて、唇で唇をなぞり、自分が主導権を握っている興奮を味わう。長く規則正しいマックスの呼吸は、愛撫を始めるとしだいに深くなった。ローレルは寄せる波のように舌をはわせた。唇のまわりを円を描くように舌でたどると、彼は一瞬、びくりとして息を止めた。ローレルは嬉しくてくすくす笑い出したかったが、もっとキスしたいという気持ちが勝った。唇をしっかりと重ね、深く口づけて、舌による攻撃を浴びせる。体の下にあったマックスの腕が震えながら持ち上がってローレルのウエストに回され、背中のくぼみに手が押しつけられたかと思うと、そこを揉みほぐしはじめた。キスと愛撫による快感があいまって、ローレルは猫のように伸びをして爪で引っかきたくなった。

マックスが舌をあやつって支配権を取り戻そうとしたとき、ローレルはさっと身を引いた。

「もう〝二度とできない〟って、あなた言ってたわよね、憶えてる？」とささやく。

マックスはふたたび頭を枕に下ろし、細めた目で見守った。ローレルは肩にキスしてから、軽く歯を立てた。肌に少しあとがついて、すぐに消えてしまうぐらいに。

体をこわばらせたマックスにローレルはささやいた。「楽にしてて。痛くはしないから」

「痛みを怖がってるわけじゃない。怖いのは拷問の苦しみだよ」

「拷問なんかするわけないでしょう。こんなに弱っている人を」ローレルの唇は胸まで下りていき、小さな乳首の両方でそれぞれ止まり、舌で思うさま愛撫した。

マックスの片膝が上がり、腰がローレルに向けられる。

ひと目見ただけでさっきの主張が誤りだったことがわかった。ペニスが頭をもたげている。マックスは自由になるほうの手で乳房を包み、親指で乳首をこすった。あまりの快感に、ローレルは動きを止め、目を閉じてうっとりした。乳房から彼の手が離れると、失望に顔をしかめる。だが手はまた戻ってきた。口に含んで濡らした指で乳首のまわりに何度も円を描かれ、寒さと悦びで乳首が立った。

ローレルはしぶしぶ、ゆっくりと体を離した。目を閉じたまま頭を下げて、マックスの腹部にキスすると、唇の下で筋肉が細かく波打ち、揺れた。わき腹を撫でながら、肋骨部分の肌と筋肉の動きを、ウエストのくびれと腰まわりの線の男らしさを堪能する。

マックスは神の創りたもうた人間の肉体美の極致だった。もし彼がアダムでローレルがイヴだったら、イヴはアダムを誘惑するのになんのきっかけも必要としなかっただろう。自分の思うままに、結果がどうなるかなどかまわず、喜んで誘惑したはずだ。

ローレルは目を開け、彼の股間に向けて延びる金色の体毛を下へ下へとたどった。「ほら、見て」声に驚嘆の念をこめて言う。「これ、何?」

キスと愛撫を続けるうちに大きく、長くなったものは、すでに立派にそそり立っていた。ローレルはその全体を丁寧にたどっていった。青く浮き出る静脈。つやつやした肌。先端には興奮のしるしがひとしずくにじみ出ている。それを指先に取ると、意識的にマックスと目を合わせ、口に入れてなめた。

唇を求めるかのように屹立しているものを見てローレルは微笑まずにはいられなかった。脚を両手で撫でると、太くごわごわした毛の下には張りのある筋肉が息づいている。この筋肉によって彼は、若い種馬が初めて雌馬と交わるように、力強い動きができるのだ。

ローレルはその根元に口づけた。唇を閉じたまま触れるだけの、つつしみ深いキス。マックスはつま先をそらした。

ふたたびキスし、舌をすばやくくり出した。

マックスの喉からうめき声がもれる。

まあ、この人を悦ばせるのはなんて簡単なのかしら。ローレルは根元から先端に向かって、最初はゆっくり、しだいに速度を増して、唇と舌で愛撫を続けた。マックスが背中をそらし、シーツを握りしめるまで。

わたしにこんな力があるなんて。ローレルは酔いしれた。

先端の周囲を舌でなぞる。唇でくわえ、そろそろと飲みこんでいく。

「ああ……ローレル、お願いだ、もう……」

マックスの肌の味はすてきだった。苦痛を感じているかのようにたじろぐさまも、うめき声も、言葉にならないつぶやきも。陶酔感で頭がくらくらしてきたが、ローレルはペニスに軽く歯をあててすべらせた。唇を優しくすぼめて吸った。口が届かないところに指をはわせ、手を上下に動かした。

マックスはローレルの下でもだえ、もうやめてくれ、いかせてくれと懇願していた。ローレルは口をはずし、濡れて薔薇色に染まったものを握ったまま見下ろした。マックスの顔を見上げて言う。「復活よ」

マックスはローレルの体を引き上げ、自分の上にのせて抱いた。「だから古代では、男が神としてあがめられたんだ」彼女の中に入りながら、かすれ声でつぶやく。「それを証明してあげよう」

「認めるよ。ぼくは女性におべっかを使って生きる人間にすぎない。ただし使う相手はきみだけだ」ローレルにいざなわれ、長く緩慢で、細部にこだわるセックスを経験させられたマックスはすっかり疲れ果て、ベッドの上へうつぶせに倒れこんだ。「きみはすごいよ。地球を動かし、太陽を輝かせ、潮の満ち引きを起こすぐらいに。まるで女神の化身だ」

ローレルは自分の太ももをさすり、心得顔で微笑んだ。「まったくそのとおりかもね」

ローレル。なんという女性だろう。マックスを支配して、究極の責め苦を味わわせ、早く絶頂に達して終わらせるためならなんでもすると懇願するまでもだえさせた。

何かを求めてそうしたわけではなかっただろう。二人は熱いひとときを過ごした。すばらしいセックスに酔いしれながらもローレルは、〝永遠〟という言葉はいっさい使わなかった。〝愛〟についても、ひと言も触れなかった。

今こそ、彼女にすべてを告白しなくてはならない。マックスはそう思っていた。

8

何かがこすれるような耳ざわりな音で、ローレルは深い眠りから目覚め、身をひそめた。目を開けなくてもマックスがいないこと、しかもかなり前からいないことに気づいていた。まだ早朝だった。

誰かわからないが——何者かが部屋の中にいる！

マックス、どこへ行ったの？　わたしに危険が迫っているというのに。どうしよう。あごは固まって動かず、筋肉は凍りついていた。体のふしぶしが痛むが、そろそろと慎重に動いて、ベッドカバーの端からあたりのようすをうかがう。

室内の明かりはたったひとつ、聖アルビオンの十字架に当たるスポットライトだけのはず……でも、十字架がなくなっている。誰かが腕に抱えて持ち去ろうとしている……。

ローレルは裸の胸の前でベッドカバーと毛布をかき合わせ、起き上がった。「ケネス、何をしてるの？」

背の高い老執事はすごい勢いで振り返った。「なんだ、ローレルさん。暗いところにいらしたんでわかりませんでしたよ」十字架の上で体を丸めて隠そうとしている。「マスターソン・ベッドで寝たりして、どうしたんです?」

「それは……」ちょっと待って。ケネスに説明しなければならないいわれはない。それに、いずれにしても説明などできなかった。「気にしないで。それよりあなた、聖アルビオンの十字架をどうしようっていうの?」

「か……考えたんですよ……この十字架……泥棒どもが次に盗むとしたら……これかもしれないってね……それで、安全な場所に移そうと思って」

しどろもどろになっている。嘘だわ。言い逃れをしようとしている。「ケネス、十字架を下ろしなさい」ローレルはベッドの頭部にある警報パネルに手を伸ばした。

するとケネスはポケットからピストルを取り出し、ローレルに銃口を向けた。

ローレルははっと息をのんだ。心臓がドクン、という音を響かせたかと思うと、恐ろしい勢いで早鐘を打ちはじめた。毛布をぎゅっとつかむ。

「なんであんた、そんなところにいたんだ? しかも、こんなときに目が覚めるなんて」ケネスの声はあいかわらず低く重々しい。ただ、ローレルのよく知る気難しい老執事の声とは違って聞こえる。同じ人物に見えない……違う。冷たく、無慈悲で、銃の扱いに慣れているかのような態度。わたしを撃っても良心の呵責さえ感じないかのような。

ローレルはなんと言っていいか、どうしていいかわからなかった。**マックス、どこへ行ったの?**

「あのまま眠っていればよかったんだ。何も知らなけりゃ、危害は加えないものを」ケネスは用心深くあたりを見まわした。「あんたの男はどこだ？」

「わたしの……何？」マックスのことだわ。ローレルは時計を見た。「知らないわ。朝の五時ですもの、たぶん自分のベッドで寝てるんじゃないかしら」

「それはよかった。さて、あんたをどうしようかな？」ケネスは自分の罪がまるでローレルのせいであるかのようににらみつけた。

「な……なぜ……どうして……聖アルビオンの十字架を……盗もうとするの？」信じられなかった。「なぜ、あなたが？」

「なぜかぐらい、わかるだろう」ケネスは白髪交じりの眉をひそめ、団子鼻を震わせた。

「ギャンブルのため？」

「〝ギャンブルのため？〟だとさ」ケネスは下品な口調でまねた。「ああ、確かにギャンブルだよ。俺はもう年だし、家族もいない。ちょっとぐらい楽しんだって、ばちは当たらんだろう」

ピストルの銃口を向けられていようといまいと、そんなたわごと、許せない。屁理屈にしかすぎないじゃないの。ローレルの血が煮えくり返った。「祖国である英国の文化遺産を盗んで売りさばこうというのなら、ばちが当たるわ」

「おい、勘弁してくれよ。あんたって人はどこまで感傷的なんだ」ケネスの嘲笑は何度も見てきたが、あからさまに見下されたのは初めてだ。ローレルに鋭い一瞥をくれ、にやりと笑う。毛布の下は裸だと見抜かれたらしい。「遺産を守るって、そんなモラルを持つ余裕があるのは金持ちだけさ。そのぐらい憶えておけよ」

「憶えておきたくないわ、そんなこと」

明らかにモラルや良識とは無縁らしいケネスは鼻先でせせら笑った。「俺は何年もかけて、少しずつ館内のものを持ち出しては売り払っていた。いつまでも続けばよかったんだが、どこかのいやみな実業家がここを買うっていう話で、事情が変わった」

そう、マックスのことよ。**彼はどこにいるの？**

「その実業家が、最新の防犯システムを設置したいらしい。そうなると、残された時間はわずかしかない」

揺らぐことなく胸元をねらうピストルの銃口から、目をそらすことができない。「犯人はフランク・シェルボーンだと思っていたのに」

「そうさ。フランクは美術品が税関をすり抜けられるよう手助けしてくれた。ほかにはパブで働いてるジョージーと、学校のミス・ハワード先生が仲間だ」

ローレルの息づかいは荒くなっていた。パニックに襲われた。どうしよう。殺される。犯行がばれないようにするには、ケネスはわたしを殺すしかない。何か逃げ出す方法があるはず。たとえ逃げられなくても……言うべきことだけは言わなければならない。「わたしには、このマナーハウスとその所蔵品を新しいオーナーに無事に渡す責任があるの。ケネス、十字架を元の場所に戻してちょうだい」

ケネスはぞっとするような声で大笑いした。「あんたみたいなきれいな娘は、こんなことに巻きこまれるべきじゃないよな」くすんだ茶色の目でローレルの裸の肩をねめまわすように見る。「助けてやろうじゃないか。縛って動けないようにしておいてやるよ。そうすれば、盗みに関わったと疑われないからな」

ローレルはベッドカバーを握りしめた。マックスがどこかへ行ってしまった今、一人でこの危機を乗り越えなければならない。縛られて、そのあと撃たれて死ぬのではたまらない。ある考えが頭に浮かんでいた。ケネスを油断させるためには、一応言うとおりにしておく必要がある。ベッドカバーの一方の角をつかんだ手をそろそろと中に入れ、ケネスに感づかれないよう、何食わぬ顔でわき腹のほうへ動かしていく。内心は必死だった。「そうね。確かに、悪くない考えだわ」ベッドの脇の窓にちらりと目をやった。「縛るのにカーテンの留め飾りを使ったらどうかしら」

「なるほど、そうだな」ローレルの裸を拝めるという考えに気をとられて、老執事は十字架をチェストの上に戻した。

ローレルはベッドカバーの下に重なっていた毛布を完全にはがしたことを確認した。

ケネスはピストルを手に持ったまま、いい気になってベッド脇の窓へ向かった。留め飾りをはずそうとカーテンの裏に回る。

そのすきを逃さずローレルは躍りかかり、手に持った毛布をケネスの頭からかぶせた。

全体重をかけた攻撃をまともに受けて、ケネスはよろめいた。毛布をはねのけようと怒りの叫びをあげながら腕を振り回す。

そのとき、ローレルの耳元で別の叫び声が聞こえ、体当たりしてきた。誰？　マックスだわ！　スラックスだけを身につけた彼は、ローレルを押しとどめていっそうきつくケネスに毛布を巻きつけ、馬乗りになって床に押さえつけた。

毛布の下でピストルが火を吹いた。

デニスとその部下、手錠をかけられたケネスが出ていくころにはもう八時過ぎになっていた。マックスは一行を送り出してから主寝室へ戻った。マスターソン・ベッドのある場所へ、ローレルのもとへ。彼女が全裸で、毛布だけを武器にケネスに飛びかかっていったことを思うと、恐怖で気が遠くなりそうだった。そして、ピストルが発砲されたあのとき……マックスは胸に手をやり、さんざんな目にあわされた心臓のあたりを押さえた。

もし銃弾がベッドでなくローレルに当たっていたら、死んでいただろう。

だが銃弾は毛布に穴を空け、羽毛が煙をあげて部屋じゅうに飛び散った。ローレルは息を切らし、混乱と恐怖をあらわにしてこちらに手を伸ばしてきた。彼女の身を案じていたマックスと同じ気持ちを、彼に対して感じていたのだ。

ローレルはぼくを愛している。マックスは確信した。

マックスもローレルを愛していた。もし迷いがあったとしても、あの銃弾によって吹き飛んでいた。ぼくはもう、きみなしには生きていけない――今やマックスは、ローレルを胸に抱いてあらためて無事を喜び、彼女が本当に自分のものだと確かめることしか頭になかった。

階段を駆け上がり、主寝室へ飛びこんで、マックスは高らかに宣言した。「さあ、駆け引きだの、生い立ちの告白だのはもうたくさんだ。きみはぼくの――」足が止まり、さっきとは違う恐怖に目を見張った。

ローレルはベッドの上にいて、ヘッドボードにもたれて座っていた。その正面にマックスの母親と、家政婦のグレースが立っている。

考えるより先にマックスは叫んだ。「母さん！　何してるんだよ、ここで？」

母親は非難めいた茶色い目を息子に向けた。

しまった。この格好。スラックスもシャツもくしゃくしゃで、そのうえはだしときている。ありがたいことにローレルはちゃんとスウェットシャツを着ていた。だが、不安そうだ。かわいそうに、血の気の多い二人の女性にいじめられでもしたのか。何しろ彼女たちは、セックスしたカップルはかならず結婚しなくてはならないという主義主張の持ち主なのだ。

マックスは遅まきながら微笑みを浮かべてみせた。「母さん、来てくれて嬉しいよ。グレースも、ご苦労さま」

「おはようございます、マックスさん」グレースは挨拶して――母親よりずっと愛情のこもった笑顔だ――ドアのほうへ向かった。「朝食をご用意しますからね」

家政婦は出ていった。マックスは、にらみつけてくる母親の視線と、無言のうちに哀願するローレルの視線にはさまれて、もじもじと落ち着きがない。「ちょうどよかったよ、母さん。早起きなのは知ってるから、実はさっき電話しようと思ってたところだったんだ」

「電話って、どうして？」母親の、喫煙者らしくかすれた低い声が答えを迫る……何もかもちゃんと説明しなければ許さないといった雰囲気で、つま先をとんとん踏み鳴らしている。

「結婚したい女性を見つけたから、知らせようと思って」

ローレルがため息をついてがっくりと枕にもたれ、両手で顔をおおった。

母親はマックスを抱擁して言った。「そろそろ、潮時よね。いい返事はもらえたの？」

「あと少しだと思う」

それを聞いて顔を上げたローレルがにらんだ。

マックスは訂正した。「いや、説得しようと努力してるんだけど、彼女が頑固でね」母親から離れてベッドのほうへ近づいていく。どうしてもうまく言えないあの難しい言葉を口に出さずに、なんとかして自分の気持ちを伝えたかった。「それだけじゃなく、勇敢できれいで、ぼくにはもったいないぐらいの女性なんだよ。彼女と結婚できなければ、ぼくは絶対に幸せになれない」

ローレルは手を下ろし、まったく恋人らしくない口調で訊いた。「どうして？　ハンサムでお金持ちで、マスターソン・マナーハウスのオーナーのあなたが？　愛してくれるお母さまもいるし、銀行経営に向いていて仕事を楽しんでいるんだから、今の生活で満足なはずよ。なぜわたしがいないと幸せになれないの？」

「気に入ったわ、この娘」母親が言った。

「そう言ってくれて嬉しいよ、母さん」マックスは上の空で言った。いつか本当に嬉しいと思える日が来るだろうが、今はローレルのことしか考えられない。それと、告白の戦術だけが頭にあった。どうしても素直に言えないあの言葉をどうやって切り出そうか。

「じゃあわたし、グレースと一緒に台所で朝食の支度をしていますからね。さっさとけりをつけてしまいなさい」そう言うと母親は部屋を出ていった。

マックスは、自分のすべてを捧げたい女性と二人きりになった。「ローレル……お願いだ、結婚してくれ。ぼくには、きみが必要なんだ」プレゼントを山ほど贈りたかった。胸に抱いて賛美の言葉を浴びせたかった。だがそれよりもたったひとつ、正真正銘の真実を、自分の本当の心を、彼女に告げなくてはならない。「愛している」

「わたしもよ。あなたを愛してるわ」ローレルはつぶやいた。

ああ、よかった――やっと、また息ができるようになったマックスは、ローレルを固く抱きしめた。彼女こそ、自分の心と体が求めるすべてなのだ。もう二度と放すものか。

ローレルは息もつけないほど笑っていた。そしてマックスの胸や手首や、届くところすべてにキスしたあと、目をじっと見つめ、頬に手を触れて、唇を震わせながら微笑んだ。ローレルにとってマックスは、単に愛する人というだけの存在ではない。安心と高揚感を与えてくれる、性の営みをともに楽しめる、人生の伴侶となれる人だ。彼と一緒なら、わたしは自由に羽ばたける。勇気を持てる。なんでもできそうだ。これからは二人で……。

ふとあることに気づいて、ローレルは目をしばたたいた。

マックスの瞳。どこかで見たことがある、魅力的な緑の目。

「まさか」ローレルはつぶやいた。振り返って壁にかかった一連の肖像画を見る――正装のリオン・マスターソン卿、ややくだけた雰囲気のスターリング・マスターソン卿の肖像、一族の祖であるサー・ニコラス・マスターソンを典型的な様式で描いた、黒く変色したスケッチ。皆、緑の目をしている。

「あなた、マスターソン家の末裔なのね」

マックスはうなだれた。「しまった」

「ね、そうなんでしょ!」

「そう、この家の出なんだ」見れば見るほど、一族の面影が残る顔立ちだった。「父がマスターソン家の当主だった。でも、母とは結婚しなかったからね。アシュトンは母方の苗字なんだ」

ローレルは笑っていいものやら、泣いていいものやらわからなかった。例のことを彼に言うべきか、黙っているべきか。

「ぼくがこのマナーハウスを買うことにしたのは、父と、ぼくを拒否したマスターソン一族を愚弄してやりたかったからだ。要するに復讐心を満足させるためというか、自分はこれだけ成功をおさめたんだぞって、見返したかったんだな。それにひきかえマスターソン家は落ちぶれて、散り散りばらばらになってしまったじゃないか、ざまあみろ、ってね」マックスはローレルの髪にキスした。「ところがきみと出会って、復讐も何もかも、どうでもよくなってしまった。大切なのはきみだけだと思うようになった。きみを自分のものにしたい、愛したいと。気づかせてくれて、ありがとう」

ローレルは涙をこらえながら微笑んだ。「気づかせてあげられるものは、それだけじゃないわ」

言葉から心の揺れを感じとったのだろう、ローレルの腕をつかむマックスの手に力が入った。「なんだって？　どうしたんだ？」

ローレルはベッドを眺めた。朝日を浴びて濃いクルミ色に輝く、柱の唐草模様《アラベスク》。木製の天蓋にほどこされた透かし彫り。見ているだけで心がなごむ。マスターソン・ベッドは、この古びたマナーハウスと所蔵品、それらにまつわる歴史――ローレルが愛してやまないもののすべての象徴だ。このベッドには、時代を超えた魔法のような力がそなわっている。

マックスの肩に頭をのせたローレルはいつのまにか笑い出していた。「あなたは、マスターソン家の血を引いているわけよね。それで……あの、わたしたち、最後に寝たとき、バースコントロールをしなかったでしょ」

「ああ、わかってる」マックスは頭を傾け、ローレルの目を見つめた。「あのときは冷静さを失ってしまったんだよ。こんなこと、今まで一度もなかったのに。きみの中に入りたい一心で、何もかも忘れてしまって。でも……コンドームを使わなかったとあとで思い出したとき、実は嬉しくて、誇らしい気持ちになったんだ。羽を見せびらかして歩くオスのクジャクみたいにね。勝手に決める権利はないと思うんだが……子どもが欲しくなった。きみとぼくの子どもだ」もの問いたげに眉を上げる。「ごめん、怒ってるかい？」

「自分を責めないで。わたしだって無我夢中だったんだから」ローレルはさらに大きな、楽しげな声で笑った。「ベッドのことを言いたかったの。わたし、このマナーハウスで研究を続けてきたでしょ。ずいぶんいろいろなことを調べたわ。マスターソン家や、マスターソン・ベッドの歴史について」クルミ材の硬いヘッドボードを指の関節でこん、と叩いたあと、痛そうに手を振った。

「それで？」マックスは用心深く見守っている。

「このベッドには言い伝えがあるの。古くからの伝説よ……」警戒したマックスの表情に、ローレルは笑いが止まらない。どう見てもわたし、頭がどうかなったと思われてるわよね。「マスターソン家の男性が……生涯の伴侶と思い定めた人とこのベッドで愛の営みをすると、かならず……およそ一〇カ月後には……マスターソン家の跡継ぎが生まれるんですって」

マックスの唇に微笑みの兆しが見えた。「本当に？」ローレルのスウェットシャツのファスナーをいきなり下げる。「本当に？」

「あら、何してるの？」ローレルは知らぬ顔をして訊いた。

「マスターソン・ベッドは何しろ、古いから」マックスはスウェットシャツを脱がせた。「魔力が少し衰えてるかもしれないだろう。魔法がしっかり効くよう、あと一回ぐらいチャンスを与えてやらないとね」

ローレルはマックスの首に腕をからめた。「もう効いてると思うけど」

「効果を確実にしなくちゃいけないのさ」

マックスは誇らしげにローレルを見つめ、畏敬の念をこめてその下腹を撫でた。

その瞬間、彼女の心に残っていた不安がきれいに消えてなくなった。

「わたし、確信があるわ」ローレルはマックスに口づけた。じっくりと長く、たっぷりと潤いを含んだ親密なキスだ。「マスターソン家にベッドがあるかぎり、その主人《マスター》にはつねに跡継ぎが生まれることになっているのよ」

終わりに

ここでようやく認めることにしましょう。本書『愛をつないで』（原題 Once Upon a Pillow）の構想を考えたのは実はわたしではなく、夫です。彼はあるエンジニアリング会社のバイスプレジデントですが、作家と一緒に暮らしているおかげで感化されたらしく、わたしがプロットの展開に行きづまったときには実に頼りになる存在です。また、ときには自ら新しいネタを提供してくれることもあり、その着想の斬新さと独創性には感服させられます。

本書もそんな夫のアイデアをもとに生まれた一冊です。当然ながらコニー・ブロックウェイはたちどころに彼の才能を見抜き、コニーとわたしは共同執筆にとりかかることになりました。ただ、何百年もの長きにわたって生き抜いてきたベッドの物語ですから、英国史のどの時代を舞台として書くべきか、という問題がまずありました。

マスターソン・ベッドが作られたのは中世だということで、コニーがヒストリカルのトップバッターに決まりました。次はわたしの番ですが、エリザベス朝時代の物語をふたたび書くチャンスとばかりに喜んで飛びつきました。ロマンと活力とドラマ性に富んだこの時代にふさわしい主人公ヘルウィンとリオンを考え出し、まったく縁のなさそうな二人を結びつけるきっかけとなる不運なできごとについて、わくわくしながら書いていきました。

下積み時代、ヒストリカルだけでなく現代小説も書いていたわたしは、どちらのジャンルも大好きでした。プロの作家になってからは主にヒストリカルの作品を出版してきましたが、もう一度自分の生きている時代に目を向けて、今、街中で行き合う人々も、冒険とロマンの世界に関わっていることを示したいと考えました。ローレルとマックスについて書くのは予想どおり大変楽しい作業でした。この物語では、威容を誇るマスターソン・ベッドにまつわる秘密が明かされていきます。その発見の過程を楽しんでいただければ幸いです。

皆さまの夢がすべてかないますように。

クリスティーナ・ドット

小説の共同執筆という心躍る企画についてクリスティーナ・ドットから相談されたとき、ぜひやらせてほしい、と懇願したわたしですが、それに続いて、中世を担当させて、ともう一度懇願するはめになりました。何年も前から、賄賂で買収される聖職者と、人殺しをしかねない妻と、英雄的な騎士が登場する物語の構想を練っていたからです。それまですばらしい中世ロマンスを何冊も出していたクリスティーナですが、実にいさぎよく、「おやりなさい」と言ってチャンスを譲ってくれました。感謝感激です。中世という時代に魅せられて、創作意欲をかきたてられたからでもありますが、この小説の取材を通じてたくさんの魅力的な逸話を発見できたことも収穫でした。

今回の共作は、実に幸せな体験でした。中世を担当したために、二番目に書く物語の設定として摂政時代かヴィクトリア朝時代のどちらかを選ぶことができたからです。ヴィクトリア朝はもちろん大好きですが、作家として活動を始めたころに夢中になってよく取り上げていた摂政時代を題材にして書くのは久しぶりだったので、喜んでやらせてもらいました。中世の物語では戦いに疲れた辛抱強い騎士と、もやもやした感情を抱いている女性を主人公にしたので、摂政時代の物語には正反対のカップルを登場させようと思いました。そんなわけで、情熱的でひとりよがりなところのあるネッド・マスターソンと、彼が心を奪われた、熱い心と並外れた率直さを持つフィリッパを生み出しました。どうぞお楽しみください。

甘美な夢が見られますように!

コニー・ブロックウェイ

訳者あとがき

二人の人気ロマンス作家が、八〇〇年もの歴史を持つベッドにまつわる物語をひとつの美しい作品に仕上げました。それが本書『愛をつないで』（原題 Once Upon a Pillow 二〇〇二年刊行）です。共著者のクリスティーナ・ドットとコニー・ブロックウェイは長年の親友でもあり、それぞれテキサスとミネソタに住み、しょっちゅう長電話をしては創作について話し合う仲だそうで、二人はドットの夫君が思いついたアイデアをもとに議論を重ね、四話からなるこの共作小説を書き上げました。

物語の主役は〝マスターソン・ベッド〟と呼ばれる巨大なベッドで、英国コーンウォール州トレコームの荘園領主邸を修復・転用した博物館〈マスターソン・マナーハウス〉の所蔵品です。所有者の意向により売却が決まったこの博物館の学芸員は、アメリカから移り住んで歴史研究を続けるローレル・ホイットニー。最後の見学ツアーのガイド役としてマスターソン・ベッドの歴史と時代ごとのエピソードを語ります。

四つの物語について、簡単にご紹介しましょう。

第一話　花嫁の危険な計画（The Bed Is Made）――ブロックウェイ
時は中世。十字軍に従軍して遠征した中東で戦死したと思われていた騎士ニコラスがある日突然、トレコーム村へ帰ってきた。ニコラスには、出征前に代理人を介して結婚した妻、ジョスリンがいる。キャボット荘園の経営にすべてを捧げてきたジョスリンにとって、夫の帰還は青天の霹靂。領地に災いをもたらすものとしか思えなかった。

第二話　間違いの求愛（The Bed Is Unmade）――ドット
エリザベス朝時代。傭兵隊を率いて外国で戦いに明け暮れたあと帰郷したリオン・マスターソンは、手持ちの金が底をつきかけて窮地に陥っていた。遺産として受け継いだ城と領地を維持していくためには資産家の娘と結婚するよりほかに道がない。そこでスミスウィック卿の娘バティルダを狙うが、誤っていとこのヘルウィンを誘拐してしまう。

第三話　嫉妬と疑惑（The Lady Makes Her Bed）――ブロックウェイ
摂政時代。フィリッパ・ジョーンズは数カ月前、恋人だったネッド・マスターソンの〝裏切り〟に気づいて以来、彼に憎しみを抱いていた。ある日、手違いで招かれたマスターソン邸のパーティに出かけ、弟のジョンの身に危険が迫っているのを知る。たった一人の肉親を助けたい一心で、フィリッパはある決意を胸に秘めてネッドの寝室へ忍びこむ。

第四話　愛という名の系譜（The Bed Wins It All）――ドット
現代。マスターソン・マナーハウスの学芸員ローレル・ホイットニーは、修理工のマックス・アシュトンが気にさわってしかたがない。見学ツアーの邪魔をするばかりか、自分とローレルの関係について観光客の前で爆弾宣言をするマックス。二人の対立が続く中、マナーハウスの修理工として彼が雇われた理由や、その正体が明らかになっていく。

本書に登場する四組の主人公はそれぞれ性格が異なるものの、四人のヒロインには共通点があります。ヒーローに惹かれているのになぜか素直になれず、意地を張りがちになるところです。しかし物語が進むにつれて、その態度も変わっていきます。

また、ヒーローたちの人物造形にも二人の作家に共通した価値観が表れているようで、強くたくましく見えながらも、強さだけがとりえではない男性の魅力が光ります。
ドットもブロックウェイも、会話と描写の使い分けが巧みな書き手です。短編集ではありますが、切なさで胸がいっぱいになる場面、おかしさに吹き出したくなるせりふ、時代が変わってもけっして変わることのない人の心のありようなど、たくさんの発見や出会いがあると思います。それをお楽しみいただければ幸いです。

二〇一一年一月

ライムブックス

愛《あい》をつないで

著　者　クリスティーナ・ドット、コニー・ブロックウェイ
訳　者　数佐尚美《かずさなおみ》

2011年2月20日　初版第一刷発行

発行人　成瀬雅人
発行所　株式会社原書房
〒160-0022東京都新宿区新宿1-25-13
電話・代表03-3354-0685　http://www.harashobo.co.jp
振替・00150-6-151594
ブックデザイン　川島進（スタジオ・ギブ）
印刷所　中央精版印刷株式会社

落丁・乱丁本はお取り替えいたします。
定価は、カバーに表示してあります。
 ISBN978-4-562-04403-0　Printed in Japan